风荷集

主编：李正堂

U0676430

时光柔软的肩上

SHI
GUANG
ROU
RUAN
DE
JIAN
SHANG

解玉珍 ◎ 著

光明日报出版社

图书在版编目（CIP）数据

时光柔软的肩上 / 解玉珍著 . -- 北京 : 光明日报
出版社 , 2024. 8. -- (风荷集). -- ISBN 978-7-5194
-7771-4

　I. I227

中国国家版本馆 CIP 数据核字第 2024UQ0087 号

序

解玉珍

采一朵吧，阡陌上的花，虽然娇羞，但是足够坚强！春天发芽，夏天绽放，秋天枯萎，冬天藏匿，来过，是它对世界的奉献，也是它对自己的交代。

万万千千不知名的小花开过，在它的土地上，尽情挥霍生命。天真，纯粹，向上，经历风雨，享受阳光，朝露雨霁为朋，繁星闪耀为友。

它同我一样，热爱着脚下的土地，我和它一般，固守在一方，像一块石碑记录微不足道的琐碎。因为写诗，我知道自己存在的意义，对使我的生命完整。一个乡村农妇，手无缚鸡之力，胸无半点才华，集十余年之久，磨砺一剑，感恩生活的馈赠，感恩朋友的提携，感恩朝朝暮暮的日月星辰不离不弃。

我用文字，用思绪，用对世间的爱，织丝结锦，在万花丛中释放一点点芳香，契合这美丽芬芳的田野，在风中摇曳，在雨中挺直脊梁。

采一朵吧，这阡陌上的花，放置案头，陪你夜读，伴你入梦，满天星辰离你太远，这花香与你如此贴近！每一首诗都是一朵小花，用文字的形式集结再塑造，展现它的芬芳与特质，成为永不凋谢的花，你想起它时就会展现，哪怕是影子在摇曳也会是炽热的火花。

没有无缘无故的恨，也没有无缘无故的爱，当一个人决定做一件事而且长期坚持下去，一定是有原因的，真的，我就是这样。起初只是在闲暇时多看了几本书，就是村子里的小小农家书屋里，管理员非常和蔼可亲，有新书时总会特别通知大家去读，各种类型的书都有，我特别喜欢诗歌类和散文类的。后来又延伸到乡文化站，那里有更多的书籍，都是免费借阅，也不催促还书时间，这种宽松的氛围使人更加投入。再后来也借阅朋友的书，有时候没有还回去，也有朋友送的书，自己都快开一间小小的书屋了。很庆幸有书陪伴，有朋友挂念。都说爱来者爱往，我始终沐浴在大爱的环境里，所以满心欢喜地执笔书写，想传递积极向上的精神风貌予更多的人。

农村里活计是分淡旺季的，旺季忙一些，忙的时间很短，淡季如果不另外找活干是可以闲几个月的，所以除了柴米油盐，一地鸡毛，我开始向往，向往梦里的模样，向往诗与远方。远方没有到达，诗歌却写下了许多。是独自呢喃也好，是深情倾诉也罢，写着写着竟然成了习惯。爱上诗意的起居，把生活的酸甜苦辣酝酿成诗，内心也逐渐豁达，爽朗，感受周边一切事物并且眷恋这种平淡无奇的生活。

一朵小小的花儿开在阡陌上，却不由自主地望向云端，甜蜜地仰望，会心地微笑，怒放着摇曳着，食雨露甘霖，沐柔软的风和明媚的阳光。成全田园之上遐思迩想，成全路过后留有的印记和弥足珍贵的开成，唯一的刚刚好的一次！

每个人的心上都有一朵花，一直开着的花，是会变化的花，春天粉红，夏天翠绿，秋天金黄，冬天雪白，白天灿烂，夜晚宁静，一朵开不败的花在心湖绽放！

2024 年 6 月 28 日

（解玉珍，湖北省老河口市袁冲乡人，以诗为乐，作品散见于报刊。襄阳市作协、民协会员）

目 录

第二辑 破茧而出的村庄

4

第三辑　云上摆渡

第五辑　春光里的对饮

9

第六辑　闲散时光

第一辑 双向奔赴在柔软里

老街拐角处

当我提笔，你在春风细雨处
定格成一场突如其来的心满意足

老街的拐角，失而复得的拥抱
淋漓尽致，沉睡入魔咒乐园

一首诗开始遣词造句，蔓延引领
制造更多的浪漫，忧愁，徘徊，踌躇，满心期待

为什么有一种悸动油然而生，整个心扉被占据

暖暖的，怯怯的，柔软又酥糯

足矣，预言初露端倪
来一场美丽的邂逅

指尖温柔，眼眸深情，怀抱温暖，呢喃撩人
不予道破，不加修饰造作，随缘，走走停停

许诺的春天，明媚阳光，捧起你的脸
面对夕阳，等待星星满天，还能够守在你身边

牵手

一双手从黑暗里伸来
凝固了周围的一切
仿佛世界仅仅就如此
再无旁物

递出去的是一份信任
轻握，柔软，舒适，传递力量
仿佛三月春雨坠入桃花花蕊
无言也可婵娟

匆匆时光，允许破格
记忆瞬间铆足了劲
一缕涟漪荡漾开来
心扉泛起微浪，无需助力

浩瀚宇宙留下痕迹
两只对过话的手加深记忆
奢望是一种拖累
这一刻的幸福是碰见了知己

邮票之花

指尖轻轻地捻压
浅紫的信封
沉甸甸的思绪
在夜色中凝重
一行行，一行行
融洽无间的字迹
如月光亲吻大地
如大地拥抱你

当信封绽开
深藏甘甜的蜜酿
一份宠溺，一份尊重，跃出，把心占据
柔如云端，且笑颜如花
那一角醒目的邮戳
激荡内心波澜万丈
小小的快乐，大大的幸福
邮花是你心底孕育的爱之光源

满怀期望，从一处起飞
经历时空错位和变数

带着厚重的爱，来到她面前
扑入清澈宁静的村郊
清新淡雅的阡陌，斜斜的阳光
拥抱一朵邮花，一朵心上的玫瑰
柔软的，纤嫩的，信封启开
神秘的吻酥甜娇羞

春叙

赠予柳树以婆娑
赠予山岗以绿意
赠予河流以欢快

春天呀，与我
与你都有更大的恩惠
那是无与伦比的怜悯

春风是先行官
吹走寒冷里的烦忧
如期而至的缘分不偏不倚

春雨以温柔的手指
抚摸觉醒的大地
带来一场锻炼肺活量的陪伴

春天亲自布置
天空蔚蓝空旷高远
大地生机勃勃绿意盎然

一次欢愉之旅
不可说，不必说
铭记是最好的惦念

情话

若没有夜幕衬托
若没有影院庇护
若没有一对痴情双目追随
不可能情话微甜，口若悬河

在最冷的风中，得到最温暖的臂弯
不是蓄谋已久，不是怦然心动
更不是水到渠成，而是爱情

两个人紧紧依偎，相互交流
一个呢喃细语，一个双手轻抚
自此，从你口中发出的
每一个音都是情话

某一刻，确实这么想

能否把自己还给"我"
一路缥缈，一路遐想
在夕阳撒下最后的光

静坐山丘，与一只蚂蚁谈古论今
然后，涉足黑暗
用历经沧桑的边陲

和星星畅谈，谈季节，谈轮回
能否把自己还给"我"
不必争分夺秒，自己就是主角

世态人情，山川异域
一度没有焦点
左右情绪的只能是眼界和路途

天天重复，却时时新颖
沟壑暗渠，丛林花海，谁与竞渡
能否把自己还给"我"

所有的标签解约
一轮圆月，一片星河
一朝风雨，一把时光

河是河，岸是岸
晨曦决裂暮色
不是谁的谁，又相互牵挂

手心

关于这个主题
或许聂鲁达更有发言权

他的情诗至今随身携带在
寻找合适的契机

捍卫春天里甜蜜的颂歌
还有温暖的怀抱

爱呀，可遇不可求
缘分就是那么奇妙

手心紧攥一抹温柔
多种威胁将随之而来

你需心痛，惆怅，才能体会
相爱的完美

不愿有所羁绊，禁锢你的初衷
在你身后，不偏不倚，不左不右

相信你能大手一挥斩荆除尘，
相信你最真诚的倾慕得以庇护

路过

怀揣片片桃花
从岭南归来
风尘仆仆，心若菩提

夜拉下幕布
循隐匿景，心怀真挚
停顿，犹豫，伸出手却不敢触摸
耳畔的叮咛，响亮而深沉

背道而驰，越走越远
花落无声，失落不可被发现
寻一处角落，自我温暖

路过漫山遍野，凝视密林
采撷一片绿叶不如沾染一身芬芳
尝试克制初见成效

定格最美的故事

扛不住那
一地的柔和

风萧萧，月影婆娑
夜晚的静美，笼罩四野

只一处，聚焦
呢喃声中，沉醉

作为终点
称得上完美

好吧
点亮所有的灯

把月色冲淡
把那夜的所有遗忘

甜言蜜语点燃
不再憧憬，不再幻想

故事应该结束
把睡眠还给夜晚

如若初见必须回到起点
是不是可以用"不再相见"诠释以上定论

温暖相逢

初春的阳光灿烂
斜斜地照在两个人的脸上

不敢睁眼，有些炫目
更愿意闭目，陶醉于忘我境界

周遭恬静且温暖
如上帝关闭了声音，传递合适的温度

一望无际的原野
化为将待驰骋的大海

我们扬帆启航
我们心意相通

我们在温暖里相遇相拥
说着牛马不相及的胡话

眼里仅有一道光
铿锵且坚毅的一道光

在海边

奔赴一场邂逅
双向调节，心有灵犀

波浪，微风，湖面大而阔
垂钓者不解风情，不予避让

当风卷起浪花涌来
张开双臂迎接

与生俱来的懦弱
这一刻强悍起来

甩杆静坐
等待鱼儿上钩

野鸭成群结队
嬉戏于我们面前

第一次来见大海
震撼于波澜壮阔

说着莫名其妙的箴言
十指紧扣，心动诗意盎然

你是我的唯一
我能否是你浪上的一朵水花

你是我庙宇里的灵光

你——
是我庙宇里的灵光
是我桂冠上的珠宝

从——
零开始无限延伸繁衍
花朵的精灵聚集

那——
时光里所有的瑕疵
绝不会在春天出现

我——
承蒙时光不弃
在花开时节里遇见你

所有——
完美到窒息的春光
拉长触角，助长你的一颦一笑

桃花雪

花的心事
一抹白，皑皑堆积

从三月出发
向着永远的远方

携一份愿望
怀揣一路叮咛

风雨里的过客
冰冷的吻更加甜蜜

谁是主宰，谁在安排
让洁白躺在绯红怀里

这一世遇见，拥抱，相爱
肌肤相亲，唇齿留香

磨难和磕碰从一道光开始
分离的疼痛化作泪无声落下

期盼化作春泥，浸润大地
从春天出发再回到春天

聆听春的惬意

不在乎我的歌声是否悠扬
只钟情你认真聆听的模样

在春天唱一首多情的歌
与万物一起苏醒，与你一起驻守

桃花开了，你的心事柔软起来
手捧一片桃园，亲吻每一朵花瓣

朝夕相处，风里相依雨里相拥
心满意足得像个天使，不再跟朵花攀扯

不续前缘也不愿预知未来
有你相伴一切刚刚好

温情脉脉的眼神讲述一万种在一起的理由
健硕的臂弯温暖加倍，还有低头时的明眸

篱笆墙默不作声，背对着我们
放任每一缕春风接近我们

柔软的事物

柔软的风从麦田吹过
麦穗探出头张望
咦，天好蓝，云好高，阳光好温情
然后在泥土的芬芳里使劲地拔节

紫薇花吐露芳香
与迎春花毗邻而居
她们在夜晚聆听群蛙大合唱
静默中对视，直至东方微白，直至夜幕降临

整个春天都是柔软而细腻的
连小蚂蚁走姿都轻盈且灵巧
或许不堪重负的事物正在赶来的路上
阳光呀，把手臂张开，轻轻拥入心间
柔软的不止这些
还有叮咛和呢喃
真假莫辨，看到的，感受到的
就是第一现场，同等宝贵

最美遇见，四月

我看见，春光

在四月，肆无忌惮

蔓延至你的脸上

把你装扮得花枝招

二月回暖，三月花香

所有的晴天都是为你而来

此刻夜色微凉

窗棂翕张

泄进的月色，铺上书桌

毗邻而居的山丘

若隐若现

相对闲坐，笑而不语

日日暮暮，秋有硕果，春有花香

无一处不被束缚

然，流光外溢

四月，祭奠过往

从某处出发又回到原点

在春天保持警觉

目送至下一个街口

夜

在星空下，在憧憬里
一路驰骋，汉江河畔，芦苇荡里
走走停停，笑声回响

拾一枚石头，打一个水漂
滑出朦胧的短暂
不问过往，不求归处

独自，在路上
星光下许愿，夜深沉
再迈步，依然铿锵

酒杯摇曳，投影模糊
抬手，掌心空无
捂住双耳，那窃窃私语仍旧回荡

酒，一杯接一杯
把夜色灌醉
去了，去了，再无返程

蜷缩街头，霓虹张牙舞爪
扶不起倾斜的影子
步履轻飘

星光熠熠，打破寂寥
走路，闭着眼睛却那般熟悉
坑洼坦途详尽熟知

在这一方，鸟虫猫狗树草皆安
而漫步，无从两人
独步，渡往，舵落

在花开里徜徉

奔赴一场花事
与轻风会晤，来与回都满怀欣喜

春光外泄，山丘延绵至无尽遐想
人群中那张喜气洋洋的脸

深藏一路走来磕碰的疲惫
春天萌发诗意播种希望

年年如此，又不尽相同
轮回的是时光，流失的是幔幕上的宿命

挥动翅膀的蜜蜂在丛林里
在花事里忙碌，点缀春韵

光抚摸它的触角，给予温暖
最孤独的那个，静默且谦卑

小镇雨景

雨
从五月的开端
从你指尖的轻柔
从小巷的转角处
落下

你
微醺，步伐蹒跚
昨日的酒，今日又品
纯酿，甘甜，浑而不浊，糙而不涩
举杯畅饮

巷子中
左搀右扶，踉跄得有些飘逸
能陪你走到尽头的
不顾及雨落，且不在意巷子悠长
她在哪里

小镇
在梦里招摇

在五月花开的浸润里
在柔情绵绵的细雨里
复活，充满活力

登山

有一个月亮
发着恬淡的光
从季节的开端
从寒冷的隧道
从无尽遐想之城来到

拥抱拔节的麦田
抚慰孤独的船
淡淡的光携带淡淡幽香
是你手上的金银花
背靠着背绕到鼻梁前

深呼吸，闭上眼睛一嗅再嗅
如同你的味道，庄重，沉稳
没有过多的言语
在崇山峻岭驰骋，青翠欲滴的山
使人宽度的放纵，任由攀爬，栖息

蜷缩着，在大山深处
在浩瀚无垠，连绵起伏的山体中

在鸟语花香，风轻夜柔的月光下
酣睡吧，无妄，无瑕，无争，无我
片刻的安宁，满心的欢喜

夜色中的一束光

一束光照亮
沉寂在久违的裂缝里
一片落寞，一丁点气息

温和，淡然，幽幽泛起红晕
另一处清闲，筑一方沃土
领略并肩静坐时，等待月上柳梢的悠然

淅淅沥沥的风在夏日的清凉处
在你眼眸中，额头上
不知疲倦，徜徉缱绻

几声鸟啼，稀稀疏疏，藏匿在夜色中
倾心对唱，无人可以窥视
深情表述，在幽深的空洞里回荡

无处落脚地飘着，如一粒棉絮
在夜的包裹中酣睡，没有鼾声
轻盈到灵魂出窍，再无本真

裹挟着尘埃的外衣
在夜晚的空廊中，在轻声的召唤里
把寂寥收拾，然后打包寄出

夏天的风

携一缕夏意
窥视整个旷野
每一处麦黄都无限绵延
极目远眺，哪里才是诗和远方
站在山岗，抬起脚走不出困惑
这片土地太沉

拂面的风恰到好处
慰藉遐想，捎来拥抱
把炙热渲染，淡化
说不出口的，它也会意，倾心聆听
越过一道道梁，喘气，顿足
淋漓尽致却又汗流浃背

遥望天高，云白
每一声呼唤，每一个眼神
都如海市蜃楼
清晰可见又甚是遥远

麦芒竖直，坚不可摧
有一种信仰叫绽放，有一种念想叫收获
麦子熟了，风把消息带到远方

私语十四行

揽入怀里的是麦收的喜悦
雨，始终不能淋透努力升腾的火焰
每一次对视不一定心有灵犀
但一定彼此达成一致
渴望拥抱，渴望爱抚，渴望温柔又甜蜜

太阳回头望，明天更绚丽
特殊的日子总有意想不到的预示
冥冥之中，我们近了，近了
距离不过两个座位的距离
默默，正襟危坐

大地变了颜色
那是收割以后的印记
那是播种前的图腾
那是我们将要着色的底板
牵起你的手，再不放开

我是你手中的一颗顽石

低头，轻吻，一处芬芳
是大地赠予你的惠泽
和那为你弯腰的深情

羁绊轮回，着小处而挺立
攀爬于悬崖峭壁
憧憬中保持清净，且专一

沁人心扉的歌唱
是天籁，是独具一格的情话
每一个眼神里都是爱的奢华

迷人的美，庄重而洒脱
知性的优雅在脸颊
天涯芳草，皆不如手持一块顽石

那是一颗有灵魂的顽石
会走动且来去无声
可在掌心，又三十六度六

六月，在大地的怀抱里
收获，播种，再写一首诗
写给沉默无语内心活泛的一颗石头

致月亮

我和他们一样
在你的眼里
在你发出幽幽柔和的光里
在你每一个满月的丰盈里
微不足道

当我抬头
在晴天或雨天的黑暗里
在午夜或微明
在你逐渐缺失或逐渐饱满的每一个瞬间
是那样的神圣遥远

有什么特别呢
大海不向溪流说
旷野不对山岗说
森林不跟树木说
你不和我说

夏天的风吹过麦田
轻抚也或蹂躏

麦穗不予追究
而后直立站定
把麦芒竖向天空

路过，停顿，适当磨合
在生命的轴上
记录陈述一处风景
延伸五彩斑斓的栖息地
高高挂在空中亘古不变

墙上的斑点

如两颗眼睛
镶嵌在面前的墙壁上
一旦接近，不离左右

深邃且包容，柔情款款
墙上的斑点呀，安静地待着
在夜晚的灯下，含情脉脉

在夕阳的霞光里，相濡以沫
所有的陪伴与等候，无法比拟
时而抬头，不用凝视

一股暖意在心底泛起涟漪
灵魂摆渡到渡口
浪花依旧朵朵

拍击，摩擦，直至拥抱
每一个梦都有注脚
虽然只呈现黑白

一动不动，一言不发
一股沉默好似陌路
相互的磁场却翻江倒海

给你，在六月

给你夏花烂漫的柔软
给你六月火热的奔放
给你石榴枝头的热情
给你晨曦的温润和夕照的不舍

醉心于黑白的概括
执笔，绘心，奔赴心灵之境
一点一滴，在时光的轴上
感恩岁月静好，身无杂务

席地而坐，旷野给予纯粹
简简单单的固守，搀扶
逆流而上，风吹过朦胧月色
点缀憧憬的模样

在六月，我把自己还原初始状态
一张白纸面前，心绪萌动
牵手柔软，依偎静寂，跋涉荆棘
播种，耕耘，目不转睛

给他

一首诗引起波澜
与应者讨趣

太陌生怕写不出深意
灵感可遇不可求

咋的
不是一见如故么

哦，哦，哦
见是见过，故从何来

对于慢熟的人
更是迷糊加茫然

焦急等待
恐要负了期望

无法伪善
也没有凭空捏造的本领

无名者

一缕风吹落枝头枯叶
一碗水解流浪汉之饥腹
而我眼中的汪洋泛滥
翠绿，浓绿，黄绿，碧绿
在田野，在山岗，在你的怀里

柔软的根须抓紧铁一般坚硬
用意念，用缥缈，用你眼中的爱意
牢牢地，依附在没有土壤的铁上
卑微的样子像极了爱着你的人
不合时宜得一览无余

多大的张力才能表述
相互依偎的甜蜜
才能提炼相拥的决心
飓风之后，一场雨诠释了所有
无名者用生命的力量来到你面前

偏爱

在一场冬天的雪中
烂醉如泥，而后
踏着雪花飞舞的街道
在一个转折处

邂逅一株老树，扶之
翻江倒海，一吐为快
不知是否被嫌弃
是否被怜悯
总之，没有舍弃

春去秋来，回望
依然屹立，眼中尽是温情
偏偏是那回眸中一笑摒弃前嫌
所有的坎儿如履平地

绕过沟沟壑壑前往
默许，静候，相依偎
前瞻后顾，逐一得以应允
偏爱，暂无征兆的美好
心之所向便是光

没有天鹅的天鹅湖

从一片海洋走向
崎岖蜿蜒甚至落寞的深山
我该在哪里
因为我们从幽静里走出来

荒无人烟，却独占惬意
向前，心无旁骛
什么言语都是多余
十指相扣，对视，相拥

漫步绕湖
午后，天蓝，云高，如洗的碧空
倒映在湖面上，还有两个影子
缥缈而婆娑，轻盈而舒适

湖面没有涟漪，没有纷争
没有心之向往的天鹅在天鹅湖上
眼眸看不见的不一定心中没有
你说：走呀，一直在

回到世俗，十指紧握，移步换景

天鹅湖里群山倒影相互映衬
恬静的时刻，远离喧嚣
不可复制，也无法连接

汉江湖畔之夏日黄昏

以诗之名，在黄昏
在融化世界的色彩以前
我们在爱里徜徉，掬水高抛
剔透的如珍宝的水滴
开出一朵掌心里的花
映衬着两张如花笑脸

在，汉江湖畔
绕行，流连
明静的湖面，温婉的小城
多情又温顺的垂柳
无不在诗意里颐养

每一帧画面都在点拨
温柔和善良
汉江之风，吹送滨江小城的底蕴
温婉，厚重，和谐，欣欣向荣
以绕城碧水为仁，以夕照深巷为典范
湖畔涌动的人头，动若闲鹤

并肩而立，河风清凉
最近的距离不过如此
相互依偎，对视而笑
柔软的约定，似汉江绵绵长流
过眼沁心，不干涉，不纠结，拍岸，留迹

对月

在苍穹之下，茫宇之间
奔波，跋涉，期许
秋之硕果因雨水减半
下了月余的雨亮出底牌
威武霸道，根本不愿停歇

山岗上，田埂旁
坚守的阵地点缀忙碌的身影
岁月催，尘世闲，人彷徨
手里镰锄不懈
只为生活更好，得以养老育儿

眷恋心底温善
星与月对视
停顿是最好的修复
你全然肯定

半个夜晚

安心睡吧
半个夜晚的眷恋

如水似玉的皎洁
温婉如水的甜蜜

十指相扣步步生莲
灯光是额外的奖赏

星宿在宇宙内徜徉
你在爱河驰骋

柔情似水的双眸
锁定，那一刻，这一刹

纵是遗憾收场
也要手握一颗星子

眨巴着眼睛高悬夜空
即使半个夜空，得之，拥之

一只眼

风在吹，水在流
惬意又舒爽
最原始的诉求
没有所谓的世态戾气

门虚掩，堂内禅坐
柔软、多变的云
窗前悠然自得
看不清真假善伪

鸿鹄燕雀毗邻而居
对视，涟漪四起
栖息之地螺旋式下垂
直至成一终点

一枚透彻清晰的眼眸
深情且执拗

月圆之夜

既温柔又凌厉的
流星从空中划过
月圆之夜，你不在

窗台上的倩影
在柔和的光芒里凌乱
魅力之处，皆无惧

与柔软的流光
与有趣灵魂
产生了如此璀璨
而又迫切的原动力

正是光与影的交融
黑与白的对持
咫尺与天涯的交锋
我们得以相互扶持

心月湖

如你笑吟吟的眼眸
又如待圆满的上弦月
弯弯的，柔柔的
镶嵌在村子的中央
南北卧姿，凝聚各户居民
以善为美，共识共达

山水之间，依水而收容，傍水而自净
清凌凌的丹渠水顺势注入
借道而过，洗涤一方
亲临，漫游，湖畔
空气中弥漫着祥和宁静的味道
皆可放下顾念，释放过往

仅此时，对接自然
风拂面，亲切可掬，带着丝丝甜意
你，我，他，携友同游
开怀畅谈，豁达的笑声荡漾
心间的一片碧蓝
一往情深，清澈可探

村中湖——心湖所在

一汪清流
起于村北，止于村南
三里多的腰身柔而婀娜
不动声色贯穿
这小小村落，名叫陡沟河村落
两岸分布六个自然村庄
两两对应相望，静而古朴

柳枝垂岸，鸭群戏水，恬静悠然
这村中的心湖，滋养周围的田地
湖边的修竹，竹林的风
眷顾晨耕暮息淳朴的人们
还有被爱包围的孩子
而你是湖的眼，湖的腿
走过很远的路，看过不同的风景
最终来到这里，别样的亲切悠然而至

讲述内心波澜，继而平静
如湖的容纳，清澈，过滤，沉淀
聆听风吹修竹，融入虔诚

如竹的虚心，向上，凝聚，延伸
一汪心湖，村庄之点缀
上善至此，莫延身心，洗涤和激励
拥抱吧，绿野仙踪般的村落
让你在因水而甜美的村庄里洗涤荡漾

以水为韵
上善，至柔，崇贤
渔船上岸，静候旁侧
处处彰显村子与湖水的交融
以人为本
修德，重儒，勤俭
人与自然和谐共生
营造更好的民生福祉

树和老屋

（一）

屋一角，树蔓生

相遇皆是注定

不问来由，风里雨里

相携相依

树木逐渐粗壮，屋檐被冲破

脱落的酸疼，老屋不言

被挤压的枝干失去原有的形状

坚守，兼容，坚持

在蓬勃生机里

在坚硬的挺立里

相濡以沫，互相扶持

既然被命运安排

本不可交集的交融了

日日暮暮，春去秋来

紧紧地挨着，相互打磨，彼此包容

（二）

从一棵幼苗长成
生命力旺盛的小树
静守稳健的老屋
谁也不畏缩半步
风雨同行，霜雪相依

半个世纪后
老树盘根错节，粗壮挺拔
镶入屋墙，合二为一
在你面前成一道景观，一种信念

门楣上的题字
昭示着它们该有的承受
还是另有隐情
"风花雪月"字字珠玑

一起经历风起风落
一起看花开花谢
一起顶雪白头，又白头
一起守候月圆，又月圆

它们不倾诉，不呢喃

不被猜想，不被议论
在风雨幕幔里，在雪花的纯洁里
静静地紧紧地相依偎在一起

登云湖的风情

一次无意地闯入
是邂逅中开启的美丽之旅
空气中弥漫着甜意
肩并肩坐着
被打扰的只有世俗

勇敢又剔透的爱意
在林间小道上，在每一缕阳光里
在你的呼吸之间
在你眼眸深情的韵味里
——发酵

风肆无忌惮地吹
撩动长发也触动心弦
小小的里程，久久地回味
登云湖，弥漫着你浓郁的味道
而心中各有千秋的迷梦

登云湖的每一处，触及眼帘之景
于谁都是一个完好的魔法世界

是湖本身　是你依偎的原型
是我们牵手的默契
是暖暖湖面你掬水的身影

时光柔软的肩上

你在我的旁边，在夕阳里行驶
我们毗邻，我们细语，我们十指相扣
可不可以停下歇歇，反正路就在脚下
哦！那么长的光阴何时懒惰，你我还不抓紧赶路

牵手，登高，鸟瞰，漫步
相拥在江河之滨，暂停键已按

八月的稳重，满脸的笑意
时光的轴上的线呀蓬松而绚丽

将启程的路舒展
光阴松软，在我们的指间流淌

有你，有梦，有呵护，有长长的路要走
蜿蜒的山路，兜兜转转，撒下诗意和笑语

不必讨论过往，不必计较快慢
我们在时光柔软的肩上相守

汉江之滨

汉江之花守着河岸
阳光明媚之中微笑，晨曦落日里漠然

在你的眼前，在你的梦里，在你的心上
渴望自渡，能够健全所谓的人生秘籍

行走的汉江，翻滚的波浪
一朵花儿正在水中央，守候星辰和白昼

有时候一种魅力是有针对性地选择
拘谨之后的释然，腼腆里蕴藏奔放

现在，隔空相望，守护彼此
雨中即景，共同描绘，与你共鸣的色系正在显现

过程中要简略要记下的
都无可挑剔
将成为记忆里的宝藏，个人的财富

必须备齐速写本，摄像机

用最柔美的色彩，最细致的光线

方可与之毗邻，同居

来，到村庄来

来，踏着风和日丽
在竹林萦绕树木覆盖的村落
吮吸甜丝丝的拂面轻风
观祥恬静村庄的晨暮变化

来，呼朋唤友携手漫步
湖畔垂柳小船骄阳
一步一景，养目怡情
笑声渲染邂逅的浪漫

来，别致的妆容是村子的示意
一份热情，一份坦然
一份激情澎湃的惬意
我们在一起

来，到村庄来
从浮躁中，从世态处
走一条幽经
洗涤浮尘，浸润灵魂

终点亦是起点

囚禁的灵魂被唤醒
尘封处一道亮丽的风景
被打开

在雪飘的晶莹里
看见剔透的冰山玉柱
高耸，挺拔，巍峨

一见倾心
经历春的烂漫，夏之热烈，
秋之多姿及硕果

回到终点，有雪相伴在冬天的
博广蕴蓄里
我发现有金光闪闪

发现那对视里的奥秘
深邃的明眸，汩汩淌出情深义重
一发不可收

纪念的方式

仪式感从记忆的长河里
截取，默契而淡然

所有的泥泞不求感同身受
春天里开满鲜花即可
永恒的巅峰在前方，奔腾不息

阿勒泰的召唤

一种暖流翻越千山万水
借一位娓娓道来叙述者的
热忱，偏爱，无比真诚的心意
传递到我的耳边，眼前，和心灵深处

阿勒泰美好又神秘
以文字阐述，以视频见证
多少人梦寐以求的梦里桃花源
不能长居也必须亲临其境

人们痴迷于，那里的幅员辽阔
人们沉醉于，那里的淳朴善良
人们向往于，那里的美丽可爱
而我想走在那遥远的向日葵地上，住一住地窝子

阿勒泰呀阿勒泰
赋予诗意的丰饶，心旷神怡的默契
点缀心灵栖息的净土，拾捡浅滩彩石
绽放岁月安好的情愫，都在刚刚好

阿勒泰，花香远播四海的圣地
阿勒泰，草木皆有灵性的觉醒
阿勒泰，遥远距离的梦境
阿勒泰，多少人无法涉足的乐园

遗落之花，是我懵里懵懂的意愿
从天山路过，策马扬鞭，风中长发飘飘
抓紧缰绳，驰骋辽阔的草原
和风一样自由，不亢不卑

雨后举起彩虹

在那个下午
一场雨，突如其来
滋润了干涸的山丘
并指明方向

坎坷与曲折都牵引力爆发
一条路，影影绰绰
树木是道路的最好陪护
不是行路人

你驻足沟壑，沼泽生出敬意
你流浪天际，云朵献出柔情
你做回自己，请善待你自己
风和雨是预定，桂冠才是追求

诗人的梦魇，潜行者的宿命
在一场雨后，请举起彩虹

掌心上的花

连绵的山岗在晨雾中醒来
褪去夜幕怜悯的爱意
又一次挣脱束缚
鸟儿婉转鸣叫，叫醒花儿

叫醒茂盛的树林
叫醒扑朔迷离的爱意
阳光扑面而来，似一张温柔的手掌
滑过胸前，融合阡陌上的花

飘荡开去，荡漾开去，到远方
直至远方漂流的游子身旁
梨花沾满露珠，呈现在他身旁
花无语，风轻依，相视一笑醉了

几只水鸭从湖面滑翔
留下一串水波，像开出的花
在水面上，也在你心上
串串水花冰洁冰清，活泼如精灵

一串清脆的歌唱叫醒恬静的村庄
枝头的葱郁是鸟儿最好的展台
从梦中醒来，春天的主题明媚，爽朗
一派春意蔓延，映衬着清晨的浅绿，赤黄，玫瑰红

阡陌上的脚印，小河边的身影
可以用意念勾画出朝朝暮暮
开启爱丽丝的漫游
并且手握一柄哈利·波特的魔法棒

届时有了"绿山墙的安妮"
有了"蝴蝶梦"里拥有"秘密花园"
春天，驰骋在你的怀抱
你便多了一朵掌心的花

去远方，你的心底之城

一抹绯红，一片碧蓝
一首激昂浑厚的诗
点缀路途向后的风景

出发，去远方
车轮滚滚，扬尘避俗
此刻，冲出禁锢，绘制一片色彩

用山的形状，海的包容
用天空的蔚蓝，大地的广袤
建筑你心底丰满之城

每一句密语都是箴言
每一处邂逅都是驿站
相信春天的花点染生命之光

在春天出发，风雨提携信念
星空打点疲惫，你照亮全程
不折不扣的艰辛催促我们

去远方，去梦里的地方
众人驻足之时，你淡定指点
运筹帷幄，剖析可造之势

去远方，富丽堂皇鸟语花香
宜居，易住，意义非凡
柏拉图之恋，霍金的宇宙

都不抵你所指引的方向
用满怀的热情去热爱
这一路上碰撞出的火花

站在巅峰之上
没有对决，只有饱和的状态
和你会意的笑容

第二辑　破茧而出的村庄

山村清晨

连绵的山岗在晨雾中醒来
褪去夜幕怜悯的爱意

又一次挣脱束缚
鸟儿婉转鸣叫，叫醒花儿

叫醒茂盛的树林
暖暖的阳光扑面而来

似一张温柔的手掌
滑过，与阡陌上的花香融合

飘荡开去，荡到远方
直到远方漂流的游子身旁

梨花带满露珠，晶莹剔透
包围着村庄，那么静谧

可以清晰听见阿婆
唤孙儿起床上学的呼声

几只水鸭从湖面滑翔
留下一串水波

瞬间复合回原来的平静
袅袅的炊烟升腾，安详而恬静

花海之畔

你在花海之中流连忘返
是内心的善良与花的纯粹融合
还是博爱的灵魂出来摆渡

尘埃与云上的飘逸一样在你的心上
若无其事地回眸
沉积多少日思夜想的寄望

甜蜜的时刻是不动声色的惦念
心有灵犀需要庇护
需要相互坦荡，诚恳炽热
秋已尽缠绵不休
执着和执拗原本孪生
而你拥我入怀，疼爱呵护

不可成为曾经，需要你保持现在进行式
山丘，原野，村庄，我漫步的乡间小路
都是我的秘密花园

逐步，挺立，匍匐，仰望在我的田野

天空湛蓝，大地赤诚
唯一的相携相拥，在我面前

丹渠水流过我的田园

我愿意用褪了色的青春
守望一方水土
远去的河流奔赴自由
因为我爱，所以不动，站在你身后

能带走的期望和眷顾
在丹渠水的波纹里灌溉良田
而我日日暮暮在小山村的怀抱里流连
晨起煮粥，阳光下耕作，雨天廊下喝茶，
星光点缀时幻想

奢望和贪婪不会计算所带去的折磨
手里有农具，脚下有田地
粮仓满满，就是农耕人最大的幸福
在国泰民安里，播种，拔节，谷穗低垂

因此我又在原地，驻守，虔诚，挂念，除尘
怀揣一缕风，珍惜四季轮回
丹渠水从暗渠滋生，奔向敞亮
那峥嵘的岁月，艰苦的劳作，齐心协力的场景

刻在一个时代的流程里的
是奉献和忘我，是大爱与执着
丹渠的出现本身就是一道耀眼的光亮
挥霍不去的更是对我们的勉励

何其有幸生于华夏，蜜糖罐里成长
团结奋斗里生活
丹渠博物馆应是这一方水土的历史结晶
更是一片丹心的特殊延续

八月雨

呆视着窗外细雨蒙蒙的田野
雨滴一样稠密的默念
涌出

涵盖一只小小飞蝶羽翼的叶片
用力保持平衡，极度
包容

雨是最特别的媒介
把爱恋和思念的纬度
扩张

泛滥成灾的不只是河道里的浮萍
还有你心里萌芽状态下的
情窦初开

这么特殊的八月，这么叛逆的雨水
包围我的村庄许久许久
寻不见她，雨太稠

假使在春天，假使在夏天
我们甘愿冲入雨帘
嬉戏

八月的雨呀，沉稳霸气
伸手窗外微凉，袭人
不敢疏忽

有没有在世界的某一角落
静坐着另一个自己，惆怅如雨丝
连绵不断

八月，该是收获的季节
回归的方式，略有不同，她应该明白
雨的缠绵

这个八月是个例外

跌跌撞撞把七月抛出
没有如此迫切期待什么日子的到来

八月，你好
天蓝云白，田野绿意盎然

期盼丰硕的收获
还是持续那么久的自由得到允许

我们不再偏执
理性张望压制感性的冲动

比如梦里晃动的影子
清晰，真实，唯一的例外

刺痛每一根跃跃欲试
被爱抚过的心弦

挣脱缰绳，再无束缚
一路应有频率一致的人搭伴而行

八月，金色晕染的梦境
拭目以待，端起矜持的笔，重绘长卷

柔和的晚风，滂沱的大雨
独靠岸边解了绳索的小舟

彻底地从八月驶出
向着大海的方向，至死不渝

十四行叙事

一场雨结束了所有农事
无效的时光都隐退

新的起点在种子入土那一瞬间奠定
给予动力的源泉，分分合合却紧凑备至

既有规律又变幻莫测
该来的终究会来，谁也阻拦不住

别紧张，你安心候着
你要相信它一定正在来的路上

愿用所有的时光陪你
在此后余生，不离分毫

疲惫的时候望向窗外
光亮吃透一切肉眼所及

虽然孤独但不寂寞
手中有笔，面前有画，画中有你

真心或假意都将匿入时光中

双臂抱膝，席地而坐
在高高的岗地，羊群散落在周遭

与夕阳对峙，相望无言，这份默契与生俱来
这是一种变相的浪漫之旅吗，敬畏之情愈演愈烈

逐渐，远处村里亮起灯光
那无线的器材呀，借助太阳的能量把光抛洒

早该相信，亘古的村落或许会消失掉，再无村庄
或许会变换新貌，成为人人向往的世外桃源

抱膝而坐无限遐想
享受这恬静的独处时光

倦意一扫而光，存在是所有忙碌的意义
满怀的热爱递增，这世间总有太多心向往之，真心以
待的理由

我用尽全身力气奔跑在羊群周围

别走丢，别祸害庄稼，别离我太远

郊野的傍晚之歌

大地之上我来回巡逻
五月麦田金黄，颗粒饱满

泥土的气息和着收割的节奏
把恬静叨扰，热闹得像极了春节前的集市

忙碌的人们满怀希望，
沉默不言，无私付出的土地
终究留不住满怀憧憬

虚荣的云不停留，与风勾肩搭背，飘摇自在
这世界没有一蹴而就的成功，也没有二次三番的幸运

我在两者之间，伤到绝望，又爱到巅峰
有一个傻瓜在地头捡拾麦穗，却不愿耕耘荒废的土地

急促的双脚从西到东从南到北，双眼明亮，动作敏捷
适可而止，回旋定当相当漂亮

坚守麦田，凝望星空，绿色才是最称职的底色
是给世人最极限的爱与滋养，愿天下人都能吃饱穿暖

今夜觅菜下酒，玫瑰泡澡

今夜我们和平相处
不要探究更深的内容
除非你做好了万全之策

本质属性越是精细越出人意料
当然更多的时候，内涵优雅，情操高洁
也在于更深层次挖掘
表象的快乐适应众多对象

往深层发展都无法度过测试期
用心维护和修补只会漏洞百出
舒服的理由，建构在互相照亮，互相容纳

世界太小，周转在人心外域的认同可喜可悲
谁人不是自立为王，独自芬芳
穿不透的过往，抵达不了的第二世界，多重迷茫

一览无余地呈现给了更多批判的借口
豁达，敞亮，胸臆开阔都只是臆测
高高的山岗，贫瘠的土地才能给你无私地拥抱

这世界太大，无法捏和两粒尘埃
无法给它们安身之所，飘摇就是它们的宿命
布谷鸟巡视五月的田野，从早到晚

无法抑制的冲动，无需抑制所谓的快感
在今夜就地解决，苋菜下酒，玫瑰泡澡
把长夜扩宽播种璀璨的梦幻

悼杂交水稻之父袁隆平

用什么弥补所处的欠缺，用什么挽留匆忙的步伐
期待用一场雨关闭一扇门

让妄想和虚伪手足无措
让慵懒的人睡在麦场上，麦芒到处飘扬

白天没有时间胡思乱想，忙着在光里寻光
只有静静的夜里捍卫蠢蠢欲动的思绪

每一个田间地头都在五月敞开
秧苗下田，水渠灌满，白云蓝天倒映水田

浅浅的水面显现高大的谷穗，高高举过头顶
举过世俗的眼光，举过五月的沉痛

我们丰衣足食，我们享受小康
我们该记着的，我们要记着的

都放在心上，袁老，请允许我
允许我们在这时候把你高高举起
在大地之上，在田埂之旁，在每一次端起饭碗之时

他人的远方，有我驻守

村庄的傍晚笼罩着薄雾
微风舒适而妙曼

披着睡衣赤着脚，在黄昏里走
这也许是对一天辛劳的最好犒赏

五月过半遍地金黄，我努力吮吸风中的芳香
令人陶醉的味道，引诱我，迷惑我

一切的相守都有着特别的意义
于你于我同等重要

整片山岗已空无一人
哦，还有我，愿与麦田为伍举着饱满的旗帜

在晚霞里招摇
直到所有的光消散，巍然挺立

站成一道不一样的风景，不为谁，只为存在
昨夜梦里的场景再现，这是你的诗和远方

在卑微里祈祷，爱就热烈吧
温柔就彻骨铭记吧

站在远方回望，诗不在身旁

当我离开才发觉，那无风无浪的驻守
是我迫切想要的归途，是我不能舍离的牵绊
远方的远方有你，我最亲爱的人在心里徘徊

抛开所有，不是你的初衷
爬行与奔跑必定兼顾
记起和忘记无法从容对待，怎样才能适可而止

你说这个世界不够完美，得有所改变
结果自己长成了一朵花，拒绝蜜蜂叨扰
在半山腰独自释放芬芳，独自瞻望

因为一场风的缘故，你讨厌柳条婀娜
她们相互成全，你望着心生羡慕
满山的杜鹃举起朵朵春的期待

在每一个路口，每一个相遇的瞬间
所有人都有不一样的宿命
走多远的路，起步与旅途都需要彼此成全

母亲

快捷的时代物欲横流
记忆的储备库总是快速更新
唯有一样永远不被替换

那就是母亲的爱和袒护
从小笨拙老是闯祸，不是被大人批评就是被同伴欺负
每一次都是母亲搂在怀里安抚

此时不该泪流满面，幸好父母健在
隔三岔五还能回去蹭饭
那是温馨的港湾，甜蜜的去处
回转时还不忘硬塞一些东西

很多时候不愿意带走，总是拗不过父母的执着
都说："只有瓜恋子，没有子恋瓜"
是呀，我们为父母做得太少，太少

母亲的口头禅：你们过得好，比什么都好
辛苦操劳一生最后心里还在挂念儿孙
不善言辞的我从来没有对母亲说过亲密的话

这样安静的夜晚我想依偎在她身边轻轻地说：
妈，我爱您！如同您爱我一样爱您
眼眶里泪珠滚动，这是思念的滋味，是幸福的涌动
妈，愿您和爸一直像现在这样，身体好好的
在我们回去时多跟我们唠唠村里趣事

麦田里的守望者

过于直白是山岗的凸显点
和沟壑先前商议而定
遥遥相望，却不曾有一点点冲动
相安无事就是最好的陪伴

到底是谁先离开，无先知，无预见
春天将走远，远到下一个轮回

麦田日益丰满，鞠着躬，面向养育的田地
微乎其微的收获，有人欢喜雀跃

一切的风都刮不变泥土孕育生命的决心
如我坚守在麦田里，日出而作日落而息

试图改变终将一片徒劳
原野的敦厚是执拗的，势不可挡

直白的口径越来越窄
不必坚信不疑，一切的后果都会在最恰当的时候呈现

致所有的遇见

推开窗，晨风拂面
等待了一宿，这沁心的爽，明静的凉
是守候，是陪伴，还是刚巧路过
没有争议，会晤是此刻的重点

热爱的，挚爱的，钟爱的
这眼前的景呀，谙熟又相融
挺直身子相迎，别漏掉一缕清风
撞个满怀欢喜，撞个心意相通

笑视过往，纠结，堵塞，恼人的片段瞬间湮没
我看见光，看见你的脸，早晨清新的田野般的爽朗
聆听鸟儿洋溢的歌，树枝婆娑妩媚

我看见你满脸笑意，靠近，靠近
正视吧，雨后的崭新，花丛的芬芳
不必拘谨，仿若大地宽厚仁慈滋养奉献

该有的都有，都有，羞涩就不必了
勇敢和坦诚，炙热和温暖，所有的字眼为此而备

途中

感恩遇见，无论是以风的姿态出现
还是以雨的激烈相拥

我们终究在同一平行线上互相凝望
愿意改变，为了依在身边的人多一些笑颜

蹉跎的已去，珍惜眼前
你愿为我皓月当空，我必定视你如春花三月

相濡以沫，事无巨细，一方水土养一方人
所有的捷径都是暗自努力的结果

大摇大摆地走，堂堂正正地来
追逐的乐趣意蕴悠长，速度不是制衡之术

途中事物繁多，拥有的，动心的，擦肩的
狂热的，心底深藏的，最终都一无所得

二月，放下琐事，与你共享

鹅黄是迎春花的固有色
还是春姑娘的恩惠
在二月，所有的粉嫩，所有的萌芽都是惊喜
都是推开春之门的助力
是你在我心中种下美的契约
第二次梦见，清晰而温暖地拥抱
你在枝条展示，一份诗歌的执念，
舞者的姿态，画者的激情
在低头凝视里锁定，二月一切美好的源头
过去的匆忙，疲倦，委屈，辛劳
都在这一刻自行溶解
二月，梅花在枝头，在我的窗前守候，
如你在诗的篇章里相约
拨开三九四九的冰凌，航行于春暖花开轨迹
二月，伸出手相握，共筑情缘梦

漫步在黄昏的郊外

月光，铺开
简化世间万物
唯有脚下的路踩上去实实在在

山，树，田野轮廓朦胧
灰白的色调正如你梦里的故乡

岸边，甩杆独坐的翁者，低头凝视
瑟瑟的风吹皱小河

路过的最高境界是不打扰，甚至不观望
伫立显得格外奢侈

夕阳西下成全次日朝霞满天
你的沉默在宣告什么

走过千百回的小路
闭着眼却回不到原点

冬日的期望

我们总是在冬日期望春暖花开
殊不知浪费了多少个春天
冬日懒散的田野
用沉闷把一切的张扬压制
悄无声息，自行溶解汇入
大地的深厚，自然的馈赠
抬头，暖日腼腆
憧憬的，朦胧着，自我陶醉
看那甘谷的枝条多自由，多洒脱
各司其职吧，干扰只是外在因素

邂逅迟来的霞光

风掠过山岗
掠过目光所及之处，我守在原地
灰蒙蒙傍晚笼罩着蜿蜒开去的丘陵
泥土正在孕育浩瀚的丰硕
勇敢的人，问候夜晚
问候天空展翅的候鸟
早安，晚安，好梦
何来庸人自扰，冬去春来，花谢花开
对面微笑的脸，依旧灿烂
漫步，恬静的乡村小路
物质世界和庸常人生
邂逅一道晚霞
明净，纯洁，坦诚相对
骤然，心绪豁达，暖暖的感动油然而生
两情相悦时，最是恰到好处
涌入大地的掌心，一段故事拉开序幕

梦的敞亮

一束光穿越窗棂，从梦的溪边渡来
一段故事抑或一段事故开始

陌生的郊外，孤零零
苍茫中有人影靠近，亲切熟悉的味道

没有清晰的模样，只有眷恋中的相伴
适中的距离跟随，不至于太近产生惊慌，太远又孤独无依

依稀可见村庄里微弱的亮光，听见犬吠
回身别无他物，空中有一份暧昧

指尖有些落寞，空洞
一片白推走意念中的固执
婵娟的夜逐渐褪去
如涌上岸的潮回到大海

果然，一片荒漠一双明眸
脚尖点入恒温的掌心，久握，久暖

永远的放牧人

放一放
庄稼地里的疲惫
捧一卷书
闲坐
无所求
无所不求
阳光正好
田野正生机勃勃
我正好特别惬意
满心欢喜的是纯粹的
简单的孩童般的天真
伍尔夫，新近闯入我的世界
有一股火焰般的情愫
靠近再靠近，远远的灯塔亮了

独坐·黄昏河畔

浅显的独白
一浪一浪荡漾在无处安放的迷茫里

与深邃的夏日岗地对视
不用言语更触动心弦

翠绿欲滴是夏季的秘诀
忽略炙烤吧，忽略不愿转身的游子

暴晒在日光下的都无懈可击
比如庄稼，野草，花朵，树木

黄昏临近，风渐凉，小溪岸边独坐，独享静谧
是谁在蓝天上撒下鱼鳞般的白，一排排

没有偶遇，只有记忆里渐行渐远的背影
适当的距离，是最满意的理念

五月，阳光与风都很柔情

当世界在你面前呈现绿意
青翠欲滴的深情

谁是那其中的一抹红晕
诗情画意可否轻描淡写

从你淡淡地笑，满脸的欣慰
我笃定，天蓝与你有关，草绿与你有关

云在天空随意，一份执念从五月出发
回归的序言，沉封一缕旧时感怀

在火热的五月，坦荡出心迹，
心路的无限憧憬，铺开绮丽画卷

小村花开

一只紫色的老鹰
展翅飞旋在村庄路旁
鸢尾花开，开在村头，村尾

四月的清晨格外清新
乡村大嫂，爱着花儿一样爱着村庄
把一份和谐点缀入一份执念

搜集方圆几里能索取的花枝花种
在春天扦插播种，
静等开放出娇艳的花朵

香气四溢，萦绕静谧的老屋前后
等待远方的你，送还缕缕乡愁
鸟雀在枝头鸣唱春天之歌

小村花开，开出留守老人儿童的期盼
鸢尾栩栩如生，把所有的遗憾遁入羽翼下面
绽放明媚的阳光

陶醉在清晨的田野

我的田野我的村庄，我一望无际的麦田
从春的盈盈中走向夏
走向无边无际的生机勃勃中

鸟雀在树枝上鸣啾
吟唱绿意，生长，热情
花儿提着裙裾参与这竞相争艳的盛会

日头殷切得如一位情义奔放的少年郎
用爱的炙热抚慰中意的少女
我躺在青青草丛中，听着鸟儿的歌唱

即使草的汁浆沾满衣衫，飞舞的尘土弄在脸上
我的心是干净的，眼睛清澈明亮
我的田野呀，我为之耕耘，为之筋疲力尽

没有半点后悔疲惫地坚守
我迷恋一只蜂鸟的闯入
天空湛蓝湛蓝的云飘浮

最后一道防线

疫情如潮水
从武汉瓦解，奔涌向全国各地，来势汹汹
我们的医护人员挺身而出
用全身心地投入抵挡，扼杀洪流般的疫情
84 岁的钟南山院士，像一面旗帜光彩夺目

或许所有的眼睛都牢牢盯住电视
盯住网络上忙得热火朝天的保卫战状况
一支默默忙活的队伍没有出现在大众眼界
就是我们的乡镇基层党员干部
心怀神圣使命感，正坚守着最后一道防线
把守在乡村公路上，切断人流涌动的路口

他们基本没有防护措施，只有一只最普通的口罩
他们设立微信群，为大家科普防护知识
疏导人们心理阴影
站在群众中间引领大家打赢这场没有硝烟的保卫战
"万众一心，众志成城"十四亿中国人团结驻守最后
　　一道防线

麦苗青青

一个人在郊外巡逻了一天，没走出山岗连绵
田野那么大，没有风声，没有鸟鸣
都被隔离了，我像个淘气的孩子从后门溜出，扑入那一
汪碧绿的海洋
麦田，有我守望的梦想
田埂上的磕磕绊绊伴随泥土馨香
沁人心脾，豁然开朗，曾经的年味变得孤零零
此刻，田野上焕然一新，紧张的神经得以松弛
仿佛听见小草用力生长的声音
仿佛看见枝丫上苞芽满满当当
仿佛嗅见柳条儿嫩绿的芽苞清新的味道
春天即将来临，在这特殊的日子里，人们需要春天

我在田埂上跌跌撞撞，看见一个人
所有人都在等待，从牢笼走出来
等待春雨浇灌，春风摇曳，等待拔节的脆生生的响动

依然热爱，午夜的风在晌午刮起

倘若你从我的世界消失
在一个明朗有着暖阳的冬天午后
不见了踪影，没有了音信
是季节出现了差错
还是果实统统逃匿，扔出一个空荡的外壳

久久仰慕的那旖旎的风景，此时缥缈，隐遁
村庄旁沟壑里再没有了抓虾摸蟹的笑语
两小无猜、心有灵犀的伙伴，瞬间瓦解
村头再没有了炊烟
杨柳不在春季起舞，企鹅没有了从冰雪世界出

倘若我们不能相见，你干脆把所有的颜色都抹去
红得太热烈，与我，无益
蓝色，有向往，有眷念，与我，无益
黄色有些矫情，有迷恋，与我，无益
黑色，有感触，有忧伤，有徘徊，有沉痛，更不许触及

倘若还可以残留游丝般罅隙
就选取"白"吧，空洞无物

白到没有血丝，像天空一样
而你的耳畔却没有半点声响
倘若只是你的游离，无心之过
哦，请别说"不是故意的"

贫瘠的田野，没有中秋节

背对着，侧卧在郊外
炊烟袅袅升起
秋天的风抚摸着
我们背后的村庄
各自低诉
生活中的难题接踵而来

我走向你，如同走向一片沉默的土地
你拒绝相拥，转过脸，背影如此决绝
泪不再流，所有的汗水和眼泪都给了这贫瘠的土地
捡拾的谷穗瘦弱而稀疏
茫茫大地如一位虚脱的老人喘息着呻吟着
不愿意接受我摆放的一颗心

金秋十月，风已经多余，山岗和村庄渴盼雨水的灌溉，
没有，啥也没有
灰尘的气息愈发加重，让勤劳的庄稼人快要窒息
中秋节的早晨，没有张灯结彩，他们忘记了节日和
自己
只是佝偻着背，一趟一趟巡视在田埂上

远行的人思念成疾，在佳节里
无限的遥思和问候，点燃不起乡村的兴致
迷茫的双眼遥望远方
水，水，水，生命之源，才配得上是田野的忠实亲人

爱着，这晚霞中的田野

独步在郊外
天低，虫鸣，初秋的田野庄重，闲淡
只管暮色逼近，只管黑暗敲门
那高挂的星星呀
一颗，两颗，三颗来到我的身边

合着清爽的风，合着土地的芳香
萦绕在我独自漫步的乡村小路上
守着一颗恬静的心
守着一片稳重的田野
知了在小溪边的枝丫上唱响

一浪一浪的情歌，高昂的情愫点缀
无边田园的悸动，爱了，这田野
爱了，这晚霞中的田野，逐渐来临的夜
把我拥入田野的腹地
更加深入，更加迷恋，贪婪地遁入广袤的洞窟

时光再现，只为你而来

重叠的清晨
在薄雾里铺展清新
某一年，某一月，某一日
回归

多奇妙的时光
小村庄的静谧
空气里熟悉的味道
悠悠的晨风，都为你而来

我与你相视，对坐，无语
无与伦比的安逸
回归到那一个时刻
竟然心境没有浮动

大山的儿子

大山端出永不褪色的坦荡
任你翱翔，蛰伏，苦中乐出泪花
田园妖娆出芬芳
在季节变换里，献出硕里

赋予你，春的花香
夏的浓郁，秋之饱满
冬的洁白和苍茫
你是大山的儿子

依托山的深厚，铸造内心的家园
播种善念，接受恩典
太阳使你膜拜
你驰骋于田野，回馈于田地

我就是你沟壑里的一滴水
梦想山外的世界，却从不远行
大山需要陪伴，需要我守护
那个不会走失的人，总在山前徘徊

田园之歌

某一种开始，一闪，缔造故事
诸如清晨的田园，风微微清新甜美

在眷念中，归于平静
你不来，我不往
不必猜测，下一个路口
是否会擦肩回眸
或许有一种结果，在意念之外

你守着田园，我守着你
像风一样飘逸，土地一样沉默

你心底的田野

我们提及田野
喜欢六月的她
有过刚刚收获后的疲惫
有过秋种萌芽的惊喜

在她怀里徜徉
你是一个被爱，被包容的孩子
你的奔跑，匍匐，和她的亲密
都被路过的风认可

她知道你的一切就是不吐露半点
你的坚守，留恋，耕耘，微不足道的收入
晨曦，晚霞，都有过参与
被炙烤的皮肤黝黑健壮，心底只有她

你心底住着连绵不断的山岗
日出而作，日落而息，周而复始
田野生生不息孕育生命，养育万物
最质朴的情节，演绎最纯粹爱

严寨牧歌

是什么指示我
一而再，再而三
奔赴与你，严寨牧歌

你的幽静，你的矮树林
还是奇石丛中
有他逗留的痕迹
与别处不同的精致

天然生成的石群
错落有致，移步换景的幽深
三月，四月，五月
不由自主地去了

林间小径景致怡人
走走停停，和每一块石头打招呼
它们总是那么虔诚
保持不变的姿态

给予来者稳健，宽厚，谦谦君子的大度

微风荡起，树叶儿轻轻舞蹈
翩翩，沙沙作响，恰到好处的恬然轻音乐

抚慰快节奏生活中的人们
洗涤身心，怡然自得的快感油然而生
林子尽头豁然开朗

巍巍土长城横跨山顶
健步登高，瞭望，广袤无垠的田野，河流
百里丹渠的倩影，尽收眼底

忍不住呼喊，我的故乡我的爱，都在这里
严寨牧歌和它的左邻右舍撑起一道屏障
下游，不曾有过一次洪涝灾害

六月，还在期待，再一次撞入你温存的记忆
小小的严寨，似一颗温婉柔韧的玉珠
在群山的拥抱中娴熟地低唱
唱响大山的悠长，辽远，满腔热忱

爱着田野上的风

夕阳再一次
红着脸，对我媚笑
倾诉世间的风情

高空的孤寂
坦荡的来路无限循环
说着话，周身都红彤彤

我伸出双手拥抱
低声呢喃，爱着你的何止我一人
崇尚您的热情，膜拜您的执着，暗思您的妩媚

是谁
赐予田野连绵起伏
自由之风左右伴随

我守在田野上
机遇每一次路过的风
如同机遇一场永生的缘

这世界太浮躁，至于田野，山岗，小河的恬静
我爱上了田野，田野上自由的风
情愿把自己深深地种在土地里

五月，没有煽情，只有严寨牧歌

五月，我迷失了方向
从山庄蹒跚到城市
惊奇于水泥丛林之中
快车道，慢车道，紧急车道

来来回回，穿梭
黄线，白线，实线，虚线
绕得眼花，脑胀

五月，我举着敏感
在夕阳背后忏悔
拘谨一旦有了缺口

弥补就成了梦魇
习惯于自由，不受管制
像山坡上的野草，在风中摇曳

五月，我没有遮阳帽
回到山岗跋涉
在葱绿的林间穿行

在阡陌上蹒跚
黝黑的脸倔强从容
世界那么大，栖身于方寸之间
有多长的腿，就走多长的路

五月，我踏上了严寨
偶遇一份心境
在林间，放牧久闭的歌喉

听，风在耳边呢喃
奇石旁盘腿而坐，静谧中栖息
宋长城上凝望远方，捡拾遗落的梦想
月季丛中，芳香溢出，顿时豁然开朗

红色袁冲

从诗歌里提炼韵味
从故乡里寻找安宁

把心事放飞
回归成了一条明亮的路

她荡漾红色韵律
成为老河口这座小城莫大骄傲

袁氏家族的不屈不挠赤色信仰
一个个响亮的名字放射光芒

袁冲，袁书堂烈士的故乡
山美水甜，多少人梦里的诗与远方的模样

百里丹渠萦绕而过，粼粼碧波绽放笑颜
两岸景观式设计，河风习习，鸟语花香

承载历史使命，把红色传承

鄂北"五县起义"总指挥袁书堂

英名永存在这片土地上
红色教育基地自此流传

陡沟河，丹渠岸边我的童年河

回不去的，我那快乐的童年
至少可以惦念，可以路过，历历在目

故乡之外漂泊的人
此时，都有共情，是温暖而亲切的代名词

童年的记忆完整又甜蜜
故乡的音容笑貌，烙印在记忆的长河里

还有那条河，我的母亲河
承载着美好的回忆

河水里嬉戏，捉鱼，河岸边追逐嬉戏
有不可复的趣味

夏天站在对岸吼一声两岸幼童噼里啪啦跳下河
嬉戏即可开始 我们是浪里白条，个个都游刃有余

滋润村庄的丹渠水，触手可及，取之可饮
春天荡漾碧波，灌溉麦田，无声，却情意绵绵

夏天的柳林里，小椅子一放，还有竹制凉床
聚集在一起，聊天喝茶，不亦乐乎

陡沟河依偎在百里丹渠河畔
多少个春秋，唇齿相依，形影相随，相映相衬

我的童年河呀，我的母亲河
愿你长流，永不干涸，从始至终护佑这里的民众

布袋沟

听说乡村的风暖了
邀友出行

布袋沟——一个神话的起点
我们携手前行

一路揣摩
那个袋子里有什么呢

总会有这样名字的地方
真的形如袋子还是好进难出

是的，慕名而来
好似一只梦中蝶窃语相告

终究是要到达的地方
羽翅上带着晶莹剔透的朝珠

就在那儿
随导航在前面开路

我们一路欢歌笑语
与轻风相拥，与田野山岗示意

好巧，一碧湖泊
形如袋子，袋口朝北，袋肚卧南

肥肚圆脖，三面丘陵，下方低洼
左边树木茂盛，右方庄稼碧绿

林中步道蜿蜒起伏，幽静曲折
亭台矗立，威武强健

湖边扶手巧妙的音符设计真是锦上添花
就如袋子的花边新颖别致

绕湖漫步，时而畅聊，时而不语
湖面野鸭悠闲自得，林中鸟雀鸣啼叫

微风阵阵轻抚脸颊
大自然的馈赠和谐相融，爱意滋生蔓延

空村

我要你陪着我
从春天出发
经细雨滋润的田野
涉汩汩流淌的小溪
爬小路崎岖的大山

十指相扣，释放内心
不必伪装，从尘世脱颖而出
驻足瞭望或席地而坐
旁边有白色和青色的石头
它们已经沉睡，死寂一般的无声息

春天还唤醒了沉睡的村庄
倔强又崭新的村落
无法留住四散的子民
向远方才能发展，才能更好地养家糊口
留守的最后的意义是什么

直到所有能离开的人都远离吗
还是期盼游走的挂牵尽快回归

谁来收拾这残局
干净的村村通公路
神龙见首不见尾的乡村公交车

乡村的呼唤，纠结的夜晚
某一处有表达完善的乡音
某一处有聚少散多晚餐
摇曳不定意志，最后越走越远
始终你没有回头

在旷野张望

站在山丘之上
身无长物
风一阵一阵袭来
暖而舒

花开遍野，芳香扑面
无以回馈
只有善良，敬畏，感恩
和春天的热情拥抱

绕足而过的小溪
平和亲切
伸出手无法挽留
掌心划过最初的温度

各自的使命
路归路，梁归梁
邂逅一只吉祥鸟
在枝头守候

一朵云翩然而至
是暗示，宣战还是告诫
头绪混淆
不做处理，不予回应

丹丘觅境

仓促间，去不了天涯
更不奢望海角

身边的美，可寻可觅的处所
——丹丘觅境

翘首以盼
期待你的莅临，你的赴约

以水为邻，蓝天白云是旁白
幽径通达，田园碧野里独处

白墙青瓦，亭阁小院
青杏枝头摇摇欲坠

暮色漫步，晨起执书咏颂
另一种心境，另一种安逸

驻足丹丘，你所向往的恬静
无不淋漓尽致挥手示意

你尽情随心而安，置放灵魂
时光静美里有无可替代的温柔

在对视之间
显山露水，沁入心扉

呼朋唤友，或新到或重访
扑入一种崭新不可复制的境地

如扑入恋人的怀抱，紧紧相拥
传递相互的暖意，感知彼此的心跳

天高林静
诗和远方皆在触目之间

湖畔与村庄

金黄色的流线型丘陵
在阳光下格外醒目
村庄点缀，河流萦绕
勤劳的村民朴质纯粹
村庄始终以静态出现
以生生不息存在，以延绵不绝而循环

一种掩体，一种昭示
秋天使村庄丰满而圆润
季节的偏爱，把圆满，丰收，沉甸甸赠予
秋天是属于村庄的
把果实馈赠，把喜悦添置
古老而宜居的传承，不被发展趋势卷走

更高级的文明带走资源
向上的，积极的，怀揣梦想的
游离，远漂，异地着陆
其灵魂，根依然深扎村庄，他的来源之处
祖碑、训诫或许会因为时空淡化
面对面必定肃然起敬，所以我们需要瞻仰，亲临

寻根溯源，教化熏染、传承延续

在亲历中升腾，渲染，浸入，根植

研学游教，隔空对话，因而回归自然

是一种召唤，和谐之美，共处共生

和美村庄以人为本，相辅良好的传承理念

得大道，遵循道法自然

樊庄情愫

一颗星一样小的岛
从山脊里生出，面向东方
临近心月湖，依偎着，停靠着
让其包围，抚摸，洗涤

春秋冬夏相望相惜
湖上的风吹开桃花
吹散炎热，催熟果子
让人们裹紧棉袄等待春天

迎春花开满荆条
鹅黄的点缀
使湖水更加完美
从你记忆里走来的村庄

绿树成荫，花开四季
炊烟袅袅，邻里之间和睦相处
无忧无虑的孩童
在村落的犄角旮旯嬉戏

重返之后，漫步后山
走了多年前走过的小径
才发现，游子的心事
全在这一草一木，一片土地上

森林村庄樊庄

给一个特写，把山水描摹
展开，铺在这片土地上
一个偏远而灵秀的地方

祖辈坚守，勤劳，善良
训诫矗立在村庄中央
安分守己，蓄力，陶冶

以身作则以示晚辈
以大爱守约
以宽容度日月
以共同保护居住环境

村庄树木茂盛，鸡鸭成群
老人安闲，顽童智睿
一方水土养一方人
一方人护全一方水土

以农耕和谐处之
以自然灵气敬畏

一样的村屋房舍
不一样的内在灵魂

邀请函

亲，到这里来
昨夜春雨淅淅沥沥
一整夜不曾停歇
我这里的桃花就要开了
你能否带着春风
一路北上，穿过雨季
带着你满怀的情愫
喜庆的眉眼
大步流星走上
刚刚被春雨沁润过的山岗
春天已经到了
携来你最盼望的时节
舒爽的风，青了山头
暖暖的阳光，开了桃花
你的到来，会填充
我对远方距离的重新省度

亲，来呀
到这个小山村来吧
有槐花蜜，浮子酒

南瓜粥，粉条包子
还有，还有
空气中飘荡着清爽的泥土芳芳
白的梨花，粉的桃花，黄的迎春花
蜿蜒曲折的山路光洁而干净
驱车，步行，或三五游伴
你的，你们的笑声将点缀
这广袤的原野
山鸟信步在阡陌上
不远不近
它们习惯了东张西望
若即若离
习惯了，远远地对人类的观望

亲，来吧
爬上最高的山岗
刚刚被洗涤过的田野
愈加亲切，熟悉
似是你童年的游乐场
你和伙伴们腰间插着柳条大刀
抓捕过强盗小偷
建过城堡炮楼

打退万千侵犯阵地的敌人

抬眼远眺，远处的村庄

不偏不倚，相互记挂

湖泊环绕着山丘

山丘倒映在河水里

相映成趣，野水鸭穿梭其中

这种静谧，不忍打扰

只要你快一点到来

油菜花

在春天的郊野里，自由出入
那花海的色彩，是你荡漾的心湖
和春天击掌，像老朋友一样拥抱

此刻，你的眼睛是发光的
春风十里，里里景不同，处处暖相融
惬意相伴的是脚步的轻盈，还有内心的旁白

万物复苏，柳绿花红，轻风娇柔
是春天的馈赠，也是奖赏
慰劳万物生生不息顽强向上

和春天击个掌吧，用饱满的激情
热忱地在旷野里载歌载舞
抒发热爱与赞美之情

油菜花的绽放
在山岗，在沟壑，在路边
是春天的前奏，也是大地的使者

你笑嘻嘻地走来

春天打开门，为了你

轻盈的身姿，美妙绝伦

在田野坚实的后盾里

清雅脱俗，给风以形状

婀娜，轻柔，暖意绵绵

油菜花，油菜花

黄得稠密，开得灿烂

色调统一，不虚化，不重叠

更不唯唯诺诺

花朵儿紧凑，规律，向上

围绕中轴次第开放，展示生命的力量

第三辑 云上摆渡

云上摆渡

窗内的世界因人而异
是的，相守，一直都在

心中的涟漪在阳光下依依，在月光下婆娑
云上，没有窗，也没有世俗

我们依偎，灵魂抚慰，摆渡到任何角落

你身体的柔软之处，无拘束的自由的风吹拂

云上瞰视，人间疾苦，众生操劳，我们相爱九霄云外
互不猜测，意愿就在
否则，随风飘远，永不，永不再来

走不进密林，走不进内心
就在旷野之中相见

冲动，热情，激烈的外围依然柔情荡漾
透明的玻璃隔出了两个世界

却让对方彼此看得更加清楚
清楚地明白谁也离不开谁

像云离不开天空，风离不开湖面
去到云上去，在灵魂出窍之时，在路人皆醉之时

表白

在一处怂恿里表白
窃笑是渲染语无伦次的铺垫
真实得密不可泄的初元
与激情携手

春天极速生长，装点大地的颜色，充盈内心
一段奇妙的追逐展开，跋涉于时空里
冥冥之中相携相知出自小王子的星球么
还是小王子造访过的星球

那一条纸蛇会在哪一个拐角
埋伏也或笑脸相迎直至结局显露
人一出生便知会离开
却不知期间是什么样的波澜起伏

敬畏春天的绵绵细雨，滋润大地
灌溉饥渴，揉抹古板
起伏跌宕的麦浪是抚恤干枯宿命的甘泉
只此一处香气宜人，原先，此刻，亘古

假使你是里尔克怀揣的"豹"我必定不是那栅栏
也不是它为之旋转的中心"舞之力"
而是栅栏焊接处的一抹铁屑

抽空，爱一场

抽空，在初冬时节
走出禁锢
路过群山万壑
怀揣碧空万里

秋绵绵，且娇羞
相拥冬的微醺，红叶避嫌纷纷落下
拘谨的风呀
不愿凛冽，只愿舞动

站在丹渠岸边
清波涌动，被冬抚摸着呢
还有使命驱使
无暇猜忌，眼前的景致，过往的行人

小心翼翼，怕打翻了和谐的机遇
敬畏两岸驻守的树木
一站多年，相互辉映
植根渠地，受滋养，浸润秉性

爱一场吧，空旷的田野，美丽的丹渠
萦绕着整洁的村落，奔腾不息之河
抽空——爱一场
景色宜人的大美袁冲

最后的温柔

没有什么是一杯酒解决不了的
更何况对面坐着爱你的人
这般心心念念幸福的模样

一杯释放白天的疲倦
一杯庆幸夜晚的陪伴
一杯甜言蜜语倾心流溢
一杯相拥入怀互相爱抚

生活的润滑剂，缺口的密封胶
流浪心事的助力桨
丰富又饱满的爱在酒后肆意扩张
夜晚的黑把世界还给我们

如若初见，如若新生，让星光点缀
夜风包围，从容而简单的起点
梳理过往，既往不咎
与爱和解，与时光和解，与欲望和解

柔软的唇，有力的手

温暖的怀，深切的爱
住进一杯酒里，热烈而甘甜

在酷暑里遇见最好的自己

在炎热里，你汗流浃背
在炙热里，你忘了自己
在炙热里，你跨越自我

你，你，还有你，个个精神抖擞
在多少次伤神之后 ，倔强且蹒跚而行
不可任性，不可退缩，不可拿天热说事儿

与太阳最近的距离
是被宠爱，还是被俘虏
一群人仍旧兴致勃勃

有个姐妹说得真对：
候补也是神圣的
真正上场的都是英雄

我的母校，我的操场
在这个夏天最热的时候
一场比赛把我搁这儿，还有一群可爱的人

天蓝，云白，心旷神怡
笑甜，语善，劲头爆满

归处

相濡以沫的不是偏爱
不是一时冲动
不是激情的馈赠

而是时间的沉淀
你心里珍藏的信念
偏执的渴望与奉献

躁动的心在某一刻沉静
世界的两面性一下子恢复如初
你所想要的都在

摒弃过往是多么的明智
此刻，才是真正的开始
笑看岁月流淌，窗内窗外静谧

成全最好的自己
梦和执着携手同行
每一所驿站将完美执行最佳助力
在路上，我们遥遥相贺

问询

白云呼应着蓝天
种子呼应着大地
你的心弦是否得到感应

星光遥遥殷切地注视
别拿无足轻重的事物搪塞
微呼甚微的举动不需要解释

坦然处置，哪怕一个字"好，行，去"！
诠释所有的顾虑和疑惑
忐忑过后的安宁，再一次注视和问询

相对而驶，慢一些，再慢一些
始终不曾停下
相视而望，目光中有依恋，有不舍，有无可奈何
各自的远方，各有千秋

"干啥去？"是否要用一路心思相陪
有时候装作若无其事，对谁都是一种解脱
足够的自由就是足够的信任

云上摆渡，云下共度

人海里能遇上再无遗憾
从懵懂到一眼望穿

点滴的融洽弥补无尽的胡乱猜忌
需要陪伴，爱抚，需要眼里的光和手心里的温度

尝试不追究过往
相信自此能携手共渡

逢山开路，逢水掌舵
协调完善异议，把日子过成如诗似画
在世间的浮沉里沉淀两颗游荡的心

表象完美，胸中有否相处一世的决心
想要给予最好的，都是真的，眼神坦诚而炙热

不愿塑造什么奇迹，给某人某事做出证明
只要你和我共进共退，相拥而眠

小的磕绊是甜蜜的调料，制剂

不摇摆，不放弃，不畏首畏尾

心意已决，世事难料
你认同吗，走在岔路口的流浪的灵魂

来又回

眼中闪烁的光和脸上荡漾着的笑意
允许午后的小雨布满两个人的空间

空气中弥漫着祥和的答案
我们在一起，在路上

挽手之间隐遁所有世俗
默默对视，心照不宣，天涯海角随居而安

别省略一抹余光，稀释的冲动复出
不必设定目标，路在脚下，向前向前

每一次都当成最后一次
调和温柔和善意，点燃空虚中的敬畏

回转的无奈，我们相视一笑，来日方长细水长流
限定的可以重启，你有宽裕的时间，最美的守候

在

流动的夏
在一个阴沉的午后

释放全部的热情
舍身于完整的夜晚，可以回顾春天的懵懂

没有过多的言语
只有依偎，只有倾心，只有情谊满溢的笑脸

太多的沧桑，太多的疲惫
顷刻之间隐遁，新的光芒照射

一直在
岔路口等待犹豫不决的过客

仰望星空
有一枚值得追随，值得倾诉心语

过多的铺设都是累赘

无法压制时全盘爆发

在那心之港湾

爱之旅

睁开眼，看见你的脸
七彩祥云般俯瞰

昨夜的柔挂起的绯红
铺展开来

臂弯温暖四目凝视
恰到好处的柔波，在心底荡漾

跨域纵驶，无关于利弊，无关于生死
只要把夜拉长，掩盖白昼

陪伴是最长情的告白
渴望拥有，更尊重选择

越走越宽的爱之旅
倾心呵护下倍加甜蜜

扳着手指细数，第十回合
密而不透的融洽，感恩遇见

心里住着一个人

狄金森，狄金森
一个时常惦记的名字

盘踞心头不可挥去
在暗示启迪么

一样的孤独，一样的求而不得
内心的倔强和执着能不能共享

沉淀不是一种解脱
受伤的人默默承受

唯一的唯一
相差甚远，我不是听话的小孩

为自己而活，自由的风没有家
"我们"太沉重，太过忘乎所以

这世界的两全其美就是

你呼我应，我等你来

各自忙碌，彼此惦念

梵高的乌托邦

无法名状的冲动和怯怯的心仪
在山岚河泊沉淀

扰人清幽的乌托邦，一面之缘后冉冉定型
陶渊明的桃花源就是思绪本身

只有想象和感叹寄存秋天的桂花林
飘香的黄金时代，是念想和臆测的温床

至善至美的人在远方
充满缺陷是现实的真实，相视而笑后的逃匿，无畏的敏
锐最后的战败者

恐高症患者，无数次想象在高空翱翔，却从不敢展开羽翼
如同我站在你面前不敢正视你的明眸

急速躲离现场，暗自揣摩
下一次是否有可能相见相拥
梵高的星空，向日葵都是我崇拜的目标

致远方

抓一把秋风寄给远方的你
请在罅隙的喘息里展开
故乡的天高云淡，故乡的忙碌景象
故乡人的眷眷思念
瞬间呈现于你心间

收获的季节是忙碌的象征
披星戴月在土地里采撷
快与时代脱节的项目呀，就是种地
飞速发展的时代，高新科技的运转

人心迷失在拜金主义中
土地的微弱奉献留不住它的主人
远方有梦，有诗意吗
千里之外眷顾打散了天伦之乐
无法击破沉默寡言的心事

举杯，是缥缈之旅
畅饮，是苦涩舒畅
矛盾的替身在穿梭

黎明将近，把妄想、痴迷、漫长的夜放在一旁

去收获微不足道的芝麻、玉米和花生
凡是秋天成熟的作物大地上都有
就是没有如意，没有满足，没有婵娟，没有心心相印

留守是眼镜框子里的镜片少了两条腿
要扶着才会正常运作
秋风习习，是你捎来的安抚和愧疚吗
微凉中夹杂触动心弦的快感

夜空摆渡

看夕阳，送落辉
享受静谧是一种诀窍
一种善意的心安理得的坦然
匆匆中，新星升起王者远逝
匆匆中繁华落尽，空寂漫天盖地
匆匆中莞尔一笑既如此便如此
忙碌得上气不接下气
有什么好的头绪
哇，圆月当空，远近适度洁净如银

嗨，高悬挂阡陌上
独揽这寂静的洁净婉约的月儿
你可知多少人在仰望，仰望夜空
你呢，有什么仰慕，执念没有，浩瀚的夜空是你最理想
的地方吗
世间的欲望，嘈杂太盛
你就是来平息这一切对吧
平息人心的骚动，安抚动荡不安的灵魂

我的自由时光

像樟树一样
在漫长的夜里
独守村岗
周边寂静而柔和
一阵若隐若现的声响
渐行渐近
是的，越来越熟悉
他的气息扑面而来
暖暖的，归来的节奏
今夜，他会回来
我的自由出自无限的包容，溺爱
读一本书（为了读懂更多的书），作一幅浅显的画（为
了体会世间的五彩缤纷）
一个人的美好独处
心静如斯，愿望如斯，佛系如斯
爱人如斯，人爱如斯

沉思秋雨中

昨夜的酒和生活的味道一样苦涩
路人的冷漠和雨中的树枝一样晦暗
只有心中那一道光闪烁
满世界都是钱腥味
都是虚荣浮躁都是被看穿的假象
还是拷问灵魂的最高戒尺
有钱，没钱，借钱，还钱，难逃考验

只有窗台上的花在岁月里沉淀
留下耐力最强的
与我朝夕相伴
遥看朦胧的山岗
它们正沉浸在秋雨滋润中
迎接种子的入怀
将以无私的胸怀抚育每一粒种子
花的籽，草的籽，庄稼树木的籽，无可挑剔

生活无处不风雨

坐在清晨的雨中发呆
忘记生活中匆忙的劳作
忘记日子里不快和纠结
沙沙沙，滴滴答
匀实，协调，务实
没有一丝风，没有一丝杂念

听雨，闭着眼睛，封上心门
太多的无奈，苦楚，干涸和土壤的裂缝
在晨曦的雨水中
一一化解，消融，浸润，疏松
一切归到原点，疲惫的心只能停顿
把自己置于这十月的雨中

走出家门，到雨中去寻觅生活的真谛
一路的泥泞，颠簸，磕绊
没有谁会在意谁
微笑是你能给自己和旁人最好的证明

你的热忱不减，你是自己的主宰，不会因一些闲言碎语

缩头不前
不会因为一些挑拨的玩笑闹出矛盾
站直了，挺起胸来，扛住了，你是赢家
这雨来得正当其时

游刃你的发际

在诗的国度领略飘逸的秀发
你是缕缕情丝，在皓月高挂的夜晚
萦绕在窗外
在理智的边界有无限的固执

如我守护的坚毅
日日凝望，夜夜陪伴
在飘逸中塑造一份和谐
一份自带的矜持

你和我犹如双重曙光
自由得像风一样
彼此在固执里定型
追逐夏天的风从天空到海洋

前所未有的自由
踏平灰烬，尘埃，森林里所有枯枝
际遇火星，空旷，果实
最后在你的怀里沉睡，觊觎所有你的美好

孤独地凝望

在街口，在村头，在江畔
一个影子始终信奉一种久违的错觉
虔诚的信念会开出花来
像那人笑起来的样子

焦灼的七月
每一步都烙下深沉的印记
没有人会回想风飘忽的神态
和树荫下暧昧的诱惑
前行中倔强的背影

在晚霞中愈来愈清晰
宁静中，孤立四方
孤立出一片场地
接纳那望尽世俗
辗转再现的秋后月，花中魁

幻境

在繁华的街头
怦然心动
霓虹灯闪耀出故乡的模样
一次迁移，一次落寞
一次出走，一次迂回
都无法甄别
恰如其分的行程

何时到达彼岸
摆渡人，是否驻守在岸边
是夜，月似钩，挂西天
迎面夏日雨后的清爽
独自走在后山小路上
习惯了这里的氛围，恬静，空旷

漫步山涧，月影渐移，蛙声骤频
时光穿流过我的身体
奔涌而去
其后成群结队的动物
从容不迫地向我涌来

我在缝隙里逆流
冲出重围，山顶在招呼
憨厚的夜色笼罩淳朴的山丘
陶醉在魏巍大山的怀抱
山的体温比我低两度吧
微凉，却恰恰好

老农民

在荒凉处，写一首诗
一首没有意境的断言
炎热，仓促，空荡荡
六月十六
月亮没有比预想得更圆更亮

街头等待，一场秋之廉价
我们匍匐在土地之上
虔诚，敬畏，任劳任怨
旱涝不均，玉米叶子打转拧绳儿

卑微的农民，不愿离开，坚守在原地
有何意义，一年一年混个肚子圆

在土地上种出理想之花
独守，坚韧，不屈，倔强
从八零后再无踪影
全机械化吧，全大规模吧

一根网线，一部手机，把老农民覆盖起来

他们的价值已经有了新的层次

望故乡，在一片苍茫里

大寒是最冷的时节
也是离春天最近的日子
今天我们相聚
热血沸腾，旗帜高扬
在苍茫里，在贫瘠的岗地
在那醇厚的民风里
我们对视一笑
原来我们的根还在

在繁华里独坐
成一道自己的风景
无需迎风，微微一笑
便是最好的问候
捧一卷书，在华灯下
音乐舒缓，似阳光下的湖面
湖边清新的风正在会晤
许多年不见的老友

走心的秀场
热忱地喝彩，都摇摇欲坠

守住心灵的阵地
举起杯，畅饮落日下的余晖
绯红的面颊，热浪拂过
终究站直了身板
对着老屋，和乡亲
说一声，游子的心意都在

面朝大海，不诉苦甜

时光再仔细一点
磨去老人额头深陷的皱纹
带给孩子更多的欢笑
愿我们，站在生活风口浪尖上的人
更加坚强耐摔，脚步依旧铿锵
在天高云淡里缅怀
在星光灿烂中展望
把自己活成村头的槐树
春天白花绽放，香气溢出
不用抒情，自有情愫泛滥
明媚的心湖开阔
把苦甜沉淀，把酸辣溶解
把眼中浮躁静置那湖边无人的角落
席地而坐，湖水清澈
瓦蓝的天空倒映其中
风中融入苹果和玫瑰的芳香
水鸟都迁移而去
把静谧和温馨留给
湖边独坐的你

处暑

踮着脚，出走
怕，有一个响动
打翻夜的恬静

躲在炎热的夏天太久
像冬眠的动物
蛰伏在舒适的穴洞

走出来，伸一个好大的懒腰
星星眨着眼睛
像许许多多火车提着头灯

来来回回在我的头顶
铁轨却无声无息
只有脚步蹒跚

在星光灿烂中只是盲点
我看见自己干净的手
抬起，星星依然遥远

从一段故事溢出的
是否另一抹记忆的开始
凉爽的时光

别有一番情趣吧
你和我一起抬起脚
向前冲

第 四 辑　一个人的江湖

一个人的江湖

独坐，静思
世间的美好与甜蜜都是一厢情愿的产物

如若你爱，所见皆如意
若如你憎，满眼尽是丑恶

纵横，偏袒，异见

一切颇具嘲讽

一个人行走，影子孤单
碰撞取暖，只待风吹起树枝相互摩擦

月色不会莅临细雨绵绵的夜晚
会有奇迹，当然，机会渺茫

河风轻柔，撩动披肩长发
有一种被爱是无声息的，比如一朵闯入眼帘的河鸟

何必强求浪花平坦
毕竟没有谁能掌握风的方向

一个人在阳光下
还有影子陪伴，还有铿锵的步伐

守候田园

温柔以待锋芒的过错
持之内敛的洒脱
我们在夕阳里倔强
在琐碎里向往美好

不要一地鸡毛，只要鸡鸭成群
憨厚朴实的土地包容我的一切过错
当然善良的人只会搞一些小情小调
被遗忘被摒弃被爱抚也被眷恋

时光不负手心里的温暖
我们晒着阳光心存感激
每一束光都爱意绵绵
看着你汗流浃背，怎可无动于衷

你的酒杯摇曳，眼神迷离
我醉倒在你怀里
幸好，学会爱的时候，你还守在我的左右
天干地涝，坚守，田园的供给
最后的退路也是最初的祈愿

晨起，沏茶
落日，斟酒
诗意田园，我为你营造氛围
专属，无法复制

低处的幸福

尘埃落处
极目，淡然平和
真实的你，委婉地衔接

暖阳普照
不需要侥幸和利刃
也不承接奉承和褒奖

原始万物
经历变迁都始于足下
滞留固然可悲，但不可啜泣

井底观天
小青蛙有无心存芥蒂
世人的揶揄嘲讽，使其低沉

谁人能逃过岁月洗礼，风雨侵蚀
善缘之空，皆星河入梦
半夜，围观，无来龙去脉

小草的舞姿
晨露，晚霞，夜星，红蜻蜓
观而叹之

无题

冬月二十六
晴天，无风，微凉
霜满地

自家菜园，晃悠，蓄力
此时价值，静心，与大自然相融

肉蛋奶摄入诸多
家人邻居皆安
处境虽艰难，心无悲凉意

活着倒是认真的
读书，喝茶，绘画
哈哈哈 穷讲究的一天

所有被庇护三年
大恩大泽
念念不忘

自渡

不需缘由
前行，只要有人陪
跋涉千山万水
依然春风十里

满眼秋色，丰收的迹象
契机源于心生敬畏
心生欢喜，一路欢歌笑语
彼一时，此一时

挥动手臂，抛出虚无，会懂得自然懂得
时光不待，刻意缔造有何意义
问谁，自问，无解，不究
来去自如，方可自渡

站在高高的山岗
不敢靠近，以形式疏远
无限缠绕你的是挂牵和无助
风从哪里来，蓬松柔软，温情脉脉

正确的方向，自有前车开路

奔赴，下一场
无与伦比的美丽
没有预约，没有设定

人生的每次出场
纵然有彷徨之刃
那一次不是昂首挺胸

在崎岖之路，蜿蜒河流
目不转睛，披荆斩棘，前进
无狭隘之思，无辟谣之嫌

我们在路上，纵是大雨滂沱
迷雾缭绕，有人偏航
请你谨记，在正确的方向会有前车开路

妥善保管你的寄存

在孤独中品味，那梦魂牵绕的味道
若即若离是一种双面的体罚

把美好的记忆提取晾晒，汲取润心的养分
无法掌控的伤痛烘烤湿润的心绪

还好有你心陪伴，我无需独白
发自内在的自足足以滋养生活的匮乏

足以抵挡山岗贫瘠的给予
亲，拉紧我的手，拥入臂弯

草地正绿，茂盛而恬静
花儿正在播撒芬芳，都是为"我们"而来

来，亲，一起，奔腾吧
砥砺前行，为梦驰骋

背负生活的磨难，怀揣爱的甜蜜
蹒跚前进，执着而决绝

不必徘徊踌躇，一个眼神惬意而心花怒放

"我们"正是彼此的守候

一个人走

语无伦次地呢喃
被五月摒弃

深入是一种毒素
不切实际的探寻更加危险

陷入困境，心照不宣
浮躁的时光呀，需要一场滂沱淋漓的雨

在六月，狂风暴雨倾泻
浇透妄想，洗涤不成文的亲切感

漏洞太多，皆由迷茫压抑所致
安全感和信任度彼此支撑

来时的路一驶千里，无拘束的欢笑相辅相成
回去，哦，回不去的简单泥泞坎坷

可不可以假不过分幼稚
可不可以把阳光重新撒播

干净的明眸，视物如画
山丘孤行愈加空旷，守住内心的孤独，一双脚走

小小的姑娘

小小的姑娘，请你不要忧伤
有个孩子跑来告诉我，昨晚她哭了

一见面你赶忙和我诉说缘由
感谢信任和依赖

让我如何安慰，抱一抱吧
我小小的可爱的姑娘

红红的眼眶，映在我的心上
委屈的泪无法克制，从晚到早

来吧，不算结实的肩膀给你依靠
愿你笑如花开，天天芬芳

来吧，我娇羞的姑娘
会有人怜惜你的善良，想要带你飞翔

我是如此的幸运，能天天守在你的身旁，希望你强悍起来
强大的内心扶持外在的优雅举止

小小的姑娘我要守在你的身旁
曾经暗想"你视我如皓月当空，我必恋你如春花三月"

花开的时候陪伴在你的身旁
无论何时都不会相忘

寂寞的尽头

回眸，花在枝头绽开
风的抚慰滋润心田

回眸，前世未走的路，延绵起伏在眼前显现
延伸处豁然开朗，一片金色的光铺满

回眸，笑意中沁人心扉的甜溢出
山高路远，风中雨中相携，采撷时光，天不老情不渝

寂寞的尽头，远了，近了，你来了
一句"太好了"诠释最佳状态

春天里，煮酒，小游，跋山涉水
牵手，秘语，对坐黄昏

缺口处

在世界的缺口处
箭竖在弦上
完善的意念，无法预知准确无误
我知道你就在我身边

雨水横灌，沐浴，洗礼
多一次腐蚀，意志多一层坚定
生活呀，在黎明唤醒负重之人

只有时间是最公平的，怎样运用才能为恰到好处
每一个使用者自有妙招

普通如你，纯粹如你
笑颜中的灿烂洁净
瞬间打败顽疾，引领主导方位

万千束光亮聚于一点
街口擦肩的影像
在瞳孔放映，一座山一条路，追逐而行

原创

暮色来临，深沉的黑笼罩
违和的场景不在赏目之列

刷白底稿，白到混沌之初
一切归位，站在第一次遇见的路口，傻傻地伫立

不经意间误解在蔓延
所有的惊喜雀跃欲试

静谧是扼杀活跃的菌群
不能在安静里活泛

但可以奔跑，可以追逐，可以妄想山背后全是七彩祥云
睡去吧！在梦里，啥都会有，包括童年的记忆

不要范本，没有参照物，
一切场景都变幻莫测

处处是考场，时时有考题
捻指之处，花落留香，心意徜徉

秋雨视我为密友

聆听，绵绵细雨投入大地怀抱的秘语
闭着眼在秋天早醒的晨曦里

一两声鸡鸣渲染白天的明亮
雨中，村庄依然静谧，像一位粗壮的汉子悠闲地坐在田
埂上凝视

黄澄澄的玉米地上方有几只秋燕掠过
陆续有车声响起，送娃上学爷、奶，遵守时间的分秒

告诫自己，要动身了，没有完全自由的个体
一缕风也受季节和气流控制

谁都有悠闲的时光也有忙碌的快节奏
而我总是贪恋纯粹的静谧

做一只懒惰的物种，与什么都能和谐相处
甚至一次泥坑里的污秽，都一笑而过
哦，原来你存在之地始终与尘土为伍

新近崛起的事物太多，牧羊人依旧一人
清新的晨风梳理屋前摇晃的桂花树
只有懒惰的人从来没有腹稿，浸入横冲直撞的生活状态

诗歌不是你筑起的灯塔

落叶飘飘，像被抛弃的孩子
在空中打转，惊慌失措
脱离了母体，脱离了羁绊
也失掉了可以依附的温暖
一阵风吹过，田野成了飘不过去的海

又一次砢碜到季节的拐角处
打战，抽搐，紧紧捂着倒影
秋是个淘气的孩子，但不够任性
收敛住揪心的闹腾，静静变幻色彩
可以收留一只老鼠一起过冬

我的土地过于贫瘠
没有草料储存
我即将老去，带着昨夜的梦
但已经失去辨别方向的能力
她走了，我的灯塔倒下

放下是双向的奢望

说好了，下一个路口
不见不散
迟迟不见影踪

是时光太过无情
还是我们的忘性太大
把许诺放入角落

被风吹走
在那个时候，压抑也要调解
像你的背影一样乌黑一片

我放下一路坎坷
回首很是欣慰，曾经有过
如胶似漆的眷恋
曾经美好的期望，有个好的结局
变动一次，放下一份奢望
把脑海里的零星碎片，撒向无妄海

心事

广袤的田野上，无数低垂穗子的一望无际的麦田
不能弥补一份怯怯的执念

但，可以塑造无数美丽的场景动人的画面
我们在诗情画意里苟且，没有利益冲突

闭门
也或造车

后来，斧头凿子
摒弃了

只有时光在流窜
诗歌的路呀激情越发稀少

理性和感性磨合的尺度
不再迫切向往幽径

灵犀一现比昙花还要羞怯
幸好，最后保留的符号，编织摇摇欲坠的梦想

最后，还有方正的中国字陪着仰望星空
寻找心路的下一个切口

告别，只是为了记住

当我们以贫穷的姿态仰望
夜空中最亮的星，黑暗依然笼罩四周

我热爱的光呀
在希望破灭之后重新升起一道彩虹

在远处闪耀
本没有章法的序章，引不出明亮的流星

一步一艰难，生活加重枷锁
在荆棘丛生的玫瑰花园

汗水与指尖的血渍抚育
带给别人欢乐的果实

替别人作嫁衣还精神饱满孜孜不倦
一轮一轮的周期，收获的乐趣只此不渝

生活要有乐趣，要有笑声

付出辛酸，付出至高无上的信念
我们爱着生活中的磕磕绊绊

双重曙光

没有倾诉生活的难处
没有在深夜里奔跑

在你心底深处的淤痂
谁也无法软化

在一次次的疗伤中
麻木成了最好的良药

生活的苦和庇佑的神
没有同时出现

天生故事多不成的预言
体现得淋漓尽致

笑着面对和站着哭泣
落寞的依然是黄昏的景和动摇的你的心事

花半开时你不在
月满西楼后谁为你彷徨

一个内心充盈的人
承受生活中的苦难就是在修行

修慈悲为怀，修笑声更甜
修一份不为人知的恬静与稳妥

凝聚多少的汗水和疲惫
在苦难里挣扎

仍能见着鸟语花香，雨后彩虹
相信日子悠然，相信明天握在自己手中

今夜，你正注视着

夜，使唤星子高悬你的头顶
在每一个路口
洒下光
和浅浅的叮咛

孤独时有影子斜随
奔跑时有脚底踏踏的声响环绕
你在我的时空里惦念
一次邂逅里的笑颜，更加清晰

守护着那份相遇的缘
做一次恬静地等候
也在星光下经过某一处路口
环视密不透风的夜晚

一切的静谧都在微笑
是我们彼此想要展现给对方的礼物
树叶沙沙响起
风来了，有你的呼吸和心跳

有田野的热浪在
七月里绚丽的狂欢
再抬头，最亮的星星
正是你注视着我的眼睛

在晨曦中吻你

七月的清晨
恰如一位温婉庄重的夫人

雨在昨夜来过
洗涤过的村庄干净利落

鸟儿在窗外欢歌
玉米苗铺满整个山岗

一眼望尽翠绿翠绿
格桑花在路两旁摇曳

我们出门走在清新脱俗的晨光中
满怀感恩

感谢每一个如期而至的清晨
带来憧憬和希望

拥抱这份恬静
轻吻那份洒脱的你带来的暖

山岗之外有一片海

你的付出在某个角落
有转机

你的遗弃，在心里腾出位子
放置更需要的物件
亲爱的，别纠结
得到与失去

一切都有必然的因果
都在冥冥之中

一个人，一朵花，一个灿烂的微笑
正默默地期盼遇上你

六月的风里带着热流
阳光是那么的热忱

六月似火的骄阳
如我看着你的眼神

六月清凉的晚风
六月归仓的麦粒

六月农人收获的喜悦
都陪着我在山岗上眺望

山的另一头有一片海
汹涌着无尽的思绪

小家碧玉茹家湾

至此一次
便念念不忘，清新脱俗的妆容
恬静如芬的气韵

茹家湾，一次邂逅
不敢再次亲近
远远地惦念，默默地牵挂

无法把控那无意间闯入的窃喜
后来不再提起，那个名字
全程放在心上，留在记忆里

深知了解得太少，无法诠释她的一切
但是你如能亲自前去
一定有不一样的体悟

委婉善意，婀娜多姿，静若处子
是对她最初的印象
可是渐入佳境的

是滋润你心扉的回味
走过多少的路不打紧
我们应该详尽地描写她的温情

一个村庄的温情
她的半掩轻纱，她庭院的别致
她精巧细致的篱笆，她老树盘踞的伟岸

她远离繁华的僻静
她热情洋溢地款待
最终还是惦记她的好

错峰上路

当灵魂和身体不能一同上路
就赋予日子诗情画意

所以心中有所惦念的人
时光就浪漫起来

深邃的眼神，矫健的步伐
在春天里救赎

一只小鹿从林中窜出
诗意欠缺韵脚，和着词不达意的话语

刚好路过的云朵
匆匆赶路，她的心事被风拿捏了吧

一场分别，而后必有一场相聚
能不能，每一次相撞都心猿意马

躲在暗处窥视
春天不亢不卑，哪有羞怯，哪有矜持

去吧，爱在春暖花开，在你心底
请张开双臂拥抱，芬芳馥郁

能给的，不能给的，春天都有
奢侈的季节，遇见美好

无题

虚张声势之后
鼻子一酸
春风在林间穿梭

告诉相爱的人，万物萌发
心底的情愫不必禁锢
前生和来世都不可靠，此时爱与你同在

用尽全力追逐光，身处暗黑也不迷茫
世界的缺口，是你回执的鞭子
挥舞在分别的路口，无人回头

站在原地的人，渴望被从身后拥抱
又有多少人愿意往回走
逞强的外在表现，不及那人回眸一笑

山岗不必游走，春风为其穿上绿装
坚守的意义是最后的倔强
而我的存在该怎么定义

答案你了然于胸，却缄口不言
除了诗歌还能用什么演绎
一片空白，胜过五彩斑斓，怎么着色，心随手动

向阳的花

绽放，在阳光下
视线中再无他物
就要光，向着明亮
一直绽放

柔软的外在加之勇敢的心
转动，来自内在的牵引
向着太阳，向着光源
展示，无论得不得到回赠

完成使命，不亢不卑
在得到光的滋润下，驻守，相侯
它存在的意义就是——心向阳光
持续开放

向阳的花，心无尘埃
目光俊逸，无论在风和雨里
站成一道风景
别样的，你心上的景致

美的村庄，甜的风

振兴，一次伟大的壮举
趋势来之又快又猛
猝不及防，村庄点缀在画轴中央

小楼院舍，竹林古树，亮丽凸显
镶嵌在锦帛之上，祥瑞相依
幸福的生活，不只是锦上添花

更是被关爱，被惦记，被放在心窝窝
为之劳心劳力又默不作声的
成为村庄里的魂，成为一面旗帜

一面敞亮而飒爽的标志
连风都是甜的，丝丝甘爽
刮过树梢，树木舞蹈

刮过人群，一片祥和
刮过山岗和田野
成为最美丽的风景

走入你的梦中

摸着你的脸，窗外风起
微微的秋意袅袅升起

你睡得如此酣畅，匀实的鼾声
激荡室内，激荡在两个人的世界

抬脚走入那梦境，自以为找到门槛
穿过一条小溪流，在茂密的林子中漫步

哗啦啦的叶子舞动腰身
没有鸟鸣，没有小动物窜出来

听得见脚步走在草叶上的声
刷刷刷，吱吱吱，哩哩哩

游走在静谧的地方，安逸而舒适
忘记焦躁的琐事，捡起童真的幻想

自然赋予我们的魔力
亲切而婉转，可以坐卧，可以躺倒

可以旋转到晕倒在地
可以莫名其妙地咯咯大笑

可以敞开胸怀装下风，云，阳光
装下我们许下的承诺

过渡

为什么你沉默不语
好像我们不曾相识

多少次，我迷恋你的伟岸
静坐在夕阳里妄想

渴望风带着我高飞
滑翔中的快感

用稚嫩的眼光
刻画彩虹，挽留流星

用勤快的脚丫子
触摸你的温度，丈量你的款款深情

这似在梦里的场景呀
我又撞见，依然沉默

多少堂而皇之的借口，在此
鸦雀无声

踏得咯吱咯吱响的问询
再无半点应许

彼此失去了缘起的默契
还是你本无半点兴致

自始至终你都是默默
只听见泉水流过时的汩汩

而今山泉没了，树木伐光了
坐在红褐色的岗地，我依然倍感温暖

一朵冰玫瑰

假如生活没有给你暖床
你要在贫瘠的土地上
努力地向上生长
迎着风霜，挺直脊梁
在春天尽情伸张
冬天蕴藏力量
你是自己的天和地
没有退缩的念想

说出该说的话
忠实于内心
事实不可以扭曲
隔阂也是人生的调料
一场较量在出生与死亡之间
在竞技中展现本身
何须依赖无用的物件
尽力做到最好

不让自己内疚
不必旁视侧敲

洁白的菊花边缘略显微紫
严霜铺过一层又一层
跨过雪迹，依然挺立
梅花绽出点点殷红
迎着风，吐出芳香
大雪的覆盖，更是娇艳

狗牙花

墙角的狗牙花洁白、羞怯
默默地散发着浓郁的香气

看似娇嫩的花瓣又挺过一场风雨
成簇的花朵能盛开许久

曾经有朋友问起花儿的期限
我说，不知道了，反正很长时间

一簇花中，一朵花开，其他的
花苞围凑在旁侧，静静地等待

这一朵快要凋零，会有下一朵盛开
花儿与花儿之间相敬如宾

不骄不躁，等待展现自己最好的花容
旁邻的草木总是怀着善意的微笑

享受这芬芳的盛宴
而我正在旁邻，有幸相守

第五辑　春光里的对饮

下午茶

汉江河畔，水岸新城
一杯菊花茶，整个下午

新柳舞动枝干上垂挂的红灯笼
穿梭叫嚷的小贩，丝毫不能打破独坐的清幽

渴望来一次偶遇，对坐闲聊

享受春光明媚的阳光和煦亲昵的春风

试图冲破局限，重建另一种和谐
执着于趋势的点缀

俯首于大环境的刚需
沉默在寡言的自我里

无需爆发力，无需过眼云烟
伸手抓住大好的春光

开拓新领域的冲动愈演愈烈
觅一携手奔赴之约

仿佛置身春暖里的冬日

慢煮岁月，候你扑面而至
相拥入怀，闭眼，轻吻
踏着冬日暖阳
依山傍水蜿蜒而上
你的忧郁尽收眼底
那心灵撞击，余波肆意挥霍

总是在梦里拥抱你
你说
彼此的温暖使寒夜不再孤单
你眼眸里溢出的甜
把未来路上的荆棘铲除

在时光里追逐
你说
迎着一路花开，抓紧彼此的手
灵魂不再流浪
筑一处美好，干净，纯洁，有你有我
摒弃尘埃琐事，在繁华之上升腾

温柔的光铺满阳台

摆上午餐，盘腿而坐

都不说话，对望，微微笑，定格这一刻

白皙的皮肤泛出红晕

不知是阳光的暖，还是爱的炙热

时光不去探究，你我只管享受

秋的心事

西风凛冽，用什么温暖这深秋的夜
喜欢绝对自由又惧怕极度孤单

来，要恰到好处，心有灵犀
走，不拖泥带水，干脆利落

在，要相依相拥，情话绵绵
别，要互不打扰，安静守住本心

相守是一道亮丽的风景线
如港湾般浑厚温柔，执着而恬静

画画，写诗，听歌，还有微甜的心事
玻璃隔开了风尘，却欢迎阳光

秋的心事，是遐想的摇篮
若即若离又相守窗台

这就是最特别的秋天吧！坦然于窗前
秋叶落尽，繁华跌宕起伏

意外

从幻觉跌落现实
仅哈口气的差距

至此用最纯朴的笑意
换取重返美好的阶梯

用爱，用点滴的时光碎片
营造一副也或璀璨，也或孤单的场景

做最好的自己，用爱铺色
全身心投入，卑微也或高贵，不退缩

再也没有什么可以伤害你
只有你自己可以成全自己

席地而坐是一种态度
两个人心中没有的芥蒂

一切的缘由时光会给出最好的解答
但愿都能等得及

意外无处不在，比如坟墓上盛开的花
哪一只小鸟衔来的种子不必考究

理直气壮的心和勇敢的人
不用审时度势，不用权衡利弊，与爱着一样

唯有爱与文字

第八站，好像才刚开始起步
苍郁的森林幽暗神秘
怀揣好奇战胜危险的束缚

试探性地前进迷茫在小屋里
谁修建的小木屋，被誉为驿站
免解跋涉者疲惫之苦

熟识的第八站呀，水到渠成
骤雨来临，树叶在屋顶融合
有人吗，请鸟瞰后来一幅速写

激情是光中穿透的执拗
是清欢里递送的闪烁
是彼此肌肤里恒温的阀门

文字是极大阵容的兵马
你调兵遣将，挥发情感
虔诚地祈求，愿得一人心

握笔手中，肆意挥动
带着你飞过堕落，沉醉
启航远游，跋山涉水，有爱和文字相扶持

最美的风景是笑颜

你想给的正如彼此欠缺
晴天的热情洋溢，雨天的优柔寡断
绵绵情话抵不上一扉微笑着的脸

那是世界上最好看的风景
初见时的腼腆，熟识后的开怀都在缠绵里日渐丰满
行云流水般灌溉若即若离的行程

展开纸张描绘点线形体
在第一维创造二维，三维渺茫，四维空洞，敢期待五维
抵达六维吗
妄想里尔克、泰戈尔重聚，海子回到面朝大海的小屋

敬仰，敬畏，不可亵渎的神圣
不允许在文字里玷污先贤
站在屈原的河边肃立，捍卫爱国英雄的初衷

不正面回复是在掩盖什么
热烈的情感？不敢肯定的又满怀欢喜的悲切？
沉默的倾听不沾染尘世的清白撰写疑惑的心结

陪伴过某些稚子，用心呵护，用爱养育
最终，展翅飞翔，越离越远
接受现实是一种最好的自我和解

神农架

笼统的，抽象的，都无法描绘
穿行在连绵起伏群山中的感受

必须记住我在你的怀抱
舍不得眨眼，怕错过某一处不一样的景象

太阳探出头，迎接我们的到来
神农架，我来了，有点迟，翩然而至

没有拘谨释放天热，瀑布挂在山壁
云朵近了，近了，刚刚好的距离

急不可待，仙气飘飘
驻足凝望，好像初次相识的两个人的情窦初开

神农的药篓踏遍大小山脉
是谁陪伴日出日落，风雨兼程

别样的五月，只因有你

五月你好，你缓缓走来，翩翩又悠然，优雅中透露满怀欢
　　喜
　　温暖的气息扑面而来，嘴角上扬

　　是赴约而至，是心有灵犀
　　我站在原地，静静守候，像极了最初的样子

　　我的一个眼神，你奔赴而来，有春风助阵有夏雨相迎
　　有缘分的眷顾，有你殷切的爱意

　　五月，穿一件绿袍佩戴百花，踏着轻盈步伐
　　从连绵的群山，从清溪幽径中走来，久处不厌

　　五月，拥我入怀，搂紧
　　十指摩擦不左不右，恰到好处

　　五月，挺直伟岸的身躯，慈颜善目
　　如约而至，酝酿火热的前奏，扑面而来

五月，相遇相伴，期待可以做最好的点缀
彼此互相照亮，温暖前路

唯一的玫瑰

就这样默默地凝望，四目相对静若处子
笑颜绽放，一朵花开在你的心上

欲伸手又缩回，不能触碰的美好
在于不被占有，不被驾驭

在风中，在雨中，任由自由生长
月儿高悬是我的唯一，唯一的仰望

期待明天，路越走越宽
相伴的是——舒服且互相懂得的

明明能够意会，就不必多言
可以相视一笑，可以低头前进

沉默的时候居多
一张嘴都是妙语连珠

回眸中，氛围活泛了
花蕊里输送出那一世的契约

你是我手里的玫瑰

奔放，热烈，永不凋谢

对视

与一片汪洋相撞
直视那清澈见底的温柔
莫名的平静从容，刚刚好的默契升华

时光中飞驰的一切定格，所有的言语都是累赘
所有的肢体语言都是附庸
刹那间掉进那含情脉脉的湖，促使淋漓尽致地畅游

静止的场面，被风搅和
柔情纯粹到一朵花蕊里
毫无杂质的清晰，明净，装入彼此心间

明媚璀璨的撼动
开启浪漫之旅，在阳光下，春天里
无需注解，无缘由地转身相望，对视，滋生无限意境

彩色墙上的歌

黑幕莅临，你如期而至
一堵无形的墙，矗立在记忆里

恍如隔世，又记忆犹新
过不去的坎，是上面的色彩

各自安好，在方格里居闲
咿呀学语的孩童在母亲的陪伴下学识颜色

孩子沿着墙根逐步前进，指点新的颜色名称
妈妈尾随其后也不多加复述，任其继续指认下一组

路过你的世界，如同撞入颜料盒
粉嫩，翠绿，墨蓝

不可复制，无从描摹，心向往之
携手指认五彩缤纷，曲径幽香

梦的起点点燃，坠入悠闲静谧，广袤的世界
宽厚的夜色中，悠扬的歌声飘荡

穿透夜游人的胸膛
抚不平沉积的忧伤

直面墙体，跃不进，绕不转，撞不透
无法挥洒淋漓尽致的干爽

最好的馈赠

几经周转，几多磨难，抬头遇见
洒脱的容颜，如春风沐面

白的梨花，粉的桃花，霎时间弥漫
浅浅地笑，嘴角上扬的弧度恰恰好

温暖心里的疑虑，正如初见
在田园之一粟，在青山一株，得到

雨后的阳光照耀
满足于那一束光，尽享渴求已久的安慰

给予清晨厚望，梳理午后迷茫
渐远的太阳有着足够的力量

开一扇心门
放飞七彩的梦入云霄

大地敞开胸膛，任由徜徉，走进你的心房
手指触及之柔，是那知遇之念

无言的呵护，比连绵的山丘更辽远
懂得是最好的回馈

感恩遇见

当梦想启航，你就是我储备的力量
路口分别，回望的眼眸里流露殷切鼓舞

每一个平凡的日子，祈祷一路舒畅
风和雨已习以为常，不退缩，不惧怕

风帆扬起，风景在路两旁
同行的人，请珍惜，相聚是缘

笑脸相迎更是莫大的幸福
爱和被爱如鸟鸣和花香，哪一项都让人倍感温暖

紧握一个人的手，一路向前不必回望
憧憬和回忆都是蜜上的糖

在每一次相见撒下烙印的斑点
这欢笑是明天和昨天的集结

让我们不留遗憾，呈现自此刻的所做所悟

有一种背影让人心生欢喜，跟在你身后

有一种目光让人满怀感激
你，我亲爱的人呀，赐予我的正是我所求的

双向奔赴

某一刻
一股暖流涌出
沁人心扉
是双向奔赴的思念

会心一笑，爱一场
各处奔忙，一处惦想
别说意念，别说灵魂，更别说缘分
一切的使然

或许有更高的境界
放在心上的言语
是爱的力量凝固
是你坚定眼神中的光芒

还有你的怜爱，我的迎合
你的包容，我的执着
你的胸怀，我的依偎
你的处处着想，我的心领神会

夜与雨

坐在窗前，没有开灯
屋里和屋外一样黑
静静地坐着
听雨敲打屋顶

远处车辆疾驶
灯光里雨丝闪动
仿佛无数个灵魂
无所可依的流浪者

接踵而来的闪现
随即消失在无尽的黑洞里
连影子都不复存在
唯一留下的声响触动神经

嘀嗒嘀嗒，滴滴答答
在诉说？在阐述？在宣扬？
有用吗？或许无声才是最好的结局
抗争毫无意义，除非你放过自己

鼻子一酸，这是咋了

夜虽然使视线模糊

可是心中明明有万丈光芒

窗子阻隔了风和雨，更造就了不可逾越的鸿沟

时间啊，慢些吧

时间啊，慢一些吧
让相爱的人牵起手
把还没有说完的话说出口
在春天明媚的草地上
追逐，静坐，对视，畅聊

时间啊，再慢一些吧
孩子们已经脱去棉袄
他们要去踏青，郊游，追赶蝴蝶
他们是春天的精灵
请给他们充足的时间，空间，游玩的场地

时间啊，再慢一些吧
让匆忙赶路的人缓口气
看看路旁边的风景
你有没有看见他们的疲惫
这些该是他们应享受的呀

我在时光的缝隙里

遇见美好，遇见你
轻风不迟不缓撞个满怀
柔和的阳光含情脉脉将我拥抱
都需要慢一点呀

时间啊，慢些吧
再慢一些
再慢一些吧

读《朝诗暮念》有感

整个下午
三月的花开的下午
倾心读一本诗集
看似单薄

却沉淀了诗人
用美的心灵，美的情思
为人类酿造诗的美酒
而我此刻正在品尝
凌空飞翔的意境之美

《朝诗暮念——姜新爱情诗选》
语言细腻矜持
情感柔软真挚
灵魂置身于自我精神世界

忘我，无我，徜徉流连于憧憬的美好
沧桑的岁月渲染绚烂光芒
见过一次诗人本尊

仅仅一次，却无比震撼

身躯魁梧，言语不多
举杯之势豪迈豁达
笔下竟然如此柔软温情
可见是多么的热爱诗意的生活

追索拥有的欢畅
渴望拥抱的温馨
憧憬驰骋的豪放
惦念呼啸的痴狂

与之共鸣是心与心的感应
与之碰撞的是字里行间的赤诚

春分

当——
太阳高悬头顶
直射地球赤道

你——
处在我的心底最暖处
春天的第一个节气春分不约而至
平分春季的分水岭
把白昼等分，不偏移，不倾向

我在季节的卡点处
虚度，懵懂，憧憬，你都看得真切

愿携手驰骋，不管走多远，飞多久
我们一直手牵手

渐行渐暖，蝶飞花舞
把祈愿装进颜料盒，让春天着笔

斩断寒冬的尾气，不再缩手缩脚
尽情拥抱大自然的馈赠

春天里的诗

春天我们簇拥而来
在山间，在枝头
尽情绽放，听不见一些奇怪的话

漫步，飞奔，于郊外于田野
张开翅膀，与爱一起飞翔
听信每一次情话，亲吻紧抱你的人

春天适合冥想，更适合冲动
何须寻找理由和借口
对视中一切明了，出逃的路上花开四野

写一首诗吧，娓娓道来，纵横度不要太深
词汇也不必奇形百怪，色彩艳丽
最顺口的直抒胸臆，你观而叹之

定制也不过如此
春天的诗里，有芳香，有甜蜜，有静谧
更有许诺，一辈子太短，生生世世朝朝暮暮

春雨

盼望着，盼望着
枝头的新绿，田间的暖风
等来了淅淅沥沥温情脉脉的春雨
她跟随黎明的曙光
在人们醒来之时
降临

整个村庄滋润起来
溪里的水活泛
菜园里的苗支棱
小花猫蹲在墙头观看麻雀嬉戏
而我坐在廊前
遐想憧憬

滴答滴答，演奏一曲和谐的春之韵
回荡在你必经之路
你心之所向的路径
春之温暖，春之情愫，春之笑颜
在丝丝缕缕的细雨里对你

拥抱抚慰

山涧的小路更加恬静
空旷如洗，静灵巧妙
撑伞漫步笑意滋生在彼此脸颊
一眼望尽，何止是春天醉了溢出芬芳
而举步齐眉之人更是醉在春天的怀抱里
共对婵娟

如果时间能开出花来

如果时间能开出花来
那一定是蜻蜓点水的瞬间

不像无尽的长夜
没有流星雨划过

时间的河，从始至终
把重心放在流失上
无视岸边的守望

如果时间能开出花来
那一定是站台上相拥的怀抱
各奔西东的日子

流离失所，牵挂都被迫褪色
无心渲染那日那时之缤纷

但春色撩人，到处生机勃勃
时间的花呀开在口若悬河的滔滔里

如果时间能开出花来
那一定是彼此的心照不宣

默默承担生活琐碎
又很好的兼顾诗和远方

灵魂在梦之花园栖息
身躯在现实中孜孜不倦

伸出手拥抱酸甜苦辣
拥抱你柔情似水的腰身

诗人之来由

无意为诗家，无奈遇良景
白雪皑皑里种下纯洁的梦
悸动的繁星，晴朗的夜空
无不昭示，是幸福呀

浮躁里的小精致，景致怡人
路过的人感叹替别人做了嫁衣
在两情相悦里无可插播，他山之石的低音
演一幕撩人心火，上映透彻心扉之所许

眼神里全是宠溺，默契达标
酣畅淋漓的韵味，在云端，在沟壑，在你心尖尖
物我相融，开犁刨沟，种因果，饮流年
无外乎——毗邻，意不平，藏宿醉

转折，顺峰，把厚重的意境雕饰
侧脸微笑，衔接臂弯里的圆润
藏露，跌宕多姿，余光里铺开嫌腻的旗帜
双臂拥护，力之切，心之柔，滔滔汉江不及

不及春暖，不及夏烈，不及你眼里的柔情

写诗吧，咏颂朝朝暮暮一眼情穿

村庄魂

生活所给予的
正在时光中闪现
在日出而作日落而息的
村庄里汇聚
在我们每一帧记忆图像里
从容流淌

村庄里的清澈
由绿意盎然蓬起
由硕果累累丰盈
由炊烟袅袅婀娜
清澈的眼睛，憨厚的方言
永远的村庄不折不屈

一抹微笑，两手老茧
脊背担当春夏秋冬
双脚着地，风里来雨里去
村庄，理解生活的意义
一言不发，坚实的后盾
从一粒种子开始

第六辑　闲散时光

永远的远方

站在高高的山岗
远远地眺望
一夜入秋，苍茫尽显

趋势在，风口浪尖被扶持
远景目标规划有待完善
一步一个小成果间接靠近远方

挥霍着真情
见不得眼中忧伤迷离去吧，爱你所爱，遂你所愿

在金秋十月，在有爱的好时代
国泰民安你就会家和幸福
二〇二二，带来不同的历练

擦肩而视的情缘，一驶而过的遗憾
一瞬间定格，前世今生周转
今晨星月交辉，我像小王子一样留下一帧背影

清明来临之际

没有原因，没有酒后失言
空气中弥漫着敷衍
酒杯中印着过往，晃了晃

跳跃着全部的迷恋，而后举杯饮尽
沉迷童话世界而不自知
满天星光提醒夜路人，风是真的，但不会停留

黑夜的虚伪，催促太阳尽快升起
春天短暂，每一朵花儿争相开放从不迟疑
打脸的现实找不到出口

在"你在哪儿，你是谁"的懵懂里
一眼望穿，依然不制造压力
假想美好，幻想好运即将来临

命运给我一场不知悔改
我与他在春天徘徊
花海之中触碰那柔软的心扉
走过季节的莽撞，在深夜里冥想

清明来临之前，祈祷走散的刹那别再重逢
留一处漏洞，给借口一个完美的托词
奔赴清明，没有打磨的预案
在这里各自回归，返程高峰期不甚拥堵

我要立秋而立

我要在立秋之际
还像夏天一样热烈

收获季的饱满，匀称
都是你爱的企及

关于黄叶，关于沉淀，关于你的去留
我都要白天和夜晚有你在身边

抱紧你的手臂入梦，朦胧之间尽是你的甜蜜笑脸
忧伤的曲，欢快的歌不能阐述我们的心境

我要你有春的蓬勃，夏的火热
还有秋天铺天盖地的缠绵

我要你呀，不用承诺，涉及所有爱的事情
都像今晚一样，牵起我的手走在地下宫殿

爱情的所有样子我们都有
像个孩子一样呼喊，你在哪儿快来，快来

相拥而眠，直至精疲力竭

原生态里的冲动就是你要我守着你

足够

大雨倾盆，突围一座城
以车当船荡漾湖面

满城失陷，是雨水足够多情
还是这座城市足够妩媚

自问无果，旁问无有着落
放行吧，无力阻挠擦肩而过的铺设

没有一直下的雨，只有无法解开的心结
这一切足够在黄昏后慢慢纠结，慢慢梳理

采得花儿，无有瓶装，佩在胸前
双手持握，贴面而依

判断的标准绝非独一无二
足够挚爱另当别论

门后

务必找到引子
方可倾泻满腔热忱

如同一场雨隔断明媚的阳光
在门后矗立焦虑无助又念念不忘

短暂的停顿，依然无所适措
门后的安静无力漂白矜持

夏日的雨滂沱淋漓，生猛又漫长
滋润拔节的秧苗，冲洗尘埃，压制烦躁

竭力保持静谧 ，与田野的沉寂步调一致
只管善良，只管纯粹，只管满眼都是雏形的真挚

都说快乐会传染，那善良呢
也一定会散发开去，一传十，十传百，直至无穷尽

门后面的乾坤
至死不渝

路过美好

手中，一抹红晕
是昨夜月儿晕染
是唇齿依偎留香

晨曦中款款走来
灵魂撞击寂寞后的绚丽
明眸中陈述远方梦的边缘

没有退路可撤，唯有高举勇敢
坎坷和欢喜并存，梨花带雨

连绵中曲径通幽，苍茫里爱意深浓
牵手里力量传染，倔强里酝酿执着

中有缥缈，不可得，又颇居首位
无比真实，怀里娇柔，彷徨失措且心满意足

蹚过生命中的美好
适时而来，恰到好处

日子柔软起来
你眼里的秘密花园，有画，有诗，有孩子们阵阵欢笑

致远方将来的你

世界怎样变幻
我依然相信
你眼里最真诚的光

在你跟前不必拘谨
不必伪装
不必躲躲藏藏

倔强的憨憨
有你打圆场
外人的消遣都一笑而过

所有的卑微遇到你都会自行撤离
这世界有一种无形的秩序
遇到对的人就会走对的路

远远的灯塔若明若暗
我不曾放过那一束光
尾随其后

昨夜酒苦，心醉了

静思，冥想，放空自己
在路上，时不时超越前车

驰骋的快感，后退所有的包藏祸心
再无旁的瑕疵

触手可及又遥不可及
一次敲击震撼所有的来路

无力托起酒后的躯体
你的委屈是否悉数诉尽

在我怀里呢喃，迷睡，夜漫长且沉重
第一次失眠，愿仅此一次

往后你和你的所有都融洽滋润
捧起你的脸，世界小了

时间的柱

时间的柱
点缀着霍金的时空轨道

无限宽广蕴藏丰盈
却不能把你带回同一节点

柱上的分叉有一个遗憾
擦肩回眸如若隔世

热爱秋天的金黄满地
热爱田埂上散步的飒飒风声

浓烈的酒杯在时间的河里扬帆
倒满心心相印之纯酿

瞬间茅塞顿开，参照物清晰可见
时间的柱呀，可有空洞能停歇片刻

凝望过往，携一枚平行的人儿
重塑一处焦点，柔和，相容，四散开去

秋后

雾霭在远处缭绕
走不进的茫然，又一次击败妄想
布谷鸟的歌儿成了唯一的声响，执着而深远

前进的途中一个人顶着疲惫和辛酸
无所畏惧的状态最能驱赶矛盾的纠结
汗水和着尘土侵入周身，邋遢而落寞

意识流主动溢出，贴切的惘然的，随心所欲
此刻，心是干净的，且趾高气扬
田野一望无际，只能用一个字表达，绿

我的庄稼，我的田野，我的生机勃勃一片汪洋的绿
在梅雨季节后焕然一新
所有的不舍，所有的委屈，所有的息事宁人，在立秋后
倒退，触手不及

远方一直有莫大的魔力

引诱意志力偏差的孩子，在误区逗留
陪跑的途中，欢乐是一首歌
任性是倒序章节的节拍

你如诗歌原野似画

春沐原野，生机盎然
你飘然而至，驰骋其间

如，此景致中的某一处
蕴含妖娆的画卷

如，风拂过耳际的窃语
舒服温馨透彻的柔和

你是我心底的春天
点缀的粉色，飘逸的青绿

与你共沁，潜入一双明眸皓目
左右心意徜徉花红碧野千里

苦难尽头，依旧热爱

世界敞开着门
绚丽，生动，人头攒动

我以最善意的方式
在人群里游牧

以赤诚之心
走过清晨，黄昏

洒汗水，传播正能量
原以为在花园里就会渲染一身芬芳

那千千万万的花儿
并不是朵朵都散发馨香

没有攀越高枝的欲望
俯视风吹过后它们的碰撞

倾斜的花瓣撒落孤傲
耕耘的辛酸握锄者自知

谁会怜悯，帮助解决问题
只有强制掠夺和管制

做得不够好，扣除收入，没有商量的余地
像个傻瓜一样满心欢喜地爱着，默默奉献

每一个清晨早早爬起
投入全部热忱，在那片花园

多次纷争遗留下沟壑
依然试着跨越

付出更多的爱意和耐心，劳动者宽厚的手柄
掌管奏鸣山林的稚子之声

初衷

树荫抖擞，抖不掉阳光的炙热
大树下依然大汗淋漓
我们躲不过季节
躲不过沮丧里烧心的焦躁

雨，总是避而不见
渴求成了一种奢望
我们坚持一种坦然，与夕阳对峙
总是在幻觉里游荡

在一抹丹青里寻找彩色
坚守着山岗和风雨里丢掉的昨日
我们需要沉寂，需要和喧嚣划清界限
闭上嘴巴，世俗自有它的软肋

光明会照进狭小被遗弃的角落
角落里有冰清玉洁的初衷

你的坚强是一盏灯

有没有人为你亮一盏灯
在漆黑的夜里
摸索着前行的路
少一些磕碰

有没有人牵着你的手
迎着晨曦
一路欢歌，一路挥洒汗水
一份和谐共创的田园之歌

我正陪着你，靠在你暖暖的胸口
用善良编织梦想，走对方向
只允许一个愿望住在心上

你的坚强是一盏灯
驱散乌云密布晚上的愁绪
你的执着是一首好听的歌
抚慰岁月雕刻在脸上的皱纹

偶遇

时光荏苒
在同一个街口

偶遇，又失散
低头，路基干爽

一条影子
划过清晨的曙光

从街口的对面
触碰到我的脚尖

轻柔，温婉
沸腾的街上瞬间安逸

时光的流淌定格
逐渐，逐渐

一股暖流上升
覆盖匆忙的步伐

重叠眼前的物与人
屏住呼吸，暖流奔涌

老街顿时活跃起来
熙熙攘攘的人群

周一，早起的孩子奔赴学校
在新的一天里，却朝气蓬勃

在六月里睡去

在六月里失眠
又在六月里沉睡

夜晚教会宽广
黑色使人不再盲目

停留，进取，恰如其分
鸟儿唱响清晨

叫醒走失在夜晚的人
沉寂的村庄点缀音符

婉转和迂回更易拉近距离
站在上风口

都只是对峙的，对视的
谦让，心里有佛

争执并没有双赢的结果
我退让，容忍，不是我本性

是生活教会我热爱生活
淡然视之，搅进佛系之列

你我他都可以的
星空的浩瀚，有你，有我

无声的歌声在心底唱响
握手吧，拥抱吧，给世界多些从容

重拾的六月

从睡梦里闯了出来
依然是明媚的阳光和和煦的清风

世界在给你一记拳头后
微笑着拥抱你的失魂落魄

你的全世界没有坍塌
善良的人和你握手

路上，有个伙伴在等待着
昨晚，梦中山坡上成群的牛羊走散

在童年的记忆里定格
六月，是浮躁的

和你一样，没有锐气，没有棱角
火爆的脾气随时隐匿

但是，六月是从容的，圆顺的，是奉献的
六月的雨是多情的，时而激烈，时而绵绵

六月是匆忙的，天空中密密麻麻刻度，是太阳走过的路
而你人生的路，在这些刻度里隐藏，消失

求而不得的永恒，只有太阳在能够重拾
每一个清晨在同一个地方升起

遗失的美好，失窃的色彩
在六月的晨曦中显现

梅渡

枝头酥蕊白轻覆，一季守望一夜拥，
三九渡，开春哪去？哪去？
数年植梅今朝开，相凝无言唇依颊，
夜幕临，聚亦有暖！有暖！

初愿

繁华处，晓灯灭，伶仃影彷徨
岁月无痕，时时寄寂寥
晨曦中，山河显，匆忙步铿锵
流星过迹，处处送呵护

雨帘

"我"变成"我们"
即使孤单也有不可名状的意义
哪怕独坐，哪怕孤行，内心满满惬意

一条路上，灵魂并肩跋涉
风景不再只是摆设
是心与心的距离，是轻风与春天互相摩擦的火花

你多次问询结果，一两句话怎可讲述清楚
相遇，相知，相伴，携手
往后余生慢慢体悟

牵手之间，原初的萌动萌芽
奔千山赴万水，十指紧扣
你抱起夕落余晖趟白云碧水

雨帘，幕幔，自起一道屏障
包裹最纯粹的悸动
说着无由头的话，真挚且委婉
每一次的缠绵都与众不同，且不可复制

邂逅浪漫，从群星璀璨的夜幕里
在老街拐弯的霓虹中，两杯老酒影影绰绰
敞开的心扉，如夏季泄洪奔腾澎湃

眼神坚定，深邃，透彻
在一次家宴里露出端倪
落荒而逃的是不自信的蹩脚的借口

午夜玫瑰

风轻，阳光柔和
静谧的片刻唯恐被剥夺
独步，孤寂
奢侈的是岁月静好

向下兼容并蓄的夜爆发
细雨不敢声张
但，仍然淋漓尽致
摆不脱执拗和猜忌
肆意侵略漆黑，没有谁敢去漂白

回想使每一个毛孔收缩
对峙，不是夜与白
不是崎岖与浪荡
驰骋源于勇敢和内心坚定

欢愉的背后推手众多
而悲怜却只需一个
漫长的等待，时光如丝抽之再抽
褪色的玫瑰在午夜孤苦伶仃

守住平淡，在黑暗来临
必须静默，不予动弹
自由地在光亮里行走
没有其他特权，不容置疑

致敬那些人

致敬每一个在清晨赶早的人
致敬辛苦向前而默默无闻的人
致敬经历磨难依旧心向阳光的人
致敬平凡土地上平凡的人
致敬怀揣梦想孜孜不倦的人
致敬用啰里啰唆抚慰坎坷的人
致敬爱而不得依然爱意深浓之人
致敬阳光娇羞风轻柔，大地欣欣向荣
致敬有一种趋势可以带你飞的快乐
致敬那些愿意不左不右陪跑的人

村庄秋晨

晨曦中，秋意渐浓
绵绵旷野，朦胧之美无以言表
掬时光一缕，以梦为马，驰骋静谧原野
特定的时刻举杯，不必感怀
饮下，酸甜苦辣
昨夜的神话故事回荡
昔时佳偶，成为故事的主角
被艳羡，被浸润，被传唱
每一个路口都有景致
典型的，耀眼的，两情相悦的
最沁心的当然无法抵御
构造和编排，重置或虚度
都不如岁月静好，春秋安然
心随梦走，不矜持不做作
捧一卷书，静待窗前
有风路过，闲暇悠然

秋雨独思

岁月静好，我安于田间地头
春种秋收，自得其乐
闲暇之余，捧书慢读

心系那苍茫天涯里的羁绊
不明言，不叨扰，墨守遥远的动态
岁月教诲，沉淀而后自给

朴素的念想，于人，于物，无益
溢出爱意随风
做最好的自己，有多少光，照亮多大的地方

奢求无疑是刽子手紧握的利刃
小孩的双眸是清泉，是暖阳
是我奉献精神的后盾

流连于稚童园
与之交融，释放纯真，炙热
天真烂漫，与世无争

与秋和声

在一片唏嘘中
一个不动声色且仓促的夜
匍匐在雨中，蹒跚
大地需要滋养，渴望水分

她来了　含情脉脉
轻盈的双手撩动裙摆
姗姗落下，在秋张开的怀抱，满脸的笑颜
以温顺的姿态从天而降

庄稼正沉浸在爱意里
被拥抱，被呵护，被期许
一场突如其来的秋雨
绵绵于旷野之上

缠绵于枝头，叶尖，心口
淅淅沥沥，洋洋洒洒
一首动听的夜曲氤氲开去
时光低头，秋捧着诚意出现

用金黄布局，用硕果招待，用舒爽拥你入怀
自由地奔赴一场轮回
在热烈之后，在寒冬之前

风荷集

主编：李正堂

守望 家园

SHOU
WANG
JIA
YUAN

潘彩宜◎著

光明日报出版社

图书在版编目（CIP）数据

守望家园 / 潘彩宜著 . -- 北京 : 光明日报出版社 ，
2024. 8. -- （风荷集）. -- ISBN 978-7-5194-7771-4

I. I227

中国国家版本馆 CIP 数据核字第 2024Q80U09 号

序

黄承基

　　我于二十世纪九十年代编过几本诗集，有《新世纪诗选》（广东人民出版社 1992年），《南方诗人自选诗》（漓江出版社 1991年）等，这两本诗选编入潘彩宜十多首诗，我们因诗得缘，可说是老交情了。在百色市，潘彩宜算得上资深诗人，这是一本他的诗歌结集。

　　诗分八辑，自然物语、人事感叹、家乡情愫等等。感喟其有朦胧诗的印痕，贯穿着诗人几十年丰饶的精神与痛苦且清醒的朝朝夕夕。正像他说的："我的根系曾向地下延伸／只要生命能深入的地方／我的灵魂都努力抵达"（《一棵树的挽歌》）。

　　以往他的诗风有点过多彩饰，不过近年来，他更注重于生活的透析，因而有些诗显得颇为深刻。

　　"做一片树叶与万叶起舞／做一株树木融入

丛林／消失自己也不会痛苦／让一只蝉鸣汇入天籁／辨不出自己也不会失落"（《峰顶浮云和烟火》）。读这样的诗，有种"融入感"，而不是自我排斥，自我挤压。打个比方，你住的屋子是广阔的，只因住着一位哲思的诗人，要是你的思维找不到连通世界的吟咏方式，就做不了这屋子的主人公，你也永远走不出这个屋子。也就是说，诗人是用来解读的，而不是用来自我毁灭。

我认为，相对熟悉的环境，是写得最好的。比如小时的农村见闻，我们如今都仍在乐此不疲地写。然而住了几十年的城市，却又找不着题材。为何？只有跳出此圈子才能进入彼圈子。身在福中不知福，大多就是圈子意识差，找不到北。

"向着高大的三层岗深鞠一躬／我是你的一棵小草，因你／我灵魂的根不曾被风拔起"（《我是你的一棵小草》），"那个昼夜嘹歌嘹亮的村庄／像杯中的一枚月亮／在孤独的夜晚，贴近我的唇"（《家乡》），"许多在落日转角外的亲人／他们站在高处的树下望我"（《感恩或者怀念》）。这些诗太具童心了，一触就有溶化的感觉。我们活来活去还是那种命，忘不了初衷，在城市几十年，农村小时的风俗之地，泥土的味道，仍是诗歌中的神启之语。

潘彩宜写过不少人生感悟的诗，他找到了其

中的筋脉："生命的长河从亘古流向未来／先人经过了，淹没了／在长河之上，在春天的树下／我们享受花的芬芳，秋的果实／这是先人馈赠我们的礼物"（《春天的路途》）。诗中没有什么技巧，只是轻描淡写，内容上的活性记忆与宗教、哲学却处在同一基础上，真正为心灵代言。我们说的心灵家园，其实是人营造的作品意识，"以形写神"，"迁想妙得"，得的不是"形"，而是"神"。正如诗人所说的："这最后一程的路／这头沐浴夕阳的光辉和前尘／那头淹没夜晚的黑色和来世"（《老树前头》）。

潘彩宜的诗在努力营造一种健硕的韵味，如"树根抓住地下的黑／我们看不见黑，但泥土知道／我们看见，树枝／握住天上的白云，鸟儿／在树上筑巢鸣叫／让树的思想飞翔／让树的声音抵达天空"（《努力生长的树》）。这种健硕在于将无能、颓废的痕迹熨平，从而产生一种理想境界，成为自然浑成的文本，这种让生活艺术化，人格化，我认为永远不会消失。然而，作者也会背负"忧伤"前行的："那湛蓝云淡的天空／蓝得让人心波无尘／空得让人心里／只留下北雁南飞／叫唤时的淡淡忧伤"（《秋天的魅力》）。我们的精神仍然很贫困，我们的心灵也会有阴影，不要紧，关键要走出来。

"从冰冷坚硬的外表到炽热的内心／我有心灵的通道却从未被打通"（《石头的歌》）。这相对机警和有深度的，没有忧患意识的诗歌，是缺乏人生元素的，将自己的思想感情主动融入作品之神更显得丰赡之美。

"仰望高山我想起登高望远／仰望大树我想起根深叶茂／仰望飞翔的鸟类思想张开了翅膀／仰望白云渴望的心灵浮过一片荫凉"（《仰望与低头》），"山坳上的崖壁，像张开的剪子／时常修剪着疯长的乡愁"（《那个山坳》），小处敏感，大处茫然，面对历史事件，时代风云，诗人的悲喜反应，身在幽谷，心却在峰巅。我们不得不说，外部世界恰好被内心世界所塑造，智性的细微而悠远的思考带来的静观。

"只有一些东西能够持久／比如哲人的思想和一些矿藏……比风飞得更远的尘埃"（《风中起舞的树及其他》），诗该不该有哲学的沉思？该不该有意象？该不该有某种寓意？这是掂量一首诗的"质感"。现在有些写诗的人每时每刻都想抽离传统，咒骂艺术表现力，结果成了一种"无关性"的诗。一种赤裸裸的自我标示，连作者本身也感到惘然。相反，潘彩宜却默默承载着哲学的思考和意象群呈现的温度。

读潘彩宜的诗，总体印象是情感、语感较为

充沛和生动，他尤其注重句子的锤炼，读起来往往深感"惊悸"之美："太阳驾千万匹血马驰来／羊群般的红云跃往天际／我也能登临那座峰顶／和落日一起燃烧"（《夕霞枫叶红》）。惊悸之语，是诗眼，内涵吗？如今作诗的人，大多数人不再讲究这些了。读潘彩宜的诗，突然为他某一个句子感到震撼，感知良心的呼唤，被情所牵，甚至可以说带着读者走出心灵的绝境，这就是一首好诗的应有本色。

假如找些有什么不足的话，我想，有些似乎还可以再简洁些。是为序。

2022 年 4 月 2 日于羊城

（黄承基，广东省社会科学院文学教授，国家一级作家，当代著名诗人，文学评论家）

目录

第一辑　仰望与低头之间

2

第二辑　守望家园

第三辑　感恩或者怀念

第四辑　人生站台

4

5

第六辑　无言的思绪

8

第八辑　**桃花开在我的前世今生和来世**

第一辑 仰望与低头之间

流水石头及其他

流水反复叩击着石头
石头细密的纹路无懈可击
进入石头内心的密码
流水也无法破解

流水激起多情的浪花
卷起怒吼的狂涛

石头从不曾开口
尽管是流水万年的囚徒
但依然是万年前的缄默

石头把梦关在门外
独怕睡去后，呓语暴露
惊天的秘密。守住最初的密码
石头万年无眠，亦万年无语

岸畔那个肉身沉重的影子
徘徊叠映于水中沉默的石头
且让流水穿过痛悔的内心
愿碧绿的一江春水
回到最初的杨柳依依
寻回那个游离的甜梦

沉　默

做一块石头
任流水或雨水从身上经过
把水声拒绝在坚固的门外
棱角磨光，我仍沉默

做一个聋子
任雷霆隆隆从耳际滚过
把雨声拒绝于窗外
屋檐滴破，我听不到

做一个哑巴
任刀剑无情从心头穿过
把血泪咽在肚里
灵魂带走，我不说话

做一个盲者
任闪电把密布的乌云撕裂
把天空留下
心底的光丢失，我不看见

世间的喧嚣和尘埃
在我的眼外耳外和嘴外
一切逃不过天眼
逃不过高居天空的神
心地善良，何其幸运

峰顶浮云和烟火

站在峰顶，群山四方拢来
或自眼底涌向天际
目之所及，天地苍茫
离天最近，立地最高

天空飘荡着神马浮云
丛林掀起着林海碧涛
听蝉鸣似浪潮般涌来
闻世间喧嚣，看浮尘弥漫
站高望远仍食人间烟火

做一片树叶与万叶起舞
做一株树木融入丛林
消失自己也不会痛苦
让一只蝉鸣汇入天籁
辨不出自己也不会失落

地平线在前方总走不到
天空虽然近却总摸不着
回到熙来攘往的人流

一下子就不见了踪影

关于峰顶浮云和烟火
江山无限，芸芸众生
皆属天地间匆匆过客
终化粉尘，归彼大荒

仰望与低头

当我仰望星空
我的灵魂被一种无形力量震慑着
我感叹宇宙之浩瀚与无穷
更感叹人生的短暂和渺小

仰望高山我想起登高望远
仰望大树我想起根深叶茂
仰望飞翔的鸟类思想张开了翅膀
仰望白云渴望的心灵浮过一片荫凉

当看到河流潜伏着却水低成海
看到小草狂风中护住脚下的泥土
看到蚂蚁蜂蝶未在风暴中毁灭
我更相信腐草为萤不是一种传说

我仰望星空时低头沉思
什么东西竟能支配人的灵魂
我低头时仰望，轻微的生物
强大的力量竟然不能摧毁它们

在仰望时低头，在低头时仰望
高大和低微只是事物的表象
在仰望低头之间思考怎样才能
屹立于天空与大地之间

风中起舞的树及其他

微风徐徐，树叶飒飒
大风袭来，树前倾后倒
即使盘根错节屹立千年
开放的花朵
总被轮回的季节
总被千年的来风
摧残或零落成泥

我惊叹树的根深叶茂
再大的风，它都不曾惧怕
它让哲人感悟，高僧禅悟
风吹过的是地表，地上一些东西
比如树比如石头比如河流
总被风吹被风化被沧海桑田
只有一些东西能够持久
比如哲人的思想和一些矿藏
比如轻的东西和亿万年存在的蝴蝶
比如比风飞得更远的尘埃
现在树正随风舞动，千万片树叶
给了它与风起舞的信心和力量

一棵树的挽歌

我不再以树的形象站立
这龟裂的半截，人类叫树桩
蹲在地上，默然对着苍天

我的根系曾向地下延伸
只要生命能深入的地方
我的灵魂都努力抵达
我饱经上苍的恩赐与考验
大地滋养了我的生命之根
我也涵养大地和人类的源头

我多么想千年不死
成为古树或者树妖
让生命的密码和千年风云
存储于细密的年轮
等候千万年后的人类破译
或等待被沧海桑田
沉积河床，经万年洗礼
成万木之灵，让人类视若珍奇

我的躯干也许成了栋梁或家具或柴火
我只想做有血肉有灵魂的自己
连根刨掉我吧，我的根系
如果不变成埋藏的矿石
亿万年后还能击出火花
我宁可现在就灰飞烟灭

要么把我刻成根雕吧
或人或鸟或兽或山或水
寄寓人类的思想或哲学
但我的前尘旧影已万劫不复

山魂水魄
不要用我对人类盖棺定论

石头的歌

1

我站成悬崖，让水以瀑布的形象
从我肩上跃过
在我脚下浪花飞溅
完成一次生命的飞跃
我坐成河岸，让水以河流的形象
从我的臂弯流过
或微波荡漾或惊涛拍岸
当我以礁的形象，潜于河床之中
水以急流以波浪以漩涡经过我
欢呼着跳跃着咆哮着奔腾着
拥抱我越过我绕过我向前流去

2

谁说我的心是硬的
我对流水是如此的柔情
水可以在我身上肆意纵情
可以磨平我的棱角，侵蚀我的肌体

我甚至可以为了水随波逐流
变成鹅卵石甚至细沙

3

我是熔浆冷却后凝固的
表面冷酷坚硬，内心却一直热着
我是亿万年前生物沉积形成的
我体内一直蕴藏着沉睡的生命
从冰冷坚硬的外表到炽热的内心
我有心灵的通道却从未被打通
我能开花，但亿万年来从未开放
我能唱歌，但亿万年来从未开口
我会流泪，但即便粉身碎骨
我也从没掉过一滴眼泪

4

我只对水只对河流心存敬畏，因为
水太柔情能软化我坚硬的肌体
水太执着能击碎我的脆弱
水结成冰能冷却我炽热的内心
水低成海能让我低下骄傲的头颅
即使河流退去

我仍为河流守着曾经的河床
我仍以朝向河流的姿态站着
如果是地下溶洞，我因水
形成乳石，石钟，石柱
即使历经万年，仍在漫长的水滴中
等待着与另外一头连成一体

5

所以，我是有生命的石头
我心灵的通道只为河流而开
我开花只为河流开放
我唱歌只为河流而唱
我流泪只为河流而泣

夕霞枫叶红

太阳驾千万匹血马驰来
羊群般的红云跃往天际
我也能登临那座峰顶
和落日一起燃烧

千万棵枫树，霜侵，露浸，雨淋，风凌
一片片红叶，一把把火焰
点燃一座座山，映红一条条河

千花万卉，春尽夏去时萎了芳容
千林万木，秋去冬临时谢了黄叶
唯红枫芳华未老，丹心尤红

心中的山，青翠尽头红遍
心中的河，未曾枯瘦干涸
我也能在霜侵露白的头上
在重重沟壑横穿的额头
让千万匹血马跑过黄昏
让一腔热血和万山红叶一起燃烧

沉醉或者清醒

佛在林深处，佛在高处
菩提树长着十万片叶子，树影婆娑
与香火的青烟和日月的光辉相交融
古寺的钟声穿过三生和梦的回廊
回荡在人们的心中

诵经堂的长明灯，转动的经轮
随风舞动的经幡，爱与善的灵魂
都在佛的通道上

佛在高处高不过世间的尘埃
但尘埃挡不住佛眼的光芒

那水中的睡莲，花开在佛国
根植于尘世，虽睡着了却清醒着

我一直不是佛教徒
在一朵睡莲旁，我一直沉醉着
你若经过我，请把我叫醒
或者我醒时，看世间纷纷扰扰

请把我灌醉，我的灵魂和诗歌
或赶往他乡的路上或沉浮于尘世
在盛开的莲花里，在向日葵指引的方向
我要么沉醉千年
要么清醒千年

向往一座雪山

一座雪山独立在苍茫的高原
站立，是它存在的唯一方式
首次靠近它，灵魂就匍匐行走
每次想起它，灵魂就站立起来

它几十万年屹立不倒
几十公里外也能望到
头顶几十万年的冰川未曾消融
蓝天白云渲染它的皑皑白雪
日月星辰辉映它的妖娆多姿
神灵庇佑它，它也守护神灵

石头嵌进身体站成自己的骨头
花草树木衬托洁白的本色
放飞的鸟儿总飞回温暖的巢穴
流在山间的溪流是万年的脉动
万年积雪犹在，溪流永不枯竭

一座雪山，我远离它那么多年
它仍然屹立在我心灵的高地

它是一种不可逾越的超然
卑微的人生难有它挺拔的高度
短暂的生命只是它永恒的瞬间
俗心杂念只玷污它的冰清玉洁
心灵荒漠怎拥有它的奔涌激流

当阴霾与丑陋笼罩心灵的天空
让纯洁的灵魂与它站立
让虔诚的心灵向它膜拜
如教徒转动经轮
匍匐朝拜远方的圣地

19

风雨突围

前方是风雨雷电，云层翻滚
钢筋水泥的丛林没有掀起林涛
但风从城市的高楼之间卷来
雨从城市的上空袭来
雷电从高空的云层劈来
这座城市和它的固有模式
已被包围在风雨雷电之中

我想突围，暴风雨来临前
就已向阳光照耀的地方奔去
在雷电赶到前就已向几十年前
筑起的阵地赶去，那是梦想的远方

我赶到阵地前，前进的方向
被后来赶到的风雨迷失
我冲锋的阵地已经沦陷
我身后的城市
已阳光灿烂，天空蔚蓝
雷鸣已成千年的钟声
在城市的上方回响

梦　游

这黑夜宛如茫茫的海
我梦睡孤舟，在海中飘浮
我无法在黑夜睡去
白日的喧嚣和浮尘刚刚沉寂
我怕沉溺在夜的黑色诱惑里

这孤舟就是那轮明月吧
枕着它无眠的人，像我
不想睁眼看白日的白，这白日的世界
连那点遮羞布也被涂抹了
也不想被黑夜的黑蒙住了眼
那潜伏着的蠢蠢欲动更猝不及防

我只能枕着窗外的明月
想象自己在夜的孤岛上
夜的孤舟里，漂浮或梦游
想象昙花在黑夜悄悄开放凋零
黑夜终将退去，彻夜无眠
只好在白日梦游

寻　梦

一朵花开在梦里
不知在前世经受多少风雨
才换来今夜的短暂开放

河流和着时光的节拍穿越而来
须臾间流过梦中的家园

繁华后成为废墟和遗迹
天地旋转，花木荣枯
河流上稍纵即逝的花朵
纷纷凋零在季节的尽头

我是泅渡者，浊浪滔滔
渡过前生来世之间的河流
游不到彼岸就在漩涡里沉溺

生命如花，在如梦的岁月开放
河流之上恍若隔世的月光
照亮搁浅在彼岸的梦

梦

一只灰色的鸟飞过我的梦
我的梦没有天空
我不知它从哪里飞来

我将醒未醒
一只鸟在窗外的树上啼叫
宛若我前世走失的那只
又像我小时用弹弓打落的那只
我恍惚来到窗前
什么都没有，连树影也不见
但我分明听见一只鸟在叫
隔着窗户，唤我小时的乳名

我揉搓惺忪的眼睛打开窗户
一只黑色的蝴蝶扑面而来
一只鸟飞出了梦里

原来我并未醒来
蝴蝶和鸟儿，恍若
飞过我今生来世的梦里

飘落或飘向永远

最后的树叶曾和十万片树叶
构成树的整体，舞动婆娑，呼风唤雨
与花相衬，与果相拥，与鸟和鸣
现在却无法喧嚣，只等待飘落
学做一只蝴蝶华丽翻转
伴随风和寒蝉的叫唤，飘向永远

秋天寥廓，大地苍茫
以平凡或渺小的形象出现
地球也只是宇宙的尘埃

不要喟叹河流带走宝贵的东西
秋阳斜照，身影正被拉长
粮食回仓，犁铧闲置
稻垛和麦秆回响风雨的声音

田野空旷，稻草人灵魂回家
当生命如最后的落叶凋零
灵魂将安放何处
神居住的地方有多远

午后遐想

蝉鸣一阵高过一阵
像是要淹过尘世的喧嚣
而小鸟也执着在林间清唱
夏花也盛情在阳光中绽放

我走不出这夏日的宁静与繁华
我宁愿在时光中静坐老去
前面不远的河流正悄然流过

阵阵蝉鸣将被季节淹没
啼叫的林鸟将于丛林消失
美丽的夏花将被风暴凋零
只有岁月深处的河流万年如斯
河流之上依然生死荣枯
依然日月星辰照耀

我的生命在这夏日的午后
如山影和绿荫寂静无声
任凭一条河流从心灵穿过
穿过三生的河谷与回廊

我仿佛听到夜莺在歌唱

江山正黯然于苍茫的暮色
几只几十只，一群又一群
鸟群闪过落霞的余晖
飞入迷幻的丛林，欢叫夜的降临

落霞褪去了光辉
众鸟隐身于丛林
丛林隐身于沉沉的暗夜
一切物质都被夜幕遮掩

另外一些鸟在茫茫的暗夜外
世间的物质归于宁静
一些不甘寂寞的灵魂
在沉睡的世界外游荡

这黑夜里开着彼岸花
沉寂的将在黑夜中睡去
因那些不飞入丛林的鸟
我仿佛听到夜莺在歌唱

第一百只鸟

鸟群的翅膀
划过斜晖
它们与落霞
将被夜色吞没
天空将回归苍茫与虚幻

鸟儿隐入了丛林
丛林是它们的墓地
当世界沉寂
丛林终将隐入黑夜

九十九只鸟
都飞进了丛林
我是第一百只鸟
还在丛林外的人世间觅食

寻求安宁

一只大鸟正在飞翔
它轻轻滑翔，掠过平静的江面
它翘首振翅，飞往辽阔的蓝天
现在没有暴风雨和电闪雷鸣

再回头，它已无影无踪
如精灵融入宁静的天空
我又见一只白色的蝴蝶在飞
不久也隐入了岸边的丛林
而我还在江边，在丛林之外

不只是飞鸟在风暴中寻求安宁
在风浪漩涡中颠簸的帆船
也在寻求宁静的港湾

在风雨中踏着泥泞，背负行囊
一路走来，已心力交瘁
在太阳落山前找一个安静的去处
禅悟自己，静听曾经的来路
正在远去的雷雨声

忏 悔

竹林间
跳跃着几只小鸟
一颗石子
射向了其中一只

它的体温渐渐冷却
它的黑豆似的眼睛
却没有闭上

竹林之外
时空错乱
飞出的石子
一直没有落下
穿越几十年的时空
折回击中我的心头

那黑豆似的眼睛
总在时光的深处
紧盯着我

从头再来

傲立悬崖，掠过长空
天空因你翱翔而宽广
大山因你盘旋而雄奇
你是长空闪电的翅膀
你是长空震荡的风雷

壁立千仞，大山以险峻的姿态
塑造你桀骜不驯的性格
你是大山射出的利箭
你是大山傲立的灵魂

传说你断喙拔毛，向死而生
再生一副坚硬顽强的翅膀
再造一双席卷风云的猎爪
再塑一个啸震云天的喉咙

你飞翔在我今世的天空
后半生，我因你江湖未老
涅槃重生，从头再来

一只鹰的葬礼

只有闪电
能让你从黑暗穿出
只有雷鸣
能让你从沉睡醒来

你把天空收敛在你的翅膀
把风云聚拢在你的眼睛

谁也取不走你的天空
谁也带不走你的风云
谁也不能把你的黑从肉身分离
谁也不能把你的白从骨头抽开

一声呼啸
天空跌入空里
一个黑影
硬如沉重的铁块砸下
悬崖陡增高度
你的葬礼如此惊天动地

一只鸟的叫声

一枚鸟啼衔春天的花香萦绕耳际
它说着春天与树木和鲜花的语言
说着嫩芽和绿叶代表的希望和芳华
还有小草浪迹天涯的踪影

一枚鸟啼穿越夜和黎明的边缘唤醒昨梦
它说着夜漫长也有更长的阳光
叩醒蝴蝶和小兽代表的微小和脆弱
还有星星隐迹天空的神秘

一枚鸟啼穿越落日和河流的尽头
它说着再漫长的阳光后也有一段夜的黑
覆盖拉长的身影和喧嚣的尘埃
还有时间和河流隐喻的归宿和终结

一枚鸟啼穿越天空和丛林间的空茫
它说着白云和星斗住着远去的亲人
他们与银河在我们的头顶流转
昭示着生的短暂和死的永恒

一只鸟的叫声
在这个春天的深处时远时近
好像是前世的那只
又好像来生的那只
我今生听懂它的鸟语人话

轮　回

一山有四季
山顶的冰川万年不化
守住最初的诺言

山上的梅花
在前世的春天含苞
经过夏的风暴，秋的凋零
渡过一路走来的劫难
熬到今生的独放寒冬
独守一生一世的雪花
是冥冥中最美的轮回

从前世走到今生
从山脚走到山顶
走过四季与风雨
走过低谷与巅峰
前世无觉，来生未知
今生且无恨无悔
花开如梅

傍晚穿过广场

东方那颗最亮的星
次第点亮了璀璨的群星
地上的街灯也纷纷闪亮
夜幕拉开，广场上嘈杂声起
各种人登场，各种舞步登场
我穿过广场，穿过来往的人群
晚风拂过暗浮的红尘，浑浊的空气
在四周飘浮荡漾，我是空气中的鱼
我游我的，其他与我无关

宁静被喧嚣一点点踏碎和吞没
热闹的是别人，我什么都没有
我的影子消失在白日浮动的红尘
今晚我做一回没有影子的自己
我心灵未曾被纷扰淹没
在这个戴着面具的世界
在夜幕掩盖的阴暗角落
希望在一颗星的照耀下
在一盏灯的引导下，找回自己

第二辑　守望家园

三层岗

三层岗屹立在我心灵的高地
缠绕三层岗南麓的右江
与我祖先的血脉流过我的每一根血管

青色的石阶盘旋到云雾缭绕的山巅
这茶马古道走过我祖先的多少足迹
鹧鸪岰的山风还回响曾经的金戈铁马
独石滩二月的木棉映红了右江的山水

感桑古城墙还飘荡古骆越祭司的吟唱
你的嘹歌唱遍日月山川虫鱼鸟兽
催生草木谷物，唱衰土司王权
叹尽天灾兵乱，唱满三月花歌
优美的三声部旋律山高水长
　你曾经泥瓦飘着炊烟的山村
长着茂盛庄稼的山地和朴实的乡亲
是我背着家乡远行的唯一风景

村庄的基因正支撑你坍塌的黄昏
石头般的坚守变成城市边缘的徘徊
乡土的根，血脉的源头
你仍是衣锦还乡的精神家园
你众多的子民像候鸟一样
乡村像旧巢等他们回归
城市像新窝待他们迁徙
你在城乡之间被拉扯着
灵魂阵痛时，血肉也正被摧残
三月花期到了，你涌动的花潮却未到来

三层岗，我的乳名回响在你的深谷
你托起我今生的梦想
你正涌动着我不平静的心潮

走不出的乡村

我未想浮云飞不回山村的天空
也未想背井离乡的行囊如此沉重
祖辈的故土，祖先挖掘的水井
却成了流淌在我心底的血源

父辈像玉米或高粱淳朴而坚忍
在疼痛中拔节，在成熟中低头
面对土地，膜拜上苍
这世代的传承像胎记烙印而来
我翻越那个山坳，寻找远方与梦
习惯低头看路也学会抬头望远
如果乡村的野性让我永不言败
如果祖先的坟茔冒了青烟
我到哪里也改变不了乡音
到哪里也筛不掉祖先的基因
到哪里也走不出乡村的身影

走在城市的丛林，鞋底沾着乡村的泥土
不管是衣锦还乡还是一贫如洗
我终叶落归根和回到最初的源头

家乡的重

那竹林掩映的村庄和潮湿的炊烟
总在月夜里载进心灵的天空

清明节杜鹃鸟的啼声如诉如泣
金樱花簇拥祖先和父亲的坟旁
在冷硬的风中燃烧白色的火焰
忧郁的枫林浸透沉重的思念
雨丝和泪水模糊那些花朵背后的面容

乡村的连山如屏障挽住浮云和小鸟
沧桑的悬崖如无字碑站在村后
狭长的山谷回响乡村苍老的声音
这一切和祖先和父亲的坟茔
和垂老的母亲，融入异乡流浪的灵魂
如山的恩情血缘成不可承载的心灵之重

布谷鸟在山中啼鸣，田地野草疯长
在外面转了千山万水的脚步
正固执走在回乡的路上
心灵的重负，越来越轻

乡村牧人

望着湛蓝天空的神马浮云
我想象自己不羁的灵魂
正骑着天马
甩响牧鞭
放牧这些天上的羊群

请让我保持内心的宁静
在深山老林返朴归真
戴一顶草帽
当一个牧人
闻鸟鸣回响
听山风呼啸
望山影无声无息
看老牛啃着嫩草
或骑在牛背上吹着横笛
或披着斜阳与牛归来

余生就这样度过
和牛一同老去
当牛丢了，我也丢了

炊烟升起

炊烟升起，与霞光辉映
一天最美的日出日落
都在炊烟里交织

炊烟和霞光笼罩下的村庄
靠山而居，临水而落
鸡鸣犬吠的声音
牛马出栏回槽的声音
莺燕啼语呢喃的声音
以及砧板切菜剁肉的声音
都清晰地在村庄响起
碧绿的菜畦，金色的菜花
以及丰满的瓜类和豆类
掩映的竹林
尽显村庄的自然安详与繁荣

村庄是人类的栖息地
是人类薪火相传的摇篮
是心灵宁静的港湾
炊烟只要升起

炊烟只要还缭绕村庄的上空
村庄就是游子归来的故乡
村庄就是疲惫心灵的皈依
村庄就是游子走得再远
灵魂也最终抵达的地方

炊烟升起，这一方净土
只有摒弃外界的纷扰与嘈杂
放下世间的仇恨与恩怨
心中才拥有它那份安静与坦然
历经风雨，历尽坎坷
你的步履离村庄越远
依然走不出村庄的影子
你的人生爬得再高
依然越不过村庄的高度
你的名声传得再远
依然是村庄呼唤的乳名
人生走得再远再高
心灵依然在回归村庄的路上

仰望村庄

仰望村庄，仰望心灵的故乡
仰望固守的高地，仰望灵魂的归宿

我们在村庄出生，与村庄一起长大
春天的花朵，盛开在童年的春天
秋天的落叶，凋谢在记忆的红尘
村庄那份春天的希望融入我们的生命
村庄那份秋天的情怀陪伴我们的一生

村庄被城市和工厂瓦解得支离破碎
村庄如被肢解的躯体在痛苦中呻吟
村庄软弱的炊烟如受伤扭曲的灵魂
被剥去丛林外衣的村庄
如母亲在遭受灵与肉的摧残
自古长年流淌的泉水断流了
溪流也只奔涌在童年的记忆
村庄如母亲断了甘甜的乳汁
如何养育她生长于斯的孩子

村庄不再是炊烟飘散的泥瓦

不再是鸡鸭归埘牛羊归栏的黄昏
不再是蓝靛染坊里传来的歌谣
不再是红蜻蜓飞舞的晒场
不再是风吹马尾草和稻花的田野
不再是白色金樱花开满野外的春天
不再是果子狸爬上苦楝树咀嚼果子的秋天

村庄已远离割马草采野菜找蜂窝的童年
村庄如一抹旧蓝挂在记忆的天空
村庄从前那一声声悠扬的唢呐
仍穿越岁月的时空远远传来

村庄是家园自古存在的一种方式
一种与村庄有生俱来的遗传
仍在固执支撑着村庄的黄昏
一条与村庄血肉相连的脐带
在村庄与城市之间不停地拉扯
阵痛的是村庄
阵痛的是村庄灵与肉的分割

一方水土

我喜欢那些高茎的植物
比如玉米或者高粱
喜欢它们并不仅因为
它们能长成粮食养活一方人
而是因为它们能给一方水土
存在的理由

一方水土，并不富饶
没有怀有矿藏
没有金矿这些物质
也没有以遗址的方式出现
它只以贫瘠或荒凉的方式存在
它没有被野蛮和利益凌辱
没有被剥去外衣
没有被掏空心脏
没有被剔去骨头
它千年存在，万年留住
在日月光辉里，在雨露滋润下
以玉米和高粱的方式站立着
以造物的原有方式存在着

所以我喜欢玉米或高粱这些高茎植物
我喜欢倾听这些植物长条的叶子
在风中飒飒作响的声音
和它们抽枝拔节的声音
喜欢凝视它们开花结苞或结籽的形态
以及丰满颗粒后低头弯腰的姿势
它们高高地站立着
向世人或向其他植物
自豪地证明这片水土存在的价值
它们又深深地鞠躬着
向脚下的这片水土表示敬意

家　乡

那个静卧于山顶上的村庄
那个与白云为伴
被雾霭深锁的村庄
那个昼夜嘹歌嘹亮的村庄
像杯中的一枚月亮
在孤独的夜晚，贴近我的唇
我一饮而尽，千年不烂的家乡
长留干渴的心田

现在厮守这一方月色
想象的翅膀飞越时空
回到最初的家乡
家乡，我遥远的祖先
谁在平原仰望高山
谁横渡河流，从三层岗的山脚
踏破荆棘，穿过丛林
撩开云雾，翻越高山
来到山顶这片开阔的平地
聚族而居，刀耕火种
那曲折盘旋的路

那一级级往山顶延伸的石阶
那被脚步磨得光亮的青色石阶
走过我祖先多少代人的踪影
留过我祖先多少代人的足迹

家乡，站在高高的三层岗上
远望右江南岸连绵起伏的群山
仿佛山的海洋汹涌澎湃
那里也住着我遥远祖先的子孙
他们也隔江望着高高的三层岗
右江如一条玉带从亘古流来
经过两岸的群山，两岸的河谷
经过我的祖先
牵着我祖先多少代人的目光
日夜不停流向东方流向大海

家乡，我的祖先
谁挖出了最初的那口水井
或找到了最初的那个水泉
谁最先面对月亮为你痛饮
而那口最初的水井或山泉
不知滋养了多少代人

月亮永远如初

家乡，以你流出山顶的水
酿最浓烈的酒
让我把酒杯举过头顶
让我虔诚跪在三层岗的顶峰
面向右江，头顶苍天
顶礼膜拜我的祖先
让我以踉踉跄跄的步履
以醉了的诗歌
在你岁月的河流里深吟浅唱

乡　土

唇齿弥漫野菜青涩的滋味
重新唤醒我们麻木的味蕾
乡土从未荒芜过我们的田园
我们却辜负乡土无私的馈赠

乡土是我们永恒的家园
是我们连接母体的脐带

将乡土举过我们的头顶
膜拜这一片苍天厚土
如果有一天我们倒下
乡土仍然是高筑的祭坛
让灵与肉融合入土为安

牛群归来

小时赶牛的情景又入梦而来
牛群被山影淹没
牛群走丢在深山里

醒来怅然若失
我曾牧牛过的山
砍柴烧炭过的山
牵马驮运玉米走过的山
那头母牛和那些追逐的公牛
蹄声和哞声惊飞丛林的山鸡
这些都浮现在脑海

希望再续一个梦
让迷失山里的牛群走出
那只母牛还带着幼崽回来
我梦里的山野依然绿草青青

蓝月亮

这枚月亮在妈妈的染缸里浸泡过
那时它是一枚蓝月亮，在那个春天
蓝色的靛草，蓝色的染缸
蓝色的布，蓝色
是那个古老山村的本色
手摇纺车的声音，脚踏织布的声音
连山村传出的嘹歌也似乎是蓝色的
黄莺也叫绿了山野，蓝绿色的世界
让古朴的风气弥漫村庄，经久不褪

今晚，这一枚月亮
在纤尘无染的碧空中
仿佛妈妈满头白发的苍老容颜
天依然是当年的天
月亮依然是当年的月亮
我似乎也还听到了莺的叫声
却再也寻不回当年
那个古老山村的那一抹蓝色

那年的竹林

竹林掩映着宁静的村庄
春笋藏裹着许许多多的故事
历经岁月的风雨和日月的光辉
竹林天籁的声音和曼妙的影子
与低檐泥瓦传出的嘹歌和唢呐声
应和着，交融着，飘荡着

岁月流火，村庄在老去
年年的春笋剥掉层层外衣
长成正直虚心修长的竹子
竹林掩藏的故事已成陈年旧事
谷雨芒种二十四节气已经遗忘
乡村疯长玉米的山地已经消瘦
旱田注满雨水再也不插上秧苗
偶尔还听到老人哼起沙哑的嘹歌
和老人埋进深山时凄凉的唢呐声
那像春笋般成长的后生
迁移到村庄以外的城市
他们在水泥丛林中弯腰
依然保持故乡竹子的影子

那个山坳

山坳北麓，山高大的身影
淹没了高秆的玉米和高粱
淹没了飞禽走兽和啃着青草的牛群
山坳南麓的右江和河谷的小平原
牵引少年遥望远方的目光
无数次编织了迷人的梦

白云悄无声息在山顶飘过
蓝色的天空笼盖山坳之顶
像置身于喧嚣的凡尘之外
躺在丛林的浓荫下微闭双眼
静听虫鸣鸟叫和林涛阵阵

山坳依旧在，故乡的炊烟未老
父辈和祖先却已经消失山中
和山影成了庇佑家园的神灵
我已成漂泊远方疲惫的浮云
山坳上的崖壁，像张开的剪子
时常修剪着疯长的乡愁

那座松林

那座松林掀起阵阵的松涛
万枚松针像离弓的箭
密密击中远在他乡的我

流逝的岁月抹去了当年
深刻松树皮的刀痕
那刀尖渗出的不只是松脂
还有泪水和汗水浸渍的盐
小松，玩伴，兄弟姐妹
几十年里，有的长成了老松
有的落下了松子
有的在风里枯萎，有的随风远去

流连和疼痛覆满了那座松林
此刻太阳的光芒照亮天空
伤口已经抚平，快乐还在温暖
松涛一阵阵涌向山顶
我似乎还听到松林里山雀的啼叫
还惊见一只松鼠窜入密密的松林

月亮的路径

中秋的夜空那么澄净那么空灵
月亮圆得这么暖心这么寒意

月亮的路径，从亘古延伸而来
秦时的明月在，唐诗宋词的明月在
今夜只是今人望古月

月亮离我们很远，几十万里的云和月
只有嫦娥号飞船圆了登月梦
月亮离家园很近
再遥远的家园也能从月亮瞬间抵达

若隐若现，月亮神秘的路径
在主宰万物的上苍之下
在月亮的阴晴圆缺之间
在世间的悲欢离合之际
在神灵庇佑的家园之顶
在羁旅者郁积的乡愁里
今夕复何夕，共此明月光
它让躁动不安的心回归宁静

让漂泊不定的灵魂赶赴家园

夜深了，秋风凉透
寒意的白露沾湿落定的尘埃
几片白云飘过深蓝的夜空
浮云游子意，月亮
把疲惫的心灵载往温馨的家园

生命过往的那条路和老屋

进入村庄的路已长满青苔
老屋布满灰尘，结满蛛网
不再等来似曾相识的燕子
连那个旧巢也成了蚁窝
老屋的祖宗牌位前
已难再燃起袅袅的香火

尘封的记忆与过往的云烟
渐行渐远，远行的脚步
总似乎没有到达梦想的地方
但也难回到原来的起点

任由老屋爬满记忆的青藤
回家的道路覆满遗忘的青苔
远方有许多人在城市的边缘
徘徊或落地生根

我是你的一棵小草

向着高大的三层岗深鞠一躬
我是你的一棵小草，因你
我灵魂的根不曾被风拔起

我羡慕二月的木棉擎起火把
点燃三层岗的早春
映红着涌动春潮的右江
但我只是你的一棵小草
给你增添一抹绿色
草尖的露珠映照你的身影
我的心灵不曾枯萎和阴悒
与你站立，卑微的生命也高尚

只要心灵中依然有你
每走一步都不会失落
包括苦难和挫折，歧路和阴沟
你有引领心灵皈依的力量
你有引领精神提升的境界
三层岗，我是一棵小草
站在你的顶峰，便是站在人生的高处

布谷鸟的叫声正在发芽

孤单面对风冰冷的刀子
偌大的一棵树
最后的一片叶子
欲落未落

这是今冬
最强大的一片叶子
它竟然还加入了风的呼啸

我们像守着一盆火
围着母亲，那盆火还在燃烧
多么温暖。母亲说
等开春播种
是她一辈子的习惯

火种不灭，我听到
布谷鸟的叫声正在发芽

淹没在山里的人

爬山的人，一生都在上山下山
鸟从空中掠过，鸟的眼睛里
他头踩天空，脚顶着山

像一只蚂蚁
却挑着风雨，落日，包袱，命运
长期如斯，像一棵风干的树
又像一株枯黄的草

鹧鸪鸟在山野的叫声，很寂静
被风的翅膀带到云间
仿佛庙宇的钟磬声，响自林间
空空的是头上的虚空
是石头寂然的沉默

他回到石头筑起的房屋
房屋在落日过后
淹没在山的黑影
山淹没在黑夜，黑夜淹没
在一粒鸟的叫声中

第三辑 感恩或者怀念

转　角

经历的风雨翻过时空的转角
从以前的岁月回到眼前

那些已淡去的背影笑靥和伤痛
远去的马蹄和经过的原野
未知和不可及的都在转角之外

还未到山重水复疑无路之时

但有隐形的墙，无形的玻璃
我还在赶往迷茫远方的路上
疲惫走着，刚回头就向晚黢黑了

许多在落日转角外的亲人
他们站在高处的树下望我
穿过灵魂的河流是怎样带着我
从纷扰的人间流进永生宁静的河谷

转角外的世界，山的那一边
咫尺天涯，许多背影和笑靥渐渐清晰
未谋面的先人将不再陌生
柳暗花明，星辰照耀

63

春天的路途

绵绵思念随离离青草伸向远方
风拂过金樱花白色的花丛
撩过轻扬的枝条和缠绵的雨丝
掀开了思念的帷幕
生命的长河从亘古流向未来
先人经过了，淹没了
在长河之上，在春天的树下
我们享受花的芬芳，秋的果实
这是先人馈赠我们的礼物

生命一脉相承，绵延不绝
我们怀念和感恩先人
我们不能延长生命的长度
却可用爱塑造过程的完美

让我们点亮红烛，点燃香火
照亮先人回到春天的路途
让簇拥向远方的花朵温暖天上的春天
而啼血的杜鹃，在春天的原野
在时光的长河外，正在声声召唤

阳光如纷落的白色羽毛

正午的阳光如纷落的白色羽毛
覆满家门前青色的石阶
思念像青苔爬满回家的那条路

也许你的那个世界月光明媚
你只化作一只青鸟飞过山坳
而山的这一边芳草萋萋
草尖的露水打湿沉重的思念

岁月如行云
飘过曾布满阴霾的天空
时间如流水
淹没曾翻覆舟楫的险滩

三十年过去了
那个日子已经遥远
远得我走了大半生的路
远得父亲三年前走上了远路
远得母亲将变成秋天的那片落叶
飘零或飘向遥远

在人间

凄冷的清明雨和阴沉的天色里
祖先似乎披蓑戴笠等我去祭拜
祖先在模糊的碑文里与我交谈
风吹来，祖先似乎抚摸我的脸
我用血脉与祖先的灵魂对视
祖先用青山与河流跟我对话
花草鸟虫，石头流水，日月星辰
短暂和永恒的东西都让我抵达祖先的灵魂

今天的祭拜，与百年后的清明
后人对我的方式应大抵一样
后人应该还有些另外的话题
比如春天的雨水滋润田园的庄稼
比如我的诗歌像星星照耀后人的家园

我尚在人间，在扯不断的清明雨里
杜鹃鸟的啼声，从我百年后
安居的山坡远远传来，像我的祖先
千百年前的今天，在人间一样

一只蝴蝶的路径

一只蝴蝶在我的头顶轻轻划过
一下就不见了，天空很大很空
似容不下一只小小蝴蝶的身影
附近的树林在风中舞动
恍然蝴蝶不是在空中消失
而是在某片树叶后看我
刺耳的喧嚣声从尘世传来
周围突然陷入一片沉寂
我似乎听到那只蝴蝶在呼吸
它像从另外的世界挤进来
又突然离开这个世界

我恍若在没有边际的梦里
父亲去远方有些年了
总觉得他仍然未走远
那只蝴蝶仿佛他灵魂转世
在我不经意时出现又消失
他抵达我有多条隐形的路径
而我能抵达他的
是那只小小蝴蝶的踪影

怀念父亲

那些悲伤阴郁的日子
天空低垂，我似听到一种声音
从云霞的深处传来
这是落日跌入山那边的声音
流霞一路铺满鲜花
您身披云霞去到天宫
天上多出了一颗星星
默默照耀在家园的上空

青山和河流依然在
家乡和祖屋依然在
您的音容笑貌依然在
送走您的肉身，抱回枕您长梦的灰盒
把您送回土里，一座圆圆的小山
将长满草木和野花
月夜有鸣虫轻轻呢喃
像您留在我耳边的轻声细语
有萤火虫一闪一闪飞着
像您飞出长梦的灵魂
在赶往一个神秘的去处

不负人间

人间再无您，那些低微的草和丛生的灌木
仍然在您坟茔的周遭荣枯

在世像牛像马，走了不带走一草一木
却树木陪伴，小草爬满坟头
那些鸣虫说着一些往事
那些轻风飘着一些絮语
那些野花散着一些香气

长长的梦乡锁着您的沉默
茫茫的白雾寄托我们的哀思
纷纷的清明雨如扯不断的泪
我们的思念像草木一样疯长

我们在人间行走，走着您走过的路
和您只隔着一张薄薄的身影
有一条路总要走到尽头
有一条河总要流到天边
您携我们从初始源头走来，您之后
我们还要走下去，像您生前，不负人间

夏季绿荫和其他

父亲，现在是夏季
凉风拂来阵阵的蝉鸣
碧草，绿树，青山，蓝天
这是背景，和您生前一样
只是您已幻化成仙

田园最大的叶片是芭蕉叶
像一株芭蕉开花含苞结子
您的怀抱里我们相拥环抱
父亲，拿什么回报您的浓荫和雨水

父亲，田园的南瓜花已萎谢
瓜藤结了许多个大大的南瓜
南瓜是我们吃过的最大食物
玉米高粱是我们吃过的最高粮食
父亲，拿什么报答您的厚爱和天恩

您给我们一生最大的绿荫
这片绿荫与天空宽广的蓝色
一直覆盖在我们的头顶

两只鹦鹉在世间叫唤

岳父生前养的两只鹦鹉
在暖冬的阳台外叫唤我
鹦鹉不知道，它的主人
不再回到阳台享用人间的阳光

鹦鹉用岳父的话招呼我
我竟然沉浸其中
以为老人家还在陪我说话
我恍若置身梦里

过了三月就到清明时节
笼中的鹦鹉不见了
鸟笼和阳台空空荡荡

天空飘荡的几朵浮云
和仙逝的亲人
给我留下了幻象
我分明听到了
云朵上鸟的叫声

冬季请不要那么冷

篝火依旧燃烧在
儿时冬季牧牛的山野

寒冷的风雨
在屋檐下吹落到天亮
草都枯黄了
那些咀嚼草根的牛
那些筋骨突出
汗毛竖立的瘦牛
那些劳累了一生的老牛
如何熬过这漫长的寒冬

父亲已经走了
风烛残年的母亲
蜷缩在冬夜里
愿母亲能度过
更多寒冷的冬季
愿冬季别那么长那么冷
最好还带些暖意

母　亲

母亲穿错妻子的鞋
留下的鞋沾满人世的尘埃
她走过八十七阵风风雨雨
父亲走进那个春天的深处后
她总在孤单的日子弯腰低头
像寻觅消失在泥土里的父亲
又像积攒今生最后的一点力气
将弯弓似的自己拉出时光以外

母亲像一株红高粱顽强挺立
我们吸干她生命最美的芳华
她现在就像风中颤抖的老树
又像晚秋里疲惫归巢的老鸟
来路沉寂，去路正暮色苍茫

这双母亲穿错而留下的鞋
证明她还走在黄昏的路途
在将隐入来生长夜的路口
我希望她最后走错一回路
回到今世割舍不断的尘缘

带着一支古老的牧歌您走了

青草离离又蔓遍山野
可您已随缥缈的烟云
到另一个清静的世界去了

不知那里是否有宽阔的牧场
牧场上的风从哪里吹来
吹来的是瑟瑟的寒冷还是徐徐的温暖
但山野上那啼血的杜鹃
仍在风中声声召唤着您

不知那里是否有春阳秋雨
秋雨滴落的
是哀伤的凋零还是快乐的归宿
但三月里的清明雨
润绿了山野的那片枫林
五色糯饭祭奠在您的灵前
象征对您的默默思念

您去了，到那个清静的世界去了
再也听不到您吆喝牛群的声音

再也看不见您甩响牧鞭的姿势
只从山野里那条曲折的幽径
寻见您终生跋涉的足迹

您去了，带走了一支古老的牧歌
可是为什么留下那条柔韧的牧鞭
为什么留下那些发黄的蓑笠
为什么留下那把锋利的柴刀
为什么留下那个粗口的酒葫芦
难道您留下的只有这些

青草又离离蔓遍山野
您带走了一支古老的牧歌
清明雨在杜鹃的啼血声中
润绿了山野的那片枫林

祖　先

这条铺青色石阶的路从山脚盘旋而上
我想象祖先当初开山辟路的情景
我在路边密布浓荫的大树下乘凉
想象祖先栽种这些树的模样
这些山，石头，树，融入了祖先的灵魂

这一条河，我的祖先渡过吧
祖先砍竹为筏抑或凿木为船，从远方
沿河而来，抵达平原又到达高山

河还是原来的河，山还是原来的山
风景大概还是原来的风景
岸上观景的已是祖先后人的我
祖先已随着河流远去
我在河流之上，大山之巅
为山川而歌，为祖先而唱
我想象走远的祖先和走来的后人
穿越时空与我手牵手
连成望不到头的连山与河流
跨越万年之前和万年之后

祖　屋

木梁架构的祖屋是祖父的遗产
一代代祖先的神灵
在祖屋神台上，也在家园之上
生命之源泱泱，血脉一路流来
我将祖先奉供，祭拜
我不知上八代前的祖先是谁了
也不知祖父之祖父之前
一代代祖先的祖屋在哪了
但祖屋和祖先
和流在我身上的血源一样
是我走多远也割舍不断的根

我们为父亲的灵魂找到安居
父亲的黑白照片
挂在祖屋宛若在世
而老去的我们
百年后，灵魂将安居何处

回忆一匹马

那匹马曾驮起我踉跄的童年
割马草的镰刀锈迹斑斑
遗落在岁月阴暗的角落

从三弟被摔成重伤，到另一个
年轻的亲人像一颗流星划伤心田
阴影就如尘随车马一路跟随
我在风雨泥泞中咬牙前行
学会静看乌云翻卷白云飘过
学会在花开花落中荣衰不惊

当父辈熟悉的背影渐渐淡去
当子女清晰的身影渐渐长大
我不再埋怨那匹马
我常在斜照余辉里
回忆从前的点点滴滴
那匹马从岁月深处扬蹄而来
我听到了它熟悉的嘶鸣声
那难忘和遗忘的一切
已淹没在它蹄踏起的红尘

那些黄昏

那些黄昏，我们几兄弟守望着村口
像村口沐浴晚霞的那棵树
只要母亲闪亮的身影出现
就是我们最兴奋的时刻

母亲带回那年代特有的东西
比如用布票才能买来的布匹
用粮油票才能换来的粮油
我们奢望的当然不是这些
母亲从布袋或唐装裤兜里
掏出的几颗糖或几个果
足让我们等候并幸福一个傍晚

那些黄昏，多年后依然那样温馨
依然是我们围在母亲身边的话题
尽管母亲已像一只老去的候鸟
像一个游移不定的影子
随我们在另一个城市栖息飘移
而我们的孩子像听传说一样
听我们这些话题

难忘那条路

母亲，我忘不了从三层岗到思林
那条足有十五公里远的山路
我和您挑着沉重的首乌干
往下再往西，翻过鹧鸪坳
只见右江从三层岗南麓流向远方
南岸平原后的连山像海洋涌向天边
远方很迷人，我少年的梦就在远方

那个供销员拒收我们的药材
往东再往东，往上再往上
挑着重担，我不知怎样爬回三层岗
那天我少年的梦破碎在那条山路
少年的远方消失在那个集市

少年后来到过右江尽头的大海
到过大海尽头另外的国度
到过比右江南岸更大的平原
到过山尽头更高的高原
那条山路却依然在心上延伸着

那一块泥土

那一块泥土，是我远离家乡求学
母亲送我到村口时给我的
她说：到了远方，水土不服
把它投进当地的水井，就没病了
母亲的话让我双眼噙满了泪水

母亲矮小的身影，家乡高大的山影
与村口那棵榕树遮起的浓荫
总在我孤立无援时陪伴我庇佑我

那块曾滋养家乡植物的泥土
经历家乡风雨和祖先步履的泥土
随我迁徙异乡，早融入他乡的水土

我像离开母体的蒲公英在异乡生根
最初的家乡仍是心灵的原乡
母亲和故土依然是回家的理由

妹妹去天上放羊

走失的羊群跑到天上
你到天上寻找羊群去了

天空那么大那么空
你找到羊群了吗
我们望着天空
羊群般的白云飘向天边

从云顶飞出的几只黑鸟
它们颈套白环
掠过我们的头顶

就此别过，一路走好
你与羊群云游天上
白云化雨淋湿了我

妹妹去往山的那边

山那边很静，飘走的云朵
不再飘回。飞去的青鸟
不再复返。天空还盖在我的头顶

山那边的晚霞美吗
归鸟的啼声暖吗
把幻影留下，一转身
你就消失在雾锁的山口
就隐没在落日的转角
孤零零走上没有回头的远路

人间此刻，牛羊回栏，禽鸟归巢
你却走进山那边迷茫的虚空，今夜
月光清冷，霜露冰寒，夜风凄凉，泉路幽远
你在哪个渡口守候，又投宿到哪个人家
仙乡的客舍为一个天外来客开门吗

隐　者

河流的隐者是鱼
潜在水底而波澜不惊
丛林的隐者是鸟
筑巢高枝仍隐藏踪迹
夜的隐者是神
居于星的背后却摄人魂魄
世间的隐者是逝去的人
只住在亲人的心底和梦里

第四辑 人生站台

一轮暖阳

太阳升起和落下
象征每天的开始和结束
都同是一轮太阳运行

江山依然,新旧更替
四季轮回,人已垂暮
从混沌来到世间,最终悄然离去
我们都没有准备

来时迷糊，去时孤独
不想蝼蚁人生，蜉蝣一日

红尘泛起，风雨一路
一骑绝尘，淹没于来途去路
爱恨情仇里，波涛在后浪朝前
渡过了今生多少沉浮与无奈

随太阳开启新一天，随四季轮回
观春日桃花，吟中秋明月
历三伏流火，经腊月飞雪
和春萌发，与夏热烈，随秋斑斓，和冬沉静
何必在意荣枯，何妨顺其自然，

冬日里的一轮暖阳
千万抹光辉照耀我的头顶
今天的行程和昨天没有不同
只是今天又翻开了新的一页

午夜独酌

午夜，楼台之上
我以明月为樽，豪饮满天琼浆
恍惚遥见李白，携千年老酒
乘唐时明月，翩然而至

你不是以千年孤独
独酌于青莲山上，醉卧于花荫下么
你为谁而醉，又为谁而歌
莫非醉倒的是你的身子
醉不倒的是你的心影

来，举杯邀明月
临风而歌，拔剑而舞
一个是斗酒诗百篇的诗仙
一个是酒后手舞足蹈的疯子

你也醉了，杯中那些晶莹的诗句
随月光洒满一地
人们总在月光如水的夜晚想起你
你的诗和那壶老酒

醉了多少人的乡愁和孤独
也壮了多少骚人剑客的豪气胆量

你这千年醉倒的诗魂
且在这红尘暗浮的夜晚
在这纷纷扰扰物欲横流的世界
在这爱恨情伤的时刻
以千年孤独，陪我逍遥，与我沉醉

你随啼不住的猿声远远归去
我欲乘风同行，你长嗟短叹
蜀道之难，难于上青天

人在江湖

江水长流，远去的帆影
扬起曾经的岁月
一腔热血与河流，纵情奔海角
曾经的马蹄，踏起沿途的风尘
风萧马鸣掠过远方的平原，肆意闯天涯

经历江山无数，阅尽人间风情
与佳人相遇江湖，跟仇人快意恩仇
船到彼岸，扬帆启航的最初码头
马放南山，纵马扬蹄的最初驿站
是人生起点不是终点

青山不老，桃红几度，燕曾相识
我们宝刀未老
不与桃红柳绿谢了流水
马蹄踏香，且随春风再放荡江湖
且在江湖再琴心剑胆，剑走偏锋
且让自己淹没江湖

光　芒

让玫瑰开在荆棘丛
让繁华落尽成雪霜
把种子播在石缝中
石头也能开花结果
大海上漂荡着一面帆
有一座孤岛漂浮万年仍在原点

人生是一场艰难孤独的旅行
历尽坎坷最终未必灿烂辉煌

最终闯过来了，逝去的青春不会再来
前路在落日的霞光中延伸

夜色迷茫，天空静寂
闪烁的群星就在头顶
玫瑰已编成花环，石头已垒成花园
航船已停靠港湾，墓碑将变成路标

灵魂与星光交相辉映
我的名字终与墓志铭为伴

参　悟

鲜花绽放枝头拥有了春天
树木伸往天空拥有了阳光

小溪汇入河流消失了自己
骏马奔向草原消失于远方
飞鸟飞过黄昏消失于丛林

风雨中，阳光照耀着每一天
让每天都成生命相扣的环
人生短暂似蜉蝣朝夕于天地

当我用一生悟透匆匆的人生
当目光如炬回望踏过的红尘
就卸下重负
无我中回归虚无

回望渡过的河流

哪条河流是我横渡的开始
最后横渡的又是哪条河流
悠悠岁月，滔滔江河
多少沉舟遗骸搁浅滩头
人生沉浮，世事沧桑
冲刷不掉的是无改的初心

回望渡过的河流
村庄和城市靠水而居
人群如茂密的树林
根紧紧抓住脚下的泥土
分享仅有的阳光和空气
爱过我的一些女人
如无花果被别的男人摘走
我想起只在月光里开过一次的昙花
这些已成为流失的涟漪

无怨无悔，远方的草原
曾经飞奔一匹没有笼头的野马
远方的海洋，曾扬起一面远航的风帆

不负春天

在花开的声音里
蜜蜂和蝴蝶从前世飞来
它们在花的世界飞舞
短暂的生命
在花朵之上如歌如梦

五十多年了
每一年春天都如约而至
每一场花潮都涌过堤岸
慨叹落花流水，芳华易逝

微小的生物
都在尽情享受大自然的盛宴
蜂蝶花鸟
在谢世之前就已经入世

一路风雨飘摇
不负春暖花开
珍惜今生，不等来世

生命的祈求

墙角，束成扫帚的红高粱
灰暗潮湿中长出几点嫩芽

我感到多么悲哀
想起在烈日的炙烤下
那泣着血擎起火一般的旗帜
在暴风雨的席卷中
那挺身经受的无数创伤
在贫瘠的土壤上
那比任何庄稼都崇高的形象
那一切确实辉煌，辉煌得
让我想对土地和苍天做一次膜拜

现在辉煌扫地，偏于墙角
生命行将结束却祈求重新开始
那几点嫩芽让我想起病婴伸向太阳的小手
寻思生命存在的方式和含义
回味经历的辉煌和阴郁的日子
我仿佛听到一种祈求生命的呻吟
以它拂去脚下的灰尘，于心不忍

站　台

这一趟行程有多少站台
进站，出站，启程，归途
潮水般涌来又退去
赶往已知或未知的前程

有的人带着一路风尘回家
有的人随夕阳消失
第二天太阳升起时
却没有再走出来

这是起点站也是终点站
每个人只是它的匆匆过客
这一趟车只将这些过客
带往远方或带回家园

经过的风景消逝途中
站台依旧，江山依然
最后都没有返程

出　行

列车启动，站台被抛在后面
窗外的风景被甩往后头
你只需记住哪一站下车
既然已经上车，过往的不要记挂

人生不易，人生也简单
芸芸众生，匆匆过客
望白云经过蓝天不惧怕雷雨
看一朵荷花出淤泥而不染
学一棵芭蕉正直而没有瓜葛
做一株竹子虚心而高风亮节

静对世界的精彩纷呈与纷纷扰扰
行囊装着期待也装着失望
不忘家园，不忘爱情，远离仇恨
让灵魂赶回家园的路上

谁是我的王

我倒在了半路
前面的人已经走远
淹没在迷茫的远方
后面的人还没赶上
马踏的尘土还没有扬起

前不着村，后不挨店
西沉的太阳正落在
山的那头，海的那边
谁打马而过
扶我一把，驮我一程
或渡我以舟楫
山那头就是繁华的家园
海那边就是金色的彼岸
或援我予稻草，赐我予滴水
我也许就能劫后重生，江湖雄起

谁是我陌路相逢的贵人
谁是我绝处逢生的恩人
谁就是我今生来世的王

歌声嘹亮

江滨公园嘹亮的歌声
淹过树林单调的虫鸣
盖过烦心的汽车鸣笛
像是唱出生活的美好
吼出尘世的纷扰喧嚣

如此这般热闹宣泄沉醉
歌声带着乐土浓郁的乡调
随风拂过浊烟昏雾的早晚
掀起我心湖的那一泓潮水

我在那歇斯底的吼唱中无眠
不是因为这些声音搅扰了我
是我牵不动自己孤独的影子
走不出前世种下的那片藩篱

自由的歌者或许并不快乐
但他们的生活依然继续
我想踩着繁华升平的节拍
给自己一个理由放声歌唱

有些东西

有些东西，需仰望才能看见，比如星星
需弯腰才能亲近，比如小草
凋零了才完美，比如落叶
忘记了才抚平，比如心伤
该放手别攥着，比如爱情
失去了不会再来，比如生命
能拥有别舍弃，比如自由

仰望和弯腰，一生练习完整的弧线
抬头与低头间却失去自我
崇尚爱情和自由，让生命趋向完美
每一次追求总伴着心伤
每一次心伤都为了完美
放手拥有间，卸下旧包袱又背起新包袱
拥有自由却成自己的囚徒

找回自己，卸下包袱
太阳落入地平线将带走满天的晚霞
有些东西无须怨悔，独坐黄昏
静看暮色苍茫四际笼来

帆影飘向了远海

河流漫长，帆影飘向了远海
草原辽阔，孤狼隐入了草莽
天空无际，浮云飘进了空茫
夕阳在天，人影在地
一路走来的途中
红尘淹没了曾经
还有一条河流没有渡过
一渡过便到达彼岸
还有一处草原没有越过
一越过便抵达天涯
还有一片天空没有飞过
一飞过便进入天堂

还有一座落日下的大山
横在大地和天空的边缘
等一只披着晚霞的归鸟
还有落日下的孤岛
等一艘颠簸浪尖的孤舟
等一个疲惫的人
融进孤岛幽暗的影子

孩子，我们等你来

孩子，今天是 2019 年 11 月 14 日
我们等你来
你从东方的地平线与太阳一起来
太阳照亮你，你照亮我们的世界
你从东方的大海与太阳一起来
太阳与大海托起你
你托起我们的希望
这个世界给你日月大地
给你高山河流，给你大海天空
我们给你最宝贵最无私的至爱

孩子，我们等你来
大地将赐予你博大的胸怀
大海将赐予你深沉的智慧
天空还将赐予你坚强的翅膀

孩子，我们等你来
你不仅属于我们
也属于这个世界

成　长

你跌倒了，额头缝了四针
哭声比窗外的雷雨剧烈
但你还不知什么是雷雨
你不知心伤比肉体更痛
我们只愿你安好一生

天空有蓝天白云也有乌云和暴风雨
只愿你将来相信自己的翅膀
大海有鸥鸟浪花也有狂涛和险礁
只愿你未来渡过风浪到达彼岸

当你读懂沙漠绿洲和孤烟
当你向往草原骏马和远方
你就知道打湿自己衣裳的
是血汗雨水不是伤心眼泪

当你看到我们越来越苍老
变成萤火虫，飞到天上去
或者化作星星，默默照耀在你的头顶
孩子，你就长大了

一只小小鸟

我双脚细小
一个枝丫就可以立足
但我需要一座森林

我双翅稚嫩
一小片空间就可以飞翔
但我需要一个天空

只要有一座森林
我就有一个温暖的巢穴
只要有一个天空
我就有飞抵远方的梦想

我是一只小小鸟
不害怕树枝断裂
不害怕风云密布
我将锻造一双坚硬的翅膀

醒

我希望每个拂晓
都能听到鸟的叫声
至少证明我并没有
被夜的黑淹没，不再醒来

黑的夜太过于宁静
有美丽的星辰照耀
夜里做着世间白日的梦
谁能听懂睡梦人的呓语

那枚鸟的叫声
盖过了夜与黎明的边缘

偏僻一角

红尘滚滚
也许你曾是尘烟中的英雄
或者曾是一面高扬的旗帜
或者曾被鲜花和掌声淹没

但你最终谢幕
曾有的风光已然褪去
即使是高高昂首的红高粱
也得在暮秋低下你的头颅
作一把高粱束成的扫把
拂去曾经扬起的红尘
安静地待在角落
欣赏后来者的热闹和风光

或者学独钓的渔翁
在只有归程的黄昏
坐成一幅静景的晚钓图

老树前头

这最后一程的路
这头沐浴夕阳的光辉和前尘
那头淹没夜晚的黑色和来世
秋天的老树，落叶凋零
空巢在风中回响岁月遗落的音符
夕阳，老树，空巢，老人
多么自然和谐的一幕

老树也许还有复苏的春天
而那段路越来越黑
越走越难，你会随时跌倒

你要看淡黄昏的时光
禅意人生，老庄梦蝶
蝉声已经远去，空壳还死守枝头
蝶已飞远，梦仍未醒
超越蝉，超越蝶
躯体回归虚无
灵魂化作星星，照耀后人

黄昏的尽头

面朝夕阳，但隔一座山
山的背影里独坐
我的影子很轻
却已跌进沉重的山影
山影尽头的路伸向空茫

太阳落山的另一边
归鸟的啼声高过密林
暗淡的思想与晚霞相映
而无声的语言开始明亮
慢慢在笼罩的夜幕摇曳
似是照着去往来世的路

大地用沉默来回答
有一只夜鸟不说话
在一缕星光里无眠
有一只夜猫子不合眼
在漆黑的墙角守夜
有一株枯草不倒下
等待最后一滴露水的滋润

遛　狗

我遛着两只小狗
路的这头，天空还有些残红
那一头，夜色已开始降临
我被小狗牵引着跑在后面
不是我在遛狗，是狗在遛我

我养狗不只为了怡情
世上好人和道路桥梁多
恶人和阴沟陷阱也不少
小狗凶猛但温顺，忠诚而不须设防

小狗抓过夜半摸进我家的小偷
也消遣着我心灵深处的孤独
愈合那曾疼痛到心尖的伤口

天空已被沉沉的夜色笼罩
来路和去路都已没入黑夜
我也将没入黑夜
有这么两只小狗陪伴也好
这样想，夜似乎温暖了许多

在劫难逃

你是草上飞吗
在黎明前悄无声息摸进我的家里
你是夜猫子吗
别人都睡着了你却还潜伏在暗处
你是黑蝙蝠吗
你非鸟类却长利欲的翅膀
你是哺乳动物却飞檐走壁
你惊扰了我一家人的甜梦

我家的两只小狗
能听出空气流动的声音
能闻出心灵霉烂的气味
你注定成为它们的猎物

你遁入黑夜
你的肉体逃过一次劫难
你阴暗的灵魂却在劫难逃
你慢跑，人生不易，且行且珍惜

我的歌唱给落叶听

在这寂寥代替繁华的时候
我站在秋天的边缘
面对纷扬的落叶深情地歌唱

曾经与花牵手，绿树成荫
曾经的金黄与果实一样迷人
现在却飘飘洒洒，缓缓落下
落在望穿秋水的尽头
落在南流大雁飞去的远方
落在寒蝉凄切又死守枝头的边缘
落在孤鹜与落霞齐飞的黄昏
落在河流消瘦的河岸
落在堆起稻禾麦秆的田头
落在漫天飞舞红蜻蜓的晒场……
那么不舍，又那么坦然
与自然交融，把身躯与灵魂还给土地

我捡起一片秋天的落叶
它枯黄叶色中细密的叶脉，如一条条
深深浅浅的路径从我的脚下伸向远方

秋天过了，我们终将远去

南国秋日的河畔
那些金黄的树叶随风飘落

绿似乎延迟了秋，晚到了冬
不经意的绿肥红瘦间
天高云淡的雁阵南飞间
就斜阳西沉，暮色苍茫了

那些依然翠绿的树叶
绿色消褪后
也将无牵无挂凋落枝头

江水落霞绚烂
后面一头正没入黑夜
人生向晚，该放下就放下
叶自飘零水自流
只是流水已没过脖颈

江山依旧，秋天过了
我们终将留下果实和种子
在河流消失前远走

夜长梦多

秋分过后，白天比黑夜短了
夜长梦多的日子开始了
有一条路从早晨出发
经过正午和午后
穿过秋分的日子
正慢慢抵近黄昏

蝉鸣从夏季叫到深秋
夏花谢尽，绿叶枯黄
落木萧萧，枯枝伸向天空
人生不经意间也走到了日暮

一直走下去，这条路就没进了黑夜
来世应也繁星满天，彩云逐月
也有萤火虫，一闪一闪飞进梦里

夜长着，良夜未眠
今生好多梦还没做过
流星雨正降落我的后花园

虚掩的门

冰冷坚硬的墓碑
刻着曾经温暖柔软的名字
名字和碑文站立世间
肉体化为尘土
灵魂变作星星

天地之间，日升月落
大山仍然高耸
河流依旧奔流

那些站立的墓碑
用穿过生命和生死的文字
告诉世人
什么是生，什么是死
生与死之间还有一堵墙
墙中间有一扇虚掩的门
昭示人们怎样走好
生与死之间的那条路

群主不在了

群主不在他的群聊冒泡了
他去赶赴一场没有结束的约会
把手机遗失在世界的某个角落
死神为群主打开了那扇沉重的门
彼岸花开在了他渡往的彼岸
大家都默默祈祷

偌大的树林没有一声鸟叫
漆黑的夜空没有一缕星光
多少个日子过去了
群主不在的群聊昼夜静悄悄

没有人退群，我还是退了
我还是离开了这个远避嘈杂的部落
我不忍心看曾经活跃的群主如影子
飘在尚食人间烟火的我们的前头
也不忍心用失礼的微信打扰
一个在月背阴影里睡着的人

生如蚂蚁

大地之上，我小如蚂蚁
扛着大于自己几倍的行囊
匆匆赶往某一处高地
身边是草芥，树木和石头
我埋没于自己的渺小
微细的脚步在经过的路途
留下同伴才能分辨的踪迹
但我能找到回家的路
能预知一场雨水的到来
能望见头上的天空
和天空划过的电闪雷鸣
当一场暴雨或洪水过后
我屹立于一片狼藉的废墟
继续背负自己的理想
赶往那一处高地
我也看见微小的草芥
站在我身后，挺起细腰
仰望天空和日月星辰

最后的红枫

如果要凋零，就在寒冬的风中凋零
枝头最后的一片枫叶
随风划出最美的一道弧线
和曙光夕照的一缕霞光相互辉映

或在寒霜冷露残月的夜
红泪成雨或子规啼血
让最后的红
落在爱人的脸颊和心头

碧血丹心，不负春光夏景
迎风雨、霜露、冰雪
当万木凋零
携着爱，带着梦，心怀感恩
燃放一生积蓄的火焰
点亮寒秋萧萧的悲愁
温暖凛冬冷冷的空白
春天来临前，斑驳陆离里
让风带我回归根和泥土

第五辑　风光物语

一朵盛开的莲

陷入尘世的泥淖，你超凡的风姿
源于尘世的纷纷扰扰和一泓清水

梦中绽放的花瓣纤尘无染
清风明月里你随婆娑的菩提树影
引领众生的灵魂向上或沉淀

站在阳光的背后漂白自己

愿心中的那朵莲依然开放

圣地路途漫长
远不及我匍匐的心路遥远
那朵在我心里盛开的莲花
在她注视下何时抵达彼岸

人和狗

从未见过狗遗弃主人
却常见主人遗弃了狗

狗从狼族驯化成人类的伙伴
人从猿类进化成世界的主宰
狗死守对主人的忠贞不渝
折射某种人类迷失了本性

流浪狗在野外流离失所
或守在原处苦等主人归来
流浪汉在十字路口徘徊
何处才是他温馨的家园
其实我的灵魂也在流浪
但不像某些戴面具的君子
灵魂早已沦落到地狱

当真诚友情的灯塔被熄灭
当忠诚爱情的花朵被玷污
当温暖亲情的阳光被冰冻
我宁愿伴随孤独的流浪狗

流浪到那座梦中的孤岛

狗有朝一日也许弃人类远去
人类或将成地球的孤独者
而狗回归狼族，回到人类的初始
在丛林旷野中发出冷冷的吼啸

夜猫子

我是夜猫子，在暗处窥伺这座城市

星星是否看透夜幕笼罩下的尘世
当一缕阳光掀开夜幕的帏幔
它却选择在天亮前悄然隐去

也许，这尘世惨不忍睹
丑陋以漂亮的鲜花次第开放
卑鄙在善良光环中粉墨登场
虚伪时常以温柔的一刀伤人
陷阱在平坦的道路设下埋伏
物欲横行用楚楚的衣冠包装
连爱情也成被啃过又回笼的馒头

我时常徘徊在尘梦的边缘
我看见晚风在四处流浪
我听见雨在屋檐下彷徨
我独对一切纷扰和无奈
这座城和我一生经过的风景
经受的幸福苦难和爱恨恩仇

纷纷扬起已经落定的尘埃
而肉身未及灵魂抵达的远方
终将成为心中永久的疼痛

一只孤独前行的夜猫子
它的爪子走过迷离的夜幕
走过自己布满尘埃的心灵
然后自己跟自己说声再见

空

我想溯回河流悠远的源头
寻找最初的那一滴水
怎样孕育生命的雏形
我想穿越繁星闪耀的天宫
沿着最亮的那一缕星光
让灵魂找到最后的归宿

河流漫长，我连一滴水也游不过
最初的自己也被淹没
那个源头在一场旱季来临前已干涸
我只是鱼化石与渔翁在时空交谈
日月升落，生命流不出最初的河流
都最终淹没在时光的漩涡
当日月也坍塌在时光的黑洞
一切都终将回到最初的混沌

混沌之前我们早已灰飞烟灭
灵魂回不到星辰和天庭
无最后的归宿，当然也无最初的开始
我们都回到虚无，回到一切皆空

雷 雨

出发时还是蓝天，不久就被风暴裹挟
避雨亭挤满陌生的面孔
我没携带雨具，盼彩虹早点出现

我不知怎样从前世来到今生
也不知今生将遇到什么
面对突然的变故茫然不知所措

忍辱负重才知站立和卸下包袱
没有一场灾难可以改变
没有一场灵魂洗礼不是亲历
没有一场爱情不是失魂落魄
那些熟悉和陌生的面孔也在赶路
彼此只是过客，我只管走自己的路
不避雷雨，只远离雷雨中的大树
那些认为能用生命相托的人
往往是最致命的伤害和无奈

下一场雷雨到来前要赶到远方
只要想着降临和离开这个世界

当初和结局都一样，人生是苦行僧
抛却许多欲望和烦恼
灵魂和肉体就能抵达远方

来时一无所有，我只经过了雷雨
我只经过了这个世界
这个世界不为我存在
在彩虹出现前我已悄悄回归家园

风从滇池起

我从远方来，来到彩云之南
这里是彩云的家乡
这里是云贵高原
这里比远方更接近天空
白云在天，白云出岫
白云在这方高土流连

滇池倒映白云，水天相接
不知是碧天映水，还是碧水照天
白云在碧水中流连
还是碧水在挽留白云

风从滇池起
云翻云卷，骤雨袭来
滇池烟波渺茫
滇池岸边繁华的花城
也经受一场风雨的洗礼

这座城市，靠水而居
历经千年风雨

仿佛这场风雨来得最为痛快
生命一代代在风雨中如花凋谢
又一代代在风雨中如花盛开
有万年不枯的滇池
有万年屹立的高原
就有千年盛开不谢的花城
这花之城，这彩云之南
这彩云边的民生就繁华不衰

此时，西山古寺的钟声
宛然这座城市的声音
从时光的深处，从历史的深处
穿过风雨，穿过滇池
远远传来

彩云之南，我自远方来
风从滇池起
我成了滇池中一朵化雨的云

我是河流中的一尾鱼

河流从最初的源头流来
时光比河流漫长
用什么挽住时时光的流逝
悠悠的江河诉说时光的久远

子在川上曰：逝者如斯夫，不舍昼夜
孔子停在两千多年前的时光
当时的河流依然还在
只是流水已不是当时的流水

现在我在河流上喟叹
我在孔子的两千多年之后
河流依然像两千多年前流淌
只是再回头，江山未老人已老

且做时间长河中的一尾鱼
游进时光的深处，明天天亮时
河流依旧流淌，时光依然消逝
许多人已在河流之外，在时光之外

野 花

路边一些唤不起名字的野花
它们不争奇斗艳
不招蜂引蝶
车马喧嚣
行人来来往往
扬起的尘埃
沾染它们的花容

我在喧嚣的尘世
打马而过
马蹄震颤那些野花的笑脸
它们好像为我开放
我下马亲近它们
感受到它们奇异的芬芳
听到了它们心底的声音

无名小花

我要感激那些路边
默默开放的无名小花
它们在风尘中摇曳
给默默匆匆前行的过客
散发淡淡的芬馨和暖意

那些过客忽略它们的存在
这些小花并不在意
因为这个喧嚣浮华的世界
也忽略了这些匆匆的过客

我是为数不多的另类过客
愿意关注和自己一样命运的
无名小花

蝉　鸣

这一只鸣蝉像是当年夏天
炎炎烈日下，树丛浓荫里
躲在树叶后鸣叫的那只
它一声高过一声
夏雨似乎不曾淋湿它的羽翼
夏风也不曾扯断它不绝的声音

当年隐在树叶后的那只鸣蝉
早已不在，树上还留它的空壳
想不到今年，这声声蝉鸣
又在耳际不时响起
搅扰我不得安宁

我仿佛成了另一棵树
那只幻化的蝉和一生的风风雨雨
总在我耳里嗡嗡嘤嘤，絮絮不休

盛夏将过，秋天将临，寒蝉凄切
此生终将随蝉鸣远去

羡慕春风

真羡慕春风
一夜暖吹就让花朵绽放
可谁知在凛冽的寒风里
那枝头就已孕育花的生命

真羡慕春阳
一朝暖照就让冰河融化
可谁知在冰封的河流底下
有一股潜流依然不停流动

真羡慕明月
一夕月圆就让万人仰望
可谁想到那弯月拉满了弓弦
才有这一轮横空出世的满月

石头是硬的

我身边的泥土
有的与雨水随波逐流
有的黏附鞋底走向浮华
有的变成尘埃随风飘走
我纹丝不动
始终保持原来的姿势
默默让人们从我身上经过

我身边的泥土被带走了
我突出地面
成了趋炎附势者的绊脚石
被人嫌弃，唾骂
听着众多匆匆而过的脚步
我希望有一个人停住
倾听我没有声音的倾诉
我初心不改
石头是硬的

夏　季

蓝天如碧海卷起浪花
悠然飘荡着几朵白云
此刻，心灵澄净
拂走曾经的阴霾

炎日像一面银色的明镜
在蓝天闪耀灿烂的光芒
此刻，心怀虔诚
像向日葵面朝太阳

蝉声如潮阵阵涌来
在浓密凉爽的林荫
此刻，心灵宁静
感受拂过的另一种清凉

青山像身披袈裟的僧侣
碧水摇荡梦幻般的影子
此刻，心灵顿悟
卸掉萦绕今生的白日梦

夏　日

所有的雨水飘飘洒洒
芭蕉叶掀开绿色的裙裾
鹤望兰的佛焰苞默然
一个夏季被一尊佛
在最大的叶上坐实

所有的绿拥向山间碧野
连河流和天空也是翠绿
树影绿云密布
静坐那里可幻化成佛
但我食烟火，尘埃抖落未尽

蝉鸣潮水般从林间涌出
有一只在儿时的山坡归来
它叫声响亮，一个空壳
和我掏空的鸟巢遗落从前
我隐约听到远方的雷声
阵雨将涤掉一路尘埃
我要赶往一处高地
在那里将生如夏花

努力生长的树

树根抓住地下的黑
我们看不见黑，但泥土知道
我们看见，树枝
握住天上的白云，鸟儿
在树上筑巢鸣叫
让树的思想飞翔
让树的声音抵达天空

树之间
保持距离，不争执只相拥
不同树种和谐相处，繁树成林
树很在意根在地下伸展
枝往天上长
有花无花，有果无果
顺其自然，看命运安排

但只要到春天或夏天
树努力向天空生长
它在意鸟语枝头，以及年轮里
贮藏天地的风雨和世间的冷暖

以小草的方式活着

作为一株小草，它绿过了
说它是一株，更像一个整体
绿遍天涯的踪影
装点无限的江山

它只守住一抔泥土
只遥望头顶的天空
和流向远方的河流
只倾听周围的虫鸣鸟叫

白云流水带走它的向往
虫鸣鸟叫传递它的心声
东西南北风让它学会了
对日月，对雨水和泥土
弯腰鞠躬，匍匐膜拜

对它最高的命名叫三星草
最低的称呼叫草芥
很多人以它的方式
活在人间，包括我

秋水从《诗经》中流来

秋水宁静，蒹葭苍苍
我以挖空心思的管状植物
在你的水之湄，为秋水伊人
让芦笛恋曲在秋风中回荡

秋阳柔媚，白露为霜
我以那只水鸟的关关啼鸣
在你的河之洲，为秋水伊人
轻吻着河岸并低吟浅唱

望穿秋水，在水一方的佳人
穿越诗经的水之湄，河之洲
身着一袭古典的衣裳款款而来
这秋水边静坐的钓者
这秋水边白了头的芦苇
这秋水边关关的水鸟
这秋水边摇曳的狗尾草
这秋水边枯黄了的草丛
也大概是千年前的风景
抑或是千年后的风景吧

蒹葭苍苍，白露为霜
所谓伊人，在水一方
……
这千年的《诗经》基因
依然在一江秋水中流淌

秋天的魅力

那秋阳下的田野
空旷得让人想起
稻菽翻浪的情景
和农具闲置屋角的恬静

那秋阳下的江面
水鸟轻点微波后飞进岸柳
白头的芦苇依然翘首盼望
在等候那神秘的佳人吧

那湛蓝云淡的天空
蓝得让人心波无尘
空得让人心里
只留下北雁南飞
叫唤时的淡淡忧伤

那如火的红枫迎风簌簌作响
那簇拥而来的掌声
为凋谢前燃烧的生命鼓掌

秋天的魅力
在繁华褪尽后
那苍茫的寥廓空白和寂静

在一座城市的秋水边

不知是城市的风刮过江面
还是江上的风刮过城市

城市的喧嚣在江岸不远处
江岸的秋虫细语呢喃
蓝色的水鸟轻唤飞翔
江水轻拍堤岸
秋风轻拂芦苇
这些天籁之音
起自城市边缘的秋水

在喧嚣的城市寻求安宁
在江水之滨寻求心灵的宁静
做江边的一株芦苇吧
让芦笛声起于江畔
做江边的一棵树吧
看河流如何从春天流入秋天
或者做江面那只白色的水鸟
让快乐的啼声
响于一江秋水之外

观景台

这一江之水波平如镜
映照两岸风光
景物和风云在观景台交汇
我瞭望江山，搂江山入怀
江山多娇，川流不息
看苍苍芦苇在秋风中摇头
看水鸟鸣叫着在水面飞翔
看连山横亘，远方苍茫

万年时光，江水流逝，淹没多少英雄
千年风云，沉沙折戟，卷走多少传说
沉舟侧畔，千舟横渡，演绎多少传奇

垂钓者在静钓江河
那千年过去的风云和他们无关
而冲破堤坝的洪水
他们或将无法泅渡命运的劫数

只愿江水万年如斯
静静流过

垂钓者及其他

我静坐江边，周围风景祥和
苍苍芦苇和仍然绿色的乔木
枯黄的小草和无名的小花
徜徉的人群与靠水而居的城市
这一切都在河流之上

有垂钓者静坐江边
一排斜弯的钓竿等待杀机
平和宁静的氛围暗藏恐怖
水声沉闷，一条鱼蹿出水面
垂钓者拖曳鱼竿
人类的筵席将多一道美味

人类垂钓的是鱼
人类又是谁的猎物或钓物
人类彼此也在张网以待
而死神正静坐人类背后
拭目以待

守望者

芦苇守望在河岸
任脚下的河水流向远方

从春天站到夏天，又到秋天
涨了春水，瘦了秋水
从青嫩的芦笋到白发的芦苇
谢了春花，老了秋月
河流四季的长歌短奏者
抱石沉江的见证者
所有经过的帆影和落日
芦苇站成一道风景
昭示彼岸与守望
隐喻终结和绝望

曾经冲浪的卵石和奔波的流沙
在芦苇的根底沉寂无语
高出芦苇的林木默然
落叶逐水，倒影萧疏

我看见一只白鹭

沿着河流飞进落日的余晖
消瘦的芦苇将覆满白露和月光
我听到跌倒的风声
从飘向远方的帆影上站起

三角梅

花非花，叶非叶
木非木，藤非藤
从不怀疑自己
是花还是叶，是木还是藤

像首朦胧诗，语言却像
血在沸腾，火在燃烧，霞在绚烂
在野外，路旁，楼台，真真切切

虽不是梅
却冠以梅的名字
雪融化了
梅以你的方式
在冬季外绽放
我曾爱一个姑娘
她的名字叫梅
在那个冬季走了

春　潮

我等一场春潮的到来
一场春潮须有一场雨水
自云层深处如期而至
有一声春雷在云层顶端携一道闪电而来
让雪山经历一场雪崩
让冰河经历一场阵痛
让冻结的土地苏醒

此时苦楝树的叶子落光
甜蜜的果子等待果子狸
等它重新萌发一场绿
渲染三角梅缠身的一团火

一场雨水
带来一场春潮
带上沿途的树木和河流
带上我和搁浅的旧船
一同前往春的航向

春游旧城妙音寺

寺门外的几树桃花
像火焰点燃妙音寺的春天

痴情的蜂蝶醉吻桃花的红唇
微风吹过，人间的芳菲
妖娆了寺内袅袅的香火
山寺的莺燕衔木鱼的清音
飞越寺外飘浮的一粒尘埃

隐入桃花的蜂蝶飞回魏晋
飘落溪水的花瓣流入桃源
刘郎眼中的那朵依旧微笑
今天的桃花穿过昨夜风雨
与我和山寺只隔一道空门

曾随月光和桃花一同开放
曾随流水和桃花一同漂流
那经典时光里的嫣然一笑
在那三生的转角明明灭灭

磬音戛然而止，桃花还在妩媚
香客前脚走进山寺的那道门坎
后脚仍然踩在门外阴影里的尘埃
背后的村居正烟雨迷茫，若隐若现

桃花能有几天红
今生总有太多未了的心愿
我现在只想卸下一路风尘
顺着原路回到最初的地方

崖　棺

——凤梧红岩山观游

古骆越的先民在时光外沉睡
崖洞外，河流已越历千年
他们曾在山间河畔
结庐，刀耕，田猎，网罟

赭红的崖壁，涂满太阳的血祭
图腾的画面，浸渍千年的风雨
崖壁如一页厚重的书，幽暗的崖洞
无声陈述千年神秘的传说

隐约有十二尊打坐的佛
沉浮云雾里诵经祈福
天空低近高远而苍茫虚空
骆越的神灵高居天空与佛之顶
世间繁华衰落与他们无关

浮云悠悠，竹林掩映的村庄
炊烟袅入崖顶的云雾

几声鸡啼犬吠远远传来
人间的烟火正旺

空心树

一棵古树
千年的风雨雷电
把它炼成了树妖
那些缠绕的藤蔓
似妖怪千指
随风而舞的重重魅影
飘进人妖相隔的那坎门

老树的年轮驶往哪里
黑黑的空洞总填不进
月落乌啼，风声雪影
只填满说不尽的苦痛

它血红的树脂百年后
以缕缕沉香绕我周际

独　立

我是一座山，站在那里
草木繁荣或枯萎
冰雪覆盖或融化
都保持最初的姿态

草木枯萎我不枯萎
冰雪融化我不融化
鸟儿飞来又飞去
白云流连又飘走
我都过往不计

但止于悬崖的脚步
和往回趑的那些路
淹没了我最初的视线
为此我头顶常年积雪
地老天荒
独立着

枯藤老树昏鸦

一条枯藤
从季节深处蔓延而来
我关注它是否吐过绿意
是否开过花，结过瓜
赋予赞美的词语时
更关注它如何从繁华到干枯
一如在意自己一生的历程

一棵老树
它的根深扎于泥土
我赞美它曾经绿荫如云
更聆听高枝上的鸟叫
和清风明月里的那些虫鸣
一如倾听伴我一路而来的歌声

一只昏鸦
它栖息在一棵老树上
它在黄昏的叫声有几分凄凉
那月亮升起或落下时
那几声啼鸣

让喧嚣的人世更显静寂
一如我灵魂深处的那份安宁

雨　水

积郁已久的绵绵情愫
化作一场潇潇的雨水
从冬末冰雪的边缘
从初春和风的源头
飘洒而来

从边缘到腹地，从源头到深处
我一直敞开心扉
让雨水浸润待开的花苞
等待播入泥土的种子发芽
企望枝头的新绿绽放
期盼那朵朵桃红的娇影
与一江春水荡漾，祈愿那条条柳丝
摇出烟雨的千般柔情
仰望千万棵红棉高擎燃烧的火把
温暖春天的路途，遥望枯黄的原野
芳草碧连天，野花遍地开

雨水缠绵无尽
屋檐紫燕呢喃

我想蹚过雨水
穿越流年
涉过春天
从一条河流上岸

我眼里尽是空茫

布谷鸟的叫声
穿过原野的空旷
穿过几十年弥漫脑海的那座山影

天空蔚蓝
几朵浮云越飘越远，越飘越淡
远行者也是这样无影无踪

我背靠的大石头隐没在旷野
石头几十万年蹲在自己的影子
几十万年的长风没停止吹过
长风吹不走石头的影子
却剥蚀石头坚硬的骨头

我不知道，这只布谷鸟
是不是几十年前的那只
那块巨大的石头不见了
那片山影也隐入了时空
我几十年的生命在几十万年石头的后面
没有比死亡更永恒的东西，包括时间

每一年布谷鸟叫声依旧
我被风吹走了岁月
被时间带进了虚无
几十万年的石头即使发芽开花
也一样淹没在时间里了
现在，我眼里尽是空茫

旅人蕉

你从遥远的岛国来
马达加斯加的雨水还在滴落
印度洋的飓风还在狂卷
非洲的沙漠还在延伸

在陌生和繁华的他乡
你落地生根，根扎厚土
依然是旅者的生命之树
你已移植旅者的旅途

你孔雀开屏的美丽
是旅者心中独特的风景
你芭蕉扇叶的硕大
是旅者遮阳的一片浓荫
你奇异甘泉的泽润
是旅者绝处逢生的希望

背着原乡行走的人
在繁华的异土他乡
注定是远走天涯的影子

第六辑　无言的思绪

孤独的树

蝉声正在远去
萧萧落叶，是纷飞的蝴蝶
深山中，一棵孤独的树
静静伫望，果实死守枝头
等待鸟啄
溪水悄然流进季节的深处
阳光明明灭灭，月色朦朦胧胧
秋风拂来

空巢成为山谷遗落的音符
孤树日渐消瘦，果实日趋枯黄

站成一道风景，留住一方秋色
孤独的树，你沉默无语
那只筑巢的白鸟已翔向远方

没有人经过你
孤独的树，果实零落成泥
你裸露胸怀，独对清风明月
而鸟声正响自远方

鸟声如迷失远方的曲径
随一个远去的背影
穿过我心灵的原野，孤独的树
来年还会叶满枝头，结满青果
而我心灵原野的那一片芳草
已被野火烧成灰烬
再也无法春风吹又生

让我们和昙花一起开放好吗

妹妹，这样叫你，我的心弦微微颤动
这不是梦，那一池春水荡漾的涟漪
轻轻摇曳杨柳的影子
你坐在我的船头，抿嘴微笑
我们不说桃花娇媚，潭水千尺
只说春风拂过江南岸
我有明月一轮，载你回到我的天空

那只曾经的紫燕，飞回了旧巢
我和它的前缘，寒冬来前就结束了
说不清的许多情和事我不想再提起
如果你愿意，就这么走下去
看十里春风，如何一夜间吻开所有的桃花
看我放飞的蜂蝶
如何在你的花瓣震颤透明的羽翼

我们不说紫燕，不说桃花
不说今生来世，不说红尘往事
也不说白日梦，不说落霞孤鹜
我诗中橙色的火焰为你燃烧

薄暮来临，我们在一条月光河落水
和昙花一样，美美开放，静静凋零

溯　源

你寻找河的归宿
而我逆流溯源

我不愿东南风鼓满我的帆
只愿西北风给你推波助澜
虽然人们说每向前一步
我们相离就越远

逆风逆流
前路冰已塞川
你无须为我担心
风险是严峻的考验
只愿你的航途畅通
往东的天气晴朗温暖

推着托着你船儿的水
奔流我的热情和思念
你会看见我艰难前行
虽然源头离我仍很远

坚信有一天
大海里向我招手的是你的帆
同航行过的河是爱的纽带
紧紧地将我们相连

山水作证

山与水相依
是山中有水，还是水中有山
山和水不想这些
山水已融为一体

今生尘缘已定
不知道有没有前世来生
如果有我还是愿做今生的山
让你依偎，如果没有
就让我在今世在滚滚红尘中
让幸福的微笑
荡漾在你秋水的微波
让心中的那朵莲花
月光下开在你梦的涟漪

今生终将尘埃落定
在我们今生的前后
世界对我们都是虚无的

当尘埃落定，我们虚幻无实

我们是谁，谁是我们
前世来生是我们，今生也必是我们
但今生对于虚无的前世和来生
也是虚无的

地久天长，昙花一现
我们终将凋谢在岁月的红尘
我们终将淹没在时间的长河
别人不会记得我们
当我们的后人也忘记我们时
我们就真正从这世界消失了
如果有灵魂

灵魂就是天上的星星
灵魂就是我留下的诗歌

而现在，让山水为我们作证

又逢春天，又遇雨水

我是一棵枯了的树
从你走进我的那天起
埋进土里的根须又吸取矿质的滋养
伸向天空的枝干重获得雨露的沾润
枯树绽新芽，叶绿梢头，花开满枝

我是一条枯了的河
从遇到那一场雨水起
皲裂的胸怀就春流涌动
干涸的脉管就血液沸腾
岸畔柳絮飘飞，烟雨迷蒙，莺燕呢喃

被爱情滋润的人从不枯干
被月光浸透的爱从不苍白
灵与肉只在你的湿地沉浮
春风暖，夏日荫，秋水净，冬梅开
焕发青春的树，又鸟语昏晓
涌动春潮的河，又惊涛拍岸

又逢春天，又遇雨水

且做河畔的一棵树
看一条河从脚下流过
看一尾鱼游进深水

神秘岛之约

我们到高原湖上的神秘岛赴约
那里月光下的浪花轻吻着沙滩
那里有美人鱼在湖中游弋
那里有水妖吹着魔笛
我成了神秘岛上的囚徒和情圣

带着完美从不同的城市启程
动车和飞机的速度
实现了从远方到高原的跨越
却未能适应心灵的高原反应
和那么多年回到原点的差距

沿途中带着沮丧行走
面对前方未知的风景
少了在神秘岛的激情
我只在那个鸥鸟回来过冬的高原湖
在那棵歪脖子的杨柳树下
祈愿轮回或幻化成佛渡己渡人

我们找不到那个神秘的孤岛

虽然我们很想在孤岛的禅寺
当一回香客，然后越过三生的回廊
回到现实，回到彼此的原点

从高原回到各自的城市
失望和高原反应一样严重
我们注定是高原的过客
也注定是彼此的过客

我欠你的

如果你是一朵云
我欠你一阵长风
没把你吹到我的天涯海角
让你映入我的波心
让我的浪花把你淹没
或者把你吹进我的孤岛
伴我漂泊沧海的梦影

如果你是一朵桃花
我欠你随风潜入夜的一场雨水
没滋润你欲开未开的花苞
没让蜂蝶的红唇啜饮你的花瓣
没让我的梦开在你的桃源
或者让你开在我的荒野
簇拥马踏花香的芳径

我欠你的，还你一场春风
吹开你的整座花园
还你一场春雨
让你淹没在涌动的河

我是一朵云
你会否给我一个天空
我是一朵桃花
你会否给我一座花园

百年等候

在彩云之南，在滇池
在一棵守望百年的杨柳树下等你

这棵树曾望穿秋水
不知何时被风暴拦腰折断
仍不死心，又长出新枝
独对清风明月，望尽天涯

鸥鸟已飞向远方的海洋
在冬季它们还会再飞回
等你百年，你若不来
我就成另一棵杨柳的传说
让冬季归来的鸥鸟去讲述

还有一些留下疗伤的红嘴鸥陪我
来年春季，它们将飞回大海
而我的内伤已无法治愈
只能在这里百年孤独
与千年飞不出湖水的白云
幻化成风景，受人阅览

若你来了，我还是
在这棵杨柳树下等你
如不见我，我已幻化成佛
在湖岛中的那座古寺
渡自己，渡同船之人

我只打马而过

浅草缀着露珠，繁花夹道
踏马蹄香，歌舞楼台
你在春天的花园
带着桃花的微笑和溪流的歌唱
梦幻里搂我入怀

明媚的春天和泥泞的道路
所有的爱和恨都挽留不了我
我不愿惊醒谁的梦
不愿断了月光下笙箫的缠绵
我不是你春天的白马
不是岸边陪你始终的芦苇
我只是打马从你的泪珠踏过
路过你的春天，蹚过你的河流

万里江山，莫非王土
三千美人，红墙粉蝶
坐拥江山的帝王已退场
我是自己泥塑的王
蹚不过自己的河流

湿　地

雨季还未到来，我敞怀以待
以我皲裂消瘦的湿地
等你涕泗滂沱的雨水
等你潺潺流来的涓涓细流
等你千年不遇的滔滔洪荒
我这等你万水滋润的心田
疯长的渴望和无限的守候
是你肆意纵情的乐土和桃源

当道路还弥漫着尘土
当道路还布满榛莽荆棘
当前方还未繁花夹道
请你固执地经过未开垦的荒地
经过茂密的丛林
流入我鸟语花香的腹地
流入我无限风光的湿地

我腹地中心缓缓流淌的浅水
正静静停泊一只梦幻的桅船
它曾划过湿地汇积的滔滔之水

现搁浅于一汪等待涌动的春水
等待划进百年的梦想和繁华
等你把它摇进月亮湖的传说

千山万水，朝向河流的水溪
只有一个流向
世上的道路有千万条
心灵的通途只有一条
雨季还未到来
我等你的雨水如期而至
等你的溪流如期流来
我能容纳你的所有雨水与溪流
我蛙鸣鸟唤，我等待花开
我渴望与干涸得太久了

守　望

从春天等到冬天
由向往变成守望
谢了桃红，飞了柳絮，凋了秋叶
那似曾相识的旧燕
已换成南飞的大雁
蝉鸣已隐去夏日的聒噪
在刚刚过去的晚秋里
凄凄切切

现在是冬天
蛰伏的虫儿也锁了喉咙
我随季节的风守到深秋
已等成血泪染透的红枫
已等成白头发的狗尾草

等你不来，草木一秋
这一世的人生，那守望的枫树
思念丛生的根系深入地底
那白头的狗尾草
孤独摇曳在季节的深处

你若不来，我仍站着
那头顶上那一抹蓝
那天空上的一缕阳光
从地底到空中
都融入无尽的守望

你就随风飘走吧

风吹走了落叶
留下的是无牵无挂的枝干
风吹走了烟云
留下的是蔚蓝高远的天空

我是一棵树
曾希冀你永远厮守我的枝头
但季节的刀
总在我的心上划上一道伤口
血一滴一滴
滴在季节的深处
那你就随风飘走吧

我是一片天空
总希冀白云在我身边流连
给我遮住炙热的阳光
或缠绕我温柔的梦乡
但来自远方的风暴
一次次撞破我的心扉
泪一滴一滴

滴在心空的深处
那你就随风飘走吧

我是一棵树，仍希冀叶满枝头
我心灵的天空，仍希冀雷雨后
架起一道新的彩虹

旅　者

再回头，你已是我经过的风景
我们彼此都没有错过
流水绕过你枕过的河流
流水流走了
鸟儿叼过你成熟的果子
鸟儿飞走了
经过你长满鲜花的道路
骑马人也马踏蹄香远走了

你那座白雪簇拥的高山下
青草迷离，春暖花开
溪流潺潺，莺燕呢喃
这一切挽留不了前行的脚步
远方也许布满荆棘丛莽
也许是茫茫沙漠
也许是坍塌的废墟
但肉体没有到达的地方
风景永远是最迷人的
我难再回头，一个旅者
不会流连于一处风景
流浪的心总在江湖漂泊

泉

我暗地里跋涉得太久了
我以柔弱而坚韧的力量
执着地穿透坚硬的岩石
板结的土块
脉脉向你流淌

我曾因河流干涸痛失流向
我曾为生命失去绿色哭干眼泪
在荒漠的行程里
你如骆驼苦苦寻找着绿洲
我现在就向你敞开胸怀呀
让我沿你干裂而炽热的唇
滋润你干渴的心田

我暗地里跋涉得太久了
我这众多根系渗出的血
我这皑皑雪山激动的泪
我这默默跋涉了千里万里的
涌动的生命啊
再也没有任何物质

比它执着比它圣洁

一切都是
为了与你不期而遇
为了浇开你枯萎的花朵

与一颗星对望

我看星时，星就在我头顶
它的光辉就在眼前
这是错觉，它离我其实遥远
距离用光年计算，我达不到
我的肉身只昙花一现
到达前就已灰飞烟灭

脚步到不了梦想的地方
梦想到不了应有的高度
就让我想象的翅膀到达
如果没有梦或翅膀折断了
就让我这千年之约
变成蝴蝶翔进你的梦里

听说灵魂是不会死的
那就让我的灵魂
以光年的速度到达你
即使灵魂与光穿不透黑洞
也情愿灵魂在黑洞毁灭

船过江心

风拂过江面
心影随微波轻轻荡漾
与最晚开放的芦苇花
跟你作萋萋的别离

船过江心
像一把犁铧犁过河流
惊涛拍岸
船只远去，河流又平波如镜

你是那只远去的船
驶过我平静的江面
我只想微波不惊
你只想船过无痕

无数的风波
就这样平息了

过　客

窗外的风景向后跑去
新的风景闪现又消失
风景动与不动其实不在于列车
你我动与不动却在于彼此

现在是同路
结局是殊途
我们都是这趟列车的过客

我们都是旅者
随缘走一程
眼前的风景很快过去
你我只是
彼此的风景和过客

若你为树

若你为树
我愿是千万条藤萝
沿你的枝干撑一片浓荫
我愿是潮起潮落的蝉鸣
抱你的枝头渡往季节的彼岸
我愿是泛起层层林涛的风儿
在你的枝叶间吹拂曼舞
我愿是飘飘洒洒的雨水
滋润你疯长思念的枝叶
我愿是爬上梢头的明月
弹奏一支美妙的小夜曲

若我为树
你可是藤萝鸣蝉
风儿雨水和明月
"我见青山多妩媚,
料青山见我应是"

遗　忘

你给我一夜花开的桃红
我要用一生去遗忘
我给你一夜春风的温润
你用一朝的凋零埋葬我的春天

飘落水中的云朵
擦不掉那片天空深刻的伤痕
对一颗星的陨落
和一朵桃的凋零
我只沉默无语

枝头的鸟啼
仍衔着那枚口红
吻醒我的黎明
流水剪不断那只鸟的翅膀
仍斜斜翔进我黄昏的天空

我被春天的一滴雨淹没

我被春天的一滴雨淹没
被淹没是因渴望太久了
爱的小河已经干涸
只想等来一场春潮
托起驶往远方的一只孤舟

我被春天的一片叶吹响
被吹响是因沉默太久了
爱的小树枯萎了
只想等来一阵春风
吹开苦楝树昨梦的花蕊

我被春天的一枚鸟鸣衔走
被衔走是因孤寂太久了
爱的歌声消失了
只想等来一阵鸟语
啼醒一场沉醉一生的春梦

我想和春天的一粒种子萌芽
只有萌芽才能等来芳华的绽放

红色三层岗（组诗）

甲戌年腊月，三层岗的那场雪①

一个穿黑衣的瘦小女人
涉过暗夜，撕开雾霾
送两个男人最后一程
一个是丈夫，一个是儿子

女人体温焐暖的竹筒
里面的蛋汤没有冻结
戴着沉重脚镣的父子
喝下人世间最后一口烟火

儿子最后一次
跪拜，反哺，拥抱，吻别
朝家乡方向背起母亲
走在前头是昂首挺胸的父亲
……
雷鸣闪电霎时劈下
震碎撕裂云黑风高的严冬

果德赤卫军排长潘廷宽②
和父亲潘朝海临刑前的一幕
巍巍三层岗，悠悠右江河
至今仍述说着这红色的故事

那一天，一场几十年罕见的暴雪
纷纷扬扬覆盖了三层岗
白茫茫天幕下，炊烟不见
萧萧寒风里，鸡不打鸣狗不叫

那一年春天

木棉花比往年开得还早
杜鹃鸟泣血的咽喉
啼红了三层岗的角角落落

注：①三层岗，位于今平果市果化镇。曾是右江苏区的"大本营"，地处右江下游北部山区，面积数万公顷，地势险要，为自古兵家必争之地。1930年3月18日和7月上旬，邓小平曾到这里视察指导革命工作。

②潘廷宽，三层岗芭独屯人（今属平果市果化镇那荣村），1911年生，任赤卫军排长，1935年1月英勇牺牲。

坡洋洞

穿过仅容一人的洞口
我们借着熹微的光线
屈膝弯腰爬进坡洋洞①
并寻觅到另一个出口
抚摸着潮湿而光滑的洞壁
与拿枪的手隔着时空远握

洞中央的那些石桌和石凳
似乎仍围坐一些神秘的人
他们像透出云缝的几缕星光
正照耀历史辽远的天空

星火燎原定格在遥远的昔日
洞外早换了人间变了世界
青青的翠竹和高高的纪念碑
依然昭示着一种节操和精神
头顶的天空有星斗照耀
抵达远方的路就不迷茫

有人在山洞外捡到了弹壳
细闻仍然留有硝烟的味道
从喀斯特洞口射出的子弹
几十年来仍然折回穿过
那些缺钙软弱锈蚀的骨头

注：①坡洋洞，位于三层岗芭独屯西面
不远的坡洋山上，右江革命陷入低潮时，1932
年6月8日中共右江下游委员会、右江下游革
命委员会在这里秘密建立。

红七屯

红七屯①伏在三层岗的臂弯
静卧在右江河谷的摇篮
它以英雄红七军的名字命名

这个春天，红七屯烈士纪念碑前
万支火把燃烧的一棵棵红棉
与千亩玉米的层层碧浪
与沿河翠竹的阵阵翠涛
汇入了右江澎湃的春潮

这个明媚温暖的春天
这个祥和安宁的村庄
我们怀念铭记90年前
血火中永生的18个英魂
英雄在上，我们虔诚膜拜
目光抚摸他们的英名
看石碑后激战的场面
仰望三层岗起伏的龙脊
遥望向前奔流的右江
站在英雄鲜血浸染的土地上
高大的丰碑下愈感使命在肩

英雄洒下的每一滴鲜血
成为我们身上的红色基因
感恩每一缕阳光每一滴雨露
在春天的路途上追梦
我们从来不曾迷茫和犹豫
精神家园的上空星辰永照

注：①位于三层岗南麓的山营村。1931年2月5日凌晨，时任济民乡苏维埃政府主席的黄元春、赤卫军领导人陈明惠，与国民党敌军3个连在长沙、内楞屯激战一天，牢牢守住阵地，为群众安全突围争取了宝贵的时间。这一天，包括黄元春、陈明惠在内共有18位战士牺牲。后来为褒扬长沙、内楞屯人民的革命精神，经上级政府批准，将这两个屯改为"红七屯"。2012年7月，村民们筹资20余万元建造了红七屯烈士纪念碑。

英雄花

这个春天，这里的木棉花特别鲜艳
像千万支火把映红壮乡的天空

这个春天，古老的右江特别清澈
木棉花映照着悠悠的江水
流水诉说血火中永生的故事

这个春天，红七屯屹立的纪念碑
十八个烈士的名字与红棉的火焰
点燃我们的春天，照明我们的前路

这个春天，我们心里没有阴霾
这座高大的丰碑让我们膜拜
一棵棵高大的红棉让我们仰望
一朵朵英雄花引导着我们前行

千万支火把曾驱散漫漫的长夜
无数的先烈倒下了
他们高举的火把从未熄灭
我们从光明走向光明
和热爱春天的人们

奋力赶在追梦的路上

有一条路

有一条蜿蜒崎岖的山路
从三层岗山脚的平牛村
盘旋到山顶上的岑鲁屯

 91 年前，一个 25 岁的青年
从这条山路登上了三层岗
不久，鹧鸪坳^①烽烟四起
红七军击溃滇军，截获辎重

三层岗成为暴风雨后
右江革命低潮的大本营
焚毁黑暗的火种继续燃烧

这条闪电般撕开暗夜的山路
这座方园数万公顷的山岗
这条奔流到海的右江河
汇入中国革命的征程和洪流
成为铸造新中国的血脉和丰碑

历史让这片红色的土地
与一位伟人结下了天缘

这条路，我们 91 年后走着它
眺望右江河畔崛起的铝都
仿佛看见一只船扬帆驶来
独石滩中流砥柱激流澎湃
远望三层岗涌向东方的连山
仿佛看见一匹马踏尘而来
蹄音仍回响在右江河谷

注：① 1930 年 7 月上旬，邓小平在三层岗设作战指挥部，打响了红七军建军初期的第一场伏击战——伏击滇军的"鹧鸪坳战斗"。

光辉道路（组诗）

无悔此生

——致黄文秀

从家开始，每一次出发的起点
都成了回来的终点
每一次走向远方的行程
都成了回家的归途
父母已习惯你的每一次离开
可这一次，你却在连夜
赶赴百坭村的途中
被铺天盖地的洪水淹没

孩子呀，你走了三十年的路程
一路牵引着父母的目光
父母扶着你走
你是父母眼中的乖孩子
老师指引着你走

你是老师眼中的好学生
党引领着你走
你是党的好女儿

你人生之路只走了三十年
从一株幼苗到长成大树
你知道回报土地阳光和雨露
从一条小溪汇入到河流和海洋
你知道前进的方向和信仰的力量
即使是一棵小草
你也把自己交给了大地和日月
你用大地的情怀
怀抱那一座偏僻的村庄
你用日月的光辉
引照着村庄的人们奔向小康
你走的是一条艰难的扶贫之路
也是开创一条光辉的道路

青山无语，愁云低垂
人们噙着泪水呼唤你
父亲沉默，他需要多大的坚强
才能顶住天塌下来的重压
母亲剧痛，她需要多大的坚忍
才能弥合地陷下去撕裂的伤口

父母给了你生命
你用女儿拳拳之心回报父母
党给了你灵魂
你用女儿的整个生命回报党

多想陪父母走完黄昏那段艰难的路途
多想建一个幼儿园放飞孩子的梦想
多想陪百坭村的乡亲们迈向小康
甚至想有个爱人陪他到地老天荒
而这一切都已经
来不及，来不及了

我们不相信命运和渊薮
但是生命就是这样不堪一击
那铺天盖地袭来的洪灾
可恶如野兽，可怕如狂魔
吞噬了你年轻的生命
苍天无眼
让滔天洪流卷走了我们的孩子
孩子，你的生命美如夏花灿烂开放
你的生命多么令人尊重令人敬畏
你灵魂永生，精神长存

你是"时代楷模""脱贫攻坚模范"

你是"优秀共产党员""三八红旗手"
你生命分明是这样坚强和伟大
你是新时代的标杆
你是新时代的旗手
激励无数和你相同信仰的人群
奋力开创新时代的辉煌
青春无悔，无悔此生
你用三十岁的人生
诠释了共产党人的初心使命
谱写了新时代的青春之歌

三十年的人生路你正回眸一笑
你分明正走在那座村庄里
你分明正走在回家的路上
你分明正在走那条光辉大道上

你的名字

——再致黄文秀

我虔诚地写你的名字
一笔一笔，墨透纸背

深感无法承载你生命的重量
你上善若水的至善至美
只有河流与海洋的胸怀
才能承受得起
你生命之舟的每一次远航
而你这一回呀
离开了宁静的港湾
航进了缥缈的远方
那里有海市蜃楼
那里有星辰荟萃，星光闪烁

我虔诚地读你的名字
一遍一遍，饱含深情
深感无法承受
血泪剧烈冲撞的心灵之殇
只有圣洁明净的蓝天
万年耸立的高山
纤尘无染的雪域
才能留下你天使般的倩影
而你这一回呀
幻化成驾着白云的天使
翔进了遥远的天国
愿那里有春花秋月
有你梦中的花园

和盛开不谢的花朵

你的名字已成灿烂的星星
悬挂在我们心灵的上空
你的名字已成怒放的花朵
开放在我们心灵的原野
即使星星陨落了
那光芒仍穿过岁月的时空
穿透未来，给人们引路
即使花朵凋谢了
那芬芳仍随季节风
拂过荒凉的原野
拂过荒芜的心田

那一条路

从县城往西
到右江南岸的果化永定村
有一条路，我走了三年
有时每个月我来回几趟

下雷屯和定西屯的公路

我熟悉经过的树木
它们站立路边迎接我
给我引路，风拂过田野
我感受到乡村温馨的气息
每一户迎着朝霞晚霞的炊烟
让我有回家的感觉
每一条从各家伸向外面的路
都最终连接到
同一条宽广而光辉的大道
这条大道如通往彼岸的彩虹
架在了精准扶贫户的脚下

我熟悉村庄房子的形状和走向
这些房子在祥和宁静中敞开门
沐浴在同样的日月里
乡亲们带着和善的笑容
见我像见到熟悉的邻居
村里那些狗像见到老朋友
全然没有当初警惕的样子
我精准扶贫户的那只黄狗
也认定了我这个第一家长
摇头摆尾舔我的脚趾

我常想春天的莺歌燕语

都是每户听到的声音
每户都在春风春雨里
播下同样的种子
都在同一片乐土中
收获丰硕的果实
都能在同一国度里圆梦
我在这条路上行走的过程
落下的脚印能把不平抹平
许下的承诺能把差距缩小
这就是精准扶贫之路
这就是奔向小康之路

扶贫村支书

韦启钊，这个热血汉子
这个土生土长的村支书
他是"赤脚医生"
能诊断 157 个贫困户的致贫原因
能开出脱贫致富的药方
他是"邮递员"
走遍永定村的 1129 户
他是活"地图"

永定村 8 个屯的每一户
他摸黑也能找回到达的路
他是活的"户口簿"
清楚每一户的添丁减员

白天，他是技术员
火龙果洁白的花开在他心中
火龙果如火炬燃烧在他眼里
他让百咘的葡萄变成闪亮的星星
变成令人仰望的品牌

夜晚，他是厮守村庄的夜猫子
常常为村庄彻夜难眠
每家的炊烟常萦绕他的脑海
每个扶贫户常牵动他的每根神经

他有当年敌后武工队长的模样
他是永定脱贫攻坚拔寨指战员
他肩上有着沉甸甸的责任
他眼里燃烧着熊熊的火炬
他步伐坚定带领全村人民
昂首走在那条光辉道路上

挂村扶贫组长

挂村扶贫组长潘美章
这个一脸黝黑的中等个扶贫专干
把他扔到田地里
你不会想到他是一名乡镇领导
看他笑容可掬却像苦瓜的脸庞
就知"白加黑""五加二"扶贫的辛苦

他是永定村活的"数据库"
每个贫困户的数据都成了蝌蚪
游进他的脑海，他是一个牧人
心灵的原野放牧着全村的牛羊

他脚踏晨露
能听见农作物拔节的声音
他披星戴月
能看见夜幕下村庄的微笑
村庄的灯火照亮他前行的道路
他和村庄的靠山站立在一起
他与流过村庄的右江
共同流淌一腔热血和深情
他有着人民公仆的责任

风尘仆仆引领精准扶贫户
阔步走在那条光辉道路上

有阳光如秋水流进山地

——写在平果市三层岗生态种养合作社

有阳光如秋水流进山地
微风中，沉甸甸的果实
摇出热辣辣的诱惑

甜美的果实，流淌山地的甜蜜
欢乐的嘹歌与随风荡漾的果林
涌向起伏的连山和缥缈的远方

这片山地不曾生长庄稼
千万年冥玩不化的石山
在这里站成荒凉和贫瘠
相信石头也能开花
荒凉僻壤也变成繁荣乐土
鸟飞不过的山也变成桃园
叩石垦壤，填平沟壑

栽种蔬菜，培植果树
把连绵的荒山野岭
变成牛羊满山跑
林下鸡飞猪满栏

在这个丰收的季节
在这连绵的金山银坡
串串果实，金光灿灿
如象征幸福的中国红
似燃着喜悦的红灯笼
红红火火，火火红红
悬挂在南国三层岗的深山
悬挂在南国农村的上空

我只有果实而已
——写在平果市特旺水果种植家庭农场

庄园主说，我只有果实而已
是的，这一大片山地
盛产粮食，盛产果实
还应盛产梦想

当山地只生产高茎植物如玉米
或藤类如红薯，或豆类如黄豆
农民就只懂得土地能养家糊口
当山地连片开发成高效农业
荒山野岭变成花果山
满山遍野的果树成为摇钱树
果实通过电商源源运往四方
或深加工成美味食品
青山绿水成了金山银山
农民的梦就越做越大
脱贫梦成了小康梦

小康梦成了富翁梦

是的，你只有果实
你是这个庄园的主人
你是这个果场的新型"地主"
你是这个创业基地的开创者
你有土地能生长的所有果实
你有果实成熟而圆满的梦想
这样无数的梦想
成就了中国农民的中国梦

美丽的传说（组诗）

图　腾

连绵群山簇拥苍穹之下
山巅有飞鸟飞越的路径
丛林有走兽出入的影子
与飞鸟走兽为邻的布努瑶
密洛陀是他们的创世始祖

大山诞生了密洛陀
密洛陀和大山同在
大山是布努瑶生命的源头
是布努瑶生生不息的家园

走出大山仍心怀大山
达努节是千年的盛宴
霞彩万束照耀着群山
连山欢跃着起伏的兽脊
林海回荡着悠扬的山歌
篝火映红了一张张笑脸

美酒醉倒了一个个身影
日夜狂舞着千年的图腾

大山外的布努瑶新村
高山下的新桃源
沐浴新时代太阳的光辉
仿佛密洛陀回到了世间
仿佛他们又获得了新生

布努瑶新村

你们不是背着家园行走
不是抛弃故乡远走他乡
这里从此是你们的家园
这里从此是你们的家乡

山中的榕树不长在沙漠
沙漠的红柳不长在山中
虽一方山水养育一方人
祖辈叩石垦壤面朝石山
注定筑不起梦想的家园
曾伴着铜鼓舞击节为歌

石屋曾升起温暖的炊烟
但鸡犬之声与高铁之间
隔着不只那坎封闭的石门

刀耕不再是生存的唯一
火种不再是持续的希望
走出深山才能远离闭塞
狩猎不再是合适的方式
离开丛林才能抵达繁华

一排排崭新住房的新村
屋檐悬挂金黄的玉米棒
象征曾经历的耕作文化
满枝果实热辣辣的诱惑
象征甜蜜美满的新生活
农户基地公司的联营模式
让家家走进小康的布努瑶
又踏上乡村振兴的快车道
奔向第二个百年的中国梦
布努瑶新村，桃源布努瑶
像相拥环抱的石榴茁壮成长

美丽的传说

传说布洛西山和密洛陀山
经过 999 年才挨到了一起
密洛陀成了布努瑶的始祖
这个创世神话凄美而悲壮

999 年咫尺天涯与一线蓝天
999 年漫长而短暂
云朵悠然述说久远的传说

布努瑶住的每座山都住着神
鸟飞过的路就是神经过的路
难以逾越不等于不可翻越
千年的期待依然矢志不移
千年的铁树今天终于开花

达努，布努瑶的节日盛宴
与丰收节感恩节同时欢度
粗犷的舞蹈，雷鸣的铜鼓
悠扬的山歌，炫目的陀螺
长桌的盛宴，醇香的竹筒酒
我赶赴一场百年盛世的欢宴

在这里，密洛陀的子孙们
无须用999年的期待与阻隔
无须用头上蓝天和云朵为证
无须用徒然喊山喊水的方式
美丽新村如金花茶灿然开放
胜过千年万载所祈愿的美梦

密洛陀颂歌

仿佛林涛拥向远方
仿佛瀑流跃下悬崖
仿佛雷鸣滚向天边
仿佛暴风雨席卷大地
声声铜鼓铿锵雄浑
把布努瑶新村敲个热火朝天
把布努瑶同胞敲个心花怒放

将猎兽舞的原始狩猎舞起来
将开山舞的始祖创世舞起来
将采茶舞的茶山飘香舞起来
将丰收舞的五谷丰登舞起来
将牛角舞的耕牛拓荒舞起来

将芦笙舞的甜蜜恋情舞起来
将花伞舞的美好愿景舞起来
……
踩着鼓乐动感激情的节拍
欢跳着原生态的图腾舞蹈

红红灯笼像太阳的火把
将布努瑶新村燃烧起来
布努瑶唱起心中的颂歌
颂歌献给创世的密洛陀
颂歌献给美好的新时代

三月花歌

三月的花儿遍地开放
三月的花歌三月里唱

《布洛陀经诗》盛情唱起来
嘹歌"哈嘹啰"热烈唱起来
排歌"快列吒"一排排唱起来
黑衣壮"尼的呀"嘹亮唱起来

一支支山歌催开三月的鲜花
一朵朵鲜花装扮壮乡的春天
三月的花歌唱响壮乡的山水
百鸟伴奏优美的旋律也在飞扬

三月的歌圩汇入了山歌的溪流
弹起动听的天琴，跳起狂热的舞蹈
把三月花歌唱成左右江澎湃的春潮
把三月花歌唱成山歌翻滚的海洋

在三月缠绵热烈飘远的花歌里
我看见右江布洛陀的子孙们
在敢壮山许下的百年祈愿
化成飘香的果林涌向天边
我看见左江古骆越的先民们
走下花山壁画走入现代的繁华

三月的歌圩是这样的欢腾
三月的绣球是那样的传情
千年的花山壁画是这么的火红
悠久的壮锦是那么的绚丽
五色的糯米饭是多么的甜香
三月的壮乡幸福花儿在开放
三月的花歌歌声嘹亮传四方

春天的使者（组诗）

没有什么能阻挡春天的脚步

春天驾着雷鸣的车轮驰来
春天插着闪电的翅膀飞临
没有什么能阻挡春天的脚步

寒流的前方暖意盎然
雾霾的尽头春阳照耀
寒雨潇潇，草地正新绿初绽
冷风飕飕，枝头正嫩芽吐露
云烟低垂，一抹蔚蓝正点缀天边
屋檐熹微，几只紫燕正啼醒黎明

虽然还有倒春寒，然而
没有不被春雷惊醒的鸟虫
没有不被春雨解封的土壤
没有不被春风叩开的门扉
没有不被踏过的泥泞
没有不被唤醒的魇梦

没有什么能阻挡春天的脚步

那曾经空空荡荡的街衢
那曾经静如止水的村庄
春天都要一一光临
那些与病魔零距离搏杀的医者
那些默默潜行的逆行者
那些夜以继日付出的志愿者
那些临危赴难奋勇前行的公仆
都是这个春天的使者

这样的春天
这样一股无数力量汇聚的春潮
这样一场荡涤雾霾的浩荡东风
这样一场震惊寰宇的滚滚春雷
还有什么能阻挡春天的脚步

眼角总是闪着激动的泪花

这个早春，右江原来是多么的清澈宁静
它从红城百色的上游流来
从千万亩芒果林和碧绿的菜地间流过

它带着春天吉祥的问候叩开沿岸的村庄
它带着春天温暖的甘霖滋润沿岸的沃土
它从烟火正旺的敢壮山的前方流过
它从一马平川的右江盆地流过
它弥漫着壮乡新春温馨的气息
荡漾着乡亲们节日甜蜜的微笑

如骤降一场看不见的暴雪
像掀起一股看不见的旋风
一场疫情，给行进的春天打上了封条
给百色的城乡戴上了口罩
街道空荡，没有了熙来攘往的人流
乡村封路，唯有鸡犬之声遥遥相闻

右江仿佛一夜间成了一条冰封的河
立春来了，却似乎回到了凛凛隆冬
雨水到了，却仍然飘摇着凄风苦雨
缭绕的轻烟迷雾仿佛成了弥漫的毒霾

生与死的搏斗，明与暗的对垒
天使与病魔的决战，血与火的洗礼
……

阴云已被浩荡的春风吹尽

毒霾已被明媚的春阳驱散
阻隔城乡的无形冰雪已融化
空空荡荡的街市又人流涌动
我们送别这场疫情的逆行者
我们感恩这个春天的使者
话题围绕这场没有硝烟的战"疫"
诉说这个春天不同寻常的故事
眼角总是闪着激动的泪花

春天的通行证

它是这个春天的标志
它和绿叶在芒果林招手
和碧浪在澄碧湖欢歌
和右江两岸的青山在暖阳里笑语

它是这个春天的通行证
绿色的通道又畅通无阻
涌动的人流又填满空荡的街市
店铺又敞开大门纳财接福
车站码头又迎南来北往的宾客
工厂的生产线又热火朝天

百色这座红城，这座铝都
又商贾云集，龙腾虎跃，铝花翻卷

它是这个春天的桃符
春阳照耀的桃门已避邪镇妖
牛欢马叫又回响在乡村牧场
百鸟又唱和在田野响起的三月花歌
铁铧又犁开板结的泥土
百色这片热土，这方青山绿水
又芒果飘香，蔗海翻滚，风光无限

它是紫燕衔着的一曲春歌
它插上了绿色的翅膀
它带着绿色的梦想
随疾驰壮乡的高铁飞向远方
它是这个时代最美的图画和风景

春天的使者

踏过泥泞，跋山涉水，撕开云雾
山道上飘扬着鲜艳的党旗
护目镜后闪着明亮如炬的双眸

照亮低垂阴沉的天空

被泥水溅满一身的防护服
被熬得布满血丝的眼睛
被手套捂皱变形的双手
被口罩勒出紫红印痕的脸庞
……
一幕幕动人的场景定格在这个初春

谁向山村发出春天的令箭
我看见一只只紫燕正在飞翔
我看见春天的暖阳
与播种春天的逆行者一同到来

寒风冷雨，雾霾重重，山高路远
疫情离山村很近
春天离山村不远
云遮雾绕的山村
美丽的白玉兰正悄然开放
丛生荆棘的山道旁
无名的小花在寒风中摇曳
白衣战士把春天带进山村
温暖了万家灯火

木棉花与樱花同时开放

南国立春过后，木棉的骨朵
就掀开轻笼的寒雾
在伸开的枝丫间抽芽

再过些时日，这些木棉骨朵
就像高擎着的无数火把
一夜间被点燃
与那些低矮的桃花一起
通知世界：春回大地了

我想，黄鹤楼下的长江两岸
此刻也将绿意盎然
武大樱花的骨朵也将灿烂开放
那覆盖江城的白雪也将消融
笼罩江汉大地的雾霭也将消散
樱花可以无拘无束映红江城了

我看见江城无数春天的使者
就在樱花丛中微笑
而南国最高的木棉花
与樱花是同时开放的

邓公雕像，这座城市的地标

您是这座城市的地标
您站在这座城市的路口
您站在这座城市的中心

这里是南国的壮乡
您九十年前
将右江两岸的木棉一夜点燃
将南国的暗夜一夜点亮
这顶着天空燃烧的火炬
从右江燃烧到左江到整个广西
与井冈山的火焰遥相呼应
映红了中国的重重暗夜
点亮了中国黎明前最暗的夜

而后您高擎着这把火炬
与您的战友经历长征
挺进延安，挺进大别山
……
您这东方的巨人
与共和国一同沉浮

将改革的大潮席卷神州

"广西平果铝要搞"

您在南国壮乡描绘了一个图腾

一座崭新的城市，一座铝都

便在您当年金戈铁马的地方

便在当年洒下鲜血的右江畔

便在南疆这片红色福地上

春笋般茁壮成长

平果——这个响亮的名字

这个全国西部百强县市

与您的名字一起被全中国传扬

被世界传扬

右江，邕江，珠江

大西南，泛珠江三角洲，粤港澳大湾区

扬帆启航，乘风破浪

从大山从壮乡

和当年的木棉火炬一样

汇入了中国浩荡的东风

汇入了中国汹涌的大潮

追逐新时代的百年大梦

壮乡平果，壮乡百色

南国崛起的铝都

您从一九二九年走来

您从历史的风云中走来
您沿着珠江沿着邕江沿着右江
您还是擎着木棉火炬踏浪而来

您走在壮乡城市的人流中
您站在壮乡的红城中央
您温和地微笑，右手轻轻扬起
向壮乡人民亲切致意
人民向您致以注目礼
时光静止，岁月凝固
您来自人民

人民将您定格在心中的高地

一粒种子

——悼念袁隆平

人们说，您用一粒种子改变了世界
您说，这粒种子是幼时妈妈给的
您曾问，稻子熟了，妈妈能闻到吗
妈妈无语，今天您回到妈妈的身边
告诉妈妈稻子熟了的味道

现在是稻穗扬花的五月
您的一粒种子
在大江南北掀起绿色的稻浪
稻芒泛着五月太阳的光芒
随五月风挽住您的裤脚和衣袖
您别走呀，舍不得您远走啊

您爱这片抚养中国的土地
您和沉甸的稻穗向土地鞠躬
您让中国粮仓成世界奇迹
您让中国土地变天下粮仓
您以一粒种子驱赶了贫瘠饥荒

您从泥土来，回到白云去
您从此寿与天齐
谷子金黄，您的一粒子
遍布中国，香飘世界

江山依旧在

王者空留坐拥江山的宝座
乘天马穿越时空，回到今朝

万水成河，泱泱大水
沉浮多少帝王龙舟
千山如簇，巍巍山岳
挺立多少英雄豪杰
碧水如镜
照彻上下五千年悠悠时空
苍天可鉴
看清多少王朝荣衰兴亡

江山已不是朕的江山
龙椅宝座早遗落在岁月的长河
帝王臣子早淹没在历史的风云

坐拥江山的帝王哪里去了
王者归来，龙椅上黄袍加身
君临天下，只在电视剧里

剧本的主角从舞台退回幕后
王朝的龙椅只是道具
江山依旧在
坐拥江山的主人叫人民

英　雄

英雄是奔向远方的骏马
急促的蹄声是鼓点
铿锵在辽阔的草原

英雄是昂首前行的骆驼
声声驼铃是风的语言
传扬在茫茫的沙漠

英雄是飞翔在浪尖上的海燕
它叫喊的声音是战斗的号角
回响在苍茫的大海

英雄是搏击风云的神鹰
苍劲的翅膀是闪电
划过风云际会的天空

骏马的脚下是草原，前方是远方
骆驼的脚下是大漠，前方是绿洲
海燕的翅膀下是大海，前方是彼岸
神鹰的头上是天空，前方是风云

英雄的身边是人民，前方是梦想

英雄站起是一座山峰
倒下是一条河流
英雄魂铸造了壮丽的山河
英雄铁骨是支撑大厦的基石
英雄精神是闪耀的星辰日月之光

铁流滚滚

——观新中国 70 华诞阅兵直播抒怀

今天，中国是世界的焦点
像仰望白昼巨星
人类的目光聚焦于中国
聚焦于北京

银鹰腾空，绚丽的彩烟
在曾翻卷壮烈历史风云的长空
浓墨重彩，把中国魂
写在每个仰起的头颅之上

铁流滚滚
从"陆上猛虎"到"水中蛟龙"
从防空"火力网"到"东风家族"
……
一支铁军以横扫八荒之势
在曾被外寇铁蹄蹂躏的土地上
在曾被英雄鲜血染红的战旗下
在屹立于世界东方的大国

携带着闪电雷霆滚滚而来

战旗猎猎
一面战旗就是一部史诗
人民英雄纪念碑的英雄们
从硝烟中穿越时空而来
迈着铿锵有力的步伐
向着胜利的方向挺进

红旗的海洋，强大的祖国
此刻北京跳动着中国的脉搏
中国的心脏
牵动着世界的每一根神经
铁流滚滚
和平鸽在神州的上空自由飞翔

第八辑 桃花开在我的
　　　　　前世今生和来世

桃花缘

那朵桃花
是千万朵桃花中的一朵
那棵桃树
是千万棵桃树中的一棵

无数瓣的花瓣

开成了一朵桃花
无数朵的桃花
开成了一树桃花
无数棵的桃花树
开成了桃花的世界

无数蜜蜂
在桃花蕊里采撷花蜜
无数蝴蝶
在桃花丛里寻找甜梦

那瓣桃花瓣
我欠了它一生的春天
才在我的春天里开成了一瓣
那朵桃花
它欠了我一世的情缘
才在我的今生开成了一朵
那些蜜蜂，那些蝴蝶
是我前世来生放飞的花魂

桃花溪

今年的桃花开得早
竞相赶在春节里开放

一条流经我的溪流
岸畔的桃树开满桃花
桃花的倒影与水草轻摇娇姿
漂流的桃花淌成烟海的霓虹
我仿若误入溪流的渔人
进入我前世的桃花源
找寻泊在魏晋的渔船

桃花红遍江南了吧
这个春节早开的桃花
与千年前的桃花是一样的
这条流经我的溪流
却不是当时的桃花源
只是我暂寄人世的命名

桃花只是几天红
风吹雨打总归空

前世的桃花遥不可及
今生的桃花随水流逝
泊在前世的船承载不了今生
手中的鱼竿只钓起
一瓣凋零的桃红

桃花开，桃花落

已跋涉一段长长的冬季
情思如雪覆满那片山野
不想孤独落寞，无奈无语
春天的野火仍在心里燃烧

一阵温暖的风海边拂来
一夕间开满千万树桃花
在春天的轮回重获新生
在河流的彼岸华丽转身

踏马而过的正被红尘湮没
绝世独立的也正红颜衰老
桃花落尽，杜鹃啼响于野
何妨微笑面对浮世的悲欢

桃花入世后远遁红尘
桃花谢了芳华依然还有梦
桃树已在二月的风中
暗结珠胎

粉红的回忆

这朵桃花
不是我最初见过的
也不是我最后别离的
被我遇见，是缘定的桃花运
是雨水滋润了我的春天
是春天抵达了我的桃花源
是桃花水流经了我的今世

带着我经过桃花
是那只最初飞抵的蝴蝶
是那只最后离开的蜜蜂

桃花的源头从冬天流来
每朵桃花都是雪的姐妹
爱雪必也爱桃花
爱桃花当也爱梅、菊、荷、兰……
季节赠我予足够的风花雪月

我曾被这些花占据心灵
这些粉红的回忆在繁华褪尽后

依然在春风秋月里
开出淡淡的芳馨和忧伤

桃花与蜂蝶

桃花从前世开入今生
从覆满雪的藩篱
推开虚掩的柴门来到尘世

蜂蝶等候已久
春光明媚，月光甜美
桃花和篝火一样
融化了残冬的寒冰
照亮了春天的路途

桃花不负春光
红粉佳人，蜂飞蝶恋
思心随明月照进了
桃花掩映的窗棂
当桃花凋零
蜂蝶带走花粉和芬芳
桃子不久将挂满桃枝
被忠于爱情的人摘走
并带去果核，播下种子

桃的传说

一个叫桃的姐姐
那年桃花开放时
时光浅得蹚不过她的脚踝
流水浅得激不起她的浪花

她是那年春天最美的天使
桃之夭夭，雨露滋润的芳华
红颜如桃花在枝头灿然开放

一瓣桃花是一把桃花剑
刀剑如梦，凋零一瓣
明月也会心痛流血
明月的故乡是桃花的归宿

那个叫桃的姐姐
那年随流水去了远方
桃花雨在午后的阳光里
纷纷飘落，打马追赶
马和骑手也不再回来

桃花面

人面桃花，靦然而笑
桃花瓣晶莹的露珠
沾湿蜂蝶透明的心思
蜂蝶的翅膀太薄太轻
飞不出一朵桃花的芳心
但抵达了一朵桃花的魂

花间痛饮一壶千年老酒
不让李白独酌
不让李清照绿肥红瘦
不让桃花寂寞
随挤出空门的蜂蝶
醉入红唇粉面的桃花
和桃花背后的红粉佳人

将盛满春水和花酒的瓷器
举过头顶，举过桃花之顶
被一场雨水滋润的桃花
在后来的另一场雨水里凋落

桃花不再依旧笑春风
赏花人正在老去
谁曾在千年时光
对我嫣然一笑

桃花与祖先

桃花丛里
祖先的居所若隐若现
梦的仙乡
桃花的世界恍若隔世

蜂蝶似乎和桃花一直相守
桃花似乎未曾凋落过
蜂蝶也似乎从未飞走
一直留在祖先的时光

桃符避邪，桃门南开
桃树和神灵庇佑家园
开放的桃花不敢碰伤
它只随风微微颤笑
足让整个冬天沦陷

桃花和潭水一样深情
落花流水，在桃花丛里
我梦回祖先曾经的故乡

桃花岛

我须仗剑而行
桃花岛不能落入情敌之手

岛在海上漂浮万年
桃花一年只开放一次
我也只在今生走一回

每次出剑，情敌循入空里
桃花就纷纷飘落
被浪花卷走，香消玉殒

一朵一朵的桃花
想逃出岛，逃出我的剑

风是桃花岛的主，是我的情敌
我泅不出桃花的海，桃花太艳丽
海天太蔚蓝，春天太美太短暂
我又太孤独，做不成寻芳客
只能做钓翁，静坐礁石
背对桃花，做一次海钓

桃花雨巷

一把油纸伞
遮掩一袭旗袍
在桃花雨中
悄然走进深深的小巷

屋檐的雨滴伴着回响的跫音
敲湿和唤醒枕着青石板的春梦
墙角外粉红的桃花
挽住匆匆过往的寻芳客
廊前不远潺潺的小河
缓缓流向迷蒙的远方

桃花雨里
油纸伞消失在小巷深处
桃花随流水消逝
寻芳客也远走天涯

后　记

　　三年前，如果说我要重拾诗笔，并结集出版作品，连自己也不敢相信。虽然藕断丝连，毕竟封笔多年，仿佛离开了当年曾钟情痴恋的情人，多年后再度遇见她，既熟悉又陌生，既惭愧又纠结。其实那么多年来我常在梦里与她不期而遇，醒来总是那样失落，好像离开她人生就欠缺了什么，没有了依托，精神茫然，心灵空荡。在繁忙的教育工作之外，在喧嚣、浮华、纷扰、迷顿、困惑之中，为了使心灵有所皈依，我依然仍关注诗歌，赏读名家作品，常为一首好诗钦叹叫绝。但辍笔后心里那份不安的情绪在独处之时，依然久久折磨自己。或许，冥冥之中，我与诗歌缘分未尽，在辍笔多年之后，在韶华不再，日落月升之时，带着历经的风雨，怀着对生活的热爱、对家乡的思念、对亲人的感恩、对新时代的赞颂、对事物的思考，重执诗笔，再度与诗歌握手言和。仿佛又与当年相恋的情人有了灵与肉的碰撞，心中重新点燃了爱的火花，胸中又澎湃青春的激情。人虽老去，诗心不老，情意尤浓。

　　本诗集在写作和编辑过程中，得到了广东省社会科学院教授、国家一级作家、当代著名诗人、文学评论家黄承基先生的指导和写序。我在二十世纪八九十年代习写诗歌时曾得到过他的帮助，只是自己封笔多年，辜负了他的期望。所幸当我重拾诗笔，又得到了他的指导和帮助，在惭愧的同时又觉幸运之极，在此，对他特别表示衷心的感谢！从我故乡三层岗走出来的原平果县委常委、壮族作家李修琅前辈，原平果县文联主席梁颖武，平果市文联主席张洲，定居平果的作家墨村，右江潘氏文化研究会和三层岗潘氏理事会的宗亲兄弟和其他亲朋文友也给予了鼓励和支持，在此一并表示至诚的谢意！

现阶段，我的诗歌创作已经进入主动而自然、松弛又迸发的状态，随心所欲，爱写就写，不写亦无所谓，不计名利，不计得失，甚至不计作品好差。余生还有一段较长的路要走，把去路和来路感动自己的风景揽入怀里并融入感情和想象，以诗歌文本展现，这应是我人生的最后一个梦想，不想再放弃，意义只在于自己，或许于世界多余，足矣。

潘彩宜

2022 年 4 月 3 日

风荷集

主编：李正堂

时浩 诗歌

SHI
HAO
SHI
GE

张时浩◎著

光明日报出版社

图书在版编目（CIP）数据

时浩诗歌 / 张时浩著 . -- 北京 : 光明日报出版社 ，
2024. 8. --（风荷集）. -- ISBN 978-7-5194-7771-4

Ⅰ. I227

中国国家版本馆 CIP 数据核字第 2024L16G38 号

激情岁月写纯情（序）

田学臣

　　这是我第二次为张时浩同志出书作序。第一次是我在供职期间，看了他的新闻书稿《时浩报道》之后有感而发，以《做一个合格的通讯员》为题代序。当时只是从工作考虑和对作者的敬仰，号召广大通讯员和新闻工作者，从实际出发，贴近基层、贴近群众、贴近生活，践行宗旨，砥砺前行。这次是我到龄退休闲暇之时，又读了他的诗集《时浩诗歌》。

　　时浩同志热情、直率、活泼、大度，勤奋好学，激情四射。几十年如一日，劬劳而为，笔耕不辍。尽管诗中仍有稚嫩，有的带有些"打油"味道，但他的作品多且满载正能量，应该给他点赞。这里就写诗填词的一些想法略抒己见。

　　诗歌的语言是精美的。在文学艺术这个层面应该是顶尖的语言艺术。正因如此，应该很好把握：

　　一是韵律美。写好一首好诗，不仅要求立意新颖、语境鲜美，而且要求读起来朗朗上口，回味无穷，给人智慧和力量，能够激励人前行。因此，写诗必须，认真遣词造句，反复推敲，不生拉硬凑，不急于求成，努力打造精品。我们草原近几年也出现不少诗歌爱好者。正蓝旗、多伦县经过努力成为诗歌之乡。而在这两个旗县也有不少文化先进单位。应该说，这支队伍是文学战线上的生力军。祝愿他们在弘扬、挖掘草原文化中，对地区的发展、繁荣起到助推作用。

二是意境美。所谓的意境是所写的客观事物与主观思想感情互相交融而形成的艺术境界。是象外之象，使人获得异乎寻常的美感。如苏轼的"不识庐山真面目，只缘身在此山中"，意境深远，耐人回味。本人认为，在注重诗词格律的前提下，应十分注重追求诗的意境。如果没有意境，诗就失去了美的价值，读起来就会乏味枯燥。

三是语言美。语言美是诗的表现形式。如果没有美的语言，用一些生僻的字和词均不利于成诗。当下有两种情况：一种是只注重内容而忽略了语言，另一种是只注重通俗易懂而忘记了韵律。这两种情况很普遍，应引起人们的重视。语句通顺，让人理解，同时也应该提炼语言的美感和质感，力求准确、鲜明、生动，避免概念化，做到雅而不俗、俗而不腐、化俗为雅。

衷心祝愿每位诗歌爱好者坚持与时代同步伐，坚持以人民为中心，争取在实践中创作出更多、更好的作品奉献给社会，奉献给人民。也祝愿时浩同志更加努力，多出作品、多出精品！

2019 年 9 月 8 日
于锡林郭勒盟文化会所

（田学臣系内蒙古诗词学会副会长，内蒙古自治区锡林郭勒盟原盟委委员、宣传部部长）

目录

第一辑　草原放歌

第二辑 纪念日感怀

第三辑 往事蹁跹

第四辑 真情如焰

第五辑 山水风光

3

第一辑　草原放歌

夏天的草原

夏雨中，
雷声隆隆。
雨后的草原，
万紫千红。

万紫千红，
我采花于百花丛。

蔚蓝的天空飘荡着白云，
碧绿的草地蠕动着羊群。
绿海中，
骏马匆匆。

骏马匆匆，
穿梭于广袤的草原中。
手把肉散发着诱人的香味，
蒙古包温暖着游客的心胸。
水面上，
野鸭成群。

野鸭成群，
尽情地嬉闹追逐。
百鸟儿翱翔在
万里晴空。

那达慕风采（组诗）

赛　马

天地间绷紧的弓弦
弹射出五彩的箭镞
草原哺育了千万匹骏马
铁蹄开拓出绿色的新路
马背上的民族
最善马背上逐鹿
人借马力马随人意
配合默契才能功成名就

搏　克①

脚蹬蒙古靴
身穿照德格②
跳着粗犷的鹰步

打擂于绿色的草褥
有时如牤牛顶架
有时似雄鹰展翅
姜嘎③在壮士脖子后飘动
汗水在跤手脊梁上闪烁
这是体力的较量
技巧的搏击
毅力的角逐
一代天骄的子孙
勇猛剽悍的草原新秀

射　箭

虽然比不上原子弹先进
但却是现代武器的先辈
挺胸——收腹——运气
拉弓——瞄准——松手
嗖嗖嗖，箭离弦
五发五中只等闲
箭箭显示草原人民的臂力
箭箭凝聚着运动员的血汗
因为越是原始的武器
越需要技艺的精湛

注释：

①搏克：那达慕的摔跤比赛，又称之为搏克赛，亦即蒙古式的单淘汰赛，有其独特的服装、规则和方法。

②照德格：跤衣上面镶有铜钉的皮坎肩。

③姜嘎：是历次比赛中获胜的象征物，用五颜六色的布条制成。

（原载 1990 年 10 月 1 日《锡林郭勒日报》四版，2000 年第 3 期《草原》。先后被编入《锡林郭勒诗选》和《中国现代文学作品选萃》）

可爱的多伦我的家乡

可爱的多伦我的家乡，
历史悠久源远流长。
康熙皇帝于此会盟，
汇宗寺建城兴名扬。

可爱的多伦我的家乡，
军事重镇漠南商场。
统率同盟军收复古城，
就是名将吉鸿昌。

富饶的多伦我的家乡，
淖尔众多古迹遍北疆。
滦河两岸麦浪翻滚，
广袤草原撒满牛羊。

前进的多伦我的家乡，
改革开放谱写新篇章。

农牧相结合全面发展，
万众一心奔小康、奔小康。

（原载 1996 年 11 月 3 日《锡林郭勒日报》头版）

致带领牧民奔小康的
廷·巴特尔（组诗）

廷·巴特尔，男，蒙古族，中共党员，1955年6月出生于内蒙古呼和浩特，是开国少将廷懋之子。1974年，廷·巴特尔下乡到偏远的锡林郭勒盟阿巴嘎旗洪格尔高勒镇萨如拉图雅大队，一干就是47年。他于1976年入党，1993年当选为嘎查党支部书记。他带领牧民脱贫致富奔小康，为建设草原和保护生态环境，艰苦奋斗，无私奉献，赢得了社会的广泛赞誉。1983年以来，先后被评为全旗、全盟、全区、全国劳动模范、优秀共产党员。2002年中宣部确定廷·巴特尔同志为全国重大典型人物，6月27日廷·巴特尔先进事迹报告会在人民大会堂隆重举行。2018年12月18日，党中央、国务院授予廷·巴特尔同志"改革先锋"称号，2019年9月25日，被授予"最美奋斗者"称号，2021年又荣获"七一勋章"。他还是中共十七大、十八大、二十大代表，第十届全国人大代表，全国政协第十三届委员。

——题记

你从大城市走来

你从大城市走来
头顶将军儿子的光环
可你从不以此炫耀自己
却总是将金色的头冠垂低

老额吉缝制的蒙古袍为你抵挡无数风寒①

不相识牧民的一盆面条令你热泪涟涟②
沙茹拉图亚牧民淳朴的美德
洪格尔河畔草原如画的美景
特别是你为牧民服务的崇高理想
使你一次次放弃了返城的机会
把根深深地扎进了广袤的草原

打草、放羊、剪羊毛，你干得欢
骑马、种树、开拖拉机，你学在前
广阔天地，大有作为
你艰苦奋斗，一干就是四十五年③

面对日益沙化的草原
你苦苦思索，彻夜难眠

引导牧民破除"靠天养畜"的观念
动员牧民保护和建设美好的家园

为达目的你就率先垂范
带领群众不断创新实干
你第一个建网围栏、四季轮牧
第一个打井、种青贮
第一个提出"蹄腿理论""减羊增牛"④
使"风吹草低见牛羊"的美景在这里重现
你第一个实行牲畜改良
第一个建牲畜暖棚
第一个调整畜群结构
使人均收入翻两番的目标提前实现

你将先进文化输入牧民的头脑
组织大家开展创建文明小康户活动
使健康文明的生活方式走进了蒙古包
你筹资办电，搞卫星电视地面接收站
使牧民的生活同外界紧紧相交
你带头在院子里栽树种花、美化环境
牧民们也学着把自己的生活质量提高
社会主义精神文明建设喜结硕果
八十三户中文明小康户就有五十五

群众有困难都愿意把你找

因为你是他们利益的忠实代表
全嘎查共有二十四户贫困户
在你的帮助下都走上了富裕路
你把孤儿寡女接到自己所在浩特
为她盖房、送她牛羊，使她也成了富裕户

看到牧民们干活用的皮条断了无处买
你就学着自己做皮条任大家选
看到牧民修机动车实在难
你就购置工具义务修理不要钱

看到牧区缺医少药看病难
你就为牧民治病、救死扶伤
被你救活的姑娘萨日娜
至今谈起你就热泪汪汪

2000 年罕见大雪灾后的日子里
牧民眼中全嘎查数你最忙
在牧民缺粮、缺草的节骨眼上
你开着自己的车出现在牧民身旁
问寒问暖、送粮送草
温暖了全嘎查牧民的心房

你从大草原走来

你从大草原走来
登上了人民大会堂的讲台
以一个草原儿子的赤诚
述说着牧民奔小康的情怀

一九七四年，刚到浑善达克沙地的你
脑海中就泛起了改善牧民生活的涟漪
一九七六年，在鲜红的党旗下庄严宣誓的你
就经常琢磨着牧民致富的问题
一九九三年，被选为嘎查党支部书记的你
更是带领牧民奔小康、奋斗不已

"围绕经济抓党建，抓好党建设促经济"
你以广袤无垠的大草原为舞台
导演出雄壮的脱贫致富连续剧
党支部一跃成为"五个好"党支部，
创造了人均纯收入一万八千多元的好成绩⑤
作为全国党代会代表、人大代表、政协委员
你的提案代表了北疆牧民的民意
更可贵的是你注重草原的保护和建设
给子孙后代留下了秀美的青山和绿地

在改造客观世界的同时
你也不断地改造着自己
从将军之子到草原赤子
你用热血画出了一个灿烂的人生轨迹

注释：

①老额吉缝制的蒙古袍为你抵挡无数风寒：廷·巴特尔在《我永远是草原人民的儿子》的报告中说："萨茹拉图雅草原上的牧民们像对待自己的亲生儿女一样，呵护着我们这些从城里来的'白面书生'。刚到草原时，我什么活也不会做，是牧民们手把手地教会了我骑马、放牧、打草、做饭……怕我们饿着，牧民们东家送来炒米，西家送来奶食；怕我们冷着，老阿妈拿出珍藏在箱底的最好的布料，一针一针给我做好了蒙古袍。"这些，都令廷·巴特尔感动不已。

②不相识牧民的一盆面条令你热泪涟涟：一年冬天，廷·巴特尔和三个知青在草原上寻找失散的马群，奔波了一天，天渐渐黑下来，他们又累又饿又冷，好不容易找到了一户叫道不钦苏荣的牧民家，进门时正赶吃饭。道不钦苏荣看到他们的样子，急忙给他们盛上热腾腾的面条，四个饿坏了的小伙子狼吞虎咽，一会儿就把一盆面条吃光了。当时，牧区由于口粮不足和生活习惯，牧民们每天除了早晨喝顿奶茶外，只有晚上这一顿饭。当他们放下碗筷时，他家的几个孩子抢着喝起了面条汤。不相识牧民兄弟的热情令廷·巴特尔等知青热泪盈眶。

③一干就是四十五年：是指廷·巴特尔1974年下乡到

萨如拉图雅大队，截至 2019 年，已在草原上工作 45 年。

④蹄腿理论、减羊增牛：即通过计算踢腿数量的直观方式向牧民说明"减羊增牛"的意义。按照草畜平衡制度，每 5 只羊折算 1 头牛。养 1 头牛，只有 4 个蹄子践踏草原；养 5 只羊，却有 20 个蹄子践踏草原。——细算账，养 1 头牛的效益与养 5 只羊的效益差不多，但对草场的破坏程度却小多了。后将此总结为"蹄腿理论"，并根据这一理论，盟委、行署提出在全盟实施"减羊增牛"的决策，达到恢复生态、增加收入的双赢目标。

⑤创造了人均年纯收入一万八千多元的好成绩：据统计，萨如拉图雅嘎查年牧民人均纯收入 1974 年不足 40 元，1983 年 200 元，2002 年 3600 多元，2017 年 16670 元，2018 年 18800 元。

（原载 2002 年 7 月 19 日《锡林郭勒日报》三版。根据后来的新情况补充，并经推敲对个别词句作了改动。）

锡林郭勒职工之歌

我们是锡林郭勒职工
"三个代表"重要思想永记心中
开拓创新，与时俱进
沿着党的十六大指引的方向
在全面建设小康社会中打先锋

我们是锡林郭勒职工
是实现工业化路上的主力军
劳动竞赛，双增双节
结合企业改革发展的实际
在经济技术创新活动中立新功

我们是锡林郭勒职工
是改革发展稳定中的劲松
四大战略，一个工程
做建设现代化锡林郭勒的排头兵

草原明珠

锡林郭勒，美丽的草原，
祖国向北开放的前沿。
双拥模范城锡林浩特，
草原明珠镶在神州的边陲。

锡林郭勒，富饶的草原，
天然牧场牧草种类全。
煤碱油盐矿储量惊人，
珍珠般的牛羊撒满了草原。

锡林郭勒，神奇的草原，
古迹众多景色醉心田。
元上都遗址世人瞩目，
著名的恐龙墓地就在二连。

锡林郭勒，古老的草原，
马背民族快乐的家园。
炒米奶茶手把肉飘香，

悠扬的长调民歌世代相传。

锡林郭勒，发展的草原，
蒙汉兄弟谁也离不开谁。
实施四大战略、一个工程，
建设小康社会携手奔向前！

（原载 2004 年 7 月 1 日《锡林郭勒日报》）

旅游城市锡林浩特

草原明珠锡林浩特，
草原中城市，城市中的草原。
中国优秀旅游城市，
新时期向北开放的前沿。

草原明珠锡林浩特，
城市亮丽美，草场类型全。
油煤锗铬矿储量丰富，
珍珠般的牛羊撒满草原。

草原明珠锡林浩特，
古迹遍北疆，景色醉心田。
贝子庙、敖包山、九曲湾……
文化苑讲述着成吉思汗。

草原明珠锡林浩特，
蒙古族人民，快乐的家园。

炒米奶茶手把肉飘香，
悠扬的长调代代相传。

草原的回音

2016 年 7 月 5 日，由锡盟盟委、行署和内蒙古自治区农牧业厅联合主办，以"依法保护、科学建设、合理利用、绿色发展"为主题的锡林郭勒盟生态文明建设宣传活动周在锡林广场正式启动。为配合这一活动特作此诗。

我是富饶美丽的草原，
水草丰美，天空瓦蓝。
煤碱油锗等矿产丰富，
美景古迹令人忘返流连。

我是富饶美丽的草原，
禽兽牛羊快乐的家园。
它们吃喝嬉闹尽情玩耍，
祖祖辈辈在这儿生息繁衍。

我是富饶美丽的草原，
马背民族生命的摇篮。

哺育了英雄成千上万，
最有名的要数成吉思汗。

我是富饶美丽的草原，
遭受到破坏苦不堪言。
请精心呵护建设我们，
才能永续利用代代相传。

赞绿色二连浩特

2018 年 8 月，我参加了在二连浩特市召开的干旱地区生态文明建设现场会，参观了市容市貌，聆听了经验介绍。只见处处绿树成荫，郁郁葱葱。一个缺水少树的边陲小镇转变成亮丽绿色的城市，给与会者留下了深刻的印象。这是改革开放 40 年的硕果，故作诗以记之。

> 口岸边城话二连[①]，
> 与时俱进四十年。
> 无林旱地植花木[②]，
> 缺水居民饮甘泉[③]。
> 经济腾飞市富裕，
> 民生改善众开颜。
> 中蒙贸易购销旺，
> 向北开放走在前。

注释：
①口岸边城话二连："二连"即"二连浩特市"的简称。该市位于内蒙古自治区正北部，与蒙古国的扎门乌德市隔

界相望，相距仅4.5公里。"二连浩特"是蒙古语的汉译音，意为色彩斑斓的城市。1956年1月，北京—乌兰巴托—莫斯科国际联运列车正式开通，二连浩特建立；1966年1月，国务院批准设立二连浩特市；1985年1月升格为准地级市，国家甲类开放城市；1986年3月，自治区政府批准二连浩特为计划单列市；1992年7月，国务院批准二连浩特为全国13个沿边开放城市之一。

②无林旱地植花木：二连浩特市地处北方干旱地区，既无地表水，也无客水。因为缺水，因此也无树。改革开放以来，当地市委、市政府高度重视园林城市绿化工作，每年在园林绿化规模、质量上取得新的实效。建成了陆桥公园、奥林匹克体育公园、天鹅湖湿地公园等，加上小区绿化、街路绿化，绿化总面积达到1050万平方米，城市绿化覆盖率37.2%。现在的二连浩特，绿树成荫，鲜花盛开。

③缺水居民饮甘泉：二连浩特市地下水是全市经济社会发展、生态环境保护和人畜用水的唯一水源。目前，可用的46眼水源井实际供水量2.8万吨／天。为进一步提高城市供水水质标准，2017年实施了水质净化工程，使水质达到了《生活饮用水卫生标准》（GB5749-2006）要求。

第二辑　纪念日感怀

劳动最光荣
——"五一"国际劳动节感赋

劳动最光荣，
劳动最伟大，
这些响亮而悠久的口号，
激励着一代又一代人去创造。

劳动创造了我们人类，

劳动结出了硕果累累。
劳动创造了一个又一个奇迹，
劳动使我们的环境越来越美丽。
是劳动建起了今天的一栋栋万丈高楼，
是劳动铸就了现代化的信息高速公路，
是劳动让贫瘠土地发出稻谷的芳香，
是劳动使偌大地球变成小小的村落。

人类要生存，
民族要振兴，
只有靠辛勤诚实的劳动才能实现；
个人想发展，
家庭想幸福，
只有靠忘我的劳动创造才能如愿。
劳动者用聪明才智和勤劳双手，
编织了这个五彩斑斓的世界，
创建了这个灿烂文化的社会。

在今天这个特别的日子里，
我们向劳动者表示由衷的敬意！
同时更重要的是——
也要用劳动来锻造我们自己！

纪念"五四"运动 60 周年

十月炮声响惊雷，
学生游行讨国贼。
"五四"运动开天地，
工人登台有作为。

马列政党开新天，
百万工农枪上肩。
浴血奋战廿八载，
东方巨人立世间。

"五四"精神代代传，
"五四"运动留诗篇。
革命火炬高高举，
继续长征永向前。

抗战胜利日大阅兵组诗

2015 年 9 月 3 日，观看纪念中国人民抗日战争胜利暨世界反法西斯战争胜利 70 周年大阅兵仪式，亮点多多，感慨万千，即作小诗几首。后又根据新华社的《胜利日阅兵十大精彩瞬间》《"新面孔"凸显新亮点》等报道作了几首，增至十首，并以新华社《胜利日阅兵十大精彩瞬间》的排序记之。

1. 老兵方队

当年抗战立功劳，
今日阅兵请尔曹。
银发满头却抖擞，
勋章闪烁老英豪。

2. 将军领队

徒步方队英雄连，
更有将军立于前。
步伐铿锵双目炯，
楷模品德代代传。

3. 外军官兵

世界友人聚北京，
天安门前同阅兵。
并肩纪念胜利日，
唱响和平发展声。

4. 飒爽女兵

飒爽女兵背药箱，
昂首挺胸阅兵场。
首次亮相仪仗队，
不让须眉斗志强。

5. 坦克方队

钢铁巨阵徐徐过，
气势磅礴力无边。
"陆战之王"99A，
综合技能堪领先。

6. 核导弹

洲际战略核导弹，
大国安全铸长剑。
雷霆万钧威无比，
东风浩荡世人赞。

7. 预警机

天上雄鹰呼啸过，
预警飞机来指挥。
多种机型齐亮相，
联合作战振军威。

8. 舰载机

首艘航母辽宁舰，
服役三年常演练。
起降成功舰载机，
本次阅兵把身现。

9. 直升机

"低空杀手"直升机，
铺天盖地飞向西。
快速精准又机动，
现代陆军不可欺。

10. 旗帜与彩烟

面面红旗迎风展，
条条彩烟吸众眼。
铭记历史不变色，
斑斓绚丽成亮点。

（原载 2015 年 10 月 20 日《锡林郭勒日报》B4 版、
2015 年第 2 期《锡林郭勒》）

赞引航者
——庆祝中国共产党成立九十五周年

十月革命炮火燃，
马列主义进华园。
昏睡雄狮终觉醒，
南湖驶出引航船。

风云变幻路艰难，
劈波斩浪挽狂澜。
驱寇擒魔兴华夏，
人民五亿尽团圆。

翻身百姓掌了权，
发愤图强荐轩辕。
社会主义树旗帜，
改革开放换新颜。

三代领导引航船，
乘风破浪近百年。

同心共筑中国梦，
和平发展永向前。

纪念鲁迅先生诞辰100周年

辞鹊挥毫救中华，
才超子建笔生花。
狂人日记开新路，
门外文谈育艳葩。
引火炼丹疗众患，
投枪掷匕战群鸦。
一身正气无媚骨，
怒向刀丛猛刺杀。

哈达一束献与您

祝贺《锡林郭勒日报》创刊 40 周年

硝烟滚滚伊诞生[①]，
四易其名[②]面貌新。
领袖挥毫留墨迹[③]，
报人握笔运斧斤。
团结民众奔富路，
高举红旗传党音。
我有千言道不尽，
哈达一束献与您。

34

注释：

①硝烟滚滚伊诞生：1947 年 3—7 月，伴随着解放战争的隆隆炮声，中国共产党锡察盟工作委员会宣传处在贝子庙（今锡林浩特市）先后创办了《锡林郭勒日报》的前身——《今日消息》（汉文）和《群众》报（蒙文）。

②四易其名：1948 年 3 月 14 日，将《群众》报更名为《牧民报》，4 月 14 日《今日消息》发刊 100 期后也更名为《牧民报》，蒙汉文同一报名；1948 年底，中共察哈尔盟委宣

传部在正镶白旗希日盖芒哈（今阿拉腾嘎达苏）创办了《生产报》，1957 年 7 月更名为《察哈尔报》。1958 年 10 月，锡林郭勒盟和察哈尔盟合并后，《牧民报》和《察哈尔报》合并为《锡林郭勒日报》。

③领袖挥毫留墨迹：1958 年 9 月 13 日，伟大领袖毛泽东主席亲笔为《锡林郭勒日报》题写了报名。这是全国唯一由毛泽东主席题写的地市级党报报名。

（原载 1987 年 9 月 20 日《锡林郭勒日报》）

香港回归祖国感赋

今年 7 月 1 日，我国政府恢复对香港行使主权，经历了百年沧桑的香港回到祖国的怀抱。鲜艳的五星红旗和特区五星花蕊的紫荆花旗在香港冉冉升起，高高飘扬，国人欢呼，世界瞩目！作为中华儿女的我同全国人民一样热血沸腾，热泪盈眶。高兴至极，诗兴大发，作诗以记之。

时针倒转百年前，
腐败清廷气数完。
挨打割地又赔款，
港儿离娘泪涟涟。
改革开放国昌盛，
两制一国显光环。
东方之珠回怀抱，
阔别母子话团圆。

纪念抗日战争胜利 60 周年

驱倭六十年，
华夏尽欢颜。
前事永不忘，
后人常忆艰。
改革致富路，
开放谱新篇。
再创小康业，
神州天更蓝。

（原载 2005 年 10 月 28 日《锡林郭勒日报》第三版）

37

贺神舟六号载人航天飞行圆满成功

北京时间 2005 年 10 月 12 日上午 9 时，我国神舟六号飞船在酒泉卫星发射中心发射升空，费俊龙和聂海胜两名中国航天员被送入太空。它是我国第二艘搭载航天员的飞船，也是中国第一艘执行"多人飞天"任务的载人飞船。北京时间 10 月 17 日 4 时 32 分，神舟六号返回舱在内蒙古四子王旗中部草原成功着陆。从电视上获此喜讯，激动万分，作诗以记之。

神舟六号把家还，
华夏子孙尽欢颜。
出访天宫玉帝乐，
遨游宇宙梦终圆。
改革开放增国力，
技术科学排在前。

直挂云帆达彼岸，
"三个代表"引航船。

（原载 2005 年 10 月 28 日《锡林郭勒日报》三版）

庆祝中国共产党成立85周年

马列传华夏，
共产党导航。
为人民谋解放，
重任铁肩扛。
掀起土地革命，
夺取抗倭胜利，
赶走蒋匪帮。
创建新天地，
赤县放光芒。

搞建设，大发展，
中华创辉煌。
改革开放，
谱写历史新篇章。
百姓生活富裕，
国力提升迅速，
神六震八方。

科学发展观，
指引奔小康。

庆祝中国人民解放军建军八十周年

时光倒转八十年，
古邑南昌战火燃。
革命斗争悟真理，
枪杆里面出政权。
驱除日寇民欢笑，
打败蒋帮国换颜。
开放改革呈盛世，
人民军队永向前。

（2007 年 8 月 1 日锡盟广播电台播发）

赞北京夏季奥运会

2008 年 8 月 8 日晚 8 时整，第 29 届夏季奥林匹克运动会（北京夏季奥运会）在中国首都北京开幕，8 月 24 日闭幕。北京奥运会共创造 43 项新世界纪录及 132 项新奥运纪录。中国以 51 枚金牌居金牌榜首名，是奥运史上首个登上金牌榜首的亚洲国家。北京奥运会圆了中国的百年奥运梦想，使中国更加自信，更加开放，更加进步！作为神州之子十分高兴，高兴至极，诗兴大发，作诗记之。

开放改革百废兴，
综合国力大提升。
百年梦想终实现，
奥运大旗飘北京。
华夏鸟巢成典范，
神州儿女竞夺金。
金牌总数居榜首，
东亚病夫变雄鹰。

贺中国共产党百年华诞

十月革命，
炮声响，
马列指明方向。
古老神州孕育了，
伟大的共产党。
浴血斗争，
抗倭胜利，
赶蒋于岛上。
建新华夏，
受压民众解放。

社会主义祖国，
和平崛起，
造一星两弹。
开放改革呈盛世，
百姓脱贫实现。
神九飞天，
航母下海，

经济排前面。
圆中国梦，
东方旗帜更艳！

母校成立 40 周年校庆感怀

1998 年 9 月，我回母校——内蒙古民族师范学院参加建校 40 周年校庆，师生欢聚，欣喜若狂，推杯换盏，边喝边谈。我应邀到新教学楼报告厅出席中文系系友报告会并给在校大学生作报告。在报告的结尾，我即兴朗诵了这首词。

四十寒暑各奔忙，
翅舒张，任翱翔。
从政教学，
创业展辉煌。
桃李满园结硕果，
花绽放，九州芳。

师生相会喜若狂，
酒歌扬，诉衷肠。
离聚人生，
何必泪千行。
宏伟蓝图催奋进，
齐努力，谱新章。

第三辑　往事蹁跹

广阔天地

　　1969 年 4 月，响应"知识青年到农村去"的号召，我到开鲁县三棵树公社四合大队下乡插队，一直到 1978 年 10 月考入通辽师范学院（后更名为内蒙古民族师范学院、内蒙古民族大学），受益匪浅。

　　来到农村做知青，
　　广阔天地练红心。

一心接受再教育，
劳动技能大提升。

48

重回校园

在高等学府的知识殿堂里，
我求知学习的梦想终于如愿！

为了把耽误的时间夺回来，
为了祖国四个现代化的实现，
掌握知识、建设祖国的重任，
就光荣地落在我们这一代！

太阳照亮世界，
知识照亮人生。
知识就像黑夜中的北斗，
是我们前进的指路明灯。

知识是人类物质力量的源泉，
也是人类上万年生存经验的流传；
书籍是人类科学知识的精华，
也是人类几千年文明生活的复原。

要想掌握知识就得认真学习——
在书本中学习，
在实践中学习。
我们在浩瀚的书海中嚼字咬文，
还要在博大的宇宙间奔波探寻。

求知是人类的本性，
学习是求知的捷径。
我们要为祖国早日实现四化而刻苦学习，
也要为丰富人类的知识宝库而勤奋拼命！

赞运动会（组诗）

1980 年 5 月 18 日、1981 年 5 月 8—9 日，我们内蒙古民族师范学院（今内蒙古民族大学）在院体育场举办学生运动会。每次的运动会组委会选抽中文系学生为广播站撰写诗文播放，以此烘托运动会气氛，为参赛运动员加油。我每次都被选中，即兴写顺口溜、诗，现选录 11 首。

1. 赞运动会

春风劲吹百花香，
喇叭声声彩旗扬。
师生围坐体育场，
喜看健儿呈英强

2. 致运动员

跑道十分钟，
台下十年功。
为了班集体，
拼搏向前冲！

谁胜谁负不知道，
参与才是更重要。
落后不要言放弃，
夺冠千万别骄傲

3. 致百米运动员

枪响人跑疾如箭，
风驰电掣似闪电。
勇往直前不后退，
争先恐后为夺冠。

4. 致 200 米运动员

你蹲在待发的起跑线，
像一支即将离弦的神箭。
200 米，是一个人生的起点，
200 米，让你折射出多少热汗。
你健美的肌肉蕴含着无穷的力量，
你坚定的目光展示了必胜的信念。
加油吧！掌声在为你响起，
加油吧！观众在为你点赞。
终点就在前面不远，
不到长城非好汉！

5. 致 5000 米运动员

迎接你的，
是五千米的跑道；
等待你的，
是漫长的征途。
滴滴汗水，飘洒在绿茵场上，
矫健步伐，奏出希望的乐章。
抹一把艰辛的汗水，

继续迈开疲倦的双腿。
磨炼的是非凡的毅力，
较量的是超常的体力。
挑战人类的极限，
经受意志的考验。
坚持坚持再坚持，
努力努力再努力！
抬起头望望前面，
终点已依稀可见。
用尽最后的力气，
冲向那胜利的终点线！

6. 致万米运动员

万米跑道上，
平地响惊雷。
骏马奔腾急，
昂首冲向前！

雄赳赳，中华好儿女，
气昂昂，神州大学生。
一步步，脚踏实地从头越，
路漫漫，万米征程向前冲！

山外青山楼外楼，
你追我赶争上游。
跑到前面别骄傲，
落在后边更加油！

坚持吧，新时期校园的学子，
努力吧，新长征路上的好汉。
胜利到达终点，
屈指行程一万！

7. 致跳高运动员

你助跑后的精彩一跃，
在空中划出一道弧线。
就像一颗明亮的流星，
在寂静夜空中闪现。
跨越坚硬的横杆，
落入柔软的铺垫。
这是人类弹跳力的比赛，
也是向人生高度的挑战。

8. 致跳远运动员

以坚定的信念奋力一跳，
用全力越出最大的一步。
你用行动诉说着一个真理，
没有比脚更长的路。
只有敢于挑战、超越自我，
才能不畏强手、打破纪录。
加油吧！
胜利在前面向你招手，
顽强拼搏才能功成名就！

9. 致铁饼运动员

沉沉发亮的铁饼，
是我心爱的玉盘。
轻轻地托在手掌，
摩挲着细细把玩。
调动起全身的力量，
扬起手掌这风帆。
只见玉盘在空中飞转，
就像神奇飞碟在盘旋！

10. 自行车比慢

请看、请看！
自行车比慢。
这是一项特殊的表演，
这是一项反常的比赛。

枪声响，车向前，
两脚轻蹬手紧攥。
往东倒，往西歪，
车轮不许压跑线。

请大家，不要笑，
这般功夫更难练。
虽然骑得慢，
身上也冒汗。

又要稳，又要慢，
轱辘缓缓转。
要问为啥不快转？
原来是：谁在最后谁好汉。

快看、快看，
看谁最后到站？

11. 致啦啦队

你们也想和运动员一样，
在运动场上挥洒汗水。
展示自己光辉的形象，
为班级增添耀眼的光彩。
但是——
由于种种原因不能参与，
于是——
你们把所有的热情和希望，
都倾注在运动员的身上。

你们扯开嗓门，
为运动员呐喊；
你们挥舞着双臂，
为运动员加油！
你们虽淡然如水，
却又热情似火。
你们虽未直接拼搏，
却也功不可没。

因为运动员的夺冠，
也有你们付出的一半。

毕业赠别好友

十年田上锄杂草，
本是同林鸟。
民族师院遇知君，
往事交流义愤满胸中。

欢呼赤县除"四害"，
高考全盘改。
人人平等享自由，
庆贺天高海阔任遨游。

赠支边教师[1]

学识渊博大才子，
"支边"到通辽。
巧用幻灯纠音异，
一言一语方法妙。
授课立说全优秀，

代代学子情未了。
相聚把酒戏赞师——
"献了青春献子孙",
扎根北疆不动摇。

注释:

①内蒙古民族师范学院的教师张冬祥,1929年出生于上海市,1958年毕业于北京师范大学中文系。毕业后即支边来到哲里木盟(今通辽市)新组建的"通辽师范专科学校"("内蒙古民族师范学院"的前身,是哲里木盟的最高学府),中国语言文学教授。张老师学高身正,平易近人,教我们语法。因为是上海人,普通话讲得不好,发音不准,他就把幻灯片搬进课堂,以此来弥补他发音的不准,把语法课上得有声有色。张老师扎根北疆不动摇,两个孩子均在通辽市工作,孙子也有在通辽工作的,可谓"献了青春献子孙"。

万众一心战"非典"

2003 年 4 月上旬，全国出现了"非典"传染病（非典：非典型性肺炎，简称"非典"。世界卫生组织将其定名为严重急性呼吸综合征（缩写为 SARS），这是一种传染性强的呼吸系统疾病，冠状病毒的一个变种是引起"非典"的病原体）。突如其来的"非典"不断蔓延，它扰乱了人们正常的工作和生活秩序。面对传染性极强的"非典"，在党中央、国务院的坚强领导下，全国人民万众一心抗击"非典"，尤其是战斗在防治"非典"一线的广大医务工作者临危不惧、恪尽职守、无私奉献的崇高精神，令人深受鼓舞和感动。经过三个多月的艰苦奋战，取得抗击"非典"斗争的伟大胜利。

一

公元两千零三年，
神州大地起风雷，
妖孽不是白骨精，

冠状病毒是祸源。
使人发热又干咳，
持续高烧肺发炎。
如不及时来治疗，
患者小命就玩完。
极易传播更可怕，
很快全国来蔓延。
广东、北京、陕西省……
直到内蒙古大草原。

二

党中央，国务院，
多次召开专题会。
紧急部署抗非典，
全民沉着来应对。

成立防治指挥部，
抗击非典要同步。
实行防治责任制。
层层落实不能误。

组织青年突击队，

时刻准备上一线。
全民皆兵力量大，
男女老少齐应战。

三

众志成城战"非典"，
各族人民斗志高。
人民安危放心上，
深入一线了解情况。
医务人员来奋战，
全力以赴战病魔。

四

两千军医进首都，
小汤山上来扎营。
冒着危险救病人，
再现军民鱼水情。
全部病人都治愈，
再现医术高水平。

五

群防群治，分类指导，
依靠科学巧用脑。
全面部署，反复强调，
这场硬仗必须打好！

六

全民抗击"非典"战，
主战场就在各医院。
还有卫生、防疫站，
统统都属最前线。

医护人员人称赞，
义无反顾上前线。
救死扶伤牢牢记，
个人生死抛天外。

优秀代表是叶欣，

为救患者勇献身。
非典战役刚打响，
叶欣就上了主战场。
她是广东省中医院、
急诊科的护士长。

她精心护理冲在前，
日夜操劳只等闲。
"这里危险，让我来！
因为我是共产党员。"

白衣战士爱无疆，
生死考验炼成金。
高尚医德人钦佩，
大家学习的标兵。

七

抗击"非典"全民抗战，
各族人民齐防范，
团结一致，同舟共济，
首先调整好心态。

不惊不怕平常心，
但是预防要认真。
勤洗手，勤洗脸，
还要搞好环境卫生。

室内通风空气好，
身体健康无烦恼。
人多地方你不去，
传染机会大减少。

为了预防更可靠，
消毒工作很重要。
公共场所戴口罩，
还可口服中草药。
一旦发现有疫情，
必须及时去报告。
采取措施早隔离，
越早治疗越有效。

八

天罗地网遍华夏，
"非典"魔鬼不可怕。

万众一心战"非典",
"非典"堡垒终攻下。

打好疫情防控阻击战

新冠病魔袭武汉，
疫情迅速来蔓延。
中央坐镇总指挥，
华夏儿女齐参战。

主战场在各医院，
医务人员冲一线。
隔离用药细观察，
精心护理治病患。

军地医生援武汉，
放下背包即开战。
为解场所燃眉急，
速建火雷两医院。

全民疫情防控战，
减少接触是关键。

消毒洗手戴口罩，
防止疫情再扩散

一方有难八方援，
慷慨解囊做奉献。
我们朋友遍天下，
各国援助表友善。

中国疫情防控战，
措施成效人称赞。
联合国也大赞赏，
友邦领导发贺电。

科学防控出经验，
联防联控不间断。
众志成城齐奋斗，
坚决打赢疫情防控阻击战！

（原载 2020 年第 2 期《五月风》）

多余的时间

如果您有多余的时间，
别在背后对人说四道三。
那不会给您带来快乐，
而是拨动了烦恼的机关。

如果您有多余的时间，
别总是浪费在镜子面前。
那不会有真正的收益，
只能给您短暂的欣欢。

如果您有多余的时间，
别总在电脑手机上玩耍。
那是一把无形的双刃剑，
会害您跌入无底的深渊。

如果您有多余的时间，
请储存在书本电脑里边。
那就像一屋丰富的档案，

可以随时供您任意查看。

请您用思考的长线，
缝起多余时间的碎片。
制成一叶智慧的风帆，
载您驶向理想的彼岸。

（原载 2018 年第 3 期《文学月报》）

第四辑 真情如焰

朋友，你呢

崖上的松树
并不整日怨天恨地
它愈是在恶境中
愈要显示强大的活力
朋友，你呢
是不是有这样的志气

学步的幼儿
并不跌倒就卧地不起
他愈是不怕摔打
愈能早日在人世间自立
朋友，你呢
是不是这样自强不息

初生的马驹
并不久待在棚圈里
它愈是随母奔驰
愈能练就过硬的铁蹄
朋友，你呢
是不是这样进取不已

成熟的谷穗
并不向人炫耀自己
它愈是籽粒饱满
愈将金色的头冠垂低
朋友，你呢
是不是这样对待成绩

（原载 1990 年第 8 期《草原》，后被编入《锡林郭勒诗选》）

74

赠友人

对门九载同林鸟，
下放分开了。
思君日日十一冬，
飞到多伦阔谈至梦中。

音容笑貌皆未变，
经世增才干。
谈新叙旧意相投，
放眼前景更上一层楼！

启蒙恩师情义重

　　20世纪60年代初，我在内蒙古开鲁县保安中学读初中，语文老师郝长青学高身正，故常忆之。经多方打听，喜获电话号，拨通后与恩师叙谈了半小时，后又通过其女儿淑红的手机微信视频叙谈半小时。见恩师虽87岁高龄，却身体硬朗、精神矍铄，故十分高兴，作诗以记之。

　　　　恩师情义深，
　　　　呕心沥血培桃李，
　　　　学高身正精育人。
　　　　教诲有方，心暖"众生"，
　　　　百花绽放树成荫。

悼念袁隆平院士

　　"杂交水稻之父"、中国工程院院士、改革先锋、"共和国勋章"获得者袁隆平于 2021 年 5 月 22 日因病逝世。噩耗传来，悲痛万分，愿袁老一路走好！

　　　　　水稻杂交数隆平[①]，
　　　　　世人点赞誉神农。
　　　　　良种培育六十载，
　　　　　粮产亩超一千升[②]。
　　　　　科技创新成典范，
　　　　　改革开放是先锋。
　　　　　玉皇传旨解难事，
　　　　　驾鹤西天请慢行。

　　注释：
　　①水稻杂交数隆平：袁隆平院士的科研成果使中国在矮秆水稻、杂交水稻育种和超级杂交水稻育种上三次领先世界水平。国际上的同行们称袁隆平为"世界杂交水稻之父"。

②良种培育六十载，粮产亩超一千升：袁隆平院士从20世纪60年代初开始研究杂交水稻，最高亩产已超1000公。

（原载2021年6月3日《锡林郭勒日报》B4版"锡林河"）

致灵魂工程师

您是一位辛勤的园丁，
　用热血浇灌着嫩根；
　您是人类灵魂工程师，
　一颗心分操着百颗心。

　孩子们心灵的门窗，
　第一个向您打开；
　那是一个金色的世界，
　丰富的宝藏要您开采。

　黑板是您的土地，
　粉笔是您的耕犁；
　您将智慧的种子，
　播撒在孩子的心里。
　引导孩子在知识的海洋遨游，
　带领孩子向科学的高峰攀登；
　您传道解惑指点迷津，
　用先进文化教育孩子不断创新。

您结实的肩头，
是孩子攀登的阶梯；
孩子理想的翅膀，
将在您指引下起飞。

（原载 2004 年 10 月 29 日《锡林郭勒日报》三版）

统计员之歌

我是光荣的统计工作人员，
与数字结下了深深的不解之缘。
在某些人眼中数字是那样的枯燥无味，
但我们却爱得那样的无恨无怨。
因为国家的宏观调控离不开我们的数字，
人民的衣食住行也要靠我们去计算。
我们的工作同中国经济建设大业紧紧相连，
我们的工作也关系到国计民生方方面面。
虽然我们的工作平凡得不能再平凡，
电影电视中也很少有我们闪光的身段。
但为了全面建设小康社会的宏伟目标，
我们愿——
愿将毕生的精力默默奉献！

工商联会员之歌

2013 年 4 月，锡盟工商局、文学艺术界联合会、个体劳动者协会、私营企业管理协会联合举办锡林郭勒盟"民盛杯"征文大赛，征文内容包括诗歌、散文、散文诗。锡林工商所领导动员我参与，作为个体工商户的我写了此诗，并获二等奖。

我是光荣的工商联会员，
是工商界组成的群团。
学习实践科学发展观，
促进全社会的和谐。

我是光荣的工商联会员，
工商联章程记心田，
自觉接受党的领导，
经济建设攻坚克难。

我是光荣的工商联会员，
参政议政是我的职责。

联系非公经济人士，
共同建设祖国家园。

我是光荣的工商联会员，
党的理论政策常钻研。
为全面建成小康社会，
跟着共产党永远向前！

个体协会会员之歌

我是光荣的中国个体协会会员，
个体协会的章程永记心田。
自觉坚持党的领导，
经济建设攻坚克难。

我是光荣的中国个体协会会员，
属于个体劳动者的群团。
学习实践科学发展观，
促进全社会的和谐。

我是光荣的中国体协会会员
联系个体劳动者是我的职权。
团结非公经济领域人士，
共同建设祖国美好家园。

我是光荣的中国个体协会会员，
党的理论政策刻苦钻研。

为全面建成小康社会，
跟着共产党永远奔向前！

（原载 2013 年 12 月 23 日《锡林郭勒日报》A3 版）

向劳动者敬礼

在绿草如茵的五月，
在鲜花盛开的五月，
让我们庄严地将右手举起，
向勤劳勇敢的劳动者，
向智慧朴实的劳动者，
向拼搏进取的劳动者，
向满脸汗水的劳动者……
敬礼，敬礼，敬礼！

向劳动者敬礼，
是因为劳动最光荣，
是因为劳动最伟大！
探寻人类起源的历史
劳动创造了人类自己。
从亚洲走来的北京人，
从欧洲走来的海德堡人，
从非洲走来的毛里坦人，
……

哪一个不是在劳动中进化？

回顾社会发展的历史，
劳动创造了财富和文明。
从啃食虎狼吃剩残骨的猿人，
到跃居食物链顶端的智人；
从刀耕火种时代的人类祖先，
到科技网络技术飞跃发展的今天；
从雪维洞穴壁上的原始人手印，
到嫦娥三号探测器登月球探问……
哪一项不是辛勤劳动的结晶？

人生天地间，
劳动最为先。
劳动使人类从愚昧走向文明，
劳动使社会从战争走向和平。
劳动使历史辉煌，
劳动使国家富强。
劳动带来民族的独立振兴，
劳动创造大众的幸福吉祥。

百年前芝加哥工人的罢工，
赢来了 8 小时工作制的胜利。
"五一"这个劳动者的节日，
使红五月的色彩更浓更浓！

纪念"五一"这个光辉的节日，
让我们庄严地再将右手举起，
向创造财富和文明的劳动者，
敬礼，敬礼，再敬礼！

（原载 2016 年 4 月 29 日《锡林郭勒日报》B1 版，
2016 年第 5 期《五月风》）

第五辑　山水风光

锡林浩特市风情

锡林浩特，草原明珠，
地处华夏北疆。
水草丰饶，蓝天绿地牛羊。
射箭摔跤赛马，
怎敌他——蒙古儿郎？
贝子庙、蒙元文化苑，
源远流长。

马背民族在这里，
手把肉，奶茶炒米飘香。
改革开放谱出优美篇章。
国家能源基地，
牧工商，业绩辉煌！
街路畅，见楼房林立，
一派新装。

古刹贝子庙

锡林浩特贝子庙，
草原古刹有名号。
雕梁画栋特别美，
飞檐斗拱分外俏。
静听禅音心自陶，
岁月如歌游人笑。
还为商品交易所，
庙会期间更热闹。

咏雁荡山

　　我的老家浙江省温州市乐清市双峰乡安然村离雁荡山仅七八公里，故对雁荡山有特殊的感情，回老家探亲时常游雁荡山，且写了十首诗，此为第一首。

　　　　　　寰中绝胜雁荡山^①，
　　　　　　坐落浙东山水间。
　　　　　　景色秀奇五百处^②，
　　　　　　文人墨客作诗篇^③。

注释：
　　①雁荡山：一名"雁荡"，简称"雁山"，位于浙江省温州乐清市东北，属括苍山脉。素有"寰中绝胜""海上名山"之誉，为我国十大名山之一。
　　②景色奇秀五百处：奇秀：宋熙宁六年（1073），科学家沈括察访两浙时到雁荡山考察，在《雁荡山》一文中称雁荡山为"天下奇秀"；五百处：雁荡山以山水奇秀闻名，风景名目繁多，据记载有灵峰、灵岩、深潭瀑布等500多

处景点。

③文人墨客作诗篇：《雁荡山诗选》编纂者谢军说，他搜集了古今文人墨客咏雁荡山风景诗达 1300 多首，其中收入《雁荡山诗选》332 首。

咏雁荡山风光（组诗）

1. 雁荡山之北斗洞

高宽北斗洞，奇秀风光，
洞顶岩石似龙兔，趣意皆高。
举目前方伏虎峰，移景尤酷。

2. 雁荡山之灵峰

展翅冲锋似雄鹰，
回头仰望夫妻峰，情深意重。
步移形换多变幻，
促进游人前来，打卡望峰。

3. 雁荡山之观音洞

合掌峰中有一观音洞，
清泉洞顶出石缝。
依岩构筑九层阁，
法师诵经，游人心清净。

拜谒鲁迅故里有感

元宵节日冒细雨，
拜谒先生故里①。
鲁迅笔中地和人，
均能在这里找到踪迹②。
咸亨土谷百草园③，
闰土阿Q孔乙己……
三味书屋学古文，
读书"三到"解出新意。

注释：

①元宵节日冒细雨，拜谒先生故里：现代伟大的文学家、思想家和革命家鲁迅是我的偶像。2012年2月6日，即农历正月十五元宵节，尽管天公不作美，阴云中又夹裹着绵绵细雨，我依然兴致勃勃，怀着无比崇敬的心情拜谒了鲁迅故里。

②鲁迅笔中地和人，均能找到其踪迹：2003年新修缮后的鲁迅故里的各个景点，紧紧围绕"鲁迅笔下"四字展开。鲁迅先生笔下的地址、人物都可以在鲁迅故里找到真实的

场景和人物原型。

③咸亨土谷百草园，闰土阿Q孔乙己：咸亨，即咸亨酒店，始建于清光绪甲午年（1894），那是鲁迅小说《孔乙己》主人翁孔乙己常去喝酒的地方。孔乙己的生活原形是一个叫"孟夫子"的人；土谷，即土谷祠，那是鲁迅先生小说《阿Q正传》主人翁阿Q的活动场所。阿Q的生活原型是一个常住寺里叫"谢阿贵"的人；穿过鲁迅故居厨房间，进入一个菜园子，是周氏家族共同拥有的菜园子，鲁迅称之为"百草园"。这是鲁迅小说《从百草园到三味书屋》写到的园子，是鲁迅少年时代常去玩耍的乐园。

贺元上都遗址申遗^①成功

2012 年 6 月 29 日，锡林郭勒盟元上都遗址申报世界文化遗产成功。喜讯传来，欣喜若狂，填词一首，表示祝贺。

蒙元称霸版图宽^②，
铁蹄坚^③，谱新篇。
敕建上都，屹立草原间。
六位汗王登帝座，
发号令，诏书宣。

八方朝拜金莲川，
众官员，奏章参。
战毁城池，遗址不一般。
申报世遗传喜讯，
华夏乐，尽狂欢。

注释：
①元上都遗址：元上都，又名滦京、上京。元上都遗址位于今锡盟正蓝旗所在地上都镇东北约 20 公里的金莲川

草原上的闪电河北岸。元上都遗址呈方形，站在城外的台基上，依稀可以辨认出房屋当年的格局。

②蒙元称霸版图宽：13世纪成吉思汗横扫欧亚、称霸中原，创建的元朝的疆域一度达到3000多万平方公里，为世界有史以来第一帝国。故称"蒙元称霸版图宽"。

③铁蹄坚：成吉思汗横扫欧亚、称霸中原主要靠的是强大的骑兵，故称"铁蹄坚"。

（原载2012年7月12日《锡林郭勒日报》6版"锡林河"专版）

多伦新景新气象

古城地处北国疆，
水泊泱，草林茫。
皇帝康熙，
御驾幸边墙。
内外商贾来往密，
召庙建，美名扬。

改革开放遍城乡，
既收粮，又肥羊。
企业松绑，
活力日增强
包转卖租雏凤唱，
已展翅，任翱翔。

多伦古城新景

古城地处北国边疆，
水泊泱，草林茫①。
皇帝康熙，
御驾幸边墙②。
内外商贾来往密，
召庙建，美名扬③。

改革开放遍城乡，
既收粮，又肥羊。
企业松绑，
活力日增强
包转卖租雏凤唱，
已展翅，任翱翔。

注释：
①水泊泱，草林茫：传说很早以前，多伦本是一片草原，
水草丰美，树木成林，蒙古人民常来这里放牧。因为草原
上有七个湖泊，他们称它为"多伦诺尔"。故曰"水泊泱，

草林茫"。

②皇帝康熙，御驾幸边墙：边墙，指多伦境内的燕秦长城遗址，距多伦县城最近点在西干沟乡政府所在地北五公里处。这里代指多伦。御驾幸边墙，指康熙二十九年（1690）康熙皇帝亲征漠西喀尔喀部噶尔丹得胜，翌年在多伦诺尔召见内外蒙48家王公贵族举行会盟之事。

③内外商贾来往密，召庙建，美名扬：会盟期间，康熙帝答应了"建寺以彰盛典"的请求，拨银在多伦诺尔修建汇宗寺，命百二十旗各派一僧居之，"寺有正副大喇嘛各一员，颁印信俾正者长之。"同时，康熙帝准许蒙古王公贵族关于通商的请求，派北京的鼎恒生、聚长城等八大商家奉旨到多伦经商。因为生意好做，有厚利可图，随之而来的商人不断增多，二十几年的时间便初步形成市镇，在康熙四十九年（1710）时，成多伦为"兴化镇"。因为城内外建有大小喇嘛庙，又被称其为"喇嘛庙"而闻名遐迩。

后　记

　　1998 年春，我从中共多伦县委宣传部刚调到锡盟工会不久，时任盟文联党组副书记、作家、诗人青格里同志就同我说："你在报刊上发的文章挺多，也出本书吧！"因刚调到盟里，工作较忙，故婉言谢绝了。2009 年，在祖国母亲六十周年华诞之际出了本综合性的书《时浩报道》，内容以新闻稿为主，也有散文、小说、诗歌等文学稿。

　　2010 年 5 月 28 日，锡林郭勒盟诗词协会成立，退休的青格里任主席，我应邀加入了协会。2010 年初，我也从锡盟工会副主席的岗位退居二线，2013 年退休，与锡盟诗人们打交道的时间也多了，就继续写点小诗。见不少文友们都出了诗集，也劝我出本诗集，将在报刊上发表过的、没发表过的诗词都搜集搜集整理成书。

　　《朋友，你呢》这首诗是我多年生活积累、多次反复推敲的硕果。其内容上表达了对待生活、困难、成绩的态度，体现了不断进取的精神；在艺术上，既押韵，又运用了诗歌创作的赋比兴表现手法，是我的得意之作，并于1990年8月登上了内蒙古自治区的文学杂志《草原》。不是说"诗言志"吗？这首诗就是我心声的自然流露，也可以说是我的座右铭。

我的写作时间最早可以追溯到20世纪70年代初。初中毕业后的1969年4月，我到开鲁县三棵树公社四合大队（村名叫"古鲁本井"）下乡。该村有6个生产队，1800多人，是附近面积最大、人口最多的村。被大队吸收加入了宣传队。宣传队农闲时演出，节目有二人转、表演唱、快板、唱歌、舞蹈、相声、对口词、评剧、样板戏等。1978年10月考入内蒙古民族师范学院中文系以后，在中共哲里木盟（今通辽市）委员会的机关报《哲里木报》和哲盟人民广播电台发稿。1984年3月调到中共多伦县委宣传部工作后，结合本职工作经常撰写消息、特写、专访、调查报告、通讯、报告文学、论文及包括诗词在内的文学稿，至今共发表有3000多篇（首）。大部分被《锡林郭勒日报》刊登，也有一些被《内蒙古日报》《农民日报》《工人日报》《中国交通报》《中国社会报》《中国旅游报》《北京日报》《北京党史研究》等报刊刊用。其中，有40多篇（首）获奖、60多篇（首）被选入有关书中。我的诗稿大部分被《锡林郭勒日报》的"锡林河"专刊刊用，也有的被内蒙古文联主办的《草原》、锡盟文联主办的《锡林郭勒》刊用，还有个别被文学月刊杂志社主办的《文学月报》、风沙诗刊社主办的《风沙诗刊》刊用。在发表的诗中，有的被编入锡盟文联主编的《锡林郭勒诗选》、中国社会科学出版社出版的《时代·莫名·精蕴——中国现代文学作品选萃》、香港现代出版社出版的《中国当代短诗精品选》和北方文艺出版社出版的《散文诗锦句3000》书中。特别是由我作词、锡盟歌舞团团长朝格吉勒图谱曲的多伦县歌《可爱的多伦我的家乡》，1996年在中国音乐家协会、音乐周报社、南京文联共同举办的"世纪之声"全国歌曲大赛中荣获金奖，由南京军区前线歌舞团著名演员演唱、音像出版社录成立体声磁带，并被编入《世纪之声，中国行业金曲奉献篇》一书。2000年又获"二十世纪艺术家成果博览会"国际金奖。

人是有感情的动物。本人生于浙江省乐清市雁荡山脚下，故每次回第一故乡，总要写点歌颂雁荡山的诗，收进本诗集的有10首；本人学习、成长、工作于内蒙古科尔沁草原和锡林郭勒大草原，对第二故乡、对草原产生了浓厚的感情，写了很多歌颂草原和草原上的人和事；特别是本人生在新社会，长在红旗下，对党和祖国有特别深厚的感情，故写了大量歌颂党、歌颂祖国及大好河山诗。

关于长诗《致带领牧民奔小康的廷·巴特尔》，有必要多说几句。2000年4月，廷·巴特尔被评为内蒙古自治区劳动模范，当年我写了《带领牧民奔小康的将军之子——记全区劳动模范、萨如拉图雅嘎查党支部书记廷·巴特尔》，被11月15日《锡林郭勒日报》头版刊登，2021年上半年又被《内蒙古日报》刊登，引起了各级领导和组织部门的关注。2001年中共锡盟委组织部推荐廷·巴特尔为全区优秀共产党员，让我改写了他的申报材料及他在全区庆祝建党80周年大会上的发言稿。之后2002年6月廷·巴特尔在人民大会堂的发言稿（第一稿）也是盟委组织部让我写的；2005年廷·巴特尔申报全国劳模的材料、2007年申报首届"感动内蒙古人物"和内蒙古10个"最有影响力的全国劳模"的材料、2009年申报"新中国成立以来感动中国人物"的材料均出自我之手，（且他全部当选）。故我对廷·巴特尔同志十分了解。2002年廷·巴特尔出名后一时成了新闻人物，各级报刊、电台、电视台连篇累牍地报道了他的先进事迹。不见有诗，于是我写了长诗《致廷·巴特尔》，被2004年10月29日《锡林郭勒日报》刊登。2019年，为庆祝中华人民共和国成立70周年，中国言实出版社于5月份特别推出歌颂祖国的大型诗集《祖国万岁·多民族朗诵诗精选》，以70人70首（组）规模精心制作出版，向全国实力派诗人征稿。为此，我对该诗作了个别修改、充实，抱着试试看的心理给言实出版社发去，没想到竟然被选入，可能主要是廷·巴特尔这个人物太有名的缘故吧！因为该诗集要求特高、入选特难，其中不乏著名诗人、作家的作品。如：著名诗人、散文家、中国作家协会全国委员会委员、中国散文学会副会长赵丽宏的《祖国啊……（节选）》；中国作家协会副主席、中国作家协会儿童文学委员会主任高洪波的《旗帜》等。

  本诗集打印成册后，我曾恳请老领导、老教授、老朋友等锡盟著名的文人墨客斧正。内蒙古诗词协会副主席田学臣（锡林郭勒盟盟委原宣传部部长）、锡盟文联主席常霞、锡盟诗词协会第一任主席青格里和现任副主席王建国、锡盟诗词协会副主席海毓城（曾任锡林郭勒盟教育学院副教授）和诗友赵振中（曾任锡盟统计局统计师、科长）等都提出了中肯的意见，借此机会表示衷心的感谢！特别是田学臣在百忙中挤出时间为本诗集作序，再次向他表示深深的谢意！

借此机会，也向教我学识的老师、为本诗集的出版提供帮助的锡盟文联的领导和同志们表示诚挚的感谢！

张时浩
2023 年 11 月 8 日

107

风荷集

主编：李正堂

从门到门

CONG
MEN
DAO
MEN

李建华◎著

光明日报出版社

图书在版编目（CIP）数据

从门到门 / 李建华著 . -- 北京 : 光明日报出版社 ，
2024. 8. -- （风荷集). -- ISBN 978-7-5194-7771-4

I. I227

中国国家版本馆 CIP 数据核字第 20249609RW 号

无限接近（代序）

此刻，衰竭已达极限
我听见了死讯
他们议论纷纷
颂扬被夸大的前生

从未体验过这种舒放
这种最初的平和安详
身心愉悦
那些闪亮一晃而过
我悬浮于黑暗的维度
渐渐被包围，分割
体积越来越小

我听见许多奇怪的声响
有一种清晰
飘然而至
有一位年轻的女子
吟唱着我没听见过的歌调
声音美妙异常
她是曾经的红颜吗
我无法记忆

光亮的门前，身影模糊

然后被拉入黑暗的空间
我大声喊叫、抓捞
在光圈中间不停挣扎
我左右观望
一边是清晰的现世
一边是异域的未知

终于，另一个自己
从躯壳渐渐漂浮而起
在空中默默审视
这曾经的肉体
此刻，我像一个落水的男人
像一片羽毛
轻柔地晃荡，没有重量

我试图大声喊叫
那是最后的表达
我的声音只在喉咙里
没有人听见
人们在此聚集
我是他们碰面的由头
时间还没静止
最后，我望着这些人们
他们有满面的幸福

我是一团没有思维的静态
在无形的时间和空间里
我到处飘荡

不停地出入于自己的肉体
这种状态
是不是就叫弥留
听！谁在一遍遍地诵经
奇怪于这些音响
我一次又一次
出入于自己的肉体
四处张望

光亮突然闪烁
从未有过如此灵敏
我自己看着自己
满眼都是新奇
和无尽的不可思议

我孤独地来到旷野
孤独地行走
那是我应该去的地方
也是一种应该的状态
我看见一些和我一样的人
但我们无法交流
如此寂灭
我惶惶不安于
这无声无息的世界

人们围坐，灯光昏黄
无声地交谈、决议
我是他们要迎接的人

静静等待
丧钟还未敲响
仪式也没举行
他们必须等待我的降临

是不是爱人们还在为我送行
渺远之处
仿佛又牵着彼此的手
回望人生
光环一幕接着一幕
时间连接
画面清晰而又模糊
我已经用完了道具
赤裸裸的真身，显现

光亮又是一次闪耀
最后的时刻
我被打上印记
经过通道，我接受洗浴
我听见流水一样的声响
不由自主
全身已经解构结束

现在，仍被界限阻隔
我已经来到边缘
无限接近
我试图穿越而过
这些水、烟雾、一扇门

一道篱笆、一根线
组成的非物质的结界

2014.5.26

目录

第一辑　当然的赞歌

3

第一辑　当然的赞歌

春潮

仿佛突然之间
柳枝就被裁剪出嫩芽
江风搬运一些暖气
几枝桃花就开了

仿佛突然之间
星星就从地上冒出来
在褐黑的土地上
一片耀眼的白

还有一些颜色
和一些叫不出名的草木
已经等不及通知
就自己跑了出来

不单单就这些
听！蜜蜂嗡嗡
鸟雀就在头上跳跃
不停地飞翔、呼唤

就这样，大地涌动
又一场革命已经来临
2015.2.23

献给我们

这是舒缓的小曲
临水而舞
大地，太阳的颂歌

手势扬起
在最后的节拍上
我们唱起来
喜悦拉着秋天的裙裾
——降落

这是我们的宴席
不需要排场
你跣足而来
就应席地而坐
幸福是原野上奔跑的小鹿

自然生成
细小的韵律来自深处
跳动不已
我们都是吹鼓手
此刻，和弦随之响起

我们沿着历史的光明通道

推动年轮
用失传多年的经典
演绎，旷世的高山流水

不需要等待
手拉着手
就这样旋转
大地之上，到处是收割
到处是太阳的光芒照耀
2013.10.5

献给你们

允许塑造众人之神
允许塑造众神之神山
自然之旋律悠然响起
允许你们欢乐之歌舞
祭祀者之歌舞

你们是生灵之后
智慧绽放无穷光明
神已赐予无穷
幸福的种子已经安放

这里，我给以忠告
你们又是渺小低贱的代言

回到你们的舞场
看！灯盏已点亮多年
篝火燃起
这是你们时代觉醒的时刻
你们自然会打开
自然会涌动释放

这世间，你们将得到眷顾
这个时刻是属于你们的幸福

2012.6.12

十八般武艺

从九月再到九月
我一直刻苦练习
十八般绝艺

矛、锤、弓、弩、剑……
我是新来的徒弟
自然要冬练三九
夏练三伏
并时刻准备着
刀尖上的行走

风吹起,我在乌江练剑
岸边的湿气阴冷
天空低垂,闷雷滚滚
水流哗哗
我忽然理解
壮士一去不复还的悲壮
更多的时候
技艺未曾练好
战斗却已经开始

不习惯于打未准备的战争
不习惯于说三道四

战斗之外，还是战斗
那些设计在大路中的陷阱
要善于识别
在黑暗中阴冷的毒刺
更要善于躲闪

不能一帆风顺
不能没有疼痛、流血
我已经准备好受伤
甚至死亡。事实上
我裸露的肌肉
伤痕之上，还是伤痕

不能喊叫、沮丧
不能洋洋得意
哭泣也只能在夜里
表面上，我们要永远
保持一种特色
一种不急不缓
从容和进退有度

丛林、山涧、绝壁
风雨、酷暑、严寒
最险要的地势
我的身影到处腾挪
搏斗
暗伤也时时隐痛

喜欢那些纷至沓来
喜欢那些扑面而至
从九月再到九月
我在小镇
以师弟的身份
刻苦练习
内心渐渐自信和冷硬

2011.10.19

凝冻降临

在四十余里的公路上
我们用脚步
一步步检验
寒冷的硬度

雪花飞扬
路上，一拨拨赶路的人们
显着急切
我们能够领会此刻
他们想回家的心情

无法送去更多的温暖
无法为他们开辟
——天堑通途
夜里，在风雪中跋涉
那些闪烁的灯光
就像家中的炉火
实在，温暖

在四十余里的公路上
我随意剪辑
南方的冰天雪地
那些情形绝非巧合

却又如此雷同

二○○七年冬季
凝冻降临
二○一一年冬季
凝冻再次降临
我们已做好准备
前进啊！前进
路上的人们
——前进
　　　　2011.1.3

小小

小小，此刻
我心里很悲伤
之所以记录下心情
是因为
我倍感无力和沉重

我不是参天之树
不能为你提供资源
从第一声啼哭开始
那些亏欠
随着时日的推进
就一点点扩大
漫溢

小小，我不能常在身边
此刻，我身在百里之外
伫立窗前
想你胖胖的小手
和天真无邪的调皮
你渴望庇护的搂抱
让我心生战栗

小小，开春了

万物复苏
你小小的身体隐藏着稀奇
像埋在地里的种子
和天空呢喃的飞燕
竭力破土和自由飞翔

让你一个人在人世间行走
感知风雨
是上天的垂爱
是赐予我们的骨肉和疼爱
你这细小的延续啊
跌倒了要自己爬起来
走路，不要晃来晃去
你要像我的样子
又不能像我的样子

我不能扶你
你这孤单的血脉
我在百里之外
吟听
你的啼哭和欢快
你是我的全部信仰
黑夜里绽放的光芒

2011.2.27

黑夜，璀璨的光亮

惭愧蜷缩在角落
有一种震颤落地无声
静对夜空
感慨无以言说
子夜，我们放纵了情感
用那些成年人的游戏
相互熬煎
使苦情无穷，绵绵恨意无绝
岁月无情
岁月一遍又一遍
蹉跎了激情

在黑夜里静坐
那些蔓延
悄然而来
痛不过来的哀伤
是子夜孤单的雨滴
是风铃
在看不见的、无尽的路上
叮叮当当

有一个人走来
是细小的精灵

——爱的使者

在黑夜里轻轻靠近

无法形容他散发的光晕

有一个小小的人

不需要照明

爱为他指明方向

这个小小的脚步

手捧温暖，慢慢靠近

站在雨夜里呼唤

呼唤

2011.6.17

鸟的明天

没能在隆冬
衔得足够的草叶
寒号鸟哀鸣

雪飘风嚎
没人在山乡野径
施舍铜板
驴子被套上磨盘
没人注意到
鸟折断的翅膀
曾经漂亮的羽毛

善于用春天来装点
善于幻想
明天日子的幸福
抚摸遥远未来

西去一百里
炉火很温暖
西去一百里
孩子们垒雪打仗
唱寒号鸟歌谣

2011.1.19

会飞的灯笼

南郊，六月之夜
丛林的边缘
一个稚子偶遇奇迹
其实并不偶然

这样的夜晚
不存在着设计
自然有风、树梢和月亮
曲子是流水的轻响

我与四岁的稚子
一路同行
像沉醉旋律的舞者
而我的节拍始终没能跟上

在幽秘的丛林里
有明晃晃的东西漂移，升起
哦，那是夜之精灵
在大地之上的巡行

稚子的声音此时响起
兴奋、激动而纯粹
这是他遭遇的又一个童话

萤火虫——会飞的灯笼

2012.6.11

守候土地的人们

劳动的人们
歌唱的人们
幸福的人们
和你们在一起
来不及细数过去
你们的生活
又一次与我如此接近

我们来到地里
还是那些灵巧的手
让一行行的庄稼
数着日子拔高
还是那些牛羊
肥壮惹人喜爱
山高林密，水清鱼游
数不清多少付出
多少希望
多少的无怨无悔呀
辛勤耕耘的劳动者
向你们致敬

你们是热爱土地的人
再也没有人如此虔诚

我听见土地在歌唱
守护着最后的精神高地
这是你们的尊贵、骄傲
默默劳动的人们
我听见土地在歌唱

来到你们中间
是幸福的人生
分担我一点
把你们的悲苦
分享我一点
和你们共同的快乐
冬天已来到
春天的大地就要复苏

来到你们中间
和你们一起幸福
我要用劳动的双手
用最赤诚之心
用我们都喜欢的方式
拉近，我们彼此的距离

最朴素的人们
不用担心
只要我们心底的这杆秤
一秤称出头
良心的尺子
一把量到底

你们就会是最坚实的基石
就是永不言弃的追随者

在宽阔的土地上
在充满爱意的土地上
来到你们中间
向你们鞠躬
守候土地的人们
2011.1.2

我喊住了一段江水

在两千多里的水路上
我喊住了一段江水
放上我的舟帆
一路顺势上下

在水里，我不停打捞
同时搬运，水上的活路
我呼喊的时候
汉子们就站出来
一同与我，哼唱
女人，通常在岸边
站成——望夫石

我是好客的主人
好客的水边人家
现在，这是水中的时鲜
客人，远道而来
请坐，为你准备饭食
——水上的生活

在两千多里的水路上
我喊住了一段江水
生产水里的粮食

——繁衍后代

2013.4.14

亲爱的乌江

——亲爱的
这么柔软的称呼
只有在独处的时候
只有在昏黄的灯影里
面对摇曳的身影
才会这么甜蜜

——亲爱的
这样呼喊的时候
心里很是幸福
或者正是痛苦哀伤的时候
这么多年
就像岸边的岩石
耸立的沉默
这样的呼喊
是我需要温暖
和抚摸的时候

在浩渺的爱意里
长夜漫漫
偎着你，睡眠踏实
听惯了那些响动
以及催眠

现在，春江水暖
蓬勃的欲望升起

哦，亲爱的乌江
你这洁净丰满的爱人啊
来！抱住我
抱住。

2013.4.14

纵横江上很多年

相忘于江湖
已没有真正的水手
我是我的神话

我是年老的水手
曾经的浪里白条
这不是梁山
但我有我的封号

纵横江上很多年
豪气干云
这是我的地盘
我的水，我的乌江

纵横江上很多年
我有我的传奇
但不要迷信
哥们不是神话

激流、险滩
孤峰之上
我是那尊不动的石雕
年老体衰地站立

独木舟啊，我的爱
风雨中。不要喊我
我的吼叫还在江面滚动
记忆里
我纵横江上很多年
2013.5.11

我只要我的那一段乌江

我只要我的那一段乌江
其他的我都不要

必须承认
我是一个不幸而浅薄的人
我不知道乌江有多长
岁数有多大
不知道这一江水呀
其实也是一江的泪

一直以来
像个不懂事的孩子
任性、发脾气、怨恨……
委屈过、悲伤过、叛逆过……
甚至出走，预计不再回来
这些，都是我的羞愧

现在，年纪长成
想起年轻时的孟浪
懊悔当初
没能发现表象背后
那些，无声的心肠

啊！亲爱的水呀，亲爱的江
现在，我才知道
我是您嫡亲的血脉
流浪的回归
请宽容我、庇佑我
我要一生一世的守候
不再搬动，移开
我只要我的那一段乌江
那段乌江叫——德江

2015.1.6

最后的摆渡人家

先是江水的声响
在乌江， 红坳渡口
黑夜里看不见
江枫渔火的风情

一眼看去
这个人身上有一股味道
——乌江的味道
脸上的褶子
无疑是江风留下的
坐在对面，我们仿佛看见
他就是一块江底的石头

话语是简洁的
只有说起乌江的时候
他的眼里才闪现光辉
我们说新滩、淇滩和龚滩
说思南、酉阳和涪陵
这时候，我们虚心静气
不敢打断他的演说

挥手说再见的时候
夜已深

巨大的山崖底
一灯如豆
是最后的摆渡人家

2021.1.8

山河

你是我最高的山
你是我最长的河
你是你自己的山河
我心中的唯一

你有雄健的体魄
你有甘甜的乳汁
你是避风的港湾
我成长的摇篮

梵净啊！乌江
儿女已经成长
正阔步走向未来
无论走到哪里
无论什么时候
只要你有召唤
我们就会奔赴四方

梵净啊！乌江
生我长我的地方
这是沸腾的土地
这是盛世的绽放
用澎湃的激情

唱出我们的赞歌
编织我们的诗和远方

你是我最高的山
你是我最长的河
你是你自己的山河
我心中的唯一

2021.9.18

关于母亲（组诗）

放弃
　　——写在母亲术后

所有的亲人都在劝说
——放弃
所有看得见的趋势都表明
——放弃
所有的力量都用尽后
放弃，是否已成为一种必然

此刻，母亲性命攸关
我是她的儿子
这世上她最亲近的人
我的决定
关系着她的存亡生死

仿佛听见呼喊
渗透无法言说的眷恋
我们都是尘世的过客
惯常的安慰
或许这是最后的施舍
握着母亲的手
我生生看着

生命在痛苦收缩
却不能替换
泪雨滂沱
我深深的无力

不敢悲伤
实在无法控制自己
怀揣深深的不甘
我的思想四处奔走
肉体四处奔走
不知道向谁呼喊
只要可以
可以毫不吝啬拿去
只要可以
就来一次千年的轮回
只为祈求
再次打开那一条通道

2021.8.12

手术室外

从未进过医院的母亲
现在躺在了手术台上
意识全无

深夜，墙壁惨白
走道的灯光没有温度
时间无声无息

医生郑重地宣告
出血很严重
生命时刻危险

心中有害怕的预想
亲人们都在
我们等待着宣判

一个小时
两个小时
四个小时
……

手术室外
不敢悲伤
焦急在四处走动
    2021.8.26

在 ICU

此刻，我已身无长物
透支了一切

在 ICU 门口
我踟蹰徘徊
害怕那一扇门打开得太早
又害怕那一扇门长久不打开

害怕⋯⋯

母亲在 ICU
还有一口呼吸
只有我一个人在坚持
我想救活母亲
一个儿子朴素的想法

此刻，我很孤独
哀伤的孤独
我不是一个战士
但又像一个人在孤独战斗

深夜，在 ICU 的休息室
我痴痴守候
不能进入睡眠

　　　　　　2021.8.26

幸福一刻

从 ICU 到过渡病房
已经半个月了
看到母亲推出 ICU 的一刹那
感觉像早晨迸射出一缕阳光

母亲显得很安详
尽管嘴上、鼻上、额上都是导管
看上去说不出的怪异

不是印象中的形象

家属！把病人抱到床上
注意，轻一点
医生的声音在耳边响起
仿佛天人的大道之音

把母亲抱起来的时候
体温很实在
重量也很实在
不过那一刻感觉
体重真的很轻很轻

半个月了
一直在与死神争斗
一度以为将成永别
此刻
听见母亲呼唤着乳名
忍不住扑簌簌掉下眼泪

2022.7.5

把病人交给病人

把一个病人交给另一个病人
这是不负责任
把一个脑出血病人交给一个脑梗病人
这是严重的不负责任
但这是家里现在要念的经书

有一种深深地负罪
还有一种深深的疲惫
走在人生的中间路
我上下左右张望
抬头挺胸，不敢稍有懈怠

一切伦常都只能针对别人
一切理论都只是理论的理论
我是唯物主义者
却正做作违心的事情

从星期五到星期一
在县城和乡村之间
一年来，周而复始
我在人生的归途上
陪伴老人最后的光阴

2022.7.4

盛世龙腾

——德江土家炸龙颂歌

（一）

龙，我们的图腾
从来都铭记着
我们龙族的身份
我们渗入骨髓的烙记
在这土地上
我们大踏步前进
用独特的步伐
此刻
在这龙乡，傩乡
节日的灯火明亮
我们狂欢
我们幸福、迷醉

（二）

滚滚惊雷
大中华盛世
我们舞动
用不可抑制的激情、豪情
用这民族精神的脊梁

不用追溯
在这方土地繁衍、生息
守护
就是我们义不容辞的责任
不仅仅如此
我们还要勇于承担
张扬个性
我们的人民
渴望幸福
美好的生活

要用怎样的步伐
去追赶太阳
多少年来
我们跨越了荆棘
用血与火的热情
塑造了辉煌
多少年来
我们呼喊
发自内心的焦急
现在，那些阴霾已经过去
我们用智慧和力量
吹响了号角
脱离了赤贫

春花已经绽放
那些笑逐颜开
我们无法阻挡

来吧！来吧
在这狂欢的节日里
请你们来放松
请你们来舞动
这土地将要沸腾
我们宣布
东方的狂欢节已经到来

我们已表达了我们的虔诚
举行了我们的仪式
现在，正月十五
记住这个日子
沸腾的日子
沸腾的城市
沸腾的家园

（三）

起水、出龙、夸龙
游龙、炸龙……
我们叩拜
如此虔诚和豪迈
龙的队伍如此漫长
大龙、小龙、水龙、草龙
姊妹龙、嬢嬢龙……
那些姿态万千的龙呀
穿梭于大街小巷
这就是我们

龙的城市
秧歌、腰鼓、花灯
狮灯、傩戏……
各色队伍点缀着
浩浩荡荡
构成欢乐海洋

没有谁会掩饰脸上的欢情
心中的圣火已然点燃
那些激情一浪高过一浪
无法描述
夜色渐渐来临
真正的龙的精神
真正的个性就要张扬
那些壮阳的酒水
正穿肠而过
那些土家的汉子、妹子……
已经迈开了脚步
用舞者的姿势
穿过烟花、爆竹、灯火的街道
在焰火中涅槃、上升
在这寒冬腊月
仅仅穿着短裤的土家男
面色红润
他们彪悍，拍着胸膛
向着人群
向着头顶的鞭炮
吼喊着

向我开炸！向我开炸

（四）

到处都是震耳的声响
到处都是人的海洋
天空燃烧
那些永恒的炙热
那些希望的焰火
不停升起、升起

醉美龙乡，傩乡
节日的灯火明亮
我们狂欢
我们幸福、迷醉
                2012.3.10

战鼓响震的高原

四月，激情涌动的季节
绽放的季节
避暑之都，那一刻
鼓点骤然紧密
我们在集结队伍
在高原的腹地
——发布宣言

声音庄严、铿锵
是四千万人的合唱
我们蓄势已久
看准了方向
在舵手的引领下
就要出击，前仆后继

那些高原的沟壑
那些无限的风光山水
无数的战斗
朴素的愿望和情感
已经铸就
四十九个弟兄姊妹的个性

从来不言气馁

从来不会退缩
这不是高原人的做派
坚韧、勤劳、奋斗……
是浸入骨髓中的烙印
我们的历史，我们的土地
注定就要战斗
艰苦而卓越的战斗

回望来路
我们无愧于历史
无愧于先贤
来不及去收集、整理
来不及庆贺
更不会沉迷和悲痛
我们的时间紧迫

敢于面对，敢于承认
我们无法建造空中楼阁
我们一天也不耽误
一步一个脚印
我们不相信——经济洼地
不相信——绝对贫困
我们要拿出勇气
——后发赶超
我们要用速度、实力
创造震惊世界的奇迹
构筑属于自己的
——穹窿

认真体会
怎一个"干"字了得
劳动才是最光荣的实绩
那么多城市，那么多村庄
那么多水、电、路……
都要我们用双手坚定托起
哪能不快，哪能不实
想一想就让人激情澎湃

这是激情燃烧的土地
我们已经看见了
大地的沃土和连绵的葱绿
道路已经铺就
从南往北，从东向西
一个城市又一个城市
一个村庄又一个村庄
高原的花朵
正在绽放出迷人的馨香

二十一世纪的钟声
敲响了时代发展的强音
不追求华丽
来一个实在跳高
这不是神话和夸张
我们不盲目发言

不用过多解释细节

过多计较得失
让春风吹散心中的阴霾
让大地的繁花羞愧罪恶
让大海的宽阔容纳
让高原的雄姿巍峨挺拔
自然，奋进的长路
要洒满艰辛的汗水
但这是我们的承担
爱也绵绵，痛也绵绵
一切为了幸福的明天

四月，春光明媚
在这风情万种的高原
魂牵梦萦的高天厚土
队伍已经集结
我们已发布檄文
昭告天下

        2012.4.27

当然的赞歌

（一）

当巍峨的华表屹立于世界东方
当二十一世纪的车轮滚滚前进
我们成就了辉煌
成就了恩泽亿万生民的福祉
谱写我们事业的新篇章

五月，春光灿烂的季节
劳动的季节
此时此刻
我们要唱一曲深情的赞歌
歌唱您伟大的祖国
祝福我们的亿万民众
是您，亲爱的祖国
强盛的祖国
在这新时代
赐予我们福利
赐予山乡大地绵绵不绝的爱意

（二）

回望来路，我们

曾经多少鲜活的生命
在必经的艰苦进程中
在无望悲哀的眼神中
悄然离去
多少病痛、叫喊、哭泣……
让我们无比沉重、焦急
自古以来
我们已经认命了
生、老、病、死
是自己的担当
老天的旨意，自然的法则
在看不见的背僻
在穷困无助的道路上
我们甚至求神，问佛
自己欺骗自己
不是不相信那些救死扶伤
选择放弃
不是我们的心愿
是痛苦而艰辛的无奈
是不堪回首的往事
不可苛求的过去

（三）

歌唱您伟大的祖国
二十世纪中叶
我们用响亮的声音
宣告一个时代的到来

我们从此挺胸站立
发展了我们的事业
夯实了地基
从最初的摸索，不断前进
我们曾经获得过赞誉
创造了典范、样本
属于我们的辉煌
但在时代发展的大潮里
我们有时经历阵痛
牵绊住前进的脚步
但从来不曾忘记
我们再次重建
试验、探索和总结

二十一世纪的钟声
敲响了时代发展的强音
三十年，我们硕果累累
我们用速度、实力
创造震惊世界的奇迹
用勤劳、智慧
进行了又一次更加辉煌的开拓
这浩浩大国的恩泽呀
遍及亿万民生的阳光雨露
回首我们的历史
我们禁不住歌唱
歌唱我们的盛世年华
歌唱我们光辉的事业

（四）

奋进的长路洒满了艰辛的汗水
我们众志成城
用自己的特色，用飘扬的旗帜
谱写出无限荣光
我们用无私的爱心托起了
伟大事业的今天
看看呀！看看
看看那些鲜活的画面
那些饱含真情的泪水
那些笑逐颜开和如释重负
那些坦然和自在
无数的可歌可泣
就是我们伟大的成功

（五）

没有什么再值得担心
来！我们共同分担
共同努力
不要害怕，有我们在边上
你就踏实地休息
轻一点，慢一点
哪里不恬适就要说出来
不要担心
不要闷在心里，我们有保障

也不要焦虑，慢慢来
没有好的身板
我们哪里挑得动
劳动是本色
没有好的身板哪里能行

数不尽那些感人的场面
数不尽那些温润的情怀
来！来！来
拿出我们的细软
拿出我们的心肠
这不是小事
我们共同参与，共同协作
众人拾柴火焰才能高涨

（六）

五月，春光灿烂的季节
劳动的季节
歌颂您伟大的祖国
歌颂您伟大的人民
忽如一地春风来
大地之花遍地开
向着新的目标飞翔
我们深情地歌唱
一曲和谐发展的飞歌

2012.4.23

第二辑　一只手的掌声

来临

阳光明媚
又一次醒来
窗外
世界仍可留恋

有鸟，如此安静地唱
听！风从瓦椽吹过
冷暖的风
这些才是天籁
预计不久
物种就会发出声响

细细打量
那些循环的气息

那些日常就此浮现
多次试图倒转形势
抚摸细小的物质
不要递过拐杖
此时，灵魂已在路途上
赶赴，盛大的聚会

悲伤的、欢喜的
不喜不悲的
就这样了
握住你们的手
如此鲜活、实在
理想的种子
应该幸福地四处游走

此时，好像世界已经腾出
时间、空间
一生糊涂
此刻，如此清澈
目光如炬
那些隐藏无可遁形
安息！不再发出声响
诗章留待，后人续写

迎送的乐曲就此响起
宏大、排场
终于来临，就此放手
就这样，洁白干净

2012.2.2

一截骨头

我是一截骨头
两百零六块之一
每一块都有角色
我在我的位置
不可或缺

有自己的成色
每一块骨头都渴望站立
保持基本的姿势
基本的硬度
柔软的骨头可以弯曲延展

我是可以轻松敲击的骨头
事实如此。拄着拐棍
时刻保持警惕
疗伤的骨头需过百日
祸事的由头不可预测

唱歌的骨头是幸福的骨头
弄出声响的骨头
是虚弱的壮胆
貌似强大
我的骨头没法弄出声响

坐在旋转的轮椅上
裂缝延伸
伤痛也无法抚摸
试图弃置拐杖
辗转不眠
威胁在尽头时隐时现

尘世中
到处是行走的骨头
我在我的位置
可有可无

2012.5.24

逃亡

这一次无所遁形
我很安静
已预计好结果

不要再试图引导
这为我所不愿
现在，我渴望误入歧途

因为年纪
我不再喜欢挪动
一直墨守成规

是的，像深远的巷道
像无尽的长堤
那些点线看过去越渐模糊

请在转角处等我
请升起雾霭
虚构现实的柳暗花明

在北方的沙丘上
我已栽种上胡杨
没指望能抵御一场沙暴

我很富足但又极度贫困
在貌似闲情的后面
等候风带来的信息

现在，我又十六岁
叛逆在胸中起伏
我要逃亡、逃亡

在彩霞升起的地方
我喊着自己的名字
为逃亡的年纪而羞愧

2012.7.17

我是兽

扳机扣动，枪响
无从逃匿
我亡命于丛林
后面森森白骨

我在林间嚎叫
彰显原始的性命
不谙法则
逃不脱预计的命运

天地苍茫
堵不住溃烂
我悲怆地嚎叫
猎枪已经瞄准

来不及打算
幸福是危险的陷阱
我的世界从来如此
荆棘无处不在

在黑暗的归途
猎枪已经瞄准
我跃起、落下

一蓬血雨铺天盖地

2012.9.28

不及格的人

他们狩猎，在大地上
喊话通知同伴
围捕野兽
人人争先，没有剩余
他们一门心思劳动
向生活学习
神谕——这是人

他们被喻为
大自然之主宰
不停地劳动、堆积
物品剩余
但他们搬动了大石
用剩余价值的真理
轧坏了自己的脚背

千年一叹
他们貌似合理
用劳心者的理论
凌驾劳力者之上
披枷戴锁
用镣铐锁上了自己

他们进化
用过多的语言装饰
荒唐越来越多
世界演变为虚伪的世界
他们用不真实的语言
生活在真实的世界里
悲哀地过完一生

他们讨论各种成绩
数字
划分若干档次
以及各种优秀的产物
他们教育孩子
要做一个好孩子
做合格有用之人
冠冕堂皇的教育

现在，神在天上
对他们谕示：你们
不能讲百分之六十的真话
不参加百分之六十的劳动
是不及格的人
——不能称之为人

2012.11.6

大悲歌

悲歌起源于五月
起源于五月的飞雪
天如降异象，世必有阴损
这是愚人的迷信

这个季节
适合于大悲之声
适合于恣意地放纵
人在做，天没看

这个季节
有人媾和了权杖
瞬间遮住太阳的光芒
多余者被冻死在角落

不允许埋葬
不允许收留尸体
死身要等待
第一个踏尸而上的人

这个多余的和额外的尸体
只剩下两根肋骨的尸体
被批准等待

第二个再踏尸而上之人

不允许埋葬
不允许收留
不允许埋葬
不允许收留

2016.5.12

泅水者

现在，确信已经迷失
望出去
水上是无尽的浩渺
现在，命运不为自己掌控
帆船经不起风浪
那些未知已扑面而来
一个孤单的泅水者
——呼救的人
风浪咆哮
内心无限恐惧
飓风、深渊、泡沫……
脚下无尽冰冷
试图抓取一根稻草
——悬浮的渺茫
没有被提出水面
没有人眷顾
幸运不会无缘无故
不再呼救，气力耗尽
孤单的泅水者
悄没声息
沉没在冰凉的水域

2016.5.13

无为

死去的那一部分
被人提在手里
一张大网
又再一次被编织

大部分被切割
没有反抗
路上，浓烟滚滚
人们保持沉默

推开门
冠冕堂皇扑面而来
我已被占用
江山一片丢盔弃甲

已经过度使用
保持安静
谁也不是谁的牺牲品
从门到门
自然而然这样

2021.1.29

自慰

还不是纯粹的修者
命运终将证实
风来的时候
那些积累卷起波涛
日子顿成漏斗

一个人在暗夜
又动用了信仰的力量
抵抗一切不幸
一个人在中途不幸失足
那些开创和缔造
是一个成年人的童话
凡是不谙法则的铁律
就是终将成为遗弃
臆想是罪魁祸首
遗弃者自制的幸福
最终不过是早晚的口粮
从来如此
没有一个先知
掐准了自己的未来
成为被遗弃者
是世道的结果

2016.5.6

死亡通知书

——致冉惠山

此刻，我把你死亡的消息通知你
请你确认并回复
——我的朋友
我要亲自为你阅读
——权当送行

以这种方式告别
我无法镇定，无法相信
一直试图呼唤
一直希冀回复
无论怎样淡泊生死

心很痛，在最坚毅的部位
确信你的肉体已经回归
确信那个噩耗
我们无论怎样设计死亡
都不应该如此
尽管我们无法预先决定未来
但你应该是天空的儿子
应归于安详

呜呼哀哉
如果灵魂生有翅膀

那就飞起来吧
无法面对你的音容
无法面对那些过往
呜呼哀哉
我们的世界漆黑一片

把你死亡的消息通知你
是因为
你自己都绝不会相信
是因为
我无法面对内心的升腾
此刻，我泪雨滂沱
但无法换来你的回还

把你死亡的消息通知你
你是天空的儿子
在霞光里
朝着太阳的方向飞翔

2021.1.18

消退

没有明显的征兆
却听见了光阴的磨牙
骨节的松动
那些运动的色彩
只勾起竞技的回忆
现在，还没找到合适的方式
替换。天气寒冷
颓废跟随漫涌而上
喉咙疼痛，请允许只听不说
黑夜里，隐藏着莫名
偶遇那些因缘
也不能对号尘世的物象
日子烟熏火燎
继续牵挂，继续存在
也习惯慢节奏
偶尔还需装扮形象
散漫其实是中年的症候
伴随着些失眠
伴随着些神经衰弱
就这样，慢慢打磨

2015.2.23

回不去的来生

看不见头七
祭祀漫长
人们还在较量

结局已经注定
哀伤依旧
有人击膝欢喜

当大事
被卡在来生的轮回上
无法超度

送不走的轮回
今世来生
送行人在路上

2021.2.1

雨在下

雨一直在下
我不再试图打坐
夜深人静
我必须让自己升腾
尽管炉火温暖

门被打开一道缝
风挤进来
我故意让一个喷嚏特别响亮
然后静耳细听
谁来查看我的响动

灵识无限延伸
有鸡鸣却无更鼓的声音
灯光仿若来自前世
还有唢呐声声
我好想当那迎亲的新郎
有人打着油纸伞
从跳蹬上过河
不小心，被谁家的炮仗
吓得摇摇晃晃

雨一直在下

我的思绪不可抑制

在深夜到处逃窜

2021.2.9

洞见

堆砌的是一目了然
废墟和荒芜相互叹息

大山野地之间
动物界热议不停

一只鹰盘旋高空
预备冷眼旁观

大地之上
有一种格式形成

没有细究法则
后遗症无处掩藏

有人在宫殿里思考
万物定理

人世间有铁律
万物没有顺其自然

无动于衷由来已久
自觉洞如隔岸观火

大气象升腾

一切缘法皆可了然

2021.2.21

暗火

悚惧时刻煎熬
在底部燃烧的幽暗之火
来自于无名
来自于虚无的得失
无法净化、过滤
无法测试温度
担心积累与自焚
此刻已伤情过重
企图蒸发
纷繁的毒素
拒绝生成冲击
拒绝潜滋暗长
盘坐于皮囊内部
修补那些破损
那些翻滚不可压抑
徒然叹息
面对世间万物
谁可以不喜不悲

2016.4.19

无题

我是你的烧烤
你可以来一口
我是你夏日里冰镇的啤酒
请尽情享用
我已被你捏住了七寸
命不归我
我只不过一只动物而已
你尽管尽情处置

2021.2.29

第三辑　　走在前面的预言

无所适从

咫尺之间的绕指柔
我抚摸，一遍遍
捉不住奔腾而至
撞痛胸臆的情怀
你是我幸福的泪水
在梦中呼唤
轻吻。黑暗中
你受惊的额头饱满
赐福予你
安静地睡眠吧
天使也要接受
人世间的烟熏火燎
我乐于扮演
无与伦比的伟岸

背负光环，这很必要
我已被你的幸福淹没
现在，要重新安置
我福缘浅薄
你是不可示人的珍藏
是担惊受怕的根源
我的爱，你熟睡
吻你的脸颊
幸福的微笑没有惊醒
使者的睡眠依旧

2012.10.24

身体里的血脉

一直以来
你们是血脉相连的
我的父亲、母亲
兄弟姐妹、妻子儿女
以及隐藏的情人
——最亲的人
如果时间不允许
抑或我自己不能让你们
走出我精神的门洞
也不再有交媾、怀孕
经历痛苦的生产
感受降地温暖的幸福
那就已经证明
我已经死亡
或者亲人们不曾存在
所以现在
我不时在暗处
从粗鄙的身体里跳出来
到处寻找安放
是的，我在路上
已经无限接近
并试图超越
就这样镶嵌在

空旷深邃的夜空里
静静放光

2012.11.24

痛苦的欢娱

是三月风舞的桃瓣
轻拢慢捻，翩然飞舞
馨香成瘾
在虚幻的无限空间
奔跑的马匹
一路留下耀眼的匹练
不能沉睡

纠缠欢娱的苦痛
乐此不疲
用思想的汤勺
舀起人生的沉浮
残渣，厚重的口味
翻检那些陈年往事
拉动思想的橡皮筋
不能收缩
生理已病入膏肓

水中，天空明净
月亮的光晕微微发散
如此安静
浮云亮起羞愧的白色
漏水的航船不能靠岸

现在，已找准了方向
铁锤在修复破洞

细雨轻轻
幻境浪漫不息
有人牵起天真的童牛
走过去，走过去
从一扇门开始
带着羞涩的爱情
新娘等待盖头掀起

不是现实的牧场
没有人放牧
在渺远的天际
一匹马一刻不停地
奔驰、翻滚

2012.12.16

问候一粒尘埃

大彻大悟，大智慧
修行到圆满
这是佛的能力
我有时是信佛的善男
更多的时候
我是飞翔的尘埃
着皮相的饭囊

所以现在我在尘世里
托钵而行
还在无限大和无限小的空间
奔走，有时号呼
多数的时候
我深陷痛苦、哀伤和绝望
有时，也有一点小小的幸福
为周围的人和事
为自己，背负
认真倾听
不时地绷紧和放松
具备正常人的情怀

我在卑微的浮世里飘荡
规避风险

按照规律
自然而来，自然而去

我渴望我是一只虫子
(其实就是一只虫子)
放光的虫子
在夜晚，可以照亮
辨别方向
前生是什么
我不知道。现在
我是尘世里小小的尘埃
现在，我对自己进行问候
安抚，然后挺过难关

2013.5.12

慢下来

回手一指
时间就慢了下来
我们穿着葛衣
虔诚地丈量土地
用古老的罗盘辨识方向
回到我们的农耕时代
月亮是挂在树梢头的思念
鸡鸣狗吠是村庄的味道
那些五谷的香味
被风一吹，就弥漫开来
在路上停一停
用一种韵味慢慢回味
我们需要慵常
慢，怀旧也是一种味道
不能定格，世事依旧
时间旋转

2016.6.22

灯火通明的寂寞

赋予这青石以古典
赋予这灯杆以古典
刻意想象为故旧
这是没心没肺的黑夜

路后面有摇晃的宫殿
在灯火通明的烟火里
隐匿着什么
走过去，走过各种味道
不要招呼我
我是没心没肺的夜行人

雨很大
我不请自来
在滨河的雨夜
允许我停留
允许我欣赏这人声鼎沸
有雨滴声，河水声
轻语和各种细碎
还有一段故旧
横跨于东西两岸

该祝福这真实的人景

听，间或有人打翻了啤酒
有人泪流满面
有人点支香烟
抽点寂寞。夜色里
该来的来，该去的去

雨没停
为什么不能参与
一个喷嚏被雨水打得响亮
三个女人同时抬头
愕然相视
一条烤鱼塞进了一张小口

宫殿依旧摇晃
在灯火的尽处
我发现了西雅图
发现了异域的音符

再见！灯火
再见！西雅图
穿过烟熏火燎
我成为没心没肺的夜游人

2016.6.23

天路

有一缕黄色的光明
来自侧翼
照亮通天的路径
在最初的原点和
历史的一个拐角里
我们选准了时间

在最初的原点
用热血和年轻的无畏
点燃路径，燃烧光明
谁也没有在乎
断崖之下的炫目

必须运用砍刀和气力
在路上，我们收捡到
一根根散落的白骨，这时
需要一种祭奠和悲悯
为同一条路上的先行
献上勇气和赤诚

在前辈擦亮的路途上
不敢轻言放弃
向上，试图抵达

我们在半途没有歇气
也没来得及欣赏
因为创伤已深可见骨

在迷蒙的昏暗和荒凉里
我们听到了嚎叫
被那些未知的险途和兽吼
包裹围剿
恐惧借助暮色翻涌
一根肋骨插在岩石上
书写有滴血大字
散射刺目血红光芒

2016.7.3

不能深入

有些事情不能深入
只要知道表面
那么看上去一切就很美好
有些事情一旦深入了
就会深深后悔
内心疼痛非常

有些表象
也只能是看看表象
真相距离其实很远
一旦揭开了表象
真相就会无法收拾

有些话只能是听听
不能照着去做
一旦做了
就会出问题

有些话最好是不听
一听就要左右你的行为
内心难过
甚至有时就是陷阱
掉进去就爬不出来

世人皆苦
这是佛家的语言
我们需要英雄主义
同时也需要哲学
万物皆讲缘法
我们虽然想深入
但又不能深入
这就是我们的无奈

人世间
一切痛苦缘于内心
一切因果就在方寸之间

2011.9.14

百足之虫

——致日本军国主义

见不得阳光
它的世界一片黑暗
百足之虫，它喜爱
它在阴与暗之中潜伏
化身邪恶
用恶毒的魂灵修炼
昼出夜伏
眼放邪恶饥饿之光

它在潮湿的水边
时常跃起
用剧毒的颚爪刺出
袭击
代表着死亡的腐臭
快意于肌体的咀嚼
吮吸、膨胀和壮大
用军国主义的节肢
碾压一切

它不满足狭长的缝隙
和食物的匮乏
喜欢肉食，它的本性
它在大地之东

觊觎一只硕大的雄鸡
偷偷爬出水面
用谋划已久的毒牙
插入身体
血淋淋大口吞噬

不忍追溯历史
百足之虫
剧毒的蜈蚣
在广岛和长崎
节肢被打断两节
没有吸取教训
这只盲目的蜈蚣
恶毒的蜈蚣
分不清友善
忘记了伤痛

喂不饱
你这小小的百足
你盗窃已多
抢夺已多
你罪孽深重，不能回头
你这小小的百足
记不得根源
不知道因果轮回
也永不会承认

见证奇迹

见证怪事乱象
从没看见
一条蜈蚣抱着驴腿抚摸
抱着被踢中的广岛和长崎
绽放虫族的笑脸
百足之虫
你低估了一个古老的文明
低估了一个古老的帝国
你这不知高低
不知轻重
不知悔改的恶邻

现在，鸡鸣三响
流血的伤口已经愈合
现在，鸡鸣三响
帝国的黎明已经来临
现在，鸡啄扬起
怒气不可遏止
百足之虫
收起你的毒颚
钓鱼岛，鸡的爪
记住
雄鸡一唱天下白

2012.9.12

第四辑　　故乡原来是一个圆圈

拴马桩

拴马桩，庄户人家的华表
不代表什么
只不过是先人的一点心事而已
我在拴马桩上飞翔
那是跳跃的年纪
孤单童年里灰色的亮点
我眉头上的疤痕，无法记录
回忆深埋在地头深处
不要追究来源
听，那一刻我分明感受到颤抖
感受到石头的恐惧
那算是一种命数
清晨，明亮的阳光下
我听到了轰然断裂的声响

2021.1.12

老街的节孝坊

选择遗忘
不是生理的毛病
是因为需要
推倒，不是谁的过错
其实也只是一股潮流

没有人来审判和清算
人们能记住的
是渐渐凸显的高耸
以及，千古的凄美
抑或有人刻意遗忘

铺子湾，老街
没有人记得这陆朱氏
记得她的节孝坊
即便有人擦拭
也只不过是一段
模糊不清的影像而已

2021.1.13

故乡原来就是一个圆圈

一直都在丈量
一直都没有准确数字

我说齐步走的时候
在东山，太阳就到了头顶
一段路正延伸向远方
高架桥朝天耸立
树缝间的阳光耀眼而闪亮

这是随意选取的路线
咔嚓一声之后
按照反时针的方向
我向北面一路奔走
一路自己为自己而流泪

在北边的匝道处
我故意迷失了方向
故意在四通八达的交会地
四处转圈子
故意向不认识的人问路

只有西面的山最高
看得最远、最真切

我坐在那里看
一看就看入了迷
一看就忘记了时间

我用手指一一地点过去
点过工厂、学校、医院……
点过那条被我命名的河流
和那一条条叫不上名的街道
还有我六百年的老屋

我一一点过去
阳光下，我点过的地方
都变成现实版的桃花源
亲人们都怡然自得
老年人健康而多寿

南面有最美丽的风景
在文笔峰的最高处
俯身看月亮小区
就像一座三面环水的盆景
而那一道湾就叫铺子湾

从东南西北丈量故乡
故乡原来是一个圆圈

2015.2.23

无处安放

茫然无措
来不及细数
那些音讯已接踵而至

可以想象
用岁月淬炼的利刃
日夜不停地砍伐
结果就已经注定

病来如山倒
我已经听惯了
这彻夜经年的咳嗽
等待这一日
预料中的轰响
果然如此悲壮惨烈

仿佛一夜间
历史就已成为历史
仿佛一夜间
我们就已经沦落为
无家可归的流浪人

细雨绵绵，茫然无措

在走不回家的故道上
来不及准备
那些音容旧貌
一路号啕大哭，扑面而至

无法挽留
我们聚集的由头倒掉了
我们记忆的由头倒掉了
我们哭和笑的由头倒掉了
我们唱和跳的由头倒掉了
……
我们随心所欲的开怀
不设防的天与地
就此轰然倒掉
没有人再纵容我们
没有人再来庇佑和收拾残局

像奔腾汹涌的大水
我无法控制
一些情愫
从历史的深处走来
是这样叫人猝不及防
是不是就这样放手
是不是就这样化为尘埃
——飘散

烟起，祭祀已经开始
自然是一步一叩首

这些经年累月的旧物
这些老墙、老屋
老街、老路和残垣断壁
是我无处安放的思念
——思念

2014.7.28

回不了家

一直都在回家的路上
一直又都在离家出走
回家离家的路
一直走不完
回家离家的路
一直维持了这许多年

这是真实的故乡
真实的老屋
六百年的风霜一吹
最后的一声咳嗽
就咽在了喉头
再也没有咳出来

六百年的风霜一吹呀
那些出走的游子
——我的兄弟姐妹
就此失去了聚集的由头
那些出走的游子
就此成了走不回家的人

每一个人都有一个心中的故乡
每一个游子

都有故乡的老屋
现在，在老屋的废墟上
我像孩子一样翻找
现在，我突然醒悟
这回我彻彻底底成为
回不了家的人
2014.8.20

我是我的劳动者

这是我的土地
我的稻谷
我在我的田野上自豪

天色正好，收割开始
开工令下达的时候
打谷机就响起来

现在，我是真正的劳动者
真正的主人
在这地里我就踏实

收割，季节来临
亲邻好友
约定俗成，请你们来帮忙

颗粒归仓
算一算收成，到底
今年几仓几斗几升

2013.10.1

在十月的田埂上

田野之上，十月
见不得生人
稻子丰满结实
低垂，羞红
阳光温暖又和煦

田野之上，收割
一片火热
脱谷机轰响
妇女们手中的镰刀闪亮
没有打戽声
汉子们不再斗力气
怀抱稻子，轻松又惬意

田野之上，此时
人们小憩
凉茶已经端上来
主人家敬烟、点火
有人谈论收成
世事变换
有人述说故事
仍然有捉蚂蚱的调皮
在草垛间，匍匐前进

田野之上，十月
一些喜悦漫上心头
一些情愫
在秋日的阳光里蔓延
扩散

2013.9.28

影子的村庄

从村庄出发
影子送我直到村口
告别的时候没有泪水
他说，累了就回来
我却头也没回

许多个年头里
在回村的路上
影子总在路口张望
每一次见面
他就告诫我
记住回家的路

村庄很平凡
路是普通的羊肠
现在，我和影子再次重逢
然后，我们勾肩搭背
在夕阳的护送下
朝着炊烟升起之处
走去

2013.9.3

今夜无眠

深夜，我独坐炉火
自己与自己显摆

这是故乡的过年夜
雨一直在下
在异乡
一年到头不敢醉酒
现在，可以在这里
放心大胆地喝醉

因为醉了
才可以放开胸怀
高谈阔论
因为醉了
才有劝诫和勾肩搭背
父亲也才会责备
……
这么些年
责备已少，喝酒也少
这也成为人世间的恩赐
越来越不容易和稀少

深夜，我无法入眠

雨在下
睡下又起来
来来回回，走来走去
过度兴奋得不像我的年纪

2021.2.10

我与月亮有个约定

月亮走，我也走
我送阿哥到村口
这不是情歌里的对唱
这是八月十五
月圆之夜

在熟悉的村庄
熟悉的河岸
我与河里的月亮
又进行了一场
恍若隔世的竞赛

月亮走，我也走
没有阿妹，没有情歌
繁星点点，啾啾虫鸣
这是，一个人的罗曼蒂克
淡淡的舒缓

月亮光光，芝麻香香
这是曾经的童谣
很近，也很遥远

我在八月十五里

月圆的夜晚
与河里的月亮悄悄竞赛
没有裁判
这是我与月亮的约定
我与十五的月亮
曾经，击掌为誓

2011.9.12

温暖的名字

我要在温暖的日子里
赶往温暖的地方
一不留意
这一路就赶了三年

这个温暖的名字
人们叫她——故乡
我要在八月十五
赶往故乡
去看望亲人
我要把这两年欠下的
试图补回去

我要借十五的月亮
吹着清凉的风
照例在寨子里走走窜窜
唠嗑唠嗑家常
问候老人的身体
关心一下粮食收成
我要静静地感受那些喜怒哀乐
耐心地听听东长西短
要那一轮皓月
见证村庄的幸福

我深深知道
回去的时间越来越少了
这是我欠下的村庄的人情
还也还不完的人情

夜深人静的时候
我要仰躺在院坝里的长板凳上
对着满天的星星
述说我的心事
我要在生长的老屋里
打开那两扇木窗
看着一轮明亮
然后
心安理得地酣然入梦

我要给故乡的那条小河
取个名字
这是我一直以来的心愿
那条河呀
一直没有名字
要给一条不知名的河流
取个温暖的名字
这是一个幸福的想法
这条温暖的河流的名字
我已经想好了
就叫她——乡思吧

2011.9.12

五月五日夜

现在，我是游走的人
不能睡眠
蛙们合唱
村庄很安静
开启陌生的柴扉
我不在我的村庄出走

没有人会知道
此刻
在平坦的村道上
有失眠的夜行人
遥远的地方
即便没有人惊动
狗有时也会莫名狂吠

五月初五
子夜过后
月亮潜藏，夜很静
仰望，星星闪亮
在静谧的村道上
我与自己不停地交谈
在蛙鸣中，成为
走不回家的夜行人

2013.6.12

不是海市蜃楼

想建一栋老屋
没有规划
一边建一边拆
努力还原真实

穷尽所有气力
精挑细选
对接传统
一样一样堆积材料

只能还原大概
选取轮廓
影像，承载很多
永远无法抵达

夜半惊醒
睡眠已经搁浅
我要建一栋老屋
把故乡安放

现在，我用力气扛着木头
汗水流淌
嫁接蓬勃的活力

享受劳动过后的惬意
建一栋老屋
用心血和力气
安放疲惫的心灵
肉体可以皈依

我已经预见
清晨，阳光落下时
我们仿佛又听见
一屋子的欢声笑语

2021.2.8

我的乌托邦

我不是空想主义者
我要一步一个脚印
建成自己的乌托
在遗址之上
在苍凉的栈道旁
况味搬运着况味

一截截木头
从童话走进童话
在号子声中
穿越六百年的莲步
又一次轻盈而来
我用马帮托运
年岁久远的柏木
以及志在四方的飘荡
我一次次搬运
选择材料
不遗余力地建设广厦
只为哪些离家出走的幼兽
伤口长期不能愈合的人们
提供庇护

我已经建成雏形

还将用余生永续
古道、老街、灯笼
何处可以安放
断肠人行走路上

2021.1.21

月亮大田

我是冒名顶替者
远古的朴素的唯物主义
我是出走的永不止息的相思
禁不住的归还

哦，月光如此
月亮大田
我丰腴的古典
带不走的水袖

如此珍贵
那些贡品未曾准备
祭祀已经开启
潮气涌动
蟾宫里人影忙碌

赐予我们响亮的浪漫
悠远的迷幻
赐予我们传统的幸福
最后的干净

我这夜晚冒名顶替的躬耕者
追赶月亮的后羿

我在村庄收藏典故

一些弥足珍贵的存在

2012.3.31

跪祭

父亲的三个响头很虔诚
年夜饭前
磕头是重要的仪式

他跪下去的身子很费力
老梗后遗症不能起身
但替代绝不允许

灯光昏暗
花白的头发很突兀
他努力地想表白
但今年的声音哽咽
祖先也许知道传达的心意

八仙桌摆着三生供品
我不能违背
必须严肃而虔诚
身后
儿子亦步亦趋

2021.2.10

第五辑　诗与远方

致铺子湾人映晴

寨前流韵依旧
关山万里
这是你的弹丸之地
你曾经的割舍

归拢记忆
归拢串串脚痕
捆绑、打包
一切没有顺序
这些包裹也无法寄送

无需寻根
你这山里的飞鹰
——硬汉

越过广袤
我分明看见你眼里的潮湿
你掩饰不了
最后几个字的哽咽

用不着春回大地
用不着山花烂漫
那些根须在夜晚
在奔走后的宁静里
自然会勃勃生长

我在曾经的归途上
替你重新丈量
并不轻松惬意
细细思量
这也许是你今生的奢望
我留影
和那些静止的事物
灵动的色彩

并非为了刻意的撩动
不用追索动因
我不是你的肩膀
不是你的旅伴
我的踯躅不同于你的徘徊

岁月不待从容安顿
龙塘坝，铺子湾

我们的思情无从安放
硬汉
八千里路云追月
即便走马观花
亦不能轻易抵达

你是已经皈依的佛子
受缚的飞鹰
十八年超越
十八年后应有我们另一条好汉
这就是归宿

今夜，拥抱青春影像
牢牢系上，媾和的情节
如此书写
而身旁，稚子嗷嗷啼唤
2012.3.31

非同寻常的村庄

纷纷扬扬
一场雪笼罩了村庄
一场雪格外厚实

十八个村民脸色严峻
就着炉火
旱烟烧了一锅又一锅

没有退路，不能反悔
娃崽已经安排好
我第一个来按

按下去
这鲜红的手印就是铁证
这鲜红的手印触目惊心

一九七八年冬天
小岗村
一场变革悄悄萌生

永远的红手印
一切就此完成
历史由草根改写

大雪覆盖的村庄

公鸡啼鸣

天色渐渐放亮

2012.6.14

在万和看成都夜景

不用记住这个名字
预计不出十年
那些老旧就不复存在
平凡将成过往

之所以记录
是因为我已日行千里
鼻息粗重
皮囊倒空，疲累又饥饿

不敢去撩动那些陌生
蛰伏的陷阱
夜已深，在万和酒店
窗外，灯火明亮

这是陌生的驿站
夜晚，火车站
我自己把自己搬运
自己把自己遗弃
一个人的旅行
不巴适也得巴适

2012.8.9

诗歌之城

来了！诗歌之城
谁为你冠名
塑造高地
现在，我要验明正身

感谢 D5117
感谢她的脚力
这一匹母马
是哪一家珍留的赤兔

从渝州至蓉城
一马平川
黄昏，落日如血
我们看见
大地上写满了
沃野千里
和蜀汉成就的帝业

止不住兴奋、忐忑
天府之国
这看得见的富庶
看得见的繁盛
大地之上

动力滚滚扑面

请收起你的不喜不悲
少不入川，老不离川
我不少不老
我一个人旅行
在诗歌之城
乐而思蜀，不知往返

2012.8.9

在草堂门前整理心情

白晃晃的大字
白晃晃的名字
我没来得及准备
不敢轻叩门扉

看！有一个人
缓缓地从深处走来
他瘦，清癯
眼底有无尽的忧郁
悲悯
目光深沉、悠远
在人群后面
负手向天，默默注视

我在门前的照壁
轻手轻脚
走来走去
是就此进去
还是要沐浴更衣

天空阴郁，墨云厚积
征兆来临
这才是我的要

这才是还原真实

要用怎样种姿势
怎样的仪式
——拜谒

2012.8.18

遭逢盛大的礼节

必然要有一种声势
有一种仪式
显示千年的相逢

造化弄人
造化安排了一场大幕
一场霹雳雷雨

确实需要一场持久的洗礼
杜甫草堂，听秋轩
突然而至的渴望和惊喜

八月，听秋轩
悲秋的人已经抵达
琴音没有鸣响

不必倒转时空
浣花溪畔，持久的雷雨
再现，千年前的心境

秋不高，风不号
那些汹涌
为什么扑面而至

2012.8.20

头七

我已经供奉好牺食
还有酒水
这是头七
孝布千里长

安放在漏雨的茅房
我没哭
已发出讣告
亲人们正赶在路上

仔细端详
您实在是瘦啊
粮食无多
我们都很饿

这是头七
我来守夜
在成都，草堂
我确定守孝七日

2012.8.21

为什么如此汹涌

——拜谒杜甫草堂

只能以这种姿势
这种匍匐
仪式浑然天成
震响扣动心弦
不能过于触动
这宁静的汹涌
他在众人之后
用前世之眼
默默注视
呵！要用怎样
激情的诗章
在灵前焚烧
致以崇高的敬意
注定的巧合
这大雨适逢其时
这大雨愁苦、沉郁
不能就此站立
低些啊！低些
而雷声轰鸣
祭祀已经开始
叩首！再叩首
守孝七日——头七
没有人能打搅

在重重帷幕深处
目光炯炯
有灵魂永远燃烧不息

2012.8.11

深闺美人（组诗）
——洋山河印记

沉睡已久

隐身于野
她在世外的宫殿睡眠
没有人惊动

她丰满、健硕
有时呼吸急促
充满原始的欲望和张力
我，游人
透过地理的年纪
看见了一场惊恐的奔跑
运动。来自冥古
终于倒下
锋利的指尖划过大地
留下一地蜿蜒
痛苦的爪痕，坑洼
沉睡已久
她紧闭的柴扉被人搬动
轻推窗户
她看见一群人世的俗客
齐集门口
慵懒的哈欠响起
有人不停地赞叹、惊呼

镁光灯耀眼地闪亮
2013.1.1

绝色

用天籁之音弹奏
箜篌没有诞生
声声曼妙
从高山之巅自上而下
吹奏同时响起

风来自巢穴
轻缓流动、舒展
绝世美人
她盘腿而坐
云烟之中
一世又一世
现在，她隔窗远望
世事变幻
巨大的空茫突降而至

穿过十月，抵达
我是她眼中的帝王
我们都是
无限接近，我们拥抱
绝世美人
她为我跳起轻盈的舞步
丰腴的身体尽情扭动
盘旋

忽然感动
我拉着她的裙裾
亦步亦趋
绝世美人
她允许我揭开面纱
开放美色
现在，手指勾动
飘落
世界顿时寂静无声
经久的掌声恍若隔世
大地回音
山亦欢笑，水亦欢笑

2013.1.2

九曲回廊·峡谷

那些轻软的细语
开始缠绵
暗香也浮动
那些灵动的色调
一望无尽
打开栅栏
打开十里画廊
这是动人的开头
没有渐行渐远
有人等待接头
抚摸纹理

灼热的跳动时隐时现
穿过历史的长廊
溯流而上
无法计算
在时空架起的天桥上
有红颜指点山水
水袖也翩翩
一路踯躅往返
桃源深处
又遇十里长锦
谁在舞动
对望的绸匹
细碎的响动匍匐前进
跃起，落下
散落一沟翠玉
九曲回廊，尽头
白绸从空中飘落
有玉人优雅梳洗
回眸眺望

2013.1.6

闺阁

请留步，这是洁净之门
玉人闺阁
衣冠不整者留步
心浮气躁者留步
好色成瘾者留步

红尘覆面者留步

……

这边，清音亭坐一坐

喝一碗抱云茶

沐浴熏香

君子崖盘腿静坐

时间一刻

这是阁楼的规矩

叩门三响

无须仕女引导

请进，提气轻身

脚步轻一点

再轻一点

     2013.1.7

不要碰我

不要轻易触碰

抚摸

这是我亿万年的孤寂

亿万年的凝脂

你指上的温度会使我融化

轰然倒塌

我的胃肠不食人间烟火

现在，你已打开了衣扣

握住了乳房

彩色的乳汁流淌一地

你偷窥我隐私的身体
羞耻的神经
这是我的美轮美奂
我晶莹的肉色粉红

再也用不着推演
现在，我躺在祭坛之上
奉献绝无仅有的肉身
你们是世间的主宰
你们做主
这是逃不掉的归宿

无须继续，沉睡已久
这是我的凝脂
拿开你的手，不要碰
听我的劝告
不要验证，灰飞烟灭

2013.1.7

握紧你的幸福

握紧你的幸福
我的姐妹和兄弟

在这深夜
我又在想我们的东方
又在想我们的酒店
想我们的"鲁十四"

被十月的光阴召唤，幸福
停在了海上升明月的地方
四十九个爱幻想的男女
爱奔跑的男女
自己把自己幸福了一回

不用搜寻定义
幸福，就是那一点潮湿
那一点挂在胸口的温暖
和一生一世的回忆

在这深夜
银色的月光泻下来
我刻意握紧那些时光
握紧了心头的甜蜜

肖像

只能是一个人的肖像
必须是
现在，她就坐在前面
一动不动
我企图复制三十年前的影像
——青春的偶像
但悲哀地发现
那些影像无法重叠

现在，肖像就坐在前面
一动不动。如此之近
我兴奋地感受到她的呼吸
和生命的张力
必须承认，请允许我说出
她是我曾经爱慕不已的人

如此之近，我们一起吟听
台上的妙手丹青
一个孤绝的灵魂
厉害的激进主义者
正慷慨激昂
在这夜晚，灯光明亮
幸福而温暖

我们共同呼吸
灯光，她后颈的白发如此惊心
皱纹不甘寂寞地爬上来
老年斑也时隐时现
这个老人，我敬仰又爱慕的对象
回想她的辉煌
我止不住，心底的叹息

2014.11.14

风荷集

主编：李正堂

白水山人

BAI
SHUI
SHAN
REN

熊卫平◎著

光明日报出版社

图书在版编目（CIP）数据

白水山人 / 熊卫平著 . -- 北京 : 光明日报出版社，2024.8 -- （风荷集）. -- ISBN 978-7-5194-7771-4

I. I227

中国国家版本馆 CIP 数据核字第 2024Q08E10 号

自 序

  人生就像小小的雨滴留下的足迹，我的诗歌犹如飞翔的雨，我喜欢书写简单、朴实、平凡的自己！我喜欢诗歌，因为诗让生命不朽而神奇，我们如沐《诗经》成长，祖先用诗歌赞美劳动，我喜欢劳动者用生活的点点滴滴创造立体的城市，我喜欢诗歌让黑暗孕育出璀璨光明，让世界变得丰富充满无穷无尽的魅力。

  生活本是平凡的，是诗歌照亮奔忙的生命，给人们的生活带来韵律，我的创作源于手持导丝在 X 射线的世界里治病救人的手术台上，我热爱身边起早贪黑微笑面对苦难的人们，我敬重穿破黑夜驰骋城市乡村烟火坚毅前行的白衣背影，我记下每一次感动生命的时刻，我用一串一串的方块字书写对生命的感激。

  人生如梦，梦如诗歌。有生活的地方就有诗，有诗的地方就有梦想的翅膀！给生活插上一对可以飞翔的翅膀，让生活像这自由飘落的雨一样飞翔！因为从泥泞中成长的经历，因为喜欢像雨一样飞翔，是飞翔的雨滴点燃了我创作的灵感，是春天复苏的生机启发我对文学的热爱，从写下第一段青涩的文字开始，从与《也是文学》编辑部文友并肩讨论诗歌开始，我如浮萍扎根在白沙这片土地上，我热爱白沙，我喜欢与文友们坐在朝天咀码头喝一杯清茶的悠闲。我感激父母、妻子、孩子以及给我温暖的家人，我感激彭继东、刁平、蒋勇、吴廷宇、张兴华、杨治春、周维学、刘佳文、何杰等亦师亦友的兄弟，是他们给我不断创作的勇气，是我的朋友点赞给予我写下一行行原始的诗句！我的诗有童年难忘的回忆，我的诗里有学习、打工、穿上白衣打拼的故事，我的诗有抗击疫情、救死扶伤、攻坚克难的榜样。有人说诗歌言情，有人说诗歌是言志，我想说诗歌是记录我生命的最好的载体，我用简洁的长短句记录生活的瞬间，我用诗歌刻录喜乐悲泣的时光。

在我的诗里，有我最喜欢的春天，有我闯入春天怀抱的痕迹，有我迷恋五彩斑斓的四季！生命的时光是有限的，人生的片段是短暂的，我想诗就是我追梦的地方，有梦的故事如向上的树一样生长，追梦的人如成长的鸟儿自由自在的飞翔。

有幸成长在这个伟大的时代，不辜负生命赋予我耕耘心田记录波澜的每一首小诗，用心写下的第一本诗集，在诗歌里我喜欢歌唱父亲用平凡建设城市的伟岸，在诗歌里我喜欢歌唱母亲奔波劳碌建筑小巢的慈祥，在诗歌里我喜欢歌唱妻子女儿带给我最浪漫的事，在诗歌里我告别了一些关心支持过我的亲人和朋友。在这本诗集里，我记录醉人的春天，写下热烈的夏季，记录每一次收割的时节，涂写白色圣洁的雪花。我在诗歌里歌唱生命，我想这是一个需要诗人为生命歌唱的时代，诗歌就是记录生命的最好见证。

穿上白衣的岁月在匆匆流逝，不惑之年的我时刻把生我养我的地方想起，在不到两个篮球场大的小学校里，跟小伙伴们比肩追逐放飞的纸飞机，在故乡春夏秋冬里，跟家人在田地里播种、除草、收割金色的记忆……

回忆就像一杯陈年老酒一样醇厚而又充满诗意。打开你的味蕾品尝我的诗句，一起阅读我中学窗前煤油灯下追梦的少年时光，一起阅读我酒城泸州校园生活火锅麻辣串的青春时光，一起阅读我与同事、文朋好友历练生活的足迹……

泰戈尔说："天空中没有翅膀的痕迹，但我已飞过。"我写下第一本诗集，我踌躇满志，为我的这本诗歌作序，我想用飞翔的雨写下白水山人的处女地。

目 录

第一辑　　每一滴雨都是精灵

第二辑　　**古韵情怀**

第一辑　　每一滴雨都是精灵

每一滴雨都会飞翔

轻轻的雨滴
天天都在飞
轻轻的雨滴
轻轻地飘来飘去

跟太阳一样早起
跟月亮一样纯净
时而遨游天际
时而滋润土地

有时
爬上云端玩耍
有时
似仙女在夜色中弄影
有时
从天上投向大地
有时
伴着夕阳沉进大海的肚里

雨滴的生活简单而朴实
不像闪电那样惊艳
不像太阳那样璀璨
不像清风那样温柔
雨滴就是雨滴
独一无二的精灵

阳光洒在黄昏后

阳光洒在黄昏后
像母亲的爱一样
傍晚的阳光
像摄影师拉大的光圈
洒落在西河坝上
像画家手中勾勒出的线条

牵着太阳的光
穿过云涌雪落的方向
牵着太阳的光
穿过青藏高原唐古拉山口
牵着太阳的光
穿过延绵不断的古长城
牵着太阳的光
穿过长江到海的广阔

阳光洒在黄昏后
历史穿梭在天上
阳光洒在黄昏后
红云翻滚如画卷
阳光洒在黄昏后
历史沉淀的土壤

生命

参天的树
用蘑菇云的头颅仰望天空
田野的草
张开翅膀在泥土上匍匐

时光在空中转动
太阳梦见西风
裸露白皙的乳房
滋润一粒小小的种子
钻进秋天绽放绚烂的虹

白雪在天上飞扬
一些飞翔的种子
摇头摆尾地追逐
穿过红色的宫殿
等待下一缕春风

一种力量

一种力量
挂在墙角
背起尖尖的犁头
追着黄牛耕种吆喝

一种力量
长在山地里
拉弯了父亲的背影
装满了母亲挑起的箩

清冽的山泉连着泉山的清澈
流淌过窗前洗涤了山后
母亲手摇的风车
响在烈日的晌午
丰满了金色的秋

一种力量
磨白了尖尖的犁耙
一种力量
擦亮了扁担上的釉
一种力量
攥在父母皲裂的双手

秋思

炊烟
翻过祖屋的飞檐
落在屋后的稻苗
绕在童年拽着绳上的牛

时光
穿过屋顶的青瓦
越过老屋的房梁蛛丝
打在奶奶白发，爬满皱纹的额头

那里有
茁壮成长的老黄牛
那里有
灶房里母亲烧菜的春秋

秋风里的牵挂
一封遥寄的信笺
穿越的秋思
打湿了母亲念儿的秋

冬

榕树的绿意
掩饰不了枫叶的蜕变
银杏的金色
染黄了街角的冬

寒气
冷却了键盘上的指尖
冷却不了穿刺的专注
冷却不了病房里关心的温暖

冷冬，肆无忌惮的穿透
堵塞了呼吸的前路
咽喉红了又肿
咳嗽在歇斯底里被病毒追逐

时间在白色的忙碌里转轴
白衣在无影灯下坚守
手机传来妻子问候的温度
暖了寒冷的冬

云里追梦

一束光
穿过白色的云
射出五彩斑斓的虹

那是一口深不见底的水井
那里结出了一行行方块字

一线闪电
在黑暗里辗转
把夜空拉长

一头秀发
掩埋了青涩的思念

光躲在云后
相思飘进了曲折的肖江
追梦
酒城的街头
追梦

难忘的日子

难忘的日子
是我当上父亲的日子
注视你浓眉下一汪清澈的山泉

难忘的日子
是我当上父亲的日子
阅读你眸子里深藏的大海

难忘的日子
是我当上父亲的日子
轻吻你红色脸蛋布满无瑕的天真

难忘的日子
拥抱你
我上辈子的情人
珍爱我一生的宝贝

阳春三月

阳春三月
穿越时空徘徊
抓一把门前的艳阳
读汉唐明清的重复

阳春三月
跟着长江拐弯
采几朵白云
泛舟远行到天边写字作文

阳春三月
做一只自由的小鸟
跟天空接吻
用我沙哑的声音唱爱的永恒

阳春三月
躺在春天的怀里走心
珍爱生命
写下善美纯真

白露

用一条横线
划开天地的空间
老子云：道可道、非常道
每个阅读者都有不同的解释

一草一木
白与黑在时空的夹缝里
交替变幻
撑起一滴白露

夏天去后
已入深秋
把炽热的昨天
交给今天的晚风

清晨的时光
打湿了晶莹的露珠
文明刻在龟背上
化作不朽

时间在宇宙里没有停下

空气在热烈过后凝结成白露
先人的智慧
解不了诗人的忧愁

信

记忆停在文化的窗扣
有文字开始记录五千年的文明
默念此去的飞骑
鞭过酒旗馆驿

装不下两岸的愁肠
载不尽华夏的梦境
在尘土中飞扬
在浅水里游弋

一撇一捺
撕不开方块字的宣纸
两岸的思念落在蓝色的海里
问起故乡此刻的风雨

默念归乡的手迹
百年的苦水
血浓于水的根须
难渡一湾水的距离

黑石山

又一次跟黑色的曲线相遇
又一次藏在蒙蒙的雾霭里
又一次在老樟树下拜读百年的沧桑风雨

四面八方涌向你
阅你黑的神秘
走进藏书阁品读神奇的黑石
读你抱紧石上的胡须

一部家族史
写在聚奎书院的门房上
一部教育的史
刻在苍天古树白鹭盘飞的身下

一夫当关的黑石
苍劲的黑色
千百成团的黑石
写满了先辈们的智慧

牵挂模糊了两座城

八一红桥横卧在赣水上
江风打湿了夏天
佝偻的背影对着孙儿耳语
火车拉走了伤心的背影

岁月的皱纹包着泪水
大手告别小手
在热浪中依依不舍
小手的视线奔向绿色的车皮

乡音在轿厢里来来回回
子弹头把三十个钟头
压缩成十个小时
时间翻滚在革命摇篮和麻辣火锅里
奶奶的牵挂模糊了两座城

迷失

童年时
打着一把油纸伞
牵着牛鼻子
最向往面包的麦香

少年时
打着手电筒
走在田坎的泥路上
最向往城里孩子的歌唱

如今
与妻并肩
握着听诊器
在张开白色的翅膀里迷失

一些鸟飞过

张开翅膀飞向蓝天
拍打白云
拥抱四季
丈量土地的宽广

从起步到高飞
从盘旋到滑翔
从南飞往异乡
在飞翔中牵挂故乡的土地

飞过高山
穿越大漠
喝过清泉，吻过碧水
白天有阳光关心
夜晚与星星对语
老家的院落，长满的草地

红色文明

赤裸的乳房
从爬行到直立
从木头上钻出火光开始
用叶片和兽皮裹着文明

野性生殖繁衍
石头做成了直立行走的工具
奴役弱者的果实
智慧的图案召唤咿呀的言语

犁头剥开大地的肚子
刀剑竖起仁义的旗帜
船坚炮利分割利益
有的颜色有些声音在消失

黄色白色黑色
所有的色彩都有存在的意义
时光在流水中逝去
蒸汽机碾压手工文明
大片大片的红色浸染着大地

苗

有一粒种子
随风飘落
不管在哪里都要张开双臂
吸收春分与夏至的精华

有一种声音
随空气流动
呵护摇篮表达欲望
结成图案
在人群中交换生生不息

论语
孔子与弟子们的对话
凝结的观点
佛教
佛在菩提树下
结下的果实
马克思主义
播撒一种思想
染红了华夏大地

珍藏故乡

新年的故乡
腊肉挂上了墙
春联贴在门楣两旁
白雪爬满老屋的瓦房
最喜欢灶房的炊烟直上

端午的故乡
菖蒲艾叶挂上门框
放牛郎的少年扎进赣水
最喜欢吃着粽子
在母亲的蒲扇下看星光

中秋的故乡
田野里摇动着稻浪
最喜欢钻进月色的旮旯里躲迷藏

点一对蜡烛燃起一炷香
把丰收的喜悦
摆在堂屋的神龛上

如今的故乡

穿着白衣
问诊查房
在忙碌的节日里
把故乡的时光珍藏

智慧

梦的心思藏在夜的背后
雨总是打湿云的霓裳

沙漠淹没了城池
却没有掩埋烟火的沧桑

深海吞噬了远洋的轮船
时光打捞陶盘的故乡

流星划破长夜的脸
文明记录图腾的模样

时间在卦象里读着天上的星星
在金木水火中阅读太极里的阴阳

放生坪

放生坪
一个充满传说的地方

走在云雾缭绕山上
看着放生坪紧锁的雾霭
听着茶林对我诉说
放生的故事

此时，我没有看清放生坪
厚待生命、放生积德
早已种在这片土里

在白雪里写白衣

还记得滚子坪上堆起的雪人
还记得久违满山挂满的雪枝
还记得漫山遍野铺满的洁净

一群白衣在江边驻守
一群白衣在急诊路上奔驰
一群白衣紧跟时光步履把脉问诊
一群白衣黑与白里探寻远离疾病

不分白天与黑夜
阅读眼前跳动的曲线
记下生命不息跳跃不止的规律
在白色的纯洁里开启生命
让不朽的爱创造奇迹

我打三月走过

我打三月走过
手握方向盘
放慢车轮
数一数山野的鸭子游戏田间

我打三月走过
倚靠窗前
拉伸时间
听一听摆渡的轮船过往江面

我打三月走过
偷一刻钟
品几口香茗
看一看悠闲的光线抚摸春天

手术刀

在无影灯下
打开一扇红色房门
开通堵塞的血管
让搁浅的生命之舟前进

在无影灯下
搜寻病魔的踪影
清除疑难痛点
给生命插上一双健康的翅膀

在无影灯下
执一片柳叶
拂去痛苦的尘埃
唤醒新的生命

白沙风景独好

白沙镇，风景最怡人。
驴溪河水绕西镇。
九曲池边黑石魂。
闲情畅饮，能不爱沙城？

等你

岷江穿上翡翠的颜色
土墙的屋檐收获一串串金黄
采摘枝头苹果红装进箩筐里
等你
在一盆熊熊的炭火旁

还是那顶白色的帽子
站在村口等你
不一样的北风刮在你的脸上
站在村口等你
奔腾的河水奏成童年的歌谣
等你

雪白了九顶的山峰
李树卸下枝头的果实
等你
在奶奶银发下的眼眸
化成暖流

一起去黄庄看油菜花

春来了
我们一起出发
去久违的黄庄看油菜花

在田坎上坐下
抚摸风过凉河的黄色
倾听青瓦白墙下燕雀的对话

走进绿色
满枝的黄色洗净眼眸
走进黄色
在舒筋活骨的叶片里
打开心窗展露年华

走进黄庄
一起在油菜地里捡拾春光
一起在田坎上捧一把阳春
一起在凉河边上修饰芳华

我的青春

长江在这里拍打酒城
江水倾听着青春的号令
医学生在半夜的哨声里催醒
铁打的营盘打磨着我的青春

沱江在这里绕过城北校园
桂树林里开满白衣铠甲的青春
实验室里的勇气
福尔马林前的眼泪
显微镜下搜索微生物的好奇

我的青春
燃烧在操场上的篝火上
我的青春
坠落在十大歌手赛上的声音
我的青春
在校园的黑发中找寻

我的青春
奔流在金沙河滚滚的江水里
我的青春

奔腾进唐古拉山的雪里

我的青春

落在榕树下条凳上

我的青春在波涛汹涌里跟你相遇

我的青春

陶醉在丰满的果实

再见青春

琴声掀开青涩的房门
一头齐耳的秀发
一双清澈的眼睛
瞬间偷走了青春懵懂的心

白云、燕子、阳光、操场
高安师范校园里的风景
青春的心脏兴奋成喜悦的麻雀
在五线谱一样的电线上跳跃

一见钟情是年少的恋歌
少年的思念钻进了
你的秀发
你的眼睛
你的婀娜

别了车窗后少女的身影
那夜
辗转的思念拉长了夜色
那夜
蛙声一宿长鸣

我的忧伤与你无关

酒城泸州的城北校区
熊熊的篝火点燃了青春的热烈
我被你优美圆润的歌喉征服

那是一个很好的机会
我珍藏了你唇间咬住的玫瑰
你飘逸的长发
乱了我的黑夜

那一刻心被俘获
那一刻心已沉沦
总想在教室里搜寻
总想在找一个机会跟夜色倾诉

香樟树添加了五个同心圆
直到忠山顶上毕业的那一刻
我的天空下起了雨
奔腾的长江淹没了我的忧伤

锄头

两个老人
站在白沙镇的陆军医院门口
一棵榕树边靠着一把锄头
帽子老人
一手握着圆圆的锄头
一手指着尖尖的锄刀
白发老人说锄头很锋利
帽子老人说锄头很有年头
我看着老人手中握紧的锄头
我看见锄头白了两个少年的头

隔绝的世界

一走进这里
你就能闻见消毒药水味
一走进这里
你就能闻到熏鼻的尿臊味

这里
住着一群特殊的人
这里的人衣装简单
这里的人面目呆滞
这里的人说见过老神仙
这里的人说话没有逻辑

走进这里
房间里病床挨着病床
床上铺着一张竹席
狭窄的院子
格外的沉寂

这是一个独立的井
一丈多高的墙
隔绝了这里

垂钓

选一湾江面
撑一把遮阳伞
把煮熟的红薯挂在钩尖
鱼竿成排站立在江岸的沙滩

红薯发出诱人的香味
饥饿的鱼儿游了过来
贪吃的鱼儿游了过来
悠闲的鱼儿游了过来
看热闹的鱼儿也游了过来

江岸上
我听见江面下的鱼儿在争辩
我听见江面下的鱼儿在观战
我还听见老鱼儿说
小鱼儿就是不听老鱼儿的劝

吊杆上的铃铛响了起来
一根钓竿钓起水中的贪婪
一根钓竿钓起水中的夕阳

木窗上结出的花儿

老街的石板很老
老街的木门很老
老街的水井很有年头

记不清青瓦土墙的年月
如今的小木屋穿上了新装
一株小小的盆栽住在老街的木窗上
粉色、红色、紫色、蓝色……
长的、圆的、各式各样的花儿
开得很自在

真羡慕这木窗上的花儿
可以眺望江上的远舟
可以看看玩耍的小猫
更可以悠然地开花生长

小猫儿

一股桂香飘满了古镇的小巷
一朵花儿钻进破败的小窗
一只在盆景里淘气的小猫儿

小猫儿
有时舔着小嘴
小猫儿
有时搔弄眉头
小猫儿
有时蹑手蹑脚地走在门槛上
小猫儿
有时竖起尖尖的耳朵
有时看着游玩古镇的人来人往

真想做一只小猫儿
行走在古镇的窗台上
真想做一只小猫儿
用脚印的梅花涂写古镇的石墙

棉花糖下银杏的翅膀

天上好多白色的棉花糖
一团一团一簇一簇
城市的天空罕有的纯净

树荫下温暖的光
一根一根一条一条
夹在树叶里暖了冬的影像

雨后的嘉陵江
是山城脖子上挂着的翡翠
渝州城
在棉花糖下吸收万缕阳光

兵哥哥
走向操场采摘落下的暖阳
飞落的阳光
暖了树上的精灵
晒黄了银杏的翅膀

再见老同学

你在杭州
我在重庆
我们毕业之后二十个春秋
光华偷走了我们的青春
岁月推向我们的头顶

初冬
榕树抱吻街边的岩石
久别后的重逢
友谊在山城的街上比肩交心

防空洞中
红红的火锅翻滚沸腾
麻辣味里
打开重逢的味蕾

说不尽的求学之路
道不完的峥嵘岁月
还记得毕业一起组的自行车队
还记得我们跋山涉水走进同学的家中
流逝的时光

淹没在川流不息的车轮里
掩映在参天的高楼下

端起手中的酒杯
释放醇厚如酒的情谊
让这友谊化作沸腾的火锅

回忆故乡

忘不掉故乡的记忆
成了一个个深深的刻度
时光匆匆如水
豆蔻青涩懵懂的年纪
告别故乡二十五个春秋
日子在额角边
刻下数根浅浅的皱纹

课桌板下的小镜子
照着少年羞涩爱美的青春
白鹭山上捣着鸟窝的小伙伴们
田坎上牛儿嚼着稻草的大眼睛
田坎下稻子绿了又黄黄了又长
雪花盼着草儿发芽的时光

年幼时最喜欢的是过新年
喜欢看着父亲把新年的祝福写在对联上
喜欢吃上母亲准备满桌的除夕
一年过了又一年
故乡刻在脸上

写诗在你的生日

平哥
今天是你的生日
年轮的轨道又为你划上一圈记忆

此时
再好的表达都会变成苍白的词语
干脆把春天的生机送给你
干脆把四季的绚丽送给你
干脆把纯粹的文字送给你

我试图搜寻光鲜的词语
我试图制造最美的句子
我试图书写最亮的图腾
我只能隔着时空
送你永葆青春

花开的宁静

——五四青年节献给江津二院人

白沙古镇
有这样一群白衣
忙碌在床前问诊
专注在无影灯下治病

时间穿梭如水
长江消涨流逝
在不停歇的脚步挽救了生命
用温暖的眼光照亮病人

春去也，万物生
秋来时，雨又临
听诊器里闻见呼与吸的声音
监护仪上响起跳动的生命

江津二院的白衣人
奔走在生死时速的道路上
减轻病痛延长生命的初心
此刻的长江边上
江津二院的病房花开宁静

为青春代言

驴溪河从这里奔向长江
青春的步履为生命歌唱
白衣人嘹亮的歌声
传播五四精神

燕尾帽下
俯下身子测量体温
无影灯下
撕开病魔的伪装

疾病纠缠着人们的身体
健康受到威吓时死亡降临
别怕
这里有挺身而出的白衣人
这里有治病救人的青春

不要问我是谁
白衣就是我们的名字
不要问我是谁
柳叶刀就是我们的代号

汗水浸透的衣裳

一双 X 射线的火眼
一段超声波的导引
一根导丝挽救黑暗里的生命

五月的江边

五月的江边
阳光拍打在玻璃上
有一群姑娘
把纯洁的白铺到了天上

五月的江边
阳光温暖的病房
顶着尾燕的翅膀
抚慰生命的无望

五月的江边
阳光落在病人的脸上
一袭白衣
点燃康复的希望

母爱

一粒种子
游进宫殿，大海汪洋
经历风的侵袭
感受雨的洗礼

一粒种子
结出胚芽的幸福
十月孕育
剧烈疼痛后
迸发出一声喜悦的啼哭

端午夜的那场雨

端午夜的那场雨
在窗外啪啦啪啦响起
一遍又一遍地拍打夜的眼睛

端午夜的那场雨
吞噬了明德老师的身体
爱师痛苦绝望中遗憾地结束了生命

端午夜的那场雨
手捧菊花告别你的葬礼
夜在无休无止的哭泣

端午夜的那场雨
勾起多少跟爱师共事的回忆

在雨里想起手术台上共事的岁月
在雨里想起我们治病救人的时光

端午夜的那场雨
爱师的关怀无限回忆

祭文友潘勤先生

这个六月
打湿了的操场
打湿了念你的悲伤

真想，逆转时光
和你在一加一茶馆相聚
泡一杯淡淡的清茶
在畅言诗和远方中畅饮

我知道你坚守三尺讲台的端庄
我知道你四十余年的授道育人
我知道你不辞辛劳结下的满园芬芳

喜欢你宣纸上隽永的墨香
喜欢你横竖撇捺的线条
喜欢你字里行间的空间

原以为
还能跟你切磋书法技艺
原以为
还能跟你品茗喝酒

却不知时空你隔绝到遥不可及的地方

大旗山上
手捧一株雪白的菊
在你灵前默念焚香
愿你安息天上

夕阳造访"春风度"

夏日的傍晚
"春风度"飘来久违的凉
一棵树撑起落下的夕阳
一条玉带绕在"春风度"的身上
一群文友的攀谈声落在"春风度"的倒影里

狗尾草告诉我
牛背上捉泥鳅的时光
牛儿拉着父亲躬耕在陇上
牛儿拉着母亲锄下的希望

红酒装进了高脚杯
文友围坐在圆桌旁
谈论攀升的房价
说着诗人的理想

告别父辈生我养我的时光
走进江边林立的住房
在煤油灯光下阅读
在红酒里造访夕阳下的"春风度"

外婆的柚子树

外婆的柚子树
结满了童年的中秋
外婆的柚子树
结满是黄色的灯笼
外婆的柚子树
藏着月圆的故事
最爱的摆满糖果的中秋
明月带走了外婆
明月带走了外婆的柚子树

又见故乡

赣江边
有一块生我养育我的土地
那河里流淌着我童年的时光
沙地连着夕阳
西瓜地连着稻浪
那些可爱的风景
海云、四荣、胜军、仁荣
儿时玩耍的伙伴
一点一滴的记忆

又见故乡
真想
做一个农人
跟着父亲翻开荒芜的田地
跟着母亲收割田里的风景

面朝黄土
我要弯下腰去
洒下汗水
我想让这片土地开出谷物
面朝黄土

吆喝黄牛

俯下身子

我想让这片土地结出金黄的稻穗

清明祭勇士

2020 年 4 月 4 日
英雄的国度下了一场沉重的雨
那串串的雨珠
是追思抗疫逝者落下的一行行的泪

江学庆、黄文军、李文亮……
59 个白衣勇士
狙击来势凶猛的疫情
逆行不屈
一个时代不朽的丰碑

天安门广场降下了半旗
十里长街上鞠躬默哀
汽笛长鸣
地铁上泪奔的人们
追思 3300 多个逝去的生命

这个清明
泪水涂满了东方大地
哀念是为了铭记
逝去的同胞和逆行的勇士

九月的悲伤

秋风带着悲伤
吹痛了牛湾洲的九月
黄牛
在沙洲里落下了两行清泪

童年的时光
游弋在肖江的水草里
田坎的自行车轴如播放的老电影
我的假日在车轮中奔向
亲亲的姨娘

今天，姨娘走了
老屋下布满了忧伤
忧伤爬上了老屋的青瓦上
思念钻进了每一条村巷

九月带走了我的姨娘
念着想着我亲亲的姨娘
思念流淌在肖江的河畔上

一个人的旅行

一个人
一台相机
坐在一个长长的子弹头里
和夕阳一起
淹没在上海郊外的地平线上

上海的郊外
平行的轨道
华灯落在动车的身后
下一个车站在前方等待
抽空了的时间
跟远方来一场独自的旅行

黑夜
如宣纸上泼下的墨汁浸染的大地
越染越深
轨道在风中上演速度的激情
我被时间拉到下一个月台
开启一个人的旅行

乌镇印象

走进乌镇时是在夜里
第一次跟乌镇交集是在夜里
在夜色里的木船上
乌篷船的桨声
泛起温柔的微波
水乡抚摸着古老的白墙
霓虹装饰了乌镇水乡
小桥、流水、酒肆、染坊……

走进乌镇忘记疲倦
真想让时间进入慢车道
慢一点再慢一点
流连在古巷长长的石板上
掬一把月光
放进水乡的桥洞里
让天空飘下一场细雨
在悠长悠长的雨巷
邂逅撑一把油纸伞的姑娘

秦淮河上

一个人
站在秦淮河的桥上
画舫载着游人来来往往
一个人
站在秦淮河的桥上
不眠的流水带我穿越六朝古都的时光

乌衣巷

白墙上
一束灯光镶嵌历史的名字
白墙上
刻着刘禹锡的诗行
王导谢安故居的门前
三百米长的乌衣巷
川流不息的人来人往
这里的燕雀已不知了去向

夫子庙的小巷

十年寒窗
把万卷诗书揣进怀抱
踏过千山
跋涉万水
走到夫子庙旁
实现脱胎的梦想

记着先生的谆谆教导
记着亲人满满的期望

眉梢翘起的儿郎
背着红花骑上骏马的状元郎
昔日骄傲的小巷
如今繁华的小巷

这里不再是学子角逐的考场
这里已成了学子拜读的天堂

致逆行的白衣

2020 年的除夕
本是阖家团圆的日子
有这样一群人
在请愿书上
按上一个个红红的手印
告别亲人、含着泪水、驰援武汉

在新冠病毒肆虐前
有过担心却从不畏惧
口罩、护目镜、隔离衣
一层裹着一层
打赢抗击病毒的仗

手握听诊器
触摸跳动的脉搏
与疫情困住的人同呼吸
坚守一线阵地

一群白衣人
一片赤胆心
在魔兽的面前抗击
致敬可亲可爱的白衣

剪断漫长的黑夜

二月的油菜花
让黄色在田野里撒了一地
蜗居的人流
撕开了疫情封锁的口子

白衣战士
在口罩和隔离衣后面
我亲密的"战友"
守住凶猛诡异的疫情
肩负使命书写逆行的故事

三十天
说长不长，说短不短
头发长了一寸又一寸
我决定等到
胜利的那一天
剪断漫长的黑夜

跟春天来一场约会

忘记鼻子上的口罩
出行
享受阳光的沐浴

走进春天的怀抱
满山挥着动翅膀的樱花
跟我约会

泥土在田野里呼吸
山茶花在院子里吐艳芬芳
约我亲吻

久违的阳光
不经意间洒了一地
那是我与春天约会
落下红色的痕迹

女性的节日

明天是女性的节日
祝福赋予我生命拥抱世界的母亲
有你，才有儿子的生命
有你，才有儿子长进的灵魂
母亲是这个世界上最伟大的人

明天是女性的节日
每一个丈夫都得感激自己的女人
有你，才有丈夫的激情
有你，才有丈夫的生命力
女性是这个世界上最善良的人

明天是女性的节日
健康守护者里有一群勇敢的女性
有你，坚守疫情一线
有你，呵护健康生命
女性是这个世界上最无私的人

我想把春天留下

红叶的李子树上
开着粉色的小花
山茶树的枝丫
开出红彤彤的春花
石榴树的手伸向太阳
在春天的怀里抽出细细的嫩芽

春天的温暖
跃到墙头
一群调皮的燕雀飞过来了
她们有时在屋檐上歌唱
她们有时跑到枝头说着悄悄话

我想在门前
种下一株杜鹃
把这开满热烈的春光留下

吹泡泡

在星星装点的夜幕下
姐姐拉着妹妹的手
吹泡泡

飞起的泡泡
舞动的精灵
一个个大大的眼睛
门楣上的春联
假山上潺潺的流水
姐妹爽朗的笑声

姐妹俩童年的时光
一会爬上星星的夜空上
一会落在小院的门窗

八月的桂花醉了

八月的厨房
弯了母亲的臂膀
八月的夜晚
拉着女儿的小手打水
八月的夜晚
桂花澎湃着芳香的海浪

夜晚的八月
盛开的桂花落了一地
有的树下用红色画出小圈
有的树下用白色铺成圆形
一颗颗小小的精灵
在那里散发芬芳

伸手摘几粒桂枝上的小花
一朵、两朵、三四朵
四片花瓣
小巧别致
望着花的形状
闻着花的芳香

高的桂树上桂叶浓郁发亮

小桂花

结伴拥簇

低的桂枝间

小花儿你挨着我，我挨着你

院子里

有人用油布铺在桂树下

有人拿着竹竿敲击桂树的枝丫

一颗颗小花绽放落地

一缕缕桂香

熏醉了整个秋天

挂清

清明的天上
挂满了灰色的哀思
不时落下几行眼泪
路上塞满了挂清的车辆

疯长的野草闲花
淹没了父辈们种过的田
旧房倒塌全是破碎的瓦片
老屋的堂前挂满厚厚的尘埃

一家三代人
过田坎、穿灌木、走到祖辈的坟前
在祖辈的坟冢上插一朵小花
给先人送上纸钱爆竹
冷风携着暮春的寒意
我们把哀思一同留在小草下

白衣

生物钟在六点钟唤醒
穿过春天
越过雨季
穿梭在床旁病痛呻吟里

有时触摸额头
有时倾听变化的呼吸
有时问候与关心

白衣
披着洁白的光
三根手指拿捏一根导丝
拴死瘤病
温暖每一次疼痛
爱护煎熬的生命

无影铅衣人

穿上防护服你就是铅衣人
千万次的洗手
无数回的消毒
隔绝无形的微生物

无影灯下
披上二十几斤的铅衣
站在手术台上
一站就是好几个小时
埋头注视
找寻病灶的眼神

无形的射线
打在铅衣人身上
一片病灶加深的黑影
一条重新开通的血管
一根导丝救了千万人的命

门诊

一张挂号单
一次问诊
一段亲密无间的沟通
在言语检视间
探寻病的根因
把视触叩听的逻辑
写在病历上
把治病救人的处方
写在一方白纸上

拥抱金色

走在弯弯的凉河边
皮划艇结成五色的花瓣
泥土撑开绿叶的伞
伞上撑开了春天的金色

黄庄人家
在春天里染成了黄色
城市的人儿
呼吸油菜花的香味
划开碧绿的河面

端起快门
抓住这河面倒影的斑斓
披一身雨
结伴而行
我们的身影一起刻进春的画卷

二十三根茎

山坳里七夕的荷塘
刹住盘旋山路归家的车轮
一大片醉人的荷叶
层层叠叠挤在水上
一株迟开的荷花独秀塘中央

今秋的凉风退了昨夏的热浪
疫情搅乱了我们的生活
却不可搅乱山林泥土的芬芳
愿这秋风拂面
听孩子们天真的话语
拂去忙碌的沧桑

走近荷塘跌进初秋的怀抱
采几片荷叶
闻一闻荷香
数一数斑驳的岁月
一样的绿色
一样是二十三根茎
连着无数的形状
有人说可以入药
有人说可以做书签

而我
决定把你写进这浅浅的诗行

立冬

昨夜
一场呼啸的大风
穿越黑夜击打窗门
把冬刮下

雪花从北方刮过
飘落白沙变成了雨花
雪刷白了朋友圈
雨打湿了白衣的脸庞

冬
蜷缩在病友的脖颈里
白衣手持体温枪
迎向诡异的病毒
迎接又一个春天

抗疫

德尔塔病毒
扭曲了七月的阳光
江苏南京告急
张家界告急、郑州告急

风险区的名单越拉越长
感染的人群从江苏到了湖南
成都病例，泸州病例
德尔塔病毒近在咫尺

我报名我去预检分诊
我报名我去发热门诊
一个个鲜红的手印
按在抗疫的请愿书上

坚守社区核酸采集点
从白天到夜深
热浪裹着白衣
遮阳棚下长长的等待
"您好，请坐下张开嘴，说啊"
防护屏里传来关爱的声音

一班防护服困了
草坪为床天空当被
下一班防护服继续
忘却了又一轮阳光从东方升起

PCR 实验室里灯光达旦
套着手套的拇指重复千万次点样
寻找德尔塔的足迹
第一批第二批核酸告阴
一批又一批报告传到前线去

白衣顶着热烈的夏日
蓝色隔离衣下
查看健康码的轨迹
开通绿色通道的记录本
千万滴汗水
不放过一例可疑的病例

一串串争先的手印
一个个榜样的白衣

我看见最美的白衣
不计得失
采集核酸标本湿透的背影
我看见最美的白衣
不辱使命
筑起抗疫的长城

致中国医生

烈日灼灼，烤着六月的土地
电影厅
座无虚席
影片的名字《中国医生》

我看见
被新冠病魔吞噬的病人在电影里
我看见
一群狙击病毒蔓延的中国医生
我看见
坚守阵地的武汉人民

疫情来临
人们在害怕和恐惧中抗击
疫情面前
居家就是最好的抗疫
疫情面前
逆行驰援舍小家的白衣在坚持

无助的时候
多少白衣挺在疫情的浪尖上

无助的时候
多少白衣克服艰难默默地守护
无助的时候
多少白衣人竖起了救死扶伤的旗帜

金银潭医院
雷神山医院
火神山医院
四面八方驰援武汉
英雄的武汉成就中国速度
武汉的人民创造中国力量

一张张面颊上勒出深深的痕迹
感动着我
一个个白衣人勇于抗击的坚毅
感动着我
一群不畏艰难困苦抗疫的白衣
感动着我

多少次
包不住的泪珠滚落
多少次
悄悄地擦拭双眼
多少次
镂心刻骨致敬中国医生

立春的思绪

大寒用极度的冷
收起鼠年的尾巴
万千的种子苞芽里
抽芽呼吸

脚底升起的一丝温度
听江水流动的声音
立春那一日
小镇开通了四条公交线
大红花迎来了归乡过年的人群

街边榕树上的霓虹灯
闪烁着浓浓的年味
诡变的新冠病毒
感染了多少人
多少生命戛然而止

核酸检测报告单
成了春运的一张必备通行证
排队采集拉长了归家团圆的路
一波波浪潮涌向白衣

生命的轨迹在扫码中通行

病毒袭击熙熙攘攘的人群
立春战疫
采样筛查仍在继续
相信自由呼吸的那一日
一起高举欢天喜地的酒杯

点一支香烟

你不懂
躺在手中的惬意
你不懂
在云里思考与阅读
你不懂
有些香飘在天上
有些事刻在心里
走进风里听雨

你不懂
腾云的痕迹
在一加一
在指间
在云中
在江边
走近你
看你花开妖娆的云衣

酿春

雪花飘落时
白色的雪花是春天的播报人
六出花把麦苗的绿色
埋进泥土里

抓一把透亮的冰凌
搁在不走寻常路的树丫上
很想在透明中
读出春天的缤纷

父辈在屋檐下喘着白气
把红色的祝福贴在门楣上
用温水浇灌稻草包裹的种子
酿出春天的绿意

老家的正月十三日
多少乡人点燃爆竹
祭拜天地
祈求牛背上酿造丰收

一群红马甲

盛夏的山路延伸
池塘的荷花在升起
苞谷地结出串串胡须

一辆汽车
闯进山里
一群红马甲
裹着山的凉意

车轮划破了山的宁静
白衣上的红马甲
点缀了绿色的土地

穿过梯田走进鹅公小学
岁月斑驳的墙壁
门楣的石头
刻着"兆民永赖"四个字

四合院改造成的小学
榫卯的大梁
"民国五年岁在丙辰"

标记古院的生辰

五星红旗
飘扬在山村的学校里
四间教室三张课桌两个学生一个老师

青瓦下拉开红色的标语
给山里的人们
宣讲健康知识
指导中医保健穴位

八仙桌摆上血压计
志愿者的背影
倾听
空巢老人心跳的声音

为十岁女儿写下

第一个十年
记下 2021 年 1 月 21 日
用我的文字记录你
让春天温暖你

第一个十年
记下你的黄金年龄
用我的语言书写你
让变幻的四季洗礼

第一个十年
把你脱落的牙齿珍藏在抽屉里
用我的诗记下你
让绚烂的颜色充实

江边的古镇

牛毛细雨
不紧不慢地飘在空中
重庆影视基地
雨中的火车头
是此刻最好的风景

野菊满地
三角梅开在风里
一湾碧水流过东海陀
东华老街忙着修葺

江上的流水
窗台上开出五色的春天
陪女儿出行
散落在石板路上的天真
醉了
江边的古镇

小雪里泡清茶

小雪飘落的气温
撒落在窗台上
棉服挡着风的路径

思考一下
银河外的银河
夸克里的夸克
海洋吞噬了溪流
黑洞抽吸着暗物质

母鸡和蛋的哲学
藏着酒的芬芳
女娲越过雷池
人类的创造有了开始

洁白的世界
是雪在文明中流产
还是文明摧毁了雪的纯

写下我们的时光

记得那是圣诞节前一天
记得那是两个相爱的人
约定终生在长江边

走过十三年
白衣铠甲披上肩
多少白天黑夜
救治病人康复出院

2011 年
雯雯成了家里的新成员
2019 年
亲吻淇淇可爱的脸

你生在白水寨
我长大在泉山
我们相遇在忠山
我们相恋在以花命名的城市
我们在古镇扎根

写给 2020 年的开始

鼠年将近
病毒封锁
猪年尾巴还没结束时
一个又一个通知
传达疫情

口罩成了 2020 年的奢侈品
新冠疫情成了关键词
全国上下全院动员
预检分诊
发热成了恐惧的名片
新冠诊疗知识更新了一版又一版
千万次的洗手
无数次的隔离服穿脱间

白衣人坚守在烈日下
白衣人坚守在风雨前
疫情传来
集结抗疫
守护江津这个阵地
就是为国出力

一天过了又一天
一月又一月的努力
武汉加油，中国加油
团结的力量
铸就民族的不朽

我们在江津
我们在白沙
我们在一起
接诊病人忘记沉重的铅衣
筛查体温忘记防护服下的汗滴

"一加一"有一群人
有医生、有老师、有机关干部
他们热爱书写
他们痴心表达
他们
用热烈的文字书写英雄的故事
他们
用滚烫的笔触歌颂生命

告别 2020 年
必将告别冬天
迎接 2021 年
相信明年春天一定温暖

小雪

小雪落在白沙
化成了一颗颗雨
朋友圈里
绽放的雪花好诱人

徒弟的电话突然响起
一个濒临黑夜的患者
搅乱了
田字格里的墨迹

小雪在千里之外
涂抹天空的灰色
挽救红色的生命
悄悄隐没在雪的身后

秋分

秋分
在指尖上滑过
"学习强国"
播报着粮食丰收的喜悦
那是汗水装满粮库
发出沉甸甸的声音

此时
恰逢丰收的时候
中国速度
中国力量
中国精神
在金色的风里
发出
人类命运共同体的最强音

写给白沙

秋尾
一层层薄纱
搭在西河坝的肩上
千丝万缕的根
滋养黑色的心石

香樟树用五百个同心圆
画出黑石山的成长
邓石泉创建的聚奎学堂
这里装着民族崛起的梦想
陈独秀在这里讲学
大德必寿
镌刻在黑色的石背上

驴溪河
蜿蜒流淌
连着抗战的呐喊回响
冯将军
在西河坝上组织万人募捐
种下正义的种子

白沙朝天咀码头
槽坊街上酒旗飘扬
把汗水酿成浓浓的醇香

江记酒庄
绵长的酒香
顺着长江跨洋远航

世外桃源

太阳
把斑斓的颜色
涂抹在中坝岛上
驾舟引渡
穿过绿竹架荫
触摸百年的桂圆林

蓝的天
白的屋
竹院里开出姹紫嫣红
日出日落间
锄头切断了太阳的光线

汗水
把希望种进这片土地
听一听
甘蔗苗赶集似的
追赶阳光拔节的声音
庄园的门楣石上
镌刻五个"福"字

遇见

走进四月
走进碉寨
山林的碧水
遇见失主的祠堂

天井上方的方框
用蓝天的底色做背景
斑驳的文字
遇见破与立的循环

玉带盘旋在山间
天空的倒影
遇见耕耘的梯田

江南的山
千里之外
遇见如此的清甜

我的读者

我的读者
有诗人、有作家、有老师
我敬佩的朋友

我的读者
有亲人、有爱人、有病人
我把所有的表达都交给他

我的读者
有发小、有五湖四海的朋友
那是情谊无价的当下

我的读者
竖起的一面旗帜
指引我
过桥行路闯荡天涯

放飞五一

这个五一
封锁的世界疫情还未结束
文朋邀我进山间
跟大山来一场热恋

满山的绿叶拥抱我
蓝天的诗句轻吻我
蜂儿忙碌
没有打乱我赏花的脚步

坐在车里看风景
与风作伴
张开手心抚摸春风
让久困的心跟五一去旅行

走在乡间的小路上

阳光四月里
竹枝拼命拔节向上
天空用蓝色抚摸河流
油菜用黄色眷恋山岗
水田间的线条
通向新时代的"玉带"

一群白衣人
走在乡村的小路上
走进贫困人家
看看张大爷的血压
量量李婆婆的血糖

红马甲
俯下身子
嘘寒问暖把脉问诊
把健康的种子播撒在乡间

梦

梦，从赣江边上出发
梦，从井冈山出发
梦，从生我养我的这片土地出发

我听见开往城市的机车轰鸣声
我听见改革开放的推门声
我听见半夜学子挑灯的对话

在梦里发芽
在梦里穿上白大褂
在梦里歌唱农家
在梦里奔向远方

疼痛的中秋

秋雨过后
远山连绵穿梭进云雾里
阳光折弯射向了白云
蓝天洗净了起伏的山峦

跟秋天的气候相处
时晴时雨
雨后晴天在车里奔向群山
大女儿说天上的云朵
有的像狗儿，有的像飞鸟
小女儿眯睁着眼睛
后视镜里妻子忧伤的眼神

生命穿过时间
时间跨越河流
串起的生命就像奔流的长河
瘦了一圈，又涨了起来

母亲的眼泪
滴落在血脉的希望里
妻子坚定

顷刻卷起的洪流
灼烧不惑之年的疼痛

陪妻女
走进永兴博物农林生态园
参天古树年轮长成疙瘩
盆景柏树扭曲的姿态
孩子们的嬉笑装着天空的纯净

这个中秋
天上的月亮伴着点点星星
圆圆依旧
这个中秋
搅乱的心
如咬缺的月饼

有一群精灵飞过

2020 年入冬
一群精灵眷顾到几水上面
飞得这样的坦然
舞得如此的飘逸

一个又一个红嘴鸥
舔着几水的清波恋爱
一对又一对白翼
那是莲花石上沸腾的雪花

几千朵白莲在空中飞腾
连着雀跃的人群
千般妩媚万种妖娆
皎洁了几水的岱山颜色

青瓷的天幕下
几千双灵动的白翼
一次又一次展开，滑翔
那是生命划过最美的曲线

一群精灵在这里
你那久违的婀娜

击打在莲花石上
跃进了我的诗行

鹅公场上的黄葛树

走在鹅公场
告别了小镇的喧嚣
可以漫步石板路
可以看猫儿顽皮撒娇
可以看黄葛树参天比高

石墙
总是对你仰望
婀娜多姿的黄桷树
仰望宇宙的苍茫
在村口张开了翅膀

玉米地熟了又黄
千万的根须
扎根在土里
八根飞翼伸向了天上

千年岁月
阅尽了雪雨风霜
满身绿叶
岿然不动的模样

走过杜家祠堂

年轮斑驳的老院子
在苍翠的山里隐藏
"杜祠"的墙砖告诉我
过去的时光

走进祠堂
迈过历史的门槛
青苔爬过石墙
野草长在檐顶上
鲁班传承在榫卯间
双龙戏珠刻在了木梁上

听说杜氏家族十七代
断壁残垣也能寻觅昔日的辉煌
旗杆扬起的五星红旗
一个老师的坚守
两层高的教室
三个少年的书声琅琅

秋雨来时

立秋的夜里
乌云遮住爆烤的大地
毒株不断地变异
发出疯狂的笑声

秋雨
落在屋檐上
乒乒乓乓作响
敲响封杀病毒的号角

守住高速路口
守住社区
守住医院
扼制病魔的嚣张

全民口罩
白色的防护服
蓝色的隔离衣
筛体温测核酸
一场人与魔的较量

秋雨来时
白衣人心连心
一人一米
排队有序
构建人类命运共司体

我们战胜了霍乱
我们抗击过天花
我们战胜了 SARS
相信明年立秋之时，蝉鸣成曲

百年赞礼

七月
南湖上不一样的翻涌
红船内澎湃着热烈的思想
十二名开拓者
高举马克思主义的旗帜

在这片土地上生根
你是九千万党员的母亲
是你成立一百周年的纪念日
全球的目光注视你
天安门城楼上
再一次向世界证明

千疮百孔里
几个血气方刚的青年
在新民主主义革命里
你浴血奋战成立新的国度
完成社会主义改造
你勠力探索

为人民服务

从未改变的初心
脱贫攻坚
坚毅地向世界宣誓
这是第一个百年征程

百年里风华涂地
百年里锻造革命精神
百年里曲折迈进
百年里谱写民族崛起

印象乌鲁木齐

二道桥大巴扎下午十点
生物钟还未来得及倒时差
阳光毫不示弱地穿过蓝天
洒落在北国的穹顶上

纱巾下的姑娘
小花帽的少年
四面八方的游人
穿梭蓝天下的笑脸

走向诱人的美食城
小孩抱着馕饼和哈密瓜
羊肉烤出的香味诱人

忍着诱惑在大巴扎来回
夕阳烧红了云朵
饱食烤羊肉馕饼
夕阳下的大巴扎染成了一幅画

亲吻天山上的雪莲花

透过机窗
我看见你云朵下的广袤
有时你是青色的
有时你布满着的白色
有时你变出墨绿的颜色
就这样解读着阳光赐给你的色彩

在一万米的高空
隔着云花俯瞰
绵延的昆仑山
皱褶的肌肤
万千条交错的沟壑
流向无名的远方

别让时间
抹平骏马奔驰的足迹
要牢记铁甲勇士
杀敌于历史的浪花
驼铃遥响在丝绸路上
多少战士日夜驻守的边疆
多少兵团儿女筑梦在远方

戈壁上的风车不停地在转
子弹头穿越昆仑与天山
中国速度
载来四面八方的力量
为一带一路
续航

在空中邂逅你头顶的云彩
在云端上书写你的浩瀚无穷
无论我怎样赞美
都无法描述你山的伟岸
无论我怎样歌唱
都无法唱出你如玉的才华
此刻，我只想做一朵洁白的云
去亲吻你天山上的雪莲花

画春江

是谁
在河流的对面
蘸上金色
挥洒春的色彩
是谁
抡起画笔
勾勒碧水在彼岸蓝天
不经意间
一艘客轮顺江而下
闯进了春天的房间

一粒好种子

5 月 22 日
袁隆平与世长辞
时间于此瞬间凝固
画面定格在绿色的禾苗上
稻田里栽培一粒
弯曲了夕阳的背影

俯向大地时看月牙升起
手捧着黄泥贴近饥饿的人们
千万次的培育浇灌着稻穗
你额角的皱纹
在稻谷产量攀升中结出了稻花

人们手捧菊花走来
禾苗低头向你默哀
雨滴在空中悲戚
把哀思纪念一粒好种子

春天的痕迹

古镇老街
流水船渡
冬去春来
朽木发出新芽

夕阳余晖
波光斑斓
银杏老井
吊脚楼处
炊烟爬上青瓦

老磨盘

爱是你我
穿过清幽静谧的小巷
爬上断石残壁爬满的青苔
诉说石板路的往事
参天的银杏
望向奔流的长江
岁月黄了又绿
时光绿了又黄
是谁把一个石磨盘抛弃在银杏下
是谁筑起高高的吊脚楼
是谁在盛开的野菊花边
让褪色的青瓦木屋
写下磨盘的沧桑

无论

无论多大的酒杯
都装不下我思乡的愁
无论多少的话
都诉说不完我故乡的秋
无论多动听的曲子
都唱不好我青春的恋歌
无论多少雨
都载不下离别的忧
你在那里
在秦汉的史诗中
还是三国的梦境里
你在那里
在宋朝的词曲
还是在唐诗的盛世

清明

春日里
黑色纪念的开始
漂泊异乡的身体
被时空隔离
走不近的祖先坟冢

清明里
欲雨的天空无雨
一代又一代的延续
钻进水泥的笼子
缺了泥土的哀思
落入海底

迎面的斧头

十几个壮汉
拉着一头水牛
黑色牛角下睁圆的眼珠
恐惧、愤怒
进攻、后退
围观的人群
狂妄的笑语
此刻
被困在一根绳索上
奔跑的斗志
躲不过迎面的斧头

不离不弃

一个叫钟灵的农家孩子
一个叫毓秀的财主家的寡妇
爱的火苗
熊熊燃起
沐浴在爱的河里

不合俗的爱
扛不住世俗利剑
不合俗的爱
抵不过蜚语流毒

真爱的挣扎
选择了悲壮
在长江上头
化作两座对视的山峰

滴血的翅膀

绿色的翅膀
住在城市道路两旁
张开的翅膀
迎接黑夜和朝阳
吸纳雨露
面朝阳光

洗涤城市的尘埃
电锯轰轰作响
毫不留情
顷刻间
城市的道路上
落下滴血的翅膀

重聚

八月的桂花香满求学的城池
二十年后走到一起
还记得二十年前挑灯夜读
二十年后八仙过海
还记得二十年前
明月圆圆弯弯弯弯圆圆
叶子黄了又绿
二十年弹指一挥
沧桑爬上了我们的额头
二十年往事如雨
推杯换盏
昔日的学子
已成救死扶伤的战士

老丈，你别走

老丈人，你别走
你走得多么仓促
你走的时候
九顶山上下了一场很大的雨
你走的时候
岷江河水长长的哀流

老丈人，你别走
你走得是那样的难受
你走的时候
白水寨的山裂开了一道口
你走的时候
白水寨的山泉流向你走过的沟

老丈人，你别走
山路上还有你奔波的脚印
老丈人，你别走
你手植的果子结满了红翠果

别了，白沙

别了，白沙
今天真的要离你而去
我看见东华古巷长长的身影

别了，白沙
今天真的要离你而去
我听见天空的雨下个不停

别了，白沙
今天真的要离你而去
我闻见你刻骨铭心的气味

别了，白沙
忘不了同事们一起共事的情意
忘不了文朋诗友谈诗论道的乐趣
忘不了长江边的每一个足迹

故乡的炒粉

故乡的炒粉
是儿时的美味
逛县城
最想吃的是一碗炒粉

故乡的炒粉
最陶醉的美味
离别故土
仍难忘的是那清香的炒粉

故乡的炒粉
最纯粹的美味
回到故乡
最先点的是一碗诱惑味蕾的炒粉

舀一碗赣江水
煮开圆溜溜的米粉
土灶前铁锅里
喜欢看沸水翻腾中的米粉

煮熟的米粉在水中漂冷
热腾腾的油锅给白色的米粉

穿上一件金黄的外衣
那酱色的香味
摆在盘里满是思乡的滋味

如果

如果没有饥饿难耐
怎知白米饭的芳香
如果没有十月临盆
怎知为母亲的伟大
如果没有登高望远
怎知顶峰景色宜人
如果没有冬的蕴藏
怎知春日阳光温暖
如果没有真正热恋过
怎知失恋的缠绵悱恻
如果没有离家千里
怎知思念家乡难耐
游子在他乡
故土情难忘
游子漂四方
牵绊在心上

一串红灯笼

是谁把你桥上挂
从此那根孤立的铁柱子
便成了你的家

无风的日子
你笔直而立
像个站岗的哨兵一声不发

有风的时候
你扭着腰儿
红色的线条在风中如画

白天里
你默默无闻的注视
桥上来往的行人

夜来时
你守着路灯
成了夜色最美的风景

游清明上河园

一踏进金水门
时间就倒流了九百年
风儿吹过杨柳的细腰
时间滑落在清明上河园上

汴河在古城里流畅
青瓦层叠成永恒的画卷
笔墨里藏着京华春梦
演绎着大宋的历史

宋风流韵，杨柳依依
彩桥若虹，迎风穿越
风一样的子民抬着风一样的心
在歌舞升平中陈述一个国度

一场千年的旅行
繁华和没落一样掉在青石板上
七彩霓虹在雨夜中飘摇
东京梦华演绎大宋的繁华

除夕

将近的除夕
岁月无声地逝去
让我忆起
旧年的除夕
爆竹噼里啪啦地响起
除去了一年的晦气
家家户户张贴的春联
处处留着红红的喜气
一家人的团聚
奶奶端坐在八仙桌的上席
父亲斟满丰年的美酒
庆祝来年的瑞气
母亲围着灶台的忙碌
雕琢满桌子醉人的香味
而今的除夕
想着故乡
除夕无尽的美味

此刻的时光

夜悄悄地来临
女儿的小手
在白纸上涂鸦
有人的形状还有七彩的图形

岁月用刀
在妈妈的额角刻下一条一条痕迹
母亲静坐在茶几边
看着电视里的故事

此刻
女儿的涂鸦
慈祥的母亲
是最美的时光

同醉一个梦

江边
萍水而聚
犹如甘醇的美酒
薰醉了
垂下的杨柳

没有星与月
夜色
独有路灯的光
透过知秋的黄叶
婆娑的影子最为美丽

诗朋一起茶馆聊话
文友一起在江边谈心
在酒香里同醉一个梦

医生

手持一把救人的锋利
在皮肤和身体里游走

手持一把柳叶的形状
在病灶上刮骨疗伤

纯洁的白色
在红十字上为生命歌唱

开在春天的第一朵花

老家
在热闹的年味中静了下来
燕子飞舞的剪刀
衔起黑色的泥巴
在青瓦翘檐下筑起一个新家
门前河里的沙滩
在春水中淹没
岸边的枯草长出青青的新芽
年的气息
拉长了孩子们上学的步伐
赶牛的吆喝声
惊醒了冬眠里的青蛙
犁头在水田里
画出一道道同心圆
那是春天开出的第一朵花

童年的端午

五月初五
龙舟总像万有引力一样
拉着我奔向清澈见底的肖江

那里有美味的茶叶蛋
那里有飘出的粽香
那里有我最爱的姨娘

奔跑在肖江的河畔上
看击鼓敲锣划龙舟的老乡

好想做一条鱼儿
穿行妖娆的水草间
游进肖江的温床

情人节

把祝福藏进红色里
把爱放在花瓣中
在特殊的时间，特殊的夜
送给我的爱人

爱人的高兴
藏在
你也浪漫了一回的回答里
原来平淡隔离了丰满的爱情

在情人节
有人把祝福的文字
写在一张红色的信笺纸
有人用一束热烈的玫瑰
温暖情人

立春

虎年来了
咆哮着、奔腾着、呼唤着
带着温暖的咆哮
带着呼啸的春风
告诉我春来了

春天的时间
流浪在长江的翠绿中
春天的生长
飘落在树枝上
春天里
女儿在风中慢慢地长大

正月初四
女儿的生日
三岁的宝宝淘气地跳呀跳
笑声暖了江水
笑声沸腾了世界

我要大声歌唱
我要大声祝福

祝福可爱的千金像花儿一样
祝福天真的千金像日出的朝阳
我想世界一直跟春天一样

第二辑　　古韵情怀

赞江津二院

驴溪河畔白沙镇，遛马岗旁二院新。
患者求医眉紧皱，白衣治病耳倾闻。
悬壶济世除疾痛，妙手回春化病因。
德厚医精真本色，一心治病为人民。

大学

乘车千里为学技，迈步军营习操场。
城北新区黄泥起，忠山顶上石牌坊。
寒窗知理背生理，苦读医书当自强。
奔走前程穿白衣，同学五载勿相忘。

同学会

十年才聚首，
登顶上山游。
畅饮长江水，
来春再相邀。

醉穿沙城

酒酣抬步量石板，
农院深深近探听。
修竹结庐听犬语，
老城踏过道为新。

永兴镇义诊感怀

年关场镇头攒行，
义诊白衣把脉听。
背篓坐观生病体，
送医除疾暖民心。

与师友山城聚会感怀

霓虹彩带山城靓，
师友年关故地游。
畅饮佳肴谈故事，
绵长情谊永不丢。

咏新春

冰花透骨红梅放，
傲雪含枝玉汝成。
满树银花除旧岁，
千家万户望春风。

与胞弟同书感怀

丙申冬雪磨香墨，
法令格调有不同。
兴起挥毫书字画，
飞将时过岁成松。

塘河春色

塘河玉水妆台挂，
翘角飞檐镜中来。
竹翠扬眉迎远客，
柳枝抽绿报春怀。

长夜思

霓灯淡影垂长夜，
邻室孩啼母未安。
楼下蛙鸣虫对语，
初尝医政梦难眠。

念中秋

秋来谷穗埋头想，
小院仓高柚子黄。
桌上珍馐虔作拜，
举杯邀月望家乡。

中秋雨夜感怀

细雨霏霏古镇华，
窗前山顶笼轻纱。
相离千里频相念，
人在他乡倍思家。

江西老乡津城相聚感怀

滔滔江水水流长，
印象楼台话赣江。
几水桥边斟美酒，
还乡昼锦志当强。

看"1+1"茶聊照感怀

沙城五月气温飙，
茶馆三哥赤背条。
别叹长江东逝去，
一杯清饮乐逍遥。

二院白衣贺新春

——记 2018 年 2 月 11 日江津区第二人民医院
迎新春送春联送健康活动

一江春水东流逝，两岸新芽向日生。
古镇张灯鸡岁去，沙城结彩犬年迎。
白衣挥笔书联对，天使倾听送暖情。
也是文朋齐助阵，街头百姓点头称。

松州亲人聚会感怀

——戊戌新春初四初五松州亲人聚会感怀

岷江水过松潘镇，
云绕山间雪盖城。
把酒唱歌君欲醉，
孩童弄雪闹新春。

盛世元宵节

一江春水绕沙镇，
夜满繁星月更高。
铁水飞花龙作伴，
万人空巷闹元宵。

元旦游鼎山公园感怀

叠翠鼎山油彩画，
冬阳放暖映光天。
孩童划桨声声笑，
似火红盘贺虎年。

初游石蟆中坝

初夏出游邀友去， 崎岖山路导航行。
三两农家炊烟起， 一路欢声洒乡野。
翩翩蝴蝶采花粉， 车至江边中坝新。
叠翠山石映洼地， 遥望河水东流逝。
横渡小舟凉风习， 甘蔗成行桂圆林。
大灶小菜香袭人， 蒋哥斟酒我围席。
小酌一杯话真情， 烈日蒸腾平湿衣。
小女农家耍脾气， 古巷石墙旧时画。
勤蜂采花农家蜜， 花粉清新香扑鼻。
文友诗朋探奇石， 夕阳落下蓝天影。

　　初夏，天清气朗，友朋约行，朝从白沙发，两刻钟，抵达清源宫，再游清源宫，女儿拍照忙碌。晌午时分，从石蟆驱车去中坝舟渡，车行山路上，女儿和彭哥、平哥对语，笑语欢声，又是两刻钟到了中坝舟渡，隔江望中坝洲，满洲翠绿，江中河水滔滔东流，岸边山峦叠翠映水中。景色自然之美，文友下车赶渡，舟渡轰鸣，顷刻已到中坝，一路步行，聊着龙门阵，及至农家小院，见大锅灶，农妇忙碌，农家小菜香飘然，饥肠辘辘味蕾开。餐毕女儿无趣，哭啼没有玩伴。正午，热气蒸腾，哄陪小女找玩趣，小女满脸是开心！

携亲人游四面山感怀

千里亲客来四面，
高瀑飞来落九天。
洪海舟行游两省，
意犹未尽望山川。

　　7 月 7 日，重庆的盛夏炎炎，姑姑一家不远千里来渝看我，全家陪姑姑一家子到四面山游览，幸得江习高速通车，一个小时车程，在景区游玩一天，意犹未尽，有感而作！

咏芙蓉洞

芙蓉江畔洞，
石笋向天通。
钟乳千姿秀，
神奇万物融。

为泉山乡贤点赞

乡贤树榜样，
理事有担当。
创业为家乡，
情怀满胸膛。

赞家乡外嫁的女子

泉山女子嫁他乡，
勤奋持家不忘娘。
献策捐资为故地，
赣江流水意绵长。

咏端阳

又是女儿节，龙船竞九州。
虫蛇盘洞口，艾叶驱魔头。
介子忠君去，灵均殉国投。
长江东逝水，正气永传流。

乔迁新院感怀

三年策划新天地，
创建华居抗疫行。
铸造康城争志气，
梅开二度保安平。

喜闻白沙长江大桥通车

虹桥跨越南通北，
百姓欢呼奔小康。
试问你家何处去，
一心向党有担当。

游仙源天池

三伏天池如秋意，
信步水榭览仙境。
湖畔翘首拂柳枝，
渝客入黔拉胡琴。

乌镇印象

染坊高架青红架，
藤蔓墙头碧水妆。
木楼雕窗织女笑，
拱桥秋色画中装。

为乡人陈力录取北大感怀

赣水奔流过门前，
农家少年学倍坚。
寒窗苦读十二载，
不负众望取燕园。

　　为乡人陈力同学考取北大燕园写下以上文字，陈力是家乡人的骄傲，希望陈力能在北大继续更好的深造，祝他取得更大更好的成绩！也借此机会鼓励老家的学子们向陈力学习，埋头苦读，敢攀高峰！

扶贫有感

隔江遥望古城新，舟渡行人水不休。
公路盘旋绕山丘，白衣结对到苟洲。
握手言谈家中事，留存号码犹亲友。
乡民窘境蒙党恩，济困除贫把爱留。

立冬感怀

坪山顶上寒风透，
碧浸江流一字开。
墨染浮云天际处，
不觉秋尽立冬来。

重庆肿瘤医院综合目标考评会感怀

戊戌岁末渝州城，肿瘤医院颜色新。

综合考评现场秀，融合重大速超音。

环境提档流程优，小家建设和谐情。

向上文化好团队，向善技艺医患亲。

一网一链防瘤病，毫不保留现真经。

悼潘勤先生

五月天雷连暴雨，
惊闻勤友告天堂。
犹听江畔诗书论，
沙镇文坛戚戚伤。

咏春分

春分雨后湖清丽，
踏步红花露珠莹。
搔首白鹅羽翼梳，
农家院美空气新。

与高中同学广富林相聚感怀

松江冬月同学聚，豆蔻年华似画清。

桌摆书山勤作路，窗燃烛海照三更。

香樟挺立埋头阅，赣水波澜朗诵声。

逐梦他乡蓝缕路，重温岁月话真情。

2019 年 11 月 24 日，余在松江广富林与国军、启平、阿琴、雪平、蔡鹏五位老同学重聚，高中毕业十八年有余，老同学相聚，谈笑风生，感情切切，感怀作诗。

沙城古韵

朝天江水滔滔下，西坝捐金抗日仇。
黑石聚奎传火种，江南白鹭跃沙洲。
飞来吊脚听涛语，沥血搭巢日不休。
古镇约朋吟旧曲，举杯饮酒好风流。

春水流

氤氲雾绕楼间秀，
鱼弄春波渡口流。
鸟跃枝头停步笑，
朝阳拨雾水悠悠。

咏白沙春天

长河光影投沙镇，
路畔菊花遍野生。
夜雨晨清飞鸟俏，
樱花艳美竞相争。

颂端午

又是端阳初五日，
虫蛇出洞艾蒲收。
神州祭祖龙舟竞，
屈子精神世代流。

双蝶秋韵

初秋傍晚炎炎热，
小女呼蝶切切追。
似锦繁花吐蕊时，
蒲苇向天双蝶随。

再游塘河感怀

塘河水清九寨沟，
古镇客栈灯笼摇。
清源宫前香火袅，
竹叶剑指望春宵。

与师友山城聚会感怀

霓虹彩带靓山城，
师友小年重相会。
畅饮美酒食佳肴，
绵长情谊不思归。

梁恩宏老师旧事

江公府邸品香茗，
檐雨穿廊耳畔鸣。
铁骨梁师说旧事，
铮铮才俊不卑躬。

沙城美

沙城美酒惹人醉，
无恙冬日城更美。
细雨绵绵遇故知，
驴溪一水清流北。

诗会

端阳翌日雨蒙蒙，诗友文朋会艾坪。
两鬓白翁传法性，一衣黄媪诵痴情。
台前老者七十个，坐中青年四五名。
唐宋诗词兴盛世，如今格律有谁同。

咏石笋山

善男信女登峰顶，
占卦作揖拜庙仙。
骚客文人游圣地，
登高望远作诗篇。

情暖新春
——写在江津区第二人民医院 2016 年新春文艺演出会上

春寒携雨迎新岁，
医者浓妆秀舞台。
快板高歌情景剧，
风流二院暖心怀。

闹上元

炮仗轰鸣旋耳畔，
铁花绚丽绽云天。
掎裳联袂观龙舞，
沙镇欢腾闹上元。

元宵节

爆竹声响旋耳畔，
烂漫烟花绽云霄。
万人摩肩广场汇，
沙镇百姓闹元宵。

何处是我家

人在剑邑心在沙，
今欲归乡路断肠。
家在路上了牵挂，
时光倒转秋雨长。

四海情深

长江碧水白沙城，
春雨凄凄江水吟。
老友诗朋陪我辈，
佳肴美酒醉人心。

因离别白沙，彭继东、吴廷芳老师宴请我和妻，有感而发。

别二院人

春夏之时气骤升，西河坝上草青青。
人生如戏嬉笑过，离职已定心难平。
奔波人事看冷暖，念无助风雨兼程。
好友相聚宴席别，把酒碰盏诉离情。
十年二院犹如梦，兄弟姐妹情谊深。
有缘相聚今生尽，别时无语泪沾巾。
白沙山水醉我心，来日赣江并肩行。

2015 年 4 月 18 日晚，和妻子宴请二院的好友，余有感而发。

松州

边关重镇松潘城，
游人如织蓝天映。
耿直弟兄真真诚，
苍老古镇醉我心。

游九鼎

五月九鼎风光美，
傲雪杜鹃百媚开。
九鼎山中踏雪行，
腾云驾雾天宫来。

风荷集

主编：李正堂

一纸山泉

YI
ZHI
SHAN
QUAN

韩亚峰 ◎ 著

光明日报出版社

图书在版编目（CIP）数据

一纸山泉 / 韩亚峰著 . -- 北京：光明日报出版社，
2024. 8. --（风荷集）. -- ISBN 978-7-5194-7771-4

I. I227

中国国家版本馆 CIP 数据核字第 2024ZM9392 号

风荷集·一纸山泉

FENG HE JI · YI ZHI SHANQUAN

主　　编：李正堂

著　　者：韩亚峰

责任编辑：谢　香　孙　展　　　　　责任校对：徐　蔚

封面设计：苏　唯　　　　　　　　　责任印制：曹　诤

出版发行：光明日报出版社

地　　址：北京市西城区永安路 106 号，100050

电　　话：010-63169890（咨询），010-63131930（邮购）

传　　真：010-63131930

网　　址：http://book.gmw.cn

E－mail：gmrbcbs@gmw.cn

法律顾问：北京市兰台律师事务所龚柳方律师

印　　刷：河北赛文印刷有限公司

装　　订：河北赛文印刷有限公司

本书如有破损、缺页、装订错误，请与本社联系调换，电话：010-63131930

开　　本：145mm×210mm

字　　数：635 千字　　　　　　　　印　　张：38.5

版　　次：2024 年 8 月第 1 版　　　　印　　次：2024 年 8 月第 1 次印刷

书　　号：ISBN 978-7-5194-7771-4

定　　价：168.00 元（全 6 册）

版权所有　翻印必究

诗歌生命里的颜色和情怀

——序韩亚峰《一纸山泉》

铁　流

　　和韩亚峰认识是一次偶然的机会。2019 年的流火七月，我受邀到枣庄市某单位作了一场报告。报告结束后，韩亚峰有感而发写了一首诗《一场让人热泪盈眶的红色教育》，并加了我的微信发送给我，诗中情绪饱满高涨："我相信，我们每一个共产党人／都应是红色故事的传承者／挺拔起九十八年从未塌陷的脊梁／一代代／烙上红色的印记……"读了后，我很感动，也为他的这种情怀点赞叫好。之后，便对他有了进一步的了解，亚峰在工作之余，一直用手中的笔耕耘着生活，为我们和这个时代献出一串串滚烫的诗行。他是将诗歌作为生命需要的一位歌者，用自己血管里的血维系诗歌的生命，不矫饰，不纵容，不挥霍，他只是用诗歌在表述真实地想法和向往。我经常看他所发朋友圈，大都以

"诗歌日记"的形式展现他生活中的点点滴滴，他总能从自己的切身感悟出发，饱蘸着深情厚意，写出一点独特的意蕴。他把生活中深的、浅的、直的、弯的脚印印入平平仄仄的诗里，每一首诗的每一行、每一个字，无论是朦胧、潮湿、远近、呐喊或者沉默，还有大自然的光怪陆离，都是他生命的时光和俯仰。他就住在自己的诗里，用自己的方式热爱或者忧伤，扎根或者流浪。不过，他很少把它叫作诗，它是另一个自己。他诗歌的触角是极其敏锐的，山川、河流、村庄、草舍；一朵玫瑰、一片落叶、一抹余晖；一片飞舞的雪花、一声高亢的鸡鸣、一句家人的问候；一件事、一个梦、一回首、一讪笑等等，皆可入诗。这正如杨朔在《东风第一枝》中写的那样："在斗争中，劳动中，生活中，时常会有些东西触动你的心，使你激昂，使你快乐，使你忧愁，使你深思，这不是诗，又是什么呢？"

时光就这么诗意地流淌着，2022 年 6 月，韩亚峰在微信上告诉我要出版一本诗集《一纸山泉》，想请我作序，还发给我诗集的一些内容。闲暇下来，赏读部分作品，感触颇多，他笔下的诗句打动了我，我欣然同意了。《尚书·舜典》中说"诗言志，歌永言"。从他诗歌的字里行间，我看到了他内心最真挚的情感、最澎湃的激情、最热烈的笔触，没有矫揉造作，也不无病呻吟。其中给我感觉最深的是诗歌中的大江奔流式的"红色旋律":"那漫山遍野的杜鹃/世世代代/以一种红色的精神/以树的姿态/伸向蓝天/从不退缩"(《井冈山》),这里的红是一种可以生长的"红"、延续的"红";"桌下的那盆火/在寒冷的一月里/燃烧跳跃,释放温暖/像一颗北斗星闪耀在历史的空间"(《遵义》),这里的红是在中国共产党遭遇困厄时的一种坚定的信念,是前进的方向;"牺牲时,他还不是一名共产党员/但他手腕上缠绕着的党旗已被鲜血浸染/一身肝胆被热土收留/一缕英魂,飘向长空,烈焰翻腾/含着血泪的枪口/吐出了复仇的火焰"(《铁道英雄》),诗歌里流淌的红是一种百折不挠、至死不渝的"红",是革命者生生不息的红色信念……

闻一多先生说过"诗人主要的天赋是爱,爱他的祖国,爱他的人民。"这一点在韩亚峰的诗歌里随处可见。诗歌虽然有"意象""意境""表述""结构""修饰"等各种写作手法,但它的立意才是诗歌恒久远的生命,严格地说,一切诗歌写作,成败得失的关键在于是否感知到生活的广博、深厚、新颖和精神,并对光明和希望进行讴歌。读韩亚峰的诗,就像黑夜里看到一根燃烧的蜡烛,在明亮中给人希望,不像有些诗文,给人的只是悲情和失望,还标榜这才是真正的文学。韩亚峰的诗歌注重立意,作为一名在企业工作多年的思想政治工作者,他的心里始终跳动着"一朵红色的火焰"，这种红色的灵感发自内心深处，那些红色的印记更能激起他的共鸣。所以在写到自己的家乡时，他也觉得是红色精神滋养了他骨子里的钙，"在这里，我抚摸着外姥爷和大舅／使用过的枪支／黑洞洞的枪口随着岁月加深着闪光的誓言／回响着气壮山河的喊杀声和／敌人倒下的呻吟声／我打开眼窝里的深泉，融入滔滔运河之水／那永不枯竭的运河之水，继续／以滚滚向前的姿势和节奏布满美好的土地和春天"（《周营：运河支队诞生的地方》）。在这些诗歌里，他的"切口"很小，但气势恢宏，我们充分感受到了他诗歌的张力和家国情怀。

从韩亚峰的诗歌中不仅可以读到纯正的"红色"，还可以读到纯净的"绿色"。四十岁以后的他，闲暇之余喜欢游历祖国的大好河山，对于大自然的探索和求索，他始终怀着无穷的兴趣，他有相当一部分诗歌主要以自然风光、人文景观等作为描写对象，寓情于景、情景交融，寓情于物、以物比德，展示自己对真善美的追求，诗人艾青认为："灵感是诗人对外界事物的一种无比协调、无比欢快的遇合，是诗人对事物的禁闭之门的开启。"比如韩亚峰在诗歌《佛掌沙丘》里所表现的大自然的"绿"，其实是内心祈盼的一种"绿"，它代表着一种大爱，"从一粒沙开始，让／每一个骨节、每一根神经，甚或／每一滴枯干的水和每一缕吹过的风／都充满慈悲。"爱是一面镜子，我们所有爱的言行，都会被世界感知，"雅鲁藏布江，这浩瀚的镜面，捕捉着／灵魂的光环"。绿色是一种中性色，可冷可暖，因此韩亚峰笔下的绿色最为祥和、惬意，"波光、江影、彩云、碧空，在／打开的诗卷里款款而出。／有桥有船，有书有酒，有歌／有弦，有堂有亭，一切都／那么温情脉脉。岁月的阡陌纵横，消失于／烟波浩渺，随点点白帆入诗入梦"。韩亚峰的诗歌常常用"绿色"的笔墨描绘人与自然的和谐共生、相得益彰的温馨画面。绿色是一切万物的根源，是人类赖以生存的颜色，是对未来憧憬的颜色，是万物复苏的颜色！所以，韩亚峰的诗歌对绿色充满了敬仰："它是我心中的粮仓　力量方向／我围着它奔跑　写诗　静悟／并向它敬献荷花竹林／和我仰视的目光"（《老牛是座山》）。

　　随着生活阅历的叠加，韩亚峰的诗歌更多呈现出对人生经历的一些反思和体悟，我把它称之为诗歌中的"蓝色"。它所表现出的是一种梦幻、冷静、理智与广阔。而他在诗歌里所表现出的这种"蓝色调"，是在把握和咀嚼一些色调、一些光影，一些飘忽无名的情绪甚至是一些心理印象之后赋予诗歌海洋、天空、湖水、宇宙一样的蓝色。诗歌《重量》中的反思，"这不期而遇的一口口枯井／得坠落多少石头才能回到人间／从此，一口井勒进了／我的臂膀、行为和语言／使我的知行／都有了汲水的重量"。从反思中走向自我解剖，在遍尝百味的磨砺中向内渴望突破生命中自缚的"茧"，"此时，它们是一只只青筋暴起的手掌／通体澄澈，充满力量／手里握着一把明晃晃的阳光／如手术刀的利刃／每一刀都在触及我的偏执和障碍／快如春风"。最后，他从被鞭打的感情中，懂得了不断向内心求索的真正意义，在奋进中学会了放下，在绝境中获得重生，"明天还有一些理还乱的红尘赶来／但我还要扫出一片净土和空白／在上面静静地散步，幸福地怀想／走着走着／山间的清风就来敲门了"（《扫地》）；"一朵莲在万水中走成／自己的独白／前方风雨再多／也无法吹破／莲至真至纯的向往"（《红荷湿地　诗意红荷》）。诗人郭小川说过"沉沉的黑夜都是白天的前奏"。在这里韩亚峰用自己诗歌中充满想象力的广阔"蓝色"为每一个痛苦重新命名，用理性外壳照耀下的感性，以一行行诗文的形式表达给世界，充满求知和渴望。

　　《论语·雍也》曰："知之者不如好之者，好之者不如乐之者。""写诗是内心的需要，没有坚持"这是他的诗观。他在繁杂的日常生活和工作之余，将诗歌作为可以倾诉的知音挚友，每当黑夜来临的时候，他就会用一支针管一样的笔，从身体里抽出血性的光芒放在黑夜之巅，一点点驱散黑夜的彷徨。这是一部跨越了近三十年的诗集，已过知天命之年的他在诗歌的道路上，依然不停地行走，深一脚的沟壑，浅一脚的平川，在黑白之间竭力穿越，用纯净、美好和善良作为他诗歌的底色，吟唱出抑扬顿挫的歌声！

壬寅年夏

（铁流，中国作家协会报告文学委员会副主任、山东省作家协会副主席、山东省报告文学学会会长，鲁迅文学奖获得者，享受国务院政府特殊津贴专家。）

目录

第一辑　指纹里的桑梓

第二辑　地图鱼的山河

2

3

4

第一辑　指纹里的桑梓

鲁南吟草（组诗）

青檀寺

青檀寺，隐在千仞之中
无数只佛手高举着光阴
发黄的经卷矮了，陡起
高高的石幢

无数虔诚的人在此默立无语
目光似佛前的青灯
清幽而明亮

贾泉

贾泉，在贾三近的才思里涌动
滚动着年轮的光芒
让人在惊喜之后
想起过江之鲫

那泡在贾泉里的石头
是贾三近的遗骨
至今仍长着绿茸茸的诗句

台儿庄新关庙

新关庙，曾在漫天血雨中飘摇
面对日寇和沦陷，57 位壮士
在这里痛饮了古运河的酒和
血管里流出的血之后
一跃而出
要多少雄风就有多少雄风！
要多少威猛就有多少威猛！
就像从天而降的 57 位关公

一夜之间
"神圣文武，英灵卓绝千古"

白骨塔

攫取黑暗的生命之灯
骤然熄灭在黑暗之中
灯油熬尽的白骨是一根根钢钉
钉住黑暗
令黑暗黑白分明

白骨塔，这青砖垒就的宝塔
是这堆白骨的寺庙
没有唪经
只有呻吟
六米高的青砖，怎能
抚平八百米井下的悲惨深坑

白骨的磷并没有耗尽
夜夜跳跃的——
依然是煤的火种

大裂谷

是什么巨大的力量

把一座山一分为二
留下一道深且长的伤口
发出哭泣地呜咽声
是什么把骨肉分离
是什么让曾经相爱的人
只能对视，而不能相聚

当我们从中经过
就像走在自己的伤口上
阴森 压抑 迷茫
穿过这长长的黑暗
就像从幸运的夹缝中重生
经历了一场脱胎换骨地熬煎
让我们更加珍惜
与阳光的再次弥合

红色地标（组诗）

嘉兴

一九二一年，嘉兴南湖的一条游船上
十三位代表思绪如波，心潮澎湃
明天，千千万万个党员从这里登岸
明天，千千万万个火种从这里点燃

一艘小小的游船，如一道红光
划过旧中国的黑暗
义无反顾，一往直前
前方有恶浪，后方有波澜
当历史选择了航向
一叶扁舟就无畏风雨雷电

这艘船，是从流火的七月起航
是一只雄鸡完成了一次涅槃
从此，行遍神州万里、万里江山

井冈山

一九二七年十月，一位伟人
带着一支军队进驻井冈山
他的理论是红色的
思想是红色的
政权是红色的
故事是红色的

从此，这座山就和"红色"紧密相连
红米饭滋养了他们百折不挠的身躯
"农村包围城市"的光辉论断
再次点燃秋收起义失败后红色的曙光
黄洋界上的炮声和烈士殷红的鲜血
浸透了每一个血雨腥风的日子
巍巍井冈，挺起了巍巍华夏不屈的脊梁

那漫山遍野的杜鹃
世世代代
以一种红色的精神
以树的姿态
伸向蓝天
从不退缩

遵义

一九三五年一月，在遵义的一座
坐北朝南的小楼里
二十位革命领袖
围坐在一张赭色长方桌前
头顶上烟雾蒙蒙
宛若愁云在天
国民党的围追堵截
"左"倾冒险主义的猖獗
将革命前景涂抹得一片黯淡

此时，一位伟人
慷慨陈词、指点江山
挑起了负载革命希望的重担
一个集体当机立断，当断则断
取消了博古、李德的最高军事指挥权
这座小楼是一段晦暗历史的句号
这座小楼是走向光明前景的起点

桌下的那盆火
在寒冷的一月里
燃烧跳跃，释放温暖
像一颗北斗星闪耀在历史的空间

延安

一九三五年十月
一只经过二万五千里
长途跋涉的红军队伍来到了这里
滚滚的延河水洗去他们一身的疲惫
厚厚的黄土地赋予他们顽强地秉性
从此，一孔孔窑洞响起了激昂的歌声
一盏盏油灯映照出燎原的图腾
一把把镢头写下了大大的自力更生
一台台纺车绘出了丰衣足食的美景
《为人民服务》《实践论》《矛盾论》……
一篇篇不朽的著作从这里挥就
抗日战争、解放战争、中共七大
一件件大事在这里运筹帷幄、青史留名

如今，枣园梨花依然清香
初升的太阳依然最红
巍巍宝塔山
耸立成革命不朽地象征

西柏坡

一九四八年那个红红的五月天
一群革命领导人

在黎明前夜

带着延安的硝烟和汗渍

来到了太行山下、滹沱河畔的一个小山坡

住进了土坯垒就、灰沙砸顶的农家小屋

一部手摇电话，几张桌椅，几幅地图

就是他们的主要家当

在这里，一位从韶山冲走来的巨人

挥动如椽之笔

在辽沈、淮海、平津大地上纵横捭阖

抹去铺天盖地的万里风雨

绘就了新中国的冉冉旭日

从此，这座不高的山坡

长成了中国革命史上最高的海拔

一种精神升华在苍郁古柏中

昭示着万年长青

铁道英雄（组诗）

"芳林嫂"原型之一
黄学英、外号"大老殷"

她的臂弯上
常常挎着一只篮
里面有可以吃喝的油条
有雪中送炭的温暖和雪片一样的传单

有一次，叛徒将她出卖
一群日本特务——从地狱里逃出来的魔鬼
用尽非人地酷刑
她用袄里的棉花和死神争夺生命
用咬紧的牙关和邪恶争夺正义

她被绑在一棵树上

树上没有悦耳的鸟鸣

她被皮鞭抽打过的血肉

带着倔强地气味

让可以咬噬骨头的狼狗退避三舍

她摧毁了狼的铁石心肠

她的眼中始终有怒火和冰

"王强"原型之王志胜

幼年，父亲在他的哀号中离去

从此，他将泪水蘸着贫困咽下

他的嗓音开始低沉

有太多的黑暗堵满了他的喉咙

作为矿工，他用闪亮的镐惊破黑夜

在抗日义勇队，在情报站，在

鲁南铁道大队

他像挖煤一样一点点挖出黑色的毒瘤

黑暗被黑暗磨出了利刃

并发出刺眼的光芒和刺耳的声响

这把利刃幻化无常

在微山岛，在洋行，在票车上，在火车站

一次次刺穿了泯灭的良心和邪恶的毒肠

有时，闪电一样地迅疾

有时，狂飙一样地隐藏

多年来，他的身体里留下了

太多的生死和战火

三次遭受重伤

仇恨入木三分

他不识字的人生

写出了传奇的篇章

"刘洪"原型之一洪振海

鬼子的刺刀杀死了婴儿新鲜地啼哭

鲁南的地图大多被生灵涂炭

漆黑的夜里

他用情报站站长、义和炭厂掌柜的手

画出了铁道游击队的雏形

从此，他把生命交给了跌宕起伏的大山

决意在火车和铁轨中打磨出一身铮铮铁骨

他用最初采集的六粒火种

冲着黑暗放了一把大火

闪耀着冲天红光

宛如火弩怒射出的万千箭镞

这是一群在黑暗中穿梭的利刃

游走在日本鬼子的软肋

令侵略者痛苦，又不易提防

牺牲时，他还不是一名共产党员

但他手腕上缠绕着的党旗已被鲜血浸染

一身肝胆被热土收留

一缕英魂，飘向长空，烈焰翻腾

战友们的热泪流下来、流下来

一滴一滴洒在黑黑的泛红的枪管上

冒着白烟

每一粒土都被热泪深埋

含着血泪的枪口

吐出了复仇的火焰

黑暗中的飞虎

在火车上奔跑如飞

他们的翅膀高过黑暗的苍穹

月下，他依然踩着影子追一辆

装满罪恶的火车

久违的胜利之花绽放在火车前方

壮怀激烈，红遍天际

"刘洪"原型之二刘金山

童年，他的父母很早就剪断了生命的脐带

从此，他靠流浪为生

他是矿工的后人

只有捡点煤渣去换取饥饿

煤里一定有光

他们从地下深处的一层层石头和

一层层沙砾中

提着灯笼走出来

他们紧紧地拥抱在一起

燃烧的火焰有虎跃的身影闪现

需要他们发光发红的时候

刘金山没有逃避

他从洪振海手中接过火种

以一粒煤的姿态投入革命的熔炉

他在"沙沟"的沙里

冶炼出军人荣耀的金子

他用围追堵截

逼迫敌人交出了失去血性的军刀

这罪恶的军刀已经血流成河

是该偿还河山的时候

黑暗中，正义与邪恶相互碰撞

火星飞舞

最终，邪恶崩塌

为正义奠定了路基

火车从黑暗中驶来

身披旭日，驰骋在神州大地

老家新貌（组诗）

白楼湾的变迁

荒废的土坡被细软的沙子逼退，迎来了
孩子们的嬉戏。陈腐衰老的沟壑，投进了
年轻的湖泊，辉映着蓝天白云，留住
风声涟漪，舞动着水鸟的身姿

运河支队从这里诞生，一列红色的火车
载着曾经的枪林弹雨，抵达了
英雄的故乡。呼啸而来的它，周围长满了
红色和蓝色的野菊花，闪烁的星辰
蘸着弯弯的河水
泼墨成一幅安静祥和的乡村图画

我常常坐在河边的长凳上梳理
过往的思绪，整理成水的状态，涌动着
感恩和隐隐的广阔。还有诗意游走
在亭台轩榭，有归属，有去向

有你在这里等我，给我
月光一样的思念，一点一点
照亮我归来时身上的重重夜色

坐在家门口

坐在碾压过五谷杂粮的石碾上
用一支烟去品味被岁月碾压和充满的感觉
木制的大门吱吱呀呀
将嚣尘关在门外，唱着一只欢快的歌
长在门旁的一棵榴树，灯火通明
在它虬曲的树干中
可以随时寻找生活的波折和坚挺
还有委屈和向上、苦涩和甘甜
在饱满的榴籽中都有答案

满墙的地锦已铺满秋天的金黄
对面的竹林被流水环绕四季常青
从背后走进我眼帘的崭新的二层楼房
足以容纳丰盈的天伦之乐

老牛是座山

家乡的北面，有一头牛试图
从一座山中奔出。它奋力躬耕的姿势

万年长青。它从远古走来，之所以
在这里驻留——驻足于千亩良田
中央，将血肉之躯固化成石，是因为有
一种神奇不会辜负它千百年的慧择和守望。

我感觉每一滴汗水都来自它
坚韧不拔的背，每一个渴望
都来自它低首砥砺前行的姿势。

它是我心中的粮仓、力量、方向。我
围着它奔跑、写诗、憬悟，并向它
敬献荷花、竹林和我仰视的目光。

长年累月在它的滋养下成长，我找到了
最初的雪、最后的风和当下的阳光。虽是
人到中年，我还是孩童一样骑它的背上
用柳笛吹响梦想。

它是全村人的靠山，谁家灶下没有燃烧过
它的火焰，谁家的粮囤没有它
驮来的丰年。我越来越像它一样
在身体里栽树，核桃、红枫、桂花、家槐
一年四季开花结果，背靠青山。

总有一天，它会驮着

千百年来的麦香、亲情和无数
沟沟坎坎的疼痛，回归天庭，成为
夜空中最深情的那颗星。
田野里埋着和它一样
坚硬的骨头，从不腐烂。

秋天，在果园行走

面对一颗又一颗果实，无论
酸甜苦辣，从果实的缝隙
看过去，不是苍天，就是大地。

不去迎接风雨，也不会
躲避风雨。青山脚下，一群
白鹅在嬉戏，山巅
之上，空无一人。

叶子随风而舞，瞬间会
幡然悔悟，宁静，从
转身开始。岁月从不
孤寂，即使一个耄耋老人也会
与一簇崭新的秋天相遇。

如今，拥有的田野，
一伸手，便可引来一片鸟鸣；

一投足，便可指木为马。
抬眼是一片云朵，
低眉便是一条河流。
面对秋天，所有静谧的幸福，
都与相爱的果实有关。

冠世榴园的前世今生（组诗）

1

我的家始终与冠世榴园的棵棵榴树相伴
不论是房前屋后，还是市井乡村
总有火红的花或者累累的果照耀着、高悬着
升起了十万亩的丹霞
一堆堆炭火在秋天的枝头燃烧

光芒吸引着光芒
2000 年前，你跟随凿壁偷光的丞相
带着皇家御苑幽深的腮红
从遥远的西汉辗转至此
你没有在群山中迟疑
也没有在荒凉中失魂落魄
而是一味地延伸和成长
至今，你已是 35 万余株、43 个品种的大家族
当我目及四方，万物都给你让路
就连可以咬碎石头的青檀

也不得不退守在佛门净地
你酿的酒被一泓贾泉注入
竹林七贤刘伶的杯盏
你铺开的万顷绿毯
有先秦大儒荀子坐而论道
你的一抹绿、一抹红、一抹黄
是古今诗词写不尽的风情万种

2

千百年来，你的身躯
因为抗争、劳累和不屈而过早地皲裂了
清晰而厚重的纹路向左扭转而上
蕴藏着铁线游走的痕迹
每一丝勒进骨子里的空洞和裂痕
都会被岁月雕琢成奇崛风骨
空白处凹凸曲折
凹凸如浮雕，曲折如流水
为最终的甜美输送骨血

所以，家乡的每一棵榴树
是"燃灯"，是"夜火"
举着火红的旗帜和信念
你的根是铁道游击队扎根百姓的根
你的籽粒是台儿庄大战炼就的粒粒赤金

你的果实像是一颗颗不屈的头颅
挽救民族于倒悬

这些沧桑的活力、沉默的激情和喑喑的风雷
看不到的欢喜和找不到忧伤
都在虬曲中攀援、奋起
舞动夏天火红的裙裾
敲响秋天丰收的铮铮铜铃
在群山之中倔强地延绵
刚毅凛然，火龙冲天

3

伫立其中，我不断思索着
一道关于前世今生的命题
它的答案保留着相同的姿势
花蕊和果实里都蕴藏着同样的一个梦：
一个火炉，把人民美好的愿望放进去
用向上的火焰冶炼甘甜
这火焰来自装饰蒙古族的玛瑙和怒族头部的珊瑚
是景颇族的统裙和塔吉克族连衣裙旋转的炽烈
这火焰来自塔塔尔族的红珠项链
是佤族崇拜的图腾
这火焰来自土族妇女的七彩袖
第六道橙色，是金色的光芒

第七道红色，是光耀人间的太阳
这火焰的种子来自
"千房同膜、千子如一"的初衷
那些安居在你体内的
兴盛红火、团圆和睦、生机盎然等词语
持续被滋养、点燃

如今，埋藏在你体内的种子
长了翅膀，带着千年的沧桑与守望
与神舟十二号载人飞船一起造访太空
你是灿烂银河中的一粒粒闪光的烟火
星海、梦境、惊叹
盈满了你预留的广阔空间
你是祖国手心里暖热的一颗颗种子
根植在 960 万平方公里的沃土之上
从根系处渗透的黄河之水
以攀登的姿势仰望长城的巍峨
全世界都听到了你强盛之音
——完美而且浩瀚

家乡五月（组诗）

母亲节抖动的风

风在电线上跳跃
并不断摇晃着门窗，叮当作响
它想叩开一个人的名字
名字隔着一层玻璃
它感受到了夏天透明的深度
在这个偏僻的山村
母亲离我最近，名字最美最熟悉

今天是母亲节。母亲
知道我上火，就把采摘的桑叶
一点一点地往铁盒里摁
母亲有神经性震颤的毛病
母亲的手始终是不停地抖着
像院子里单薄的风中的电线
母亲还用抖动的手往我
包里装了一瓶子加蜜糖醋蒜，一袋子

被灯光照耀过的豌豆粒
还有一把小白菜
并一再叮嘱我要多吃些蔬菜
这青筋暴露、喂我长大的双手
让每一棵她照料过的蔬菜都感到了颤抖

离开家的时候，母亲又将
摘好的水灵灵的黄瓜、鲜红鲜红的辣椒
放在我车子的前盖上
一样是抖动的双手
此时，清晨的风抖动着掠过青青的菜园
所有的叶子低下温驯的头颅
滴下转瞬即逝的晶莹剔透的大颗露珠

倒车镜里的母亲，一直站在路口
我又想起了那根风中抖动的电线
清瘦单薄，却不断输送着光芒和温暖

郁金香开满篱笆

劳动节回家
忽然发现菜园的篱笆上
镶嵌了许多红色的郁金香
那些看不见的酸甜苦辣
被你红艳艳地举起

天气还有些凉意
我加了件外套裹住你的红

蒜苗，大葱，小白菜
它们按部就班的绿色被你意外
点燃
一行行充满活力的诗句
瞬间明亮动人

父亲的篱笆很矮
亭亭玉立的红覆盖了枯枝
父亲的锄头、镰刀的闪光面
看不到你的影子

麦田，流经故乡的黄河

麦田
流经故乡的黄河

每一粒掬在手心
都能感觉生命的奔腾不息

由青变黄的大河
曾经在兵荒马乱的年代走失

归来后，依然烙着黄色的印记
并不断滋养着不屈的骨气

而今，你的锋芒刺入夏风
整个村庄为之一振

青山之下，黄土之上
有喜鹊轻点麦浪

我静静地聆听着田野
壶口，有滚动的麦浪在咆哮

初为人父（组诗）

看着儿子熟睡的模样

儿子的想法单纯，睡得也酣
就像一只苹果沉入了浓浓的绿荫
他不会写诗
但在他的梦里肯定有诗人笔下的
绿草、花瓣、青蛙、星星

儿子的呼吸很轻
我喜欢这样的安静
他将我的年龄和经历归于童年
我嗅到了油菜花的清香
听到了蝈蝈、蟋蟀的叫声

看着儿子熟睡的模样
我的心在月光下春天样地跳动
我摸着儿子的手，想起
在一条黑胡同里行走的童年，父亲

也是这样攥紧我的小手
那时，我的另一只手
还提着红红的灯笼

这只灯笼，从岁月的深处走来
鲜亮如初，照着儿子熟睡的模样
多像一只火红的蝴蝶
带着朝霞围绕着我的憧憬

灯光旁边是儿子的身影

从我最初的一行诗读起
如一道道多事之秋的沟沟坎坎
回荡着九曲回肠的声音

儿子总是拿着奥特曼
欣赏着打败的怪兽
微笑着进入灯光
我的童年往事纷纷坠落

我不再紧锁眉头
儿子一声清澈的"爸爸"
就呼唤着我走过灯光所有的距离
我疲惫的手指
是透过月光的一道道光柱

儿子心满意足地伴着我
不声不响地转着陀螺
好像在轮回我的前生

嘘嘘

深夜，真静
我在儿子的小床边
轻轻地敲击着键盘
空气凉丝丝的
儿子一翻身把胳膊、腿露在外面
我弯腰抱起了他

儿子歪着头斜躺在我的怀里
楼下没有喧嚣
我的"嘘嘘"声很轻、很清晰
儿子听着，闭着眼睛，嘴角
微微上扬地笑

我看一看灯光，闻一闻着儿子的体香
我的指间有幸福在跳跃
我最好的一首诗正露出新鲜的芽苞

父爱如兰

抓一把细细的兰花泥
手里握着水　肥料　温度
栽一株兰花
种一帘幽梦
黄色　红色　绿色的花朵
装饰着儿子幽雅的梦境
那幽香从绿丛中飘来
花色一样素净

这一切　都是父爱的模样
给儿子阳光般深情
用一种幽香
表达我的春意
慈爱的目光
在花茎上踮起脚尖
久久地将儿子凝视
儿子的每一次花开
都舒展在我的脸上

妈妈看不见字了

妈妈一生与字为伍
教了很多学生认字
很工整的方块字
框住了妈妈的一生

妈妈是个师范生
六十年代在偏僻的山村引起震动
十几岁还光着屁股乱跑的野小子
成了妈妈的第一批学生
村里喂牲口的牛棚修修补补
成了山村第一所学堂
妈妈不再"对牛弹琴"
用青春的声调念着"ɑ、o、e、i、u、ü……"
整个山村跟着唱和起来
翻新的泥土里播下知识的种子

我也是妈妈的学生
和妈妈一样

离不开文字
有一次，我把发表的文章给她看
妈妈说："放那儿吧，我看不清了"
不知怎么
我的眼睛开始湿润
文字也变成了模模糊糊的一片

秋的田野

温馨的笑，在八月的田野里
飘过万物之上，无言的满足
溢出一种情绪
一连串的梦
芬芳果实累累的诗句

我在秋风中独饮
邀来花生玉米作陪
为芝麻棉花干杯
酒过三巡，全都摇摇欲坠
有的张嘴笑，有的偷着乐

所有的庄稼都不甘寂寞
争相地涂脂抹粉
招蜂引蝶的姿态
引来鸟的阵阵私语
整个田野开始喧闹起来
让精神一顿美餐

枣子趁机与秋缠绵
被风儿到处传播
羞得浑身通红
这一段美妙的感觉
在等着人们细细地咀嚼

榴园走在秋雨中

整个榴园在秋季
怀着美妙地遐想
一任山涧流水，日夜喧响
踩着蓝天，走过白云
落于田野之上
在秋雨中承接着果香
漫山遍野被你的火焰笼罩
你欢畅着风一样地走着
展现着你一生中最闪亮的寂静
怀着对根的情思
浑身挂满不眠的灯笼
在秋雨中前行，爬过青藤的篱笆
比拟十五的月亮，在庭院中高挂
还异乡人一个圆圆的梦想

野花野草做你的双脚
秋雨是你口中的歌谣
一路欢快地在山峦间穿行

舒一口长气，呼出红果飘香的诱惑
果农们在秋雨中撑开熟透了的渴望
望着一棵棵奔跑的榴树
在雷声中开始激动不已
这秋雨究竟来自何方？
把他们一个个领往春的深处

叔父

年轻时，我沉迷于安逸的港湾
忘记了赶路
大叔及时打开一幅航海图
并用红色的笔标注了
起锚的地方：激情

变幻莫测的大海，有时翻滚着
海浪般的苦涩
一波又一波抑郁的阴影覆盖了彼岸
大叔驾驶着一艘可以依靠的帆船
满载着关爱远道而来
和我并肩坐在船头
用握着灯塔的手给我指明方向
那些漩涡、深谷和放弃自己的浪潮
被大叔一一识破，并且说：有我在
父亲一样的胸怀和呵护
包容了整个大海的波澜
浪花绽放了久违的阳光

我身体里沉沦的彼岸不断上升
成长为大山之巅
我看见了波谷中的自己
苦苦挣扎的双手，被一双大手牢牢抓住
将所有企图袭击我的没顶之灾
摁在身后
走失多年的白帆再次扬起了我
远航的勇气和信心

如今，我把大海的跌宕起伏
和大叔的情怀
打磨成粼粼波光珍藏进我的海螺
每一次遇到狂风巨浪
我都会用它吹响前行的号角
当浩瀚的蓝扑面而来
我整个幻想和感恩的宇宙
瞬间被充盈
力量在水手的体内爆发

枣庄首金纪

这几天，一位小姑娘的名字在煤城枣庄
像燃烧的煤一样炙手可热，闪耀着、跳
动着神奇的光芒。
每一阵崭新的秋风吹过，
都会有她勇摘奥运金牌的故事传来。

北京时间 8 月 7 日 10 点 37 分，这位来自
枣庄的小姑娘孙梦雅，在日本东京
用前弓后蹲的姿势，用后羿神力
拉开了世界上最硬的弓，射出了
世界上最快的箭——仅仅 1 分 55 秒，这支
离弦之箭便射中了新的世界纪录
和中国荣耀。
"我们赢了，我们是冠军！"
在岸边，在滂沱大雨中，她用力
抬起右拳，五星红旗迎面而来。
从此岸到彼岸，五百米的距离，她用了
六年的汗水、智慧和激扬的青春，还有

两年不回家的坚毅。
此时，远隔千山万水的大运河
已经沸腾，一艘小艇正快速驶入
300万煤城人的眼睛。她青春洋溢的脸上
露出了灿烂的笑容，这是
水面上荡漾的最畅快淋漓的涟漪，迅速
扩散到了各大媒体的封面、头条。这涟漪
蓝得纯净，蓝得深湛，也蓝得恬雅，里面
藏着一个水灵灵、蓝晶晶的梦。

这是花甲之年的枣庄收获的第一枚
奥运金牌，也是
中国人的奥运女子划艇首枚金牌！
是煤城烈火炼就的真金。
2001年出生的孙梦雅，生活中也是
一名的水手，她常常划动着
年轻的小船，一次次
经受父亲残疾、家无长物的激流旋涡，又
一次次选择了拼搏进取、勇往直前。
从亚运冠军到世锦赛冠军，从
预赛、半决赛，再到
决赛，一骑绝尘。

从此，这艘从台儿庄运河出发的小船，将
载着更多乡亲的期盼和祝福起航。

归来时，满载的荣耀，会再次

照亮一座城，吸引更多惊喜的目光。

走在北辛的土地上

走在 7300 年前
先人生活过的土地上
我仿佛听见了你们
用石铲、鹿角锄
在春天翻松土地的声音
放眼望去，我看见了
你们用蚌镰、石磨盘、石磨棒
在秋日收割的繁忙景象
河畔依稀还留有你们用
陶网坠、鱼镖捕鱼的身影
那时，你们用红顶钵饮水
用划纹陶罐盛粟
你们还用古老而年轻的手
在陶上绘上鸟足的符号
然后身着兽皮翩翩起舞

一池湖水，像你们深陷的眼窝
打量着天空

周营：运河支队诞生的地方

一九四〇年
一月的天空，阴云密布
在我的家乡枣庄市周营镇
牛山脚下的牛山村
一盏煤油灯在三间破草房里
一摇一晃地蹿着忍不住的红光
一群气宇轩昂的革命者
身披冬霜在这里凝聚
他们有一个共同的名字
"八路军第115师运河支队"

从此，这支队伍
成了日军、伪军眼里一道过不去的山
我割草的沟沟垄垄，爬过的土坡山峦
我熟悉的牛山后村、塘湖、贾汪
他们都曾用枪林弹雨、用赤胆忠诚护卫过
那些日子的风一直很紧，雨一直很大
400余人献出的生命，给了运河以

波涛和新生
在中国的版图上，没有流经
周营的运河，却流淌过周营
革命志士的壮歌和鲜血
它在敌人的利刃下咆哮、奔腾

在运河支队纪念馆，我依然
能真切地看到八十多年前的运河
是何等的曲折和坚韧
在这里，我抚摸着外姥爷和大舅
使用过的枪支
黑洞洞的枪口随着岁月加深着闪光的誓言
回响着气壮山河的喊杀声和
敌人倒下的呻吟声
我打开眼窝里的深泉，融入滔滔运河之水
那永不枯竭的运河之水，继续
以滚滚向前的姿势和节奏布满美好的土地和春天

阴平烽火

阴平，枣庄市一个普通再不能普通的小镇
和枣庄名字一样，枣树很多
当它的名字和文峰大队
庄严地联系在一起时
我看到了它平淡背后熊熊燃烧的战斗烽火

它的名字很有寓意，在阴云笼罩中
走向和平
涝坡、沙路口、牛山后伏击战
一次次的坚守和冲锋，一次次的
倒下和挺立
铸造了英雄魂，锻打了阴平红

当我仰视那高耸的烈士纪念碑
感到中国的每一个角落的每一寸江山
都有许多英雄的名字在延伸
让人不得不低下头来
将脚下的土地一遍遍地动情吟咏

如今，一群共产党人来到这里
目睹一支队伍在烽火中慢慢由远及近走来
我几乎看见了他们坚毅的目光和
身上的伤口疤痕
他们拼杀过的焦土正在春天里慢慢返青
开出的火红石榴花
接近一束温暖的灯光
照耀着我手心里红色的《党章》
和每一行大写的骨骼和气魄

田园漫步

漫步秋日的田园，有大片大片的麦苗
不动声色地从土里冒出新绿。
田塍上立着一棵柳树，每次看见它，我
总要从头到脚地打量一番，它独立于
众多的麦苗中间，不稼不穑，而它
每年都在用绿意继续着
无果而终的命运，抛弃
很多枯萎的目光。在它面前，我只是
一个约定俗成的众生。

漫步秋日的田园，我会到我的母校
"牛山联中"走一走来路。
如今，它已成"法国朗德鹅
开发与研究基地"，当年
它圈养的一群小鹅、小鸡、小鸟，各奔
东西，有的在土里刨食，有的振翅高飞。
小桥上，我坐在上面曾经
朗诵的课本，写着流年。

桥下一汪无波无澜的水，少年的情愫偶尔
会吹过几层涟漪。桥墩上长满了
青苔，青春一滑而过。
沟畔上种了几行青葱岁月，依然亭亭向上。

我的田园，还有一湾清波——白楼湾，有
登高的塔、禅意的荷，还有一条
木质长凳，可以端坐夕阳和余生。

清明时节忆爷爷奶奶

没有见过爷爷奶奶
爷爷奶奶的样子只是从父母的口中听到过

寒风萧瑟，到处抓
"壮丁"的日本兵带走了爷爷
半路上，被运河渡过了一劫
劫后余生的时光很短
爷爷终于躺倒在破烂的时光里和
被冷水浸透的身体里
那时，父亲刚刚十岁、姑姑八岁

从此，性格倔强的奶奶
左肩担起了贫困，右肩挑起了儿女
白天，在三亩地里化身一只黑色的蚂蚁
搬动比她体积大几倍的面黄肌瘦的麦捆
夜晚，用长长的竹坯子一点点
摊开地瓜里磨砺出来的悲悯
勉强画一个单薄的圆

后来，奶奶羸弱的身体架不住
生活的柴火苦苦地炙烤，终于熬垮了
当时，父亲用十五六岁的惊慌推着
一辆独轮车
去五十里外的一个叫吴林的地方寻找生路
青涩的小车，一边坐着病重的奶奶，一边
躺着沉重的石头
都是重量，路被碾压得吱吱呀呀喊疼

奶奶还是走了，屋里漏着雨
清明时节一样可以断魂的雨
把借钱买来的棺材都淋哭了
积攒了一篮子的鸡蛋还挂在横梁上
那是父亲上学的费用，奶奶
所有的遗产和盼望

奶奶再也不会踮着小脚挎着篮子赶集了
再也不会为了一个鸡蛋一分钱
在人群底下蹲上一整天了
人来人往的集市，从没人注意过
蹲在地上矮人一截的奶奶
鸡蛋一样易碎的日子
奶奶小小的身影从中一闪即逝

变绿的柳树，泛着年轻的颜色

它就长在爷爷奶奶的坟头上
被爷爷奶奶滋养着
包括我血液里的春色

二姨

二姨住在城里
不用烧柴做饭
但呼哧呼哧的风箱声
还是经常从她的嘴里传出来
风很大，将病灶吹得很旺

冬天来了，二姨最难熬的季节
稍有不慎，二姨就会风箱一样
喘着粗气，烟筒一样冒着白烟
二姨开始用火炉、围脖将冬天暖热、包紧
二姨的脸色铁青，像是连呼吸
也被捂得很紧
但，二姨神态永远木质般温和
总让我想起她床头的那只梧桐木箱子
那是她唯一的嫁妆
无论我外地求学，还是家里有难
二姨总会从箱底拿出一沓关爱和温暖
二姨不久于人世的前几天

还拉着我的手叮嘱我：
"亚峰，好好干，好好过日子"
这是二姨从箱底掏出的最后关爱

被病痛推来搡去的风箱
还始终保持着木质般温和
二十多年过去了，我会
常常这样想起二姨

第二辑　地图鱼的山河

西行八千里（组诗）

坐上火车去拉萨

骑一匹铁马御风远行，铁蹄下
风生水起。远方，雪山
之巅有酥油灯在摇晃光明。

穿越可可西里，有野鹿、野驴在
水草边徜徉。我用一杯酒安抚
空旷的寂寞，或者
绿色的苍茫。如果快慰，可以饮下
一条河，或者与窗外的云对视，直
到天高水阔。

或明或暗地行程，一路走高。有
一座神秘的宫殿住在云端。
古往今来，多少朝圣者，磨穿
了眉宇间的沧桑和心中山水，只
是为了和你相见。

我要用雅鲁藏布江的水洗去
一身的疲惫和凄惶，然后用格桑花的美丽
和倔强安放我的心灵。

高原反应

在蓝天白云下，我将呼吸
贴心贴肺。没有污染的天空，体
内某些不健康杂质开始暴露。

真空包装的小食品开始膨胀，或者

爆破。安安稳稳的甜美拒绝转移，在
纯净空间里生活有时会窒息。被
软禁的化妆品，就像被压抑的爱情，一旦
打开，便有了奔涌而出的冲动。

当我的呼吸变得稀薄的时候，步伐
也变得怯懦。而藏羚羊
在奔跑，野鹿在跳跃，它们的
呼吸深入草地，自由。

我初来乍到的呼吸，同当地空气格格不入。
不到两天，心肺功能便若
紫花针茅顽强，在五千米的米拉山口
畅饮风雨，自在如云。

雨中巴松措

听说你的纯净，你的美，可以
让整座雪山为你倾倒。

为此，我在最温暖的季节，顺着天路
来看你。见你的时候，你的眼睛满是
泪水，似云如烟。你的身边
没有沙鸥、白鹤与你形影相伴。

我匆匆行走在雨中，扎西岛的每一棵树
都有和我一样的心情落下来。我慢慢用
身体贴近措宗寺的每一块木头，轻轻
闭上眼睛，呼吸还在，温暖
还在，阳光还在，

美丽动人的你还在。我转一转经筒，将
每一滴雨忘却，却忘不了你。

碧玉羊卓雍措

一颗长长的碧玉镶嵌在
4998 米的山脉中间。碧绿的语言，书写
着宁金抗沙峰雪的光芒。

每一滴湖水含着冰川的魂魄。高原裸鲤
是湖中舞者，伸手可与其共舞。

白云是敬献湖水的哈达，去救赎
一片净土。还有一群
吃草的白云，将湖水溶于腹中。

仙境卡定沟

在接近九天的地方，有

神仙流连忘返。
山崖上，菩萨手持
净瓶，雍容大度的净水
奔泻而出，头顶
围绕着一圈圈柔和的光。在白色
长河里，大佛时隐时现，穿越
凡尘。还有酥油灯点亮
风雪之夜，透过
燃烧的火苗，另一种雪会
透彻到所有的阴影和暗疾。
正如山涧中可以映照
人间病痛的莲花池，以水的宽容
和慈悲触摸并解脱痛楚。一呼
一吸间，每一片树叶都是健康新鲜的。

仰望南迦巴瓦峰

带着尘世的喧嚣来到
你的身边，一千种
杂音从 7782 米高处
落下来。我仰望你，雪亮的矛
刺入长空，刺穿甚嚣尘上的阴影。

雪山的光被白云打开，照亮
黑色眼睛里的冬夜，冷峻里

带给我飞花的春天。

我仰望俊朗的你，披着
哈达在云中布施，夕阳下，山顶
生长着七棵巨大的灵芝，福照
人寰。你还是一位
牧马人，放牧着一匹名叫
雅鲁藏布江的黄色的狂野奔马，守护着
飞翔的翅膀和不断聚集的青草。

这里的雪落了几千万年，雪是
冰封的云，云是飘浮的雪。云在经幡上
飘扬，没有速度；雪在山巅安禅，只有
虔诚可以企及。有一条通天
之道，只有大彻大悟和福佑的人才能通过。

久久地仰望你，有一粒雪的种子落进了
我的眼里，不疼不痒。目及
之处，大片大片的雪花在生长。

云中布达拉宫

走过跌宕起伏的千山万水，只为目睹
你超凡入圣的容颜。

你——一位身着红袍的高僧，一千
余年，超越轮回，从西天降临，安心
守候静穆时光。

沿着云梯，拾级而上，历代
喇嘛的足迹
或深或浅、或长或短的在石阶上回响。

宫室里金光裹着闪电，酥油灯绽放
雪莲。朝拜者的躯体内
接受圣洁和宁静。俯下
的长头，仰望天国的庄严。

还有一位
"住进布达拉宫，我是雪域最大的王。流浪
在拉萨街头，我是世间最美的情郎。"
当年他路过青海湖，最后的祈祷
还很年轻，美丽姑娘仁增旺姆的神香
还在他的诗文里永远地流芳。

在梦里无数次将你遥望，而今，我
用脚步将你丈量，随着你
飞翔的身姿接近大片大片的云朵和
浩瀚的苍穹，俯瞰悠悠千年沧桑。

佛掌沙丘

水落石出的究竟，有沙子与风
坦诚相见。风从西天吹来，不为
黄金，只为堆积祈福。

双手合掌，一半在尘土里
飞扬，一半在江水里凝望。
掌心里的彼岸，独自走向辽远的青山。

雅鲁藏布江，这浩瀚的镜面，捕捉
着灵魂的光环。从一粒沙开始，让
每一个骨节、每一根神经，甚或
每一滴枯干的水和每一缕吹过的风
都充满慈悲。

大昭寺

多少人一路长头，带着一路清苦和
风雪，眼睛布满虔诚和无畏，只为
朝圣你。

一缕阳光沐浴着
大片阳光。额头的沙砾，腹胸
紧贴的泥泞，步履坚定的方向，就是你。

一条路从低处走到云端。那些血肉之躯
如果被落日、大雪掩埋，会有一缕清风
吹过经幡向着你的方向；会有另
一双放牧牦牛的手在你那里为他（她）
点燃一片白云。那白云宛若南迦巴瓦峰的
白云一样自由自在，有云梯可以通天。

伫立千年的你，一砖一瓦不落
一丝尘埃。在缺氧的世界里
生长着纯净的信仰。那埋在
地下的佛像，还依然安详在
神宇宫阙，所有的耻辱与不安，都
被你挡在了寺门之外。

最美的风景在路上

伫立在可可西里的窗前，有几只
孤独的羚羊毫无戒备地跑进草原童话；
野马驮着大片大片的云朵，成为雪山之下
最佳动词。与错那湖邂逅，用尽
今生的脚步，也走不出那片纯净无瑕的蓝。

一场酷夏被海拔高度挡在
高原之外，西藏退回初春的时光，格桑花

在千米之上开满阳光；
落入眼中的片片黄色，是拉萨河
溅到岸边的浪花。

半山上飘动着五色经幡，纯白的山溪
转动着经筒，任凭岁月
哗哗流淌。圆满的石头
经过风雨磨砺，铭刻着信仰，堆积在
离天最近的风口。

雪山之巅，我看不到鸟的踪迹。所有
大山，都开满洁白云朵，闪着
银光，如莲花在风中禅定。还有
随时到来的雨，放下了过往。冰封的
天河，在高原强光中一点一滴地消融。

游记三首

霸王故里秋雨浓

千里乌骓，奔不出故乡的一亩三分之地
浩浩咸阳，难敌下相小小一隅
不能荣归故里，便如衣锦夜行
定都彭城，便可亲近一下家乡的梧桐

霸王举鼎，却举不起江东父老的重托
力拔山兮，拔不出家乡槐树的根深蒂固
破釜沉舟，沉不下切切的思乡之情
垓下突围，却突不破一面父老的不堪

乌江茫茫，项王手持灌婴的威逼之剑斩断
对家乡的最后仰望
乌江滔滔，让一位盖世英雄流下了
最后一行波涛
霸王啊，故乡之重
让你死后头向东方，倒下了

家乡最为荣耀的一座丰碑

如今，在霸王出生的梧桐巷
一棵霸王手植槐树
历经千年风雨，年年新绿
根根相系，彼此同感
时值秋雨，如项王最后的泪水
顺叶而下，溅湿了几千年前
一位少年英雄离家时的衣襟

鼓浪屿上鼓浪石

鼓浪石的鼓声
已经在一波又一波的浪涛声中愈来愈远
我咫尺听到的风声
便是从海浪淘空的枯洞中吹来
似是战鼓，似是琴音，似是
弘一大师的唪经，又似是
林尔嘉筑园结社的诵诗声

鼓浪石很小，五米高的小岛却长到了
世界瞩目的文化高度
水的江和人的海汹涌而至
越过日光岩，越过高高的棕榈树
一墙盛开的三角梅

将满墙风雨的痕迹删除
涂满红红火火的温馨

再席卷风云的浪头总要登岸
月亮初升鹭江的时候
弯弯的小桥，流淌着
江水连绵的故园之恋

船至江中，倚栏而望
郑成功的塑像身披月光，格外分明
鼓浪石擂鼓如雷

此处，黄河入海

东营，黄河在此止住了咆哮声声，一堆
黄沙掩了万里云月，成为古老而年
轻的湿地。黄色的波涛、碧绿的海水
连着无垠的荒草芦苇，任你
如何驱车驰骋，总是
落寞成一株小香蒲，任你
如何伸展，总是无叶无花。

白鹳、鸿雁、金雕，在这里
聚集成鸟的机场。
飞翔时，成为目光的焦点、天苍苍的坐标；

落地时，成为五颜六色的点缀，是开放在
草窠里一朵朵流动的花蕾。

黄河有了归宿，鸟儿
收起了远走他乡的翅膀。
我的肺和大地的肺
一同呼吸，河海交汇，柳浪起起伏伏。
伫立黄河岸边，我在黄河
一去不复返的气势中
是如此深陷与迷醉。黄河的黄
大海的蓝，一清一浊，阴阳
平衡，天高水阔。

一波三折的黄色的波浪，像是
无数双黄色的手在书写着
一行行波澜壮阔的华夏诗篇。
此时此刻的阅读，我黄色皮肤上
被刻印的五千年文字，每读
一遍就泛着一遍的殷红。

宁夏纪行（组诗）

沙湖

在常人眼里势不两全的沙漠与湖泊
死死相守数百年
自我沉没或者自我升腾
都在大地的扉页上留下一片风景

飞扬的沙尘因娴静的湖水
停下了流浪的脚步
用一生的目光在重塑、辨认
用粗粝的手掌在感受温柔的力量
令人惊叹不已的满湖碧波
将绝望、跌宕、美颜全部沉入湖底
用羸弱的身躯建起了牧草和黄沙的家园
用温柔的坚贞淹没了片片蛮荒

不悲不喜、不紧不慢的一片湖水
你听见沙粒与沙粒的倾诉了吗

你看见沙粒与沙粒之间的舞蹈了吗
它们愿意终日与你欢快厮守
如果你愿意
我愿做你脚边的一棵芦苇
将思想深入到湖水和沙漠深处
探究一种不为人知的爱和沧桑

贺兰山岩画

飞禽走兽在岩石上凝固
那一幅幅迥然各异的图像
雕刻的人和被雕刻的人都已不复存在
只有贺兰山头顶的青天用石头的眼神凝望
那些匍匐的挣扎，那些带血的花朵
还有那时的信仰，那时的情趣
那时的沉默，那时的呼号
那时的臣服，那时的征讨
那时的风雨雷电，那时的山川河流
这些，都在岩石上得到印证
一双手与顽石的雄浑之舞
在万年之后还在肆无忌惮地上演

我抬头望望山顶
那傲然耸立的岩羊
跳跃的姿势还和猿人一样

被石头牢牢铭刻的"太阳神"
正端坐在它光滑的背上

驼背随想

坐在高耸的驼背上
听见腾格里巨大的沙漏
在哗哗作响
骆驼的步伐起起伏伏
骆驼的眼中泪光点点

一匹骆驼
正用所有的风暴和尘沙
慢慢堆积爱的前世今生

月下阿古拉

一道篝火划开寂静的长夜
很多年轻的嗓子一遍遍吼叫着
阿古拉草原的魂魄
月光下，一个陌生的旅人
在缀满露珠的草径上踟蹰
那硕大浑圆的月亮
无遮无拦地敞开亮亮的心扉
将从城市角落里挤出的彷徨
变成纯洁的思绪散落在茫茫草丛

秋风吹来
还有多少虫子没有找到归宿
还有多少花儿没有冠以名字
还有多少思念说不出理由
阿古拉草原
给我腾出一片湖泊来
然后用马头琴的声音告诉我

张家港：我用一首诗走进另一首诗

又是草长莺飞的季节，坐一条
烟花似锦的船来到陈樵的诗里，将
暨阳湖浓浓的醉意倒进我三月的酒杯。

一湖碧水，潺潺流动着
我的幸福和过往，我
湿漉漉的诗句鱼跃而出，与
"梅花堂""桃花涧"的暗香唱和对吟。
江梅，给我一枝独白，将昨日的
滚滚红尘洗净；
宫粉梅，给我一张红颜，让我的诗词歌赋
突然绽放出浪漫缤纷的色彩。

曾经的高僧鉴真，亦在此东渡日本，他
衣袂飘飘的身影依然，常常从
波澜壮阔的历史中翩然而至，在
碑亭化为檀香，在经幢化为紫气，在
东渡桥化为水波，在纪念馆化为烙印。

踏着辽阔而深邃的历史烙印前行，会与
诗人苏东坡、状元陆器、小说家
施耐庵的足迹相逢，眺望
同一条长江，爬上同一座
大山，焚香同一座寺庙。
然后，驻足，沉思，或者饮酒江边，或者
品茗湖中。恍如隔世，就像一首诗
沉浸幻境。

还有一条长长的采香径，可以寻到
沉浸的幻境，临水而居
植树，栽竹，养花，造园。
打开木窗，听月浦渔歌、烟村牧笛；看
海门帆影、沙渚鸥眠。
波光、江影、彩云、碧空，在
打开的诗卷里款款而出。
有桥有船，有书有酒，有歌
有弦，有堂有亭，一切都
那么温情脉脉。岁月的阡陌纵横，消失于
烟波浩渺，随点点白帆入诗入梦。

能够入诗的还有浊浪滔天的金戈铁马。
韩世忠抗金的金鼓声日夜
拍打着海岸，钱泮、徐察、许蓉
与倭寇的血战，以穿石之功、推涛

作浪之势，进入敌人腹部。
每一滴血都融进了滚滚
洪流，让来犯之敌
切肤感受了水与火铸就的
铮铮铁骨，刺穿了
他们的贪婪和骄横。张家港，这座
被许多坚硬的词汇
浸泡和清洗过的城市，懂得每一朵浪花里
蕴藏的忠肝义胆和故土深情。

张家港，此刻，我用一支
文气贯注、墨力强劲的笔吟咏你，用
一首诗走进另一首诗。
如果可以，我
放一叶扁舟回去，让我的目光
和流淌的诗意
潜伏于一片北滩芦苇叶下、一块
双山老街的青石板中，甚至
隐居在一缕稻香、一滴江水之中，用
无尽的归期与你厮守一生。

碉楼，可以安放百年的乡愁

当年，一群人从开平出发
怀揣着乡村一无所有的风
漂洋过海去寻找梦想
从此，他们成了一群漂泊在外的"向日葵"
始终对这片故土带着对太阳的感恩和爱恋
无论时空怎么变迁
开平！始终是他们仰面俯首下跪的方向
而这里的水灾和盗匪却不停地
在他们体内汹涌和搅扰
成为心头之患

岁月渐渐沉静下来
他们用钢筋、水泥，或者
黄泥、石头、青砖
凝固成一幅渴望安好的蓝图
凝固成一尊从低洼处拔地而起的大禹
解除了一方水患
凝固成一座座山，连成

钢铁长城，守护一方安全
几百年来，它是游子的另一张面孔
和另一副身躯
和大树一样落地生根，复活在
美丽的田野间
成长为没有被故乡忘却的一座座丰碑
被世界瞩目、惊叹

它矗立在村后，窗户、枪眼、望台、角堡
是异乡人的耳朵和眼睛
他们听到了千万里之外的乡音悠悠
听到小河和稻田的愉快交流
看到竹林与榕树的相依相偎和相守
看到荷花正围绕着儿时的水塘
互相追逐不休
归来后，正厅、便厅、饭厅、耳房、天井
处处盛满亲情、蛙鸣、酒香和欢快地聚首
成为一匹奔驰"铁骑"的终点，或者
一只"银鹰"栖息的暖巢和枝头

一座碉楼，将赤子的情怀储存和延续
天涯处，可以安放百年的乡愁

林芝桃花别样红

三月，春寒未消，你却
毫不犹豫地在枝头恣意"圣"开
被雪山覆盖的热情，在春风
抚慰中尽情释放
从嘎拉村到索松村，从千树万树
到如霞如海

春江花海，足以慰我半生飘零
我循着你的芳踪，醉倒在春风万里
酿造的浓烈的桃花酒里
所有的语言都是落寞，当桃红如海浪袭来
漫山遍野的霓虹云裳，将远古的荒凉
妆扮成待嫁的新娘
波堆桃花谷每一寸沟壑，都是
一指泼墨绘就的层层叠叠的累累繁花
哪怕孤荣，也是血色峥嵘
是难得一见的另类风情

在这里，壮丽磅礴与娇柔妩媚

融合得天衣无缝
感性与野性始终缠绵悠长
尘世烟火与圣洁光芒交相辉映
我在花海里绽放成一匹自由自在的桃花马
笑迎春风的马背上，忍不住狂饮一壶
碧绿的青稞酒，吞下
雅鲁藏布江的滔滔波澜
去寻觅一世的花香悠悠

当年，文成公主远道而来
一身的层峦叠嶂，却如一枝从
大唐赶往春天的桃花
盛开在西藏的海子边
回眸处，纳木错的一汪湖水浪蓝波幽
南迦巴瓦峰散发着神的光芒
漫山遍野的桃花走进了
仓央嘉措的诗意时光
从此，村庄、山坡、湖畔、沟壑，全
被桃花庇佑
一片片火红的花瓣蕴藏着脉脉深情
一行行虬曲、遒劲的桃树始终绵延着
蓬勃共进的足迹与气象

现在，我以久别重逢的方式
拥抱着盛世"红颜"

血液里流淌的红色火种，被酥油灯点亮
辉映着高耸的雪山、无垠的草原
甚至伸出手掌
就可以触摸到桃花大朵大朵纯净的呼气
如沐春风的我，第一次
举起滚滚红尘中的"红"接近蓝天

刘公岛，那门负伤的大炮

在刘公岛，我
见到了你——日岛炮台那门受伤
的地阱炮。你健硕的身躯
在阳光下站满整个天空。我轻轻地
抚摩着你，凹凸不平的铁锈
所嵌进的百年前的血与火在脉络中穿梭。

炮声——1895 年的炮声，划过
一道贫瘠与落后的轨迹，便葬身
茫茫大海。你的炮口
被列强的炮口击伤，我
轻轻地抚摸着你的伤口，像是抚摸
一位战士受伤的腿、手，或者
额头，或者胸口。
还在流血，是朝霞的颜色，从海上
冉冉升起。

一百年前，在你的前面沉落了一片海，在

你的脚下沉落了一座岛。

海军提督丁汝昌

将自己变成一门和你一样的炮，用最

后的怒火喷射出滚烫的热血。

这门"炮"喑哑了，倒下了。

百年之后，他依然以炮的形象

雄立在刘公岛上。

面对汹涌的旋涡，你身上依然

流淌着大海的波涛，你胸膛里的正义

和不屈的炮声依然隆隆，足以

让酣睡的礁石惊醒。

而今，干干净净的刘公岛

被春天环绕着，我的目光

被海鸥的叫声带走。在蓝色

与蓝色的交汇处，一艘艘航空母舰

已相继下水，穿过

曾经伤痕累累的波涛，载着

伟大复兴的中国梦破浪前行。

枫桥：将一段失意走成一首诗的永恒

古诗里的枫桥已不复存在
但模样还是旧时的模样
从此岸到彼岸
将一段失意走成一首诗的永恒
流水依然波澜不惊
浅浅的河道　深深的意境
在平仄的韵律中缓缓流动
如果冬天来
还能赶上江枫的火红
像一首诗在江南的枝头反复吟咏

当我的眼神和这座石桥相逢
我看到了张继的那艘客船
和那朵愁眠的渔火
正被月下的橹桨轻轻拨动
满载的孤独
几千年来，依然无法靠岸
像流浪的夜半钟声

夜宿青州古城

夜色打开城门
把所有的宁静都放进城里
城墙上的小旗
在秋风里微微晃动
整座城便沉入摇篮的梦境

巨大而神秘的梦就此展开画卷
欧阳修、李清照的诗词灵动
被人们写在纸上、刻进骨子里
画在水里的穿墙而过
留下的源头
被来来往往的灯光打磨着光晕
很多商贾身上布满月光
或成银，或成空
各有各的悲喜和去处

若隐若现的夜晚
抹去了一切故事的起伏跌宕

我的城下万物低矮
从城门轻轻走进去的秋风
拖着看不见的凉意和清醒

港珠澳大桥：浮出水面的巨龙

路过的每一条隧道、桥梁和岛屿
我都将一份自豪和致敬
像钢筋混凝土一样浇铸进去
这是祖国抛向三地的一根银线
串起三颗光彩夺目的宝石
伶仃洋的脖颈闪烁着耀眼的蓝光

耀眼的蓝光，一条龙去拥抱一片海
年轻的风吹过微笑的漩涡
一座桥去迎接归来的赤子
手里拿着可爱的中国结
——这用青州桥、江海桥、九洲桥
编织而成的中国结
三地同心，丝丝入扣

丝丝入扣，水陆空无缝衔接，平安广阔
飞机、航船、穿行巴士，重逢着
一九九七和一九九九年的春天

请允许我读出车窗外一波又一波的诗行
深层的涌动记得曾经的呼唤
平平仄仄地律动，浪花盛开
——紫荆花一样地盛开
因心地纯洁而接近紫红
它在枝头眺望，饱含百年的孤独和深情

百年的孤独和深情，到了
巨龙腾飞的时候
飞越海洋，蜿蜒盘旋，波光粼粼
每一个国人都明白它的来龙去脉
飞翔的姿势
吸引着五湖四海的目光

维多利亚港湾：
一颗洗净蒙垢的"东方明珠"

在我没有到来之前，你是我
青春影视剧中的色彩斑斓
和花花世界
身临其境，密集的灯光，一片片
致幻剂
在水中簇拥着抵达大脑兴奋中枢
我的想象撒开一张大网，捕捉着
湿漉漉的陈年旧事和摇曳的人间
而我更想拥有的是一份年少的好奇
和作为一个中国人的荣光

一座繁华的不夜城就这样
走进绚丽的灯光
数点丹青绘时代画卷
在水中铺展开海市蜃楼的魅惑
还有那些我看不清的，在
船上浮动的面孔，有笑声传来

我带着江北的风，吹动着
越来越远的涟漪
这泛着笑靥的波澜是如此爱着彼岸
一波消失，三折不回

"维多利亚"
一样的名字，不一样的历史
你是一九九七年被
龙舟打捞上来的东方明珠
锈迹斑斑的屈辱已彻底沉入海底
异乡的游子吟唱着思乡曲
泪水浸透了水里的影子

我看见，红色的船帆
悬挂星河，引领沧海

海南，我在你名字的
第一个字里行走（组诗）

海南的海

注重细节的浩荡海水
一些琐碎的光芒，你都
拉进自己蓝色的房间里
多种鱼类涌过来
在光线上飞舞

海浪在沉默
你的呼啸，只有暗礁听得见
你的脚下踩着风火轮
你的速度接近静止
几千年来没有挣脱轮回的步伐

放慢生活的脚步
行走在微妙的沙粒之上
某种执念被缩小，思维

固有的模式被质疑、否定、击破
醍醐灌顶的真相游离于事外
自以为是的道理，被海岸
赋予形体
需要被重新认证
很多思考都是无解的难题
对与错都不是标准答案

如此宽容的心态
没有渡劫的修行无法
在狂飙中抽离
而变得安静自在
不埋没很多深奥的道理
不会恢复简单的平静
铁或石头、利刃都存在
以一种柔情似水的形象存在

当我深陷其中之时
我知道我眼前的海并非真相
四周是岸其实无依无靠
当大浪把所有的珠宝抛向空中
一个海，突然成了我最想见的人
在寻你的路上，道路被
枫香树、三角梅和火焰树点亮
看不到彼岸的大海，边界

只是目穷之处的苍茫
我看到和看不到的海
日夜兼程，逝者如斯

所有的经过只是一种驻留
宽松的装订线，将
尽收眼底的美色
装帧成一本美轮美奂的相册

这么多的波折、曲线和可以
发力的细小分子
聚集了大海的声音和味道
每一次大浪袭来
我看到了更多的阴暗和逃离
同时，精彩和波澜壮阔也加入其中

礁石，经受了巨浪的一次次
肯定与否定
之后，所留下的痕迹
或通灵，或暗沉
或坎坷，或不屈
撕不开的防线是大海的发际线
往后的岁月是成熟的磨砺

大海啊，深夜里我就睡在你的身旁

被灯光点亮的那一刻
我看见你波光粼粼的泪光
四周是沉寂下来的遥望
凌晨，一艘大船醒来
它准备用一生的时间
划过你柔软的时光
南方，有风驶来

南山南

能够走到最南端的山
一定越过很多偏见和迷茫
一定许过最恒定的大愿
山带着寿比南山的绿
海带着福如东海的蓝
在这里邂逅，并双手合十

生活在浪尖上行走
没有山海达不到的光芒和节奏
看到的白色火焰，只有
盐和涅槃能够点燃

菩提树下的石头已经坐化
种种法身，宝相庄严
南山寺烟波浩渺

南海观音，难以置信的慈悲
让一个个浪涛最后归于平静

五指山的"无"

攀登在无形之中
五指山的真身越来越神秘
硬叶兰攀附在岩壁上
找不到生存的理由
八角枫是一位隐身的良医
专治跌打损伤、活血化瘀
还有野漆树，可以制作蜡烛
点亮云深不知处的归途

所有的植物都在伸展
包括古老的桫椤树
潜入恐龙的足迹
用一种遥远的力量
坚定历经苦难的步履

已经有很多人在此山中迷失
见与不见，都是流经
山间的溪水
不争不扰，自然而然

天涯海角的天

天涯咫尺，相隔一秒钟的距离
在海角拐弯处和一块石头
擦身而过

我开始琢磨一道门或者一把锁
从里面反射出海水的蓝
或者碧波
它们是否懂得五千里之外的春天
隔着栅栏，我更清楚天意
是那么阳光透彻
以前，我在栅栏的裂缝里
失望得太久
以至我用了很多海水
才勉强登岸

多少人历尽沧桑未能
一起看到潮落潮涨
有时，路的尽头
也是另一种海阔天空的开始
我只是一个不停求索的人
所有的回头，只不过
为了填补曾经的空白

铭刻天涯海角的石头
最终斑驳成一只模糊的小船
只有海浪袭来的时候
我才想起那是我梦想走过的天涯
并留了一个缺口——
名字叫海角
它在那里等我——等我
带着大海的蓝再次归来

吧哩村的咖啡吧

小小的村落
有一点生僻和温暖
并接纳了远行的人

狭窄的空间
被一杯咖啡充满
飘香的文字开始溢出
关于咖啡的种种传奇
送走了所有的荒凉

印象五岳（组诗）

东岳泰山·初见

一名初一学生的泰山
充满期待和惊喜
沟深、溪水潺潺
巨石在晃动

索道车票，两元，背面
印有照片
珍放在我的钱夹里
始终带着激动和荣耀驶向青春

碧霞元君雍容大度
少年不知道许愿和祈福
始终保持着可以仰望的距离

还好吗？十八盘
你告诉我学习如登山

我至今还保持着当初的姿势
顺应着天意

西岳华山·缆车所见

在万丈绝壁之上
肋下会不自觉地生翅
一只鹰在滑翔

身体如履薄冰
每一次的下滑和震动
都会唤醒深渊里的噩梦
但是，我还是忍不住用手
擦拭玻璃
满足目光的冒险
那一刻，我的目光
背叛了我的身体

有时，压迫感是存在的
但不一定是真实的

身体如一只瓷瓶
在目光的桌面上晃悠

轻点，再轻点
世事已变成云淡风轻

南岳衡山：在陡峭的山路中遇见最好的自己

我喜欢的挺拔和坦荡
福寿和康宁
都在层峦叠翠中得到体现
我的沟沟坎坎在这里长出了
香樟、楠木、鹅掌楸、喜树
我坐在车里紧攥的把手和
东倒西歪的身体
像半生走来背负顽石跌跌撞撞的自己
又和知音相遇，一眼千年，相互陶醉

很多被岁月打磨的古诗
借助你重放光彩
我必须无畏崎岖，才能
变成你诗里的一块石头
镶嵌在轻轻的南风里
我把自己的胸襟打开成南天之门
将大山编织成群放进去
然后让赤帝之火不断提升高度
可以清晰看见错综复杂
又不断攀升的前世今生

我站在山巅，宛若
一只自北而来的大雁，一路
饱经落叶和风霜，只待
一场春暖花开

北岳恒山·悬空寺

第一次被我的目光捉到
一只巨大的鸟巢搭在山巅
比肩天空
一榫一铆将天地契合
每一根木柱都具有佛性

登临后，风静雨停
栈道外，浮嚣绝迹
曲折顿挫的来路和世事
被一一放下
心境折射的阴影
一片一片落下深渊
再也回不到身体的高度

那插入石中的横梁
减轻了人间重量
抵达琳宫仙阙

中岳嵩山·少林寺

年少时剃过的光头、耍过的
木棍、练过的沙袋、起了茧子的
武侠梦，在这里
找到了源头

风，会飞檐走壁
雨，冰冷的暗器
树上的洞，地上的坑
我摸到了指头的功力
听到了足下的雷霆

单手行礼的武僧
右手贴紧正义
像一个不易察觉的微表情
隐藏在历史的真相中
左手的虚空被影子摁进了石壁
每到大雪纷飞，便留下
血红的指印

运河走笔（组诗）

大运河：波浪打开两千年的历史长卷

大运河，打通了时光的隧道
无数古今的故事在河道里演绎
从此，河水与汗水、泪水融汇在了一起
从此，哗哗流水与戏曲合唱、跳跃的波涛
与舞蹈共舞，民俗传说追着河水流淌

无数鼓满的船帆远远飘来
横看是一把把雪亮的大刀
不断地剖开历史
纵看是一条条银线
又不断地缝合伤口
在不断剖开和缝合的治愈中
滔滔而过的波涛是冰、奶和血的混合物
它曾哺育过运河支队
无数革命志士从这里登上了红色的航船
所以它有着中国人一样的肤色

流淌着中国人一刻不息的血液
至今，我们还能听到当年的阵阵呐喊
在挣脱曾经饱经忧患的两岸

而今，所到之处，船只和麦香
沉醉在每一滴水里
水波打开六百公里长卷，每一张
发黄的书页都写着久远的齐鲁文化
此时此刻，我立在船头耐心阅读
我黄色的皮肤被泼溅上两千年前的文字
这文字在金鼎上刻过，在瓷器上画过，在
醇酒中酿过，在茶香里泡过
读一遍便泛着一遍的殷红
犹如被点亮的运河血脉
延伸出一个更加闪亮的漕运时代

大汶口：文明的洪流冲破亘古的蛮荒

六千年前，有一群会走动的树
穿着树叶，在风雨中搭篷
一条河，让他们根往深处扎
他们在河水里碰触的云朵
变成了陶罐里早期的酒香和粮香

他们用石刀、蚌镰敲打原始的胴体

将人类最初脚印覆盖在汶水之滨
男女合葬，母系社会归于尘土
黄土之下，有爱在一起复活
他们将日、鸟、山的形象
刻画于红陶罐的虚无之上
我们在运河沧桑的瞳仁里看到了
千年之外的象形文字
他们抚摸和亲吻过的每一尊酒器
都流淌着红陶兽形壶的情趣
他们为陶豆绘制的八角星纹彩
各种想象从泥土里诞生，又从
天边归来
我身体里隐藏的骨针穿过镂孔的纹饰
穿过石器、骨器、陶器
黄色的皮肤始终闪耀着铜镜的光芒

在这片先人曾经行走的地方行走
一步百年，千年一瞬
如今，一片片玉米用绿色年轻了
这片古老的土地
根部依然保留着千年前粟的气息
还有汶水悠悠
中国唯一从东向西流淌的河流
轻轻地走在古石桥石板上，依然
可以听见先人汲水的步伐和节奏

东平湖：可以抵达想象中的八百里水泊

神秘莫测的水泊，小心翼翼的河汊
围起了固若金汤的水浒寨
长箭一样林立的芦苇，大风起兮，狂飞于江湖之上
浪潮迭起，宛若鲁智深的禅杖
重重砸在岸边的垂柳上
哗啦啦的涟漪倒退着带着酒意
那大碗大碗的酒和大块大块的肉，在
啸聚的浪头大呼"过瘾"
被劫持的金银如水，已不知所终
大开大阖的湖面，一次次
抚平了恶浪滔天般的不平之事

立于船头，我细细品味着这些可以打湿历史的情节
我瞬间读懂了《水浒传》里的水，是雪融化之后的事物
被林冲风雪之夜用酒葫芦装上了梁山
身后这大片大片的留白，写上了
一百零八位星宿的名字。映照夜空

眼前这忽窄忽宽的湖面，望不到头的芦苇荡
到底隐藏了多少船只、厮杀和
有情有义的兄弟
八百里浑浊的湖水，多少鱼死网破谁也说不清
有很多真实已奔涌于江湖之外

"消失在声息皆无又互不相扰的时空里"
抬眼望去，那阮小七头戴一顶遮日黑箬笠
摇着一船的快意恩仇，游离
于湖水，渐行渐远

水边长大的好汉，深知水性
呛多了浑水，便独自饮下了
一壶浊酒的烟波浩渺

戴村坝：每一滴河水都是他们种下的粮食

在戴村坝，我见到了白英老人的塑像

他立在墙壁中间，老百姓用口唇为他立下了一座丰碑
河水喂养着他，每一滴河水都是他种下的粮食
他埋在河水里有着百年不坏的真身

曾经，很多河流不断消失，河床爆裂
他因为裸露的河床不能咀嚼波浪而夜不能眠
他在河边清楚地看见了自己的人生
仅存的河水照见了他粗布衣衫和智慧的双眸
他把自己缓缓放入大河
"引汶绝济"，一条河含着一腔热血
劈开或者堵住一些河道，救出一条河流
主石坝、窦公堤和灰土坝，形成了"三位一体"的独特布局
此时，大河在他的血肉里翻滚着、激荡着，河水

点燃了河水，沿着预定的方向奔跑，突破
风霜雨雪，古往今来的船只感受到了它的温驯和包容

隔着一条河流，我仿佛看见了老人和无数
老百姓手中紧握的方硪、墩子硪、灯台硪、片子硪……
高高举起，又狠狠砸下
一条曾经失语、失联、失去热度的运河，开始欢腾起来
一个个铁扣把大坝锁为一体，固若金汤
一条河在低处飞翔，在岁月更迭中完成了夙愿
又从水中铸就了铁一样的骨骼，把一万次的灾难
远远地甩在了身后，不断酿造着
激扬的生命和五百年的运兴国旺

运河的年轮滚滚向前，立在年轮中的老人栩栩如生
河畔上的草换了一茬又一茬，年年新绿，那是
无数劳动号子再次挺直了腰身

敦煌三叠（组诗）

在莫高窟

这里飞鸟难至，丧失
鸟鸣的白杨树，沉静成
一位修行者，和洞窟相望

度过玉门关的春风和
过了阳关的故人
面对西方的峭壁，观像、回归
前世今生的沙石累世裂变
色彩沉静。神秘。凹凸
一千年，四万平方米长卷
打开一座山的胸怀，容下
因果。希望。慰藉
用另一种方式驱灾、佑护

多少年愁云载着大雪
黄沙掩埋了铁衣

这里，佛光依然没有离开神坛

敞开胸怀的大漠，截去
阳光的一段，用来隐喻
飞天的裙裾、反弹的琵琶和
无量的大慈大悲

回望时，鸣沙山上一粒粒
黑洞洞的纽扣，将
大风吹开的衣襟系紧
让胸怀天下的星河保特
璀璨和恒久

弯弯的月牙泉

一行清泉日夜赶路，在
石头开出玫瑰的时候，
来到荒漠深处

善行和渴望相遇，宛若寸步难行又
吃尽磨砺的河蚌，吐出
带血的明月。所有的沙粒
自觉空出了半湾明镜，从此，
沙漠照见了自己的沧桑和壮丽
岸边芦荻如笔，画下一幅大漠风情

这，狂风吹不皱的盛世美颜
烈烈黄沙掩埋不了的一枕月光
惹得一支驼队驻足，远行人
手扶驼峰，眼中流出
一股清泉幽幽
老舍笔下的一顶花轿，远在
千里之外，一只纤手
撩开轿帘，是否望见了
这弯弯的月牙如旧

千百年来，多少哽咽的烈酒
和望穿秋水的目光，落进
了这湾浅浅的离愁——这
浅浅的离愁又饮过
多少家园和牛羊，洗过多少
旌节、征尘和丝绸

无人知晓，这一瓢弱水
如何盛下这
如烟往事、孤旅天涯和
漫天的黄沙

大漠·鸣沙山

如果生命的真相是一片荒漠

那好，就让荒漠走得更辽阔些
带着羌笛、剑戈赶路
带着大唐诗稿、长安明月赶路
带着烽火、骏马、捷报赶路

请宽恕沙子的无视和拍打
请宽恕一缕春风的停止和一个男人的悲歌
请宽恕一座城的陷落和将士的抱头痛哭

往昔，一粒沙就是一片金甲、
一片战场、一个关口、十万
大军、一片白骨
漫漫沙漠，没有水源的大河，
被风吹动的大河，留下
一地的沧桑和枯黄

如今，为了和你汇合
我带着家乡的雨水和青山
一阵大风吹过
青山飞雪，雨水干涸
一道道沙锋曲线如蛇，失去
利刃，棱角柔和平缓

这互相取暖又互相折磨的，
互相筑台又互相拆台的沙山

我没有听到历史的鸣响
只剩下我的苍茫、拥抱
只剩下驼铃声声　和我
一粒一粒堆积的虔诚和沙器

春登茱萸山

第一次和茱萸相逢，不是
重阳，也不是唐朝。没有
遍插茱萸，没有兄弟相约，却
恰逢花开，嫩蕊金黄。

看到你，我便进入
"遍插茱萸少一人"的意境，一种
异乡的惆怅被难以自拔的酒灌醉。
那位将茱萸插入云鬓的娘子
又怎样登高远眺，招来了
一缕瘦比黄花的伤感。

走进茱萸园，我拥有
最干净的颜色、春风和鸟鸣。周围
几棵白玉兰，没有一丝阴霾，宛若
半空悬浮的雪花，在枝头把夜色驱赶。

春风识心，对应遥知。

这是你我的茱萸，不断登高的云彩。
它可以长成丈高的树，不染红尘。
秋来，结成串串丹红的果，像是
南国归来的红豆，燃起团团烈焰。

春风轻轻地吹，年轻的花蕾
在古老的树干上漫山遍野地开。
林壑之中，被茱萸环绕的寺庙
便以茱萸命名。
茱萸满脸的悲悯，枝条如鞭，被
药师佛加持，驱赶着邪瘴
和疾病，远离人间。

悠悠舣舟亭

在这里靠岸的不仅是
苏东坡一生的颠沛流离
还有一纸"为田舍翁"的"鸡黍之约"

一切的过往在曲水流溪中渐行渐远
在烟笼寒水中似有似无
你大气磅礴的诗涛
在聊以自憩的常州平息下来
起风了，下雨了，你的田园安静了

此岸即彼岸，舣舟即行舟
终老的生命又在此登上小舟
满载诗词，书写着大河奔流的光芒
淹死了时间的无情和决绝

千百年来，你到过的任何地方
都成为文化的传奇和高地
哪怕是你停泊的河岸

也有一方亭临河而立

吟啸风雨，翘首以待

在每一个三月笑迎春风如你

第三辑　画扇外的桃花

红荷湿地　诗意红荷

一进入你红色摇曳的世界，心就被你
淘洗，变得空灵。一朵莲在万水中走成
自己的独白，前方风雨再多，也无法
吹破莲至真至纯的向往。我折服于
地球表面这唯美的圣光，从包裹的红到
绽放的红，只为那还不曾玷污的圣境。
红的是火，是生命的涅槃；白的是雪，是

历经风霜的磨砺和纪念。火与雪地交融，
至死不渝地坚守，是旭日
与月亮的交相辉映。

和你相聚是在一个夏末秋初的日子，我
轻轻地倚在荷香袅袅的小桥上，
一盏盏灯隐在大地躯体的腹地，只等
子夜时分醒来，所有美丽和愿望
都在原地心潮起伏。
青青的莲子，饱满得
多像今天的生活，往事的蜻蜓，用无言的
翅膀搔着红荷今天淡然的心境，在
枝头把黑夜摇散。
不知为何，我对夏风以及夏风
所带来的炎热，有了
从未有过的期待，拐弯抹角处的亭台轩榭
和泼辣辣的荷叶，以及被荷叶
托起的最干净的颜色、月光、鸟鸣
和蛙声，都是最美的邂逅。哪怕
揣着火热，摇着夏风，矛盾都
完整的接近完美。
我轻轻地喊出一枝荷的名字，一池
荷香应声而至。

只有从故乡流过的河流，才能

说出一枝荷的心事，才能
走进这万亩红荷的五脏六腑，和
红色合二为一，才能
透露江湖的秘密，才能彼此交流
沉沦和青山，才能
洗净走过半生依然空空的行囊。
那荷叶上滚动的水珠，多像
我心中的这首诗——
晶亮亮地滚来滚去。

咏荷

你，将陷阱上升为一支超凡脱俗的华韵

从一个世界到另一个世界
很多的花输给了美丽
火铸的青铜都碎了
而你始终栩栩如生
像一个含火的灯笼，沥血为墨
赐我一幅辽阔的安详

你渡我百年沧海
我在你的目光里越陷越深
直到深不可测，波澜不惊

春天送你一组诗（组诗）

春天的打算

对于要削剪的枝子
我在三天前就有打算
每一个人和每一个日子
不能都顺心如意
我手里握着一把锋利的剪刀
不能说生机勃勃的日子
就不能节外生枝

我要在春天所有的花开之前
把多余的枝蔓全部剪掉
那些被农家喜爱的桃花、杏花
出于私心，会得到我的宽恕

在燕子飞来时
燕子的呢喃
会告诉我谁在似剪刀的春风里
轻装出发

春天的对话

春天在我心海摇荡
摇成垂柳的姿态
和读春的游鱼相映成趣
那些芬芳的颜色浮在水面上
春月已经升起来了吗 而我
赏月的表情为什么会让人
轻而易举地看出不再神伤

春天在我心海摇荡
那朵喜气洋洋的杏花被绿叶包围着
我听见了
那个在千里之外依然能够用心对话的人
正被麦苗拔节的声音打断

也许，耐心等待的春夜
会有美妙的书页哗哗地响
春天的那首诗
正在谁的解冻的河流里纵情歌唱

春天的书信

在雪还没有完全融化之前，我
把笔交给了纤弱的花朵

写信的时候，松软的泥土正在阳光里
不知所措地展开
这是一个有情有义的季节，很多人在执笔
为心上人亮起了红烛
一些有关爱情的章节在
春芽里纷纷战栗着走出

我曾几次试图把笔攥成播种的样子，然而
许多心事随着薄冰下的春水发出了慨叹
宛若怀着激情又满腹牢骚的墨水
在洁白的信笺上匆匆赶路

我觉得有一种急速的语言像疯长的草
一会儿追着夏，一会儿趔回冬
在心田上青了又黄，黄了又青
多少脱胎换骨的语言，被笔敲打成
深情的歌声
不断地沿着在河之洲传送
远在天边的人，也读到了它
层层涟漪的心声

桃花运（组诗）

与一场桃花雨相逢

温馨的雨，敲着桃花的窗口
轻轻的，还有返青的气息

被冰雪覆没的热情
在春风抚慰中奔放

一朵又一朵雨缠绵着一朵又一朵桃花
天上没有阳光，却很干净

火红的桃花，让人眼睛里燃烧着火苗
可以煮开一壶春雨，让人开始品味爱情

那片春雨中的桃花源，与相思温柔对视
桃花次第绽放

有一双明媚的纤手轻摇一曲桃花扇

轻翕欲说还休的渡口

远道而来的过客
向你道出一缕无蜂无蝶的幽香

我的目光装不下你云涌的殷红

从千树万树到如霞如海
我的目光装不下你云涌的殷红

你的火热和真诚让我目瞪口呆
我循着你的芳踪，醉倒在诗酒桃花的意境

所有的语言都是落寞，当桃红如海浪袭来，在半山腰，
我听见了漫山遍野的歌声，颠覆了亘古的荒芜

春风拂面，徐徐吹来，你潮汐的红开始纷落如雨
一浪又一浪，你用最后的殷红扑向大地

你用人生最美丽的光阴，打破僵局，在离开的瞬间，你用
根的浑厚，叶的呼吸，再次转世

我们的相识短暂而艳丽，离别有着不为人知的忧伤
而你展现的只有闪亮的笑靥

我看见最早的蝴蝶在和你唱和
那只蝴蝶是你我三世的情缘

和桃花一起私奔

原野的辽阔，对于飞翔的
翅膀来说，你的血色是旭日
孤独不是真相

我牵着你芳香的手，在田野奔跑
每一寸沟壑，都是一指泼墨
短暂的弯腰和委屈
是为了和另一类风情的相遇
哪怕凄艳，也是血花的峥嵘

散尽的落红，直指岸边柳烟
浮生若梦，我们要在轮回里折腾
我们还要消磨青山的光阴
落下的高山流水，用红色的盖头覆首
一点一滴，都是同命相连
一生相倾

有一种精神叫"孙悟空"

日月的精华，凝固在一块灵石里
一只猴子，挣脱石头的禁锢、挤压，一飞冲天
炸裂封闭的壳，他拥有了肉身

花果山上，那只死去的苍颜，打碎了他对肉体的幻象
他掀开水帘，脱掉"王"的华丽外衣
去拯救死亡深渊里的肉体
从此，他失去享受、自在和一个王者的风范
他的信念在寒冷中没有失去温度
他的足迹在群山峻岭中没有失去方向
他的梦想在两重大海的浪涛中没有失去颜色
从东胜神洲到南赡部洲，最后到达西牛贺洲——
菩提祖师点石成金
从此，一个无名无姓的石猴，有了自己行走江湖的名号
他从筋斗云中翻腾出来，在七十二变中演绎多彩人生
他能在指尖跳跃，能在苍茫中顶天立地
他用不同的面目撕下假恶丑的皮囊

从此，他身体里多了一面暗藏的镜子
在八十一难中尽情打磨，有火眼金睛和佛光的闪耀

直到确认这无量光抵达了身体里的呼吸、秘密和裂谷
五指山下五百年，他从镜子里看到了真我
他灰头土脸，落叶匝身，他用委屈的腰身经历风霜雨雪
他无怨无悔，等待着十万八千里的腾空，等待
一场寻求真经的跋涉，等待一次酣睡百年的觉醒
最终，他将四季的冷暖统统裹进了袈裟和修行

取经之路，牛魔王、蛟魔王、鹏魔王、白骨精，
妖魔横行；美人计、连环计、离间计、苦肉计，
招招致命。越是看破迷雾，识破玄机，他
就越孤独无助，但他始终选择了和
信仰、不屈、勇猛、精进站在了一起
他的厮杀和战争始终是正邪的博弈
每一次的"杀生"，更是放生
他骨子里的属性生长在净土之上
天地间见证了一枚正果的成长过程

一想起石猴，我再多的眼泪也掉不下来
宛若那根金箍棒在我的体内翻江倒海
暗流的回声越来越远，直到波澜不惊
每一个人的内心都雕刻过一座斗战胜佛
磨砺掉越来越多的守旧、懦弱和慵懒
让跪下的苟且开始学会直立行走
甚至跳跃、攀援和仰天长啸

红色的爱河

很多不同职业、不同性别的人
带着同一颗爱心
高高地挽起了袖筒

红色的血液开始在输液管里缓缓地流动
汇聚成红色的爱河
在生命的河床里去向分明
在这里，血再生着血，爱撞击着爱
奏响一曲真情的旋律，令听者动容

它浇灌着生命之树
直至长出惊喜的枝叶
每片茎芽，每缕叶脉
都用爱心贯通

这红色的爱河
往往会决定很多人的旦夕祸福
爱就溶在血液里

又从血液里升腾
在血液的过滤里
人性得到了提纯、提升

当一滴血带着夏天的体温
和另一滴血有缘相逢
从此，人生就多了一份幸福的律动
当无数滴血在另一个人的血管里
成长、呼吸、重生
从此，人间就多了一粒燃烧的火种

没有比这红色的爱河更动人的风景
它像一道美丽的彩虹
映照着神州大地——既温馨又宁静

我的十七平方米

五年多来，两千天的白昼黑夜
装在十七平方的空间里。
多少岁月，阳光在指尖
流淌着光芒，照耀着肩上的责任和担当。
偶尔累了，墙壁高悬的《七律·长征》
会有比光速更快的激情来到身边，在
字里行间的跌宕起伏中，一个战士在出发。

多少个被纯净灯光
抚慰的夜晚，金鱼的喋喋声
对话一株长长的绿萝，我
端坐其中，含着一粒粒
黑色的文字咀嚼，直到
色香味俱全，直到夜色苍茫、心地皎洁。
还有那杯浓浓的茶，被一种
温暖的体贴渗透，它总是
在有风有雨的日子轻轻
握住我的右手，给我满怀

希望的当下和明天。

东墙下，那一行行站立
整齐的书籍，封堵住
自己知识的缺口，它们以
磨刀石的姿态砥砺我的钝刀，落下
许多愚昧无知的碎屑。

还有那辆每天立于十七平方米之外
的自行车，等待在黑暗
之中，用绿色接近光明，我用
坚强的铁，穿越夜空。

中年书

把复杂的颜色用理性还原成一张白纸。从
童年开始，用轻风抚摸
一笔带过，简洁朦胧

当然还有深深地烙印，在
双肩，在敞亮亮的胸膛左侧
用砂纸的经历打磨成不能凋谢的红

渴望而又麻木的爱情，高开低走。在指间
滑过的油盐酱醋，用温火慢炖。遮掩
不住的色香味被油烟机
狠狠地抽走。和年轻时的影子
反复相爱又反复失恋
一南一北两个人的相逢，成为
一东一西两个背影
半床尘埃，一头白发，落进
貌合神离的深渊
酸甜苦辣的胃蠕动着悲欢离合

稍不注意，会有酒掺和进来
碰触数不清的落花流水

一个人的寂寞和寂静，越来
越相信人生难得一知己的终点
和留存。一粒星火
灼热了夜晚所有颜色的冷
白与黑便是日常淡妆。生命
在蜗居里找到了书和诗的高远

开始在脑海里寻找各种密码的踪迹，文字
在眼里读出了湿润和答案
把累隐藏在身后。夜晚，我把灯全部打开
细细打量手掌的纹路，每一条都在
和命运盘根错节
或实或虚，或明或暗，但
总有路，在汗水和泪水中滑出掌心，带着
善和宽厚向着大地奔腾，浸润着
大地上行走的光芒

儿子长长的黑发，父母满头银发，将
自己半黑半白的头发夹在其中，注定
要在黑夜里孕育白昼的温暖和幸福

而我仅仅只需要一只小小的行囊，我们

去向相同，夜夜和我抵足而眠。里面
有照亮黑夜的灯光，有快慰
人生的酒，有品味
孤独的茶，有洗去
风尘的毛巾肥皂，有一去
荒芜的剃须刀，还有
随时补充能量的充电宝，别的已是
身外之物。我只是渴望装在小小
箱子里的故事，每一个
都随心所欲，一个比一个意犹未尽，让
山川河流汇聚所有自由自在的游历

我一直走在想要走的路上。磨破的脚掌
走出一道道红线
通天通地通日月——这长长的胎记

茶器（组诗）

茶壶

每天午后，我们会倾心交流
你用满腹的香蕴拂去
生活的某些苦涩

感知你的话语，浓淡相宜
评价都带有各自的想法
对于冷热，你随性自然

倾诉时，你不取悦人情世故
沉默时，你慢慢接近真相

其实，你早已将
时间、肉体和欲望腾空
笑纳浮沉

茶杯

味道的不确定性
往往带着一种期盼

嘴唇
坠入爱河
蓄满了
可以致幻的词语

盖碗

杯托——"地载之"
杯身——"人育之"
杯盖——"天盖之"

对于不肯就范的动词
一笔带过
清脆的摩挲声
像是易碎的谎言划过了
真实的边沿

茶盘

不能忍辱

很难负重
不能藏垢纳污
很难托起五湖四海

有了包容
方寸之间，也有
海的气象
比如树坑、深井、眼睛、河道
还有格局

我喜欢竹子做你的风骨
将漏风漏雨的日子
过得心如止水

茶匙

舀一道天机
不可泄露的命数
被你一一掂量

秋荷

夏天划亮最后一根火柴
点燃秋荷最后的焰火

些许的黄色枯萎
在不经意间成为壮烈的点缀

我所辛苦经营的露珠
在摇曳的叶面显露真身

苦中作乐的莲子
在永诀中为人间贡献一粒良药

鱼在天上飞着
鸟潜入水底

芦苇还未固执到白头
有几朵荷花在其间璀璨开悟

春雨

你柔软的风韵，在渐暖的春天
挥舞弱水三千

能在春暖乍寒的季节相遇
你肯定看见了枯树上的花蕾

这是彩云写给春天的一封信
密密麻麻的话语写满了归意

你的义无反顾
繁花可期

这一刻，西窗的烛火
正把昨夜的霜雪照明

雨的暗道

所有的雨都有暗道
容纳速度、激情和若有所失

所有的雨都有一间安静的阁楼
将远行的海水收留
它在高于人间的地方
牵扯着无法确认的名词

所有的雨都和失去的星星有关
颗颗饱满的泪珠中
会呈现一些星星的名字
它不是天文学家口中的定义
它薄如蝉翼
当一座古城的青石板被轻轻点亮
它便会从一把伞面飞下来
我慢慢读它
越来越模糊
只留下一串朦胧的灯火

所有的雨重复着以前的雨

纷纷落下，又纷纷消失

一辆大货车在雨中奔跑着

一辆大货车在雨中奔跑着
风发出轰鸣，雨在加速
车厢上覆盖着厚厚的帆布
谁也不知道它
到底承受着多少重量和压力

只是一瞬间的事
很普通的一辆半新半旧的车
便消失在我的视野里
风发出轰鸣，雨在加速
我被甩在了身后
我身后还有更多的一样的货车奔来
覆盖着同样的帆布
藏着同样的重量和压力
生长着同样的铁锈
裸露出同样斑驳的漆
发出同样刺耳的笛声

钢铁铸就骨头
血液冶炼成油
它不停地奔跑
风发出轰鸣，雨在加速
它的疼和痛
都送进了路边的维修站
叮叮当当的大修或者小修之后
还要上路

我的春天不是枝头上艳丽的花朵

我的春天不是枝头上艳丽的花朵
而是一枝嫩黄荣荑和一个人
隔着千山万水相互成长、表白和描述

我的春天不是枝头上艳丽的花朵
而是一缕春风无形地萌动
我无法确定春天的模样
她只是一种方向和感动
甚或是一寸一寸不断伸展的绿
留下的一次次虔诚的回眸

我的春天不是枝头上艳丽的花朵
当我两手空空走向山坡的时候
我已经意识到所有的花朵
都将和我擦肩而过
我要拥有的，只能是从
一块块石头里敲打出我的沧海和山峰
然后将它紧紧地握在手里

甩动一片鸟鸣
将固执的冬天抛得很远很远
并且听到春深似海的回音
陡然爆开一生的涟漪
一季一季地漾开我绿色的希冀
从不凋敝

秋之静美

鸟儿不紧不慢地对着水中的影子啁啾
把秋天的韵味在桂花的缭绕中叫响
温馨的木质长凳在湖畔等着
一对白发苍苍的老人就座
千万滴水汇聚的蓝色与
千万朵云铺展的蓝天遥相呼应

我坐在一棵虬曲的石榴树下
忘记了落叶如雨的纷扰
沿着石榴树干裂的脉络回味着
石榴籽一样的酸甜记忆

香瓜下垂，柳叶微黄
秋天的力量总是向下生长
只有小鱼猝不及防地在水面冒个泡
向秋天做个鬼脸
便消失在轮回的涟漪中

路边花

几朵无名的小花装饰着小路
固守和皈依各有价值
茫茫然的在有限和无限之中
既无惆怅　也无烦忧
雪的冰冷　融化不了它
雨的摧残　只能陡增轻松
抒情质朴的根
像一只雏鸟安守窝巢
无思的花束
多情于烟雨蒙蒙

诗意的小花每天都有歌
整个田野在秋日也得不到安宁
平凡而无名的花哟
就这么淡淡地经历风霜和春风
自枯自荣一生

庚子春

春天真的来了，我的皮肤
和春江水暖的鸭子一样
已感觉到一汪春水的凝眸

此时，冬天的冷和心悸
还在落尽繁华的枯枝上摇曳
但萌动得芽苞正悄悄啄破蛋壳
一声绿色的啼鸣
会叫醒沉睡了一冬的枯树昏鸦

无人的小径，虽然寂寥
但苍穹之下，无数天使
正在挥动白色的翅膀
前方，田畴之上的桃花
依然会开出满面的春风和赤诚
无论你怎么走
总会和春天不期而遇，花开不负

几点秋雨冬霜，怎敌
一江春水奔腾的脚步

被黑夜照耀的月光

当天色渐渐消失
月光被麦穗照亮

一片月光将我置身于原野的黑暗
麦子佳期即将到来
我只是田间一道弯弯曲曲的车辙
隐身于乡间小道
用深浅不一的印记，体会
被收获得轻重
这可是一地挺拔的乡愁
没有一场场风雨
又如何扶正这纤细的身体

各色各样的果实
已经被花朵忘记
失忆的月光在黑夜中苦苦苏醒
这时，你只要挥挥手
哪怕隔着重重夜色
我依然能够被你指间的月光清晰划过
你知道，夜色有多重吗
我用了一季如水的月光
也没有洗去一粒麦子的黄色

小草在石缝间打磨一座山峰

生硬的表面
几乎无法容忍生命的存在

几乎所有的人都这样认为
只有你，成为稀缺情绪的主宰

在狭窄的空间，你用细腻的手
握住仅有的一点滋养
种下一生的孤独和幸福

推向绝处的一粒种子
就这样在天意中和石头融合得天衣无缝
并喂养了蛹的一双翅膀

当你在注定的悲剧中写出了喜剧
你没有沉浸，却慢慢将剧情推向
另一个高度，成为一座绿色的山峰

如马如剑

一把剑，在黑暗的匣中
韬养着岁月的韧性和光芒。

一匹白色的马，在马厩里昂起
剑的不屈。半夜起身喂马的人，听到了
拔剑出鞘地嘶鸣。

狂飙。一匹马跑在了
春天的前头。马蹄声声，在琴弦上飞舞。
有一位曾经长醉不醒的男人，怀抱
一柄月光，摇摇晃晃，扶起了
余生的剑胆琴心。
跨上马，一剑挥去半生蹉跎。

嵇康的绝唱

午时三刻，刀口锋利
一片耀眼的寒光在刀刃滑来滑去

嵇康淡然一望
拿琴来！
《广陵散》铮铮响起
素袍、赤履，脸上流淌着激昂的韵律
音入云霄，鬼头刀失去地狱的刀锋

大刀落下，砍下曲子的头颅
无头的曲子，在大地奔跑

端午：汩罗江之火

汩罗江滚滚燃烧的火焰
灼伤了失去记忆的鱼

这么大的火焰
可以将江底沉沙炼成真金

沉睡的彼岸
看到了熊熊燃烧的火光

这火焰来自一位诗人
所有的诗句都是炸药和火种

一只凤凰从江中展开火焰
眼睛流淌着一江春水

一把剑飞龙在天
衣袂翩翩

"铁"哥们

你懂得我的重压。提气、收腹，
凝聚一座山的力量。

火焰终归会冷漠如铁，拒绝
虚伪，选择铁的方式生存。

你从不膨胀、吹嘘，我
高高地举起你，你会
告诉我必须承受的苦和累。

几十年的相处，我一直很愉悦，你
总是用重量卸下重量，用压力释放压力。

你的每一片重量，既独立又带着暗色的光。
我在你坚硬的世界里愈陷愈深，换了
你的皮肤和骨骼。

重量

在重量的挤压下，我慢慢蜕掉柔嫩的表皮
在一次次的沦陷、重建过程中
经历黑夜、践踏和绝壁

这不期而遇的一口口枯井
得坠落多少石头才能回到人间

当我把肉身从枯井里打捞上来的时候
一些器官死掉，一些器官诞生
从此，一口井勒进了
我的臂膀、行为和语言
使我的知行
都有了汲水的重量

生活赐予的重锤，我用它锻打软肋

软肋，长在肉体和灵魂
最薄弱的位置，靠近心脏。
它害怕敲打，甚或被提起，它是
一排容易受伤的瓷器，伤口很难愈合。

虽然它潜伏在阴暗的角落，却常常被
细小的针尖发现，被轻易
刺穿，不见血，却满腹哀伤。

我常常攥紧生活赐予的重锤，站在
软肋对面，用铁的力量击打脆弱。

日复一日，铁的元素嵌进肋骨，成为骨气。
不停锻打，软肋也会变硬，成为
铁的一部分，然后，与铁锤
对击，冒出火花。

黑夜，我抚摸着一根根

燃烧的火把，持续从
冰冷的铁的基因中提炼火种。一排排
锻打的梭镖，一次次投向
我想要抵达的深度。

扫地

路过一个喧嚣的集市
买了两把扫帚
我要每天把院子清扫干净
没有落叶、杂草和无序

明天还有一些理还乱的红尘赶来
但我还是要扫出一片净土和空白
在上面静静地散步，幸福地怀想
走着走着
山间的清风就来敲门了

行走在路上的水

水是大地之上最流畅的画卷
我是行走在路上的水
每一滴，都是我的丹青
懂得蜿蜒曲折，懂得水滴石穿

与其说在路上行走
不如说是在时光里穿越
我迷恋着在路上行走的状态
气势恢宏，马踏飞燕
无人在意的河汉
无人问津的渡口
不是闲情，是浸在水里的滚滚红尘
不是群山，是绵延不断的辚辚车轮

我比水更懂得路
偶尔掠过的雨和落红
被风吹成皱纹，一直向远方追寻

时钟的留白

挂在墙上的时钟坏了
取下它，是一件很容易的事
但我总是以各种借口搪塞自己
没有时间取下时间

有一天，我终于无法忍受时间的死去
我取下它，用忙碌的双手
空空荡荡的墙壁
没有了时间的位置

然而，每次想到时间的时候
我还是习惯性地抬头
目光的步子总是踏空
险些跌倒

与雪对饮

雪轻轻地在地面氤氲
一杯酒的香气，在火炉边散开

关于雪的词语就软软地醉在酒杯里
喝下去，就会唤醒满腹的诗情画意
特别是隔着窗
慢慢欣赏一幅雪景的颜料、调色
及天意的运笔

想起去年的那场雪，走了就没有音讯
我带着酒去了很多地方找寻
在我生活里，寻找成了很多个版本的故事

雪是有重量的，我像竹子一样地活着
今天，雪还带着过去的容颜出现
但，已不是我想要的结局
我静静地端起这杯窖藏了一年的酒
把皱巴巴的过往灌醉，保持清醒的当下
隔着窗望雪

玉兰花

你站在玉兰花树下
在花影里注视着青春
一阵风到来，一朵花离去
是我感到最难舍的时候

一只鸟落下
在我目及的花枝上
啄着最先触到的白
花枝乱颤

我的青丝正在变白
很多敏感的心事
像一簇柔嫩的花蕊
承载不了一春的煎熬

你的眼睛

你的眼睛
是一片纯净温暖的蔚蓝
多少次黑暗的显现
你的眼睛
是一抹余晖在西天流连

你的眼睛
来自天的深处
闪着一个神圣的成熟之年
浸泡了漫天星斗
累得黑暗步履维艰

熟悉你的眼睛
就像熟悉微颤的凝辉
每一次目光的相逢
心中总能留下纯净的回声

山色

冰硬的石头穿过晨光
一枚松针同样刺疼
巨石样的面孔

我的一滴泉水
路过石刃
溅出银花
染上细小的光明
沟壑沉入群山之间

白露，有栗子砸地
溃败的直线
沦为身体的裂变
黑白分明

洗衣

摆脱了装模作样
在水里漂成一朵朵云

它们怀抱着过多的尘埃
必须接受洗礼
还有许多落在它们
身上的赞美或者厌恶的目光
这些都要用手慢慢地搓
祛除一些外在的情绪

对于领口，一段天鹅的脖颈
要用柔软的刷子轻轻刷洗羽毛
不能强力拉折
保持傲骨

当它们一旦回到缸体
便会纠结在一起
还带着身体里的某些欲望

居家读诗

将诗书放到洗衣机上去读
读那份翻腾的写意

将诗书放在茶盏旁边去读
读茶香入喉的滋味

将诗书放在沙发上去读
读支撑生活的柔软和温暖

将诗书放在餐桌上去读
读精致瓷器里流露的欣喜

将诗书放在静默的红灯对面去读
读背后一片树林的绿意盎然

将诗书放在长长的空巷上去读
读通往宫殿的彻夜灯火

将诗书放在未来的时间去读
读即将过去的风暴和故事

诗歌的朝圣者

整日在诗歌的字里行间劳作
充满疼痛的十指
在阴雨后的阳光里筑巢
是灵魂唯一温暖的归宿

童贞的信念
在轻盈的诗里寻找
吐露生命思绪里的宁静
歌声随之透明地渗透心情
我开始陶醉于桃花源里的月影

我不忍破坏你字字珠玑的神韵
三十年的阅读在灯光深处失明
笔尖表露的颜色开始苍白地漂泊
汉字芳香四溢地积蓄
不忍让我大片大片地虚掷
我只有匍匐下我的身躯
重重跌落在你留有余晖的身后

如一条涸泽之鱼的最后所求
你那里有山泉　　菊花　　草丛
松开我愈勒愈紧地呼吸

你是我全部的自尊和自卑
就为目睹你的圣洁
我会在苦行中饱含力量
挥手拂去聚拢的山寒地冻
一心一意行走在渐近渐明的彼岸
在生命沉寂之时
你是那声激越我心灵的鸟鸣

折扇

被人折来折去
扇来扇去
但每一根扇骨始终笔挺
打开时独当一面
折叠时态度端正

被人冷落的时候
就安守一隅
被人吹捧的时候
就留一份凉意

你这一生坎坷波折
但总是能屈能伸 收放自如

所以很多人为你题字作画
在人情如纸的世界里
活出了诗情画意

画扇

半生的彩蝶
也未飞出手心里的褶皱
星星点点的兰花
在探究深谷中潮湿的爱情
难觅的高山流水
折叠进一壶好茶

佳人的轻歌曼舞
长袖甩出了添香的情节
扇子之外才子佳人
只是风言风语
总是跨不过
那一道道山峦沟壑

我用流水的笔触
唤醒池塘里
打坐在芙蓉上面几声寂寞的蛙鸣
我用白描的手法

画小院里竹叶上点点白雪
画一树被绿叶染白的槐花
画屋檐垂下黄色的南瓜花
如何和蜜蜂相亲相爱
再用饱满的写意
容下大江的浩渺
还要用细腻的工笔
引出你眼睛里的清泉碧波

我还要把我走过的风雨和风景
都请到我空洞的空间
让它们笑，让它们哭
让它们在历尽坎坷后力透纸背
让所有跌宕起伏的裂痕
都收放自如

马鞍山作证：
李白的青山之下、大江之上（组诗）

青山之下

在马鞍山的山水间，弥漫着
李白的月光和思绪。当涂
是你人生地图上的最后标记
死亡将诗歌的舍利子从你的肉体中取出
散发着五颜六色的光芒，在太白楼之上
熠熠闪光

当年，在青山之下，在酒水的清澈里
你认出了久违的归宿、突兀的岩石和一直仰慕的人
数百年后，这里埋下了你的"终焉之志"
青石垒就了"异代芳邻"，可以对话栖居岁月
青山如青云之志，可以抚摩星月
为"每日须倾三百杯"和"与尔同销万古愁"
准备好了无限的空旷和滚滚长江

芳草萋萋，万竹出世，长长的甬道，十二块
花岗岩雕壁画，画不尽你生前身后的浪漫故事
还有许多看不见的意气风发
在不同时间、地点出发
消磨掉一千三百年的风和雨
抵达万事万物的诗意终端

如今，很多人站在你的影子里望月；很多
名字的肉身正在你的诗歌里涅槃
六十余首诗文，历经千年的六十余棵桂树
秋来，马鞍山花香满城，黄色、白色、橙色的花朵里
太白祠、十咏亭、书院和碑林隐于其中
不可阻隔的诗韵在不同的年代芳香四溢
归去的人，诗歌的肉体千年不腐

翠螺山之南

你在采石矶翠螺山的一块大石头上饮酒
你用花影里的杯盏饮酒
你用月光下的剑指东打西
你举起杯中的江河山川
在尘嚣中消弭"独不得出"的是非曲直
你用剑胆琴心走出了所有污浊和狼藉

你怀揣着天界的酒和人间交流

你常用月亮的阴晴圆缺交换人间的悲欢离合
月光如银，交换了
你的五花马、千金裘
却留下了仙气飘飘和千古风流

月光流淌着失去记忆的烈酒，让你
步履踉跄。月光荡漾，阻挡不了
令人神往的寂静白霜和潋滟波光
你最后一杯，依然盛满众人皆知的高远
这一生招摇过市的酒，有着
不为人知的江河和繁华
这天子呼来不上船的酒，在
你离开时，还流淌着你的不羁
最后，人们用愿望之鲸把你送回了天庭
留在尘嚣的衣冠和酒具，人们将其安置在江边
将一身的尘埃在滔滔江水中洗净、晾干、摊平
像月光一样均匀地涂抹着黑夜
隐去暗伤、蜀道之难和拔剑四顾的茫然
让黑夜更好地照见你质地的白

你的一袭白衣锦袍
月光一样的白，挂着一层风霜
从三峡、江汉、吴越吹来的风，吹到天门山
迎来了浪迹天涯的一片白色孤帆
而今，你的衣冠放飞了肉身

空荡荡的衣袂，更适合春风浩荡
当你仰天大笑或者千金散尽，衣衫
依然遮不住你的风雅、豪放和星宿般的光芒

大江之上

大江之上
有一只鲲鹏升天，背负山水之乐、颠沛之苦、茫然之忧
和济苍生之志，到达了分不清真实和虚幻的天都
成为诗歌苍穹里真正翱翔千年的鲲鹏
大江之上
"中天摧兮"的鲲鹏依然是抵达青天的鲲鹏
青天无门。千年之后
你依然是异乡的仙人

你题在墙上、落在纸上的诗句
如今，墙颓圮了、纸成泥了
而诗句走出了墙体和纸张
走出了你的身体
返回星空，又在人间闪耀

由此，我们爱上了你笔下的万物，我常常
根据你提供的线索去寻找大山、河流和
举重若轻的浪漫和幻境

如果每年你都像青草一样苏醒过来
会听到很多孩童正在碑林前朗诵你的诗篇
你会为生前的每一个冬天
都充满宽宥、欣慰和温暖

低首于你江边的归宿，天空如墨
洒向人间的雨，写满了蓬勃
如果你的坟茔与尘埃和淤泥有关，不过是
等待一朵转世的青莲
恍惚间，马鞍山的月光，挑一盏纱灯
带来了一位诗人
他依然在翠螺山饮酒，在
当涂处安身，在长江边歌吟
一江的波涛碰撞出自在的花朵
和诗意的拥抱
滔滔诗魂逆流而上，传遍大江南北